SOPHIE MORGAN

Das geheime Verlangen der Sophie M.

GOLDMANN
Lesen erleben

Buch

Sophie Morgan ist fasziniert vom heißen Spiel um Macht und Unterwerfung. Ihre Reise in die BDSM-Welt beschreibt sie in diesem intimen Tagebuch: »Erotische Geschichten, die eine verborgene Saite in mir zum Schwingen gebracht haben, habe ich immer gemocht. *Shades of Grey* hat zweifellos viele Frauen ermutigt, ihr Liebesleben infrage zu stellen und über ihre geheimen Wünsche und Fantasien endlich offen zu sprechen. Eine gute Sache, unbedingt. Die Geschichte hat jedoch wenig dazu beigetragen, mit der irrigen Meinung aufzuräumen, dass die unterwürfige Frau ein Fußabtreter sei, mindestens aber einen schlimmen Rückfall in vor-feministische Zeiten darstelle. Die Schilderung von Anastasia Steeles sexuellen Erfahrungen als devote Gespielin eines dominanten Partners entspringt reiner Fantasie. Ich hingegen möchte den Leuten zeigen, was es bedeutet, diese sexuelle Neigung tatsächlich in sich zu spüren und sie in der realen Welt auszuleben. Und das nicht nur, weil ich – wie wohl die meisten vernunftbegabten Frauen – Szenen aus *Das Schweigen der Lämmer* vor Augen hätte, würde mich ein wildfremder Mann in sein dunkles Verlies des Schmerzes führen wollen.«

Autorin

Sophie Morgan ist Anfang dreißig. Sie arbeitet als Journalistin und liebt ihren Beruf. Sie hat nicht nur viele Freunde, sondern ist auch von ihrer Familie so begeistert wie entnervt. Sie mag Tiere und Marmite (die vegetarische Würzpaste). Und sie gibt zu viel Geld für Bücher, DVDs und Handtaschen aus, meistens in genau dieser Reihenfolge … All das möchte sie mit jemandem teilen, der sexuell dominant ist und ebenso willens wie in der Lage, den Müll sauber zu trennen.

Sophie Morgan lebt im Südwesten Englands.

Sophie Morgan

Das geheime Verlangen der Sophie M.

Tagebuch einer unterwürfigen Liebhaberin

Aus dem Englischen
von Gaby Wurster

GOLDMANN

Die englische Originalausgabe erschien 2012
unter dem Titel »The Diary of a Submissive«
bei Penguin Books, London.

MIX
Papier aus verantwortungsvollen Quellen
FSC® C014496

Verlagsgruppe Random House FSC-DEU-0100
Das FSC®-zertifizierte Papier *Holmen Book Cream* für dieses Buch
liefert Holmen Paper, Hallstavik, Schweden.

1. Auflage
Deutsche Erstausgabe Dezember 2012
Wilhelm Goldmann Verlag, München,
in der Verlagsgruppe Random House GmbH

Umschlaggestaltung: UNO Werbeagentur, München
Umschlagabbildung: © by Omer Knaz (Schmuck: Coco de Mer)
Redaktion: Antje Steinhäuser
KF · Herstellung: Str.
Satz: omnisatz GmbH, Berlin
Druck und Bindung: GGP Media GmbH, Pößneck
Printed in Germany
ISBN: 978-3-442-15766-2

www.goldmann-verlag.de

VORWORT

Vielleicht warst du kurz hinausgegangen, um einen Anruf auf dem Handy entgegenzunehmen, oder vielleicht hast du ja auch eine Zigarette geraucht, bevor du schnell wieder in den warmen Pub zurückgegangen bist. Jedenfalls haben wir deine Aufmerksamkeit auf uns gezogen, wir standen auf der anderen Straßenseite schräg gegenüber von deinem Standort in einer Lücke zwischen den Häusern.

Versteh mich nicht falsch – nicht dass ich – oder er – besonders ins Auge fiele. Wir sehen aus wie jedes andere Paar, das abends ausgeht. Weder waren wir ungewöhnlich gekleidet noch außerordentlich laut oder auffällig in unserer Unauffälligkeit. Zwischen uns gibt es jedoch eine Intensität, etwas Gärendes, das dich innehalten und hinsehen lässt, obwohl es draußen eiskalt ist und du schon wieder zu deinen Freunden hinein willst.

Seine Hand umklammert meinen Oberarm so fest, dass es sogar aus der Entfernung zu sehen ist und du dich flüchtig fragst, ob das wohl einen blauen Fleck gibt. Er hat mich an die Mauer gedrückt, seine andere Hand hat mein Haar gepackt und hält mich fest, sodass es mir nicht gelingt, den Kopf zu drehen. Um mich nach Hilfe umzusehen?

Er ist nicht sonderlich groß und kräftig, du würdest ihn wohl eher als unscheinbar beschreiben, wenn du ihn überhaupt beschreiben müsstest. Aber er hat etwas an sich – wir haben so etwas an uns –, dass du dich kurz fragst, ob alles in Ordnung ist.

Ich kann meine Augen nicht von ihm nehmen, und mein offenkundig großer Respekt verleitet dich dazu, eine Sekunde lang dasselbe zu tun: Du siehst ihn durchdringend an und versuchst zu sehen, was ich sehe. Dann zerrt er an meinen Haaren, zieht meinen Kopf in einer so brüsken Bewegung näher an sich, dass du automatisch einen Schritt auf uns zu machst, um einzugreifen – bevor dir Zeitungsberichte über gute Samariter, die sich in eine heikle Lage manövrierten, in den Sinn kommen und du jäh stehen bleibst.

Aus der Nähe kannst du ihn nun mit mir sprechen hören. Keine ganzen Sätze – so nah bist du nicht –, aber genügend Wörter, um dir ein Bild zu machen. Denn es sind deftige Wörter. Schlimme Wörter. Hässliche Wörter. Und du denkst, du müsstest vielleicht doch jeden Moment dazwischengehen, wenn die Sache weiter eskaliert …

Schlampe. Hure.

Du blickst mir ins Gesicht, das so nah an seinem ist, und siehst die Wut in meinen Augen funkeln. Du siehst mich nicht sprechen, denn ich sage nichts. Ich beiße mir auf die Lippe, als würde ich dem Drang widerstehen zu antworten, schweige aber weiterhin. Seine Hand packt mein Haar fester, ich stöhne auf, aber ansonsten stehe ich nur da, nicht direkt passiv – die Mühe, die es mich kostet, mich nicht zu regen, ist für dich geradezu mit Händen greifbar –, aber beherrscht, um die Verbalattacke zu überstehen.

Dann eine Pause. Er wartet auf eine Reaktion. Du kommst näher. Hätte dich jemand gefragt, hättest du gesagt, du wolltest sehen, ob mit mir alles in Ordnung sei, aber in deinem Inneren weißt du, dass es in Wahrheit Neugier ist, schlicht und ergreifend. Die Dynamik zwischen uns hat etwas Animalisches, Urtriebhaftes, das dich anzieht, auch wenn es dich fast abstößt.

Fast. Du willst wissen, wie ich reagiere, was als Nächstes passiert. Eigentlich würdest du mit Entsetzen reagieren, aber hier ist etwas Düsteres und doch Zwingendes, etwas, das dich lockt.

Du siehst mich schlucken. Ich fahre mich der Zunge über meine Unterlippe, um sie zu befeuchten, bevor ich spreche. Ich beginne einen Satz, komme ins Stocken, wende die Augen ab, um seinem Blick zu entkommen, als ich eine Antwort flüstere.

Mich kannst du nicht hören, aber ihn: »Lauter.«

Jetzt werde ich rot. Tränen steigen mir in die Augen – ob aus Angst oder aus Wut, das weißt du nicht.

Meine Stimme ist jetzt klarer, fast laut in der Nachtluft, mein Tonfall trotzig, auch wenn die Röte auf meinen Wangen und an meinem Schlüsselbein, das durch die offene Jacke zu sehen ist, eine Verlegenheit verrät, die ich nicht verbergen kann.

»Ich bin eine Schlampe. Ich war den ganzen Abend lang feucht, weil ich mir vorgestellt habe, wie du mich fickst, und ich wäre sehr dankbar, wenn wir nun nach Hause gehen und es tun könnten. Bitte!«

Mein Trotz bricht beim letzten Wort, es kommt als flehentliche Bitte heraus.

Träge streicht er mit dem Finger über das Revers meiner Bluse – tief genug ausgeschnitten, um den Brustansatz anzudeuten, aber nicht direkt nuttig. Ich schaudere. Er macht den Mund auf, und bei seinem Ton musst du dich beherrschen, nicht auch zu schaudern.

»Das klang ja fast wie ein Betteln. Bettelst du, du Schlampe?«

Du siehst, wie ich nicken will, aber seine Hand in meinem Haar hält meinen Kopf fest. Stattdessen schlucke ich schnell, schließe kurz die Augen und sage: »Ja.« Die Pause dehnt sich zu einem Schweigen. Dann ein Atemhauch, der fast wie ein leiser Seufzer klingt: »Sir.«

Sein Finger streicht noch immer über die Rundung meiner Brüste, als er sagt: »Du siehst so aus, als würdest du im Moment so ziemlich alles tun, um zu kommen. Ist das so? Würdest du alles tun?«

Ich schweige. Mein Gesichtsausdruck ist argwöhnisch. Das überrascht dich angesichts der hörbaren Verzweiflung in meiner Stimme. Du fragst dich, was »alles« in der Vergangenheit umfasste und was es nun zu bedeuten hätte.

»Willst du auf die Knie gehen und mir den Schwanz lutschen? Hier und jetzt?«

Eine Weile sagt keiner von uns etwas. Er nimmt die Hand aus meinem Haar, weicht ein Stückchen zurück. Wartet. Ich zucke zusammen beim Geräusch einer Autotür, die in der Ferne zuschlägt, und blicke nervös die Straße hinauf und hinunter. Und da sehe ich dich. Wir haben kurz Augenkontakt, meine Pupillen weiten sich aus Schock und Scham, dann sehe ich wieder ihn an. Er lächelt. Ganz gelassen.

In meiner Kehle formt sich ein Laut, halb Jammern, halb Bitte, ich schlucke trocken und umfasse mit der Hand vage die Umgebung. »Jetzt? Willst du nicht lieber, dass wir …«

Er drückt die Finger auf meine sich noch bewegenden Lippen. Er lächelt. Fast nachsichtig. Aber seine Stimme ist fest, herrisch gar.

»Jetzt!«

Ich werfe schnellstmöglich einen Blick in deine Richtung. Du weißt es nicht, aber in meinem Kopf spiele ich die erwachsene Version eines Kinderspiels: Wenn ich dich nicht direkt anblicke, bist du auch nicht da, um meine Demütigung mitzuerleben. Du kannst mich nicht sehen, weil ich dich nicht sehen kann.

Unsicher deute ich dorthin, wo du stehst. »Aber es ist noch ziemlich früh, Leute sind unterwegs …«

»Jetzt!«

Starr beobachtest du die widerstreitenden Emotionen, die über mein Gesicht huschen. Verlegenheit. Verzweiflung. Wut. Resignation. Mehrmals öffne ich den Mund, um etwas zu sagen, überlege es mir dann aber anders und schweige. Die ganze Zeit steht er nur da, taxiert mich eindringlich, so eindringlich wie du.

Schlussendlich bücke ich mich mit hochrotem Gesicht und gehe auf dem nassen Kopfsteinpflaster vor ihm auf die Knie. Mein Kopf ist gebeugt, das Haar fällt mir ins Gesicht, sodass du es nicht genau erkennen kannst, aber du meinst, im Licht der Straßenlaterne Tränen auf meinen Wangen glitzern zu sehen.

Eine kleine Weile knie ich nur reglos da. Dann siehst du, wie ich tief einatme und mich bereit mache. Ich straffe die Schultern, blicke auf und strecke die Hand nach ihm aus. Als meine zitternde Hand jedoch seine Gürtelschnalle zu fassen bekommt, stoppt er mich, indem er leicht meinen Kopf tätschelt, wie man es bei einem treuen Haustier macht.

»Braves Mädchen. Ich weiß, wie schwer es war. Jetzt steh auf, lass uns von hier verschwinden und nach Hause gehen. Es ist heute Nacht ein wenig zu kalt, um draußen zu spielen.«

Sein Griff ist beflissen, als er mir aufhilft. Arm in Arm gehen wir an dir vorbei. Er lächelt, nickt dir zu. Du nickst fast schon zurück, doch dann fasst du dich wieder und fragst dich, was in aller Welt du da tust. Mein Kopf ist gesenkt, mein Blick auf den Boden geheftet.

Du siehst, dass ich zittere. Aber wie sehr mich dieses Erlebnis erregt hat, kannst du nicht sehen. Wie hart meine Nippel in den Körbchen meines BHs sind. Dass mein Zittern genauso sehr von dem Adrenalinschub kommt, den ich bei der Szene, die sich gerade vor dir abgespielt hat, bekommen habe, wie von der Kälte und der Erniedrigung. Dass ich dadurch aufblühe. Dass es mich auf eine Weise erfüllt, die ich nicht richtig erklären kann. Wie ich es hasse und doch liebe. Mich danach sehne, mich danach verzehre.

All das kannst du nicht sehen, du siehst nur eine zitternde Frau mit schmutzigen Knien, die auf schlotternden Beinen weggeht.

Das ist meine Geschichte.

1. KAPITEL

Als Erstes muss ich sagen, dass ich nicht pervers bin. Nun, jedenfalls nicht mehr als andere auch. Wer in meine Wohnung kommt, staunt eher über das viele schmutzige Geschirr in der Spüle als über mein Verlies. Aber sagen wir so: Da die Lebenshaltungskosten in der City so hoch sind, dass ich froh sein kann, überhaupt etwas gefunden zu haben, das im Rahmen meines Budgets liegt und das ich mir allein leisten kann, kam ein Verlies nicht wirklich infrage.

Also, um mit ein paar lästigen Stereotypen aufzuräumen: Ich bin weder ein Fußabtreter noch ein Hausmütterchen. Ich habe nicht das Bedürfnis, das Feuer im Herd zu hüten und meine Zeit mit Backen zu verbringen, während jemand für mich jagt und sammelt. Abgesehen von einem annehmbaren Sonntagsbraten, den ich zustande bringe, bin ich eine lausige Köchin. Auch sehe ich nicht aus wie Maggie Gyllenhaal in *Secretary*. Leider.

Ich bin nur zufällig unterwürfig – wenn es mich überkommt und wenn ich jemanden habe, mit dem ich vertrauensvoll spielen kann. Man würde es nicht vermuten, wenn man mich kennenlernt. Es ist lediglich eine Facette meiner Persönlichkeit, einer der unzähligen Charakterzüge, die mich ausmachen – na ja, zusammen mit meiner Liebe für Erdbeeren, meinem Drang, hartnäckig weiterzustreiten, auch wenn ich weiß, dass ich unrecht habe, und meinem Hang, 99 Prozent der Fernsehsendungen zu verteufeln, von dem restlichen einen Prozent aber besessen zu sein.

Ich bin Journalistin bei einer Lokalzeitung. Ich liebe meinen Beruf, und dass meine Unterwürfigkeit keinerlei Einfluss auf meine Arbeit hat, muss eigentlich nicht betont werden. Ganz ehrlich, ansonsten würde man mir Teekochen und Bildergeschichten über Vorschulbuchwochen aufhalsen, und das wäre wirklich schlimmer als der Tod. Außerdem kriegt man in einer Zeitungsredaktion nichts geschenkt. Die Welt ist eine Ellbogengesellschaft, und man muss genauso gut austeilen wie einstecken können. Ich kann das.

Ich betrachte mich als Feministin. Auf jeden Fall bin ich unabhängig. Kompetent. Beherrscht. Für manch einen mag das mit meinen sexuellen Praktiken, den Dingen, die mich geil machen, nicht zusammenpassen. Eine Zeit lang kam es selbst mir schrill vor. Das tut es manchmal noch immer, aber ich bin zu dem Schluss gekommen, dass es wichtigere Dinge gibt, über die man sich Gedanken machen muss. Ich bin eine erwachsene und normalerweise vernünftige Frau. Wenn ich jemandem, dem ich vertraue, die Kontrolle über meine Person übergebe, damit dieser Jemand uns auf eine Ebene führen kann, die für uns beide aufregend und heiß ist, und solange ich das nicht an einem Ort tue, an dem ich Kinder und Tiere erschrecke, ist das wohl mein gutes Recht. Ich übernehme die Verantwortung für meine Entscheidungen und für meine Handlungen.

Es hat jedoch eine Weile gedauert, bis ich dieses Stadium erreicht hatte. Wäre das Wort nicht vom Reality-TV in Beschlag genommen und in etwas verwandelt worden, das so übelkeiterregend klingt wie es auch nach einem Kuschelrock-Videoclip schreit, würde ich sogar so weit gehen zu sagen, dass es eine »Reise« war. Jedenfalls kam so dieses Buch zustande. Es ist weder ein Manifest noch ein Ratgeber, obwohl mir der Gedanke gefällt, dass jemand mit der entsprechenden Neigung, der die Sache ausprobieren will, die eine oder andere Anregung bekommt. Genauso war es bei mir, so habe ich diese Seite meiner Selbst, meine Erfahrungen und meine Fantasien entdeckt und erkundet.

Fragt man andere Unterwürfige, was sie denken und was Unterwerfung für sie bedeutet, bekommt man ein völlig anderes Buch.

Rückblickend kann ich sagen, dass mein Hang zur Unterwürfigkeit jung begann, auch wenn ich es damals nicht so genannt hätte. Ich wusste nur, dass bestimmte Dinge ein Kribbeln in mir hervorriefen, dass ich sehnsüchtig darüber nachdachte, ohne genau sagen zu können, warum.

Als Jugendliche war mir das natürlich gar nicht bewusst – ich war hauptsächlich damit beschäftigt, in einem adretten Mittelschichtsheim in den Home Counties im weiteren Umkreis von London aufzuwachsen. Ich lasse nur ungern Mythen platzen, aber es gibt kein tiefsitzendes Trauma aus meiner Vergangenheit, auch hat mir in prägenden Jahren nichts gefehlt, was meine heutige Vorliebe für harten Sex entfacht hätte. Ich habe kein Vaterproblem, zu Hause herrschte weder Angst noch Stress, und meine Kindheit war glücklich, geborgen und unkompliziert – gut für mich, aber nicht gerade spannend, wenn man ein Buch schreiben will. Ich verstehe mich bis heute hervorragend mit meiner Familie. Wir sind zwar ziemlich unterschiedlich, aber gegenseitige Liebe und ein gemeinsamer Sinn für das Absurde schweißen uns zusammen. Ich bin wirklich überglücklich, dass ich sie alle habe.

Ich bin in einem hübschen Haus mit Mutter, Vater und Schwester groß geworden.

Meine Mutter – vor meiner Geburt arbeitete sie als Buchhalterin – hat ihr Leben unserer Erziehung verschrieben, sie ist das wahre Herz unserer Familie. Sie hat viel Zeit mit uns verbracht und uns großgezogen – ob das nun hieß, uns bei den Hausaufgaben zu helfen oder mit uns im Garten zu toben. Sie hielt nichts davon, im Hintergrund zu bleiben. Wenn wir Rollschuhfahren gingen, ging sie selbstverständlich mit und fuhr auch. Ihr anderes Hobby war Heimwerken – jedes Zimmer im Haus kam turnusmäßig an die Reihe; das war in etwa so, wie die Brücke über den Firth of Forth zu renovieren, wenn auch mit Laura-Ashley-Tapeten.

Mein Vater ist selbständig, ich kenne niemanden, der härter arbeitet als er. Durch und durch der Ernährer, hat er dafür gesorgt, dass wir als Kinder jedes neue Fahrrad, jede Spielerei bekamen, die wir haben wollten (dankenswerterweise hat meine Mutter die Geschenkeflut im Rahmen gehalten, damit wir nicht zu unerträglich wurden), wir durften reisen und hatten ein wundervolles Familienleben. Mein Vater ist lustig, klug und abenteuerlustig – diese Eigenschaften habe ich wohl geerbt. Er ist ein Freigeist und hat ein gesundes Selbstbewusstsein, das er auch in seinen Kindern gestärkt hat, nachdem er selbst gelegentlich mit seinen Eltern wegen dem, was er machen sollte, im Gegensatz zu dem, was er in seinem Leben machen wollte, aneinandergeraten war.

In vielen Punkten ist meine Schwester das genaue Gegenteil von mir. Ich bin im Allgemeinen eher still und fühle mich in einem kleinen Kreis enger Freunde wohl, während sie vor Leben sprüht und die Seele jeder Party ist. Mit ihrer Energie steckt sie alle an und kriegt alles geregelt. Trotz unserer Unterschiede ist sie die Erste, die ich um drei Uhr nachts anrufen würde, wenn ich in Schwierigkeiten wäre, nicht zuletzt weil sie ein Nachtmensch ist. Es macht mich unfassbar glücklich, dass diese Frau, die mich wohl länger durchs Leben begleiten wird als jeder andere Mensch, so hinreißend ist. Dennoch – lustigerweise und trotz dieser volltönenden Lobeshymne: Wenn wir über Weihnachten drei Tage zusammen bei unseren Eltern sind, werden wir wieder zu Teenagern und zanken uns darüber, wer das Badezimmer länger mit Beschlag belegt (normalerweise sie).

Wir teilten uns unsere komfortable Doppelhaushälfte auch mit einem kleinen Zoo, angefangen bei Goldie dem Goldfisch – ich will jetzt nichts hören! Ich war drei, als ich ihn so getauft habe – über Hamster Cheesy bis hin zu Hund Barry, benannt in meiner »Warum-sollten-Hunde-keine-Menschennamen-bekommen?«-Phase. (Die Frage wurde schnell beantwortet, als mein Vater durch den Park rannte und »Barry!« schrie, was andere Hundebesitzer sichtlich irritierte.) Ich habe Tiere immer geliebt. Eine meiner unvergesslichsten Kindheitserinnerungen ist die Beerdigung eines toten Vogels, den ich gefunden hatte, im Garten – ausdrücklich gegen den Wunsch meiner Mutter, die sich, verständlicherweise, wegen der Hygiene sorgte. Als sie herausfand, dass ich nicht nur gegen ihren Willen gehandelt, den Vogel aufgehoben und an seine letzte Ruhestätte gebracht hatte, sondern auch noch eine Trauerfeier leitete, besucht von meiner Schwester und den direkten Nachbarskindern (mitgefangen, mitgehangen!), wurde ich in Ungnade auf mein Zimmer geschickt. Üblicherweise war diese Bestrafung – obwohl sie, nachdem es bei uns keine körperliche Züchtigung gab, die gängige Praxis meiner Eltern gegen Ungezogenheit war – für mich überhaupt keine Strafe. Denn ich liebte mein Zimmer, es war voller Bücher, für die ich mein ganzes Taschengeld ausgab, und ich war glücklich, wenn ich auf dem Fenstersims sitzen, stundenlang lesen und die Welt vorüberziehen sehen konnte. Doch in diesem Fall fand ich es unerträglich ungerecht. Ich schrieb einen empörten Brief an den Fernsehmoderator und Umweltschützer David Bellamy und schilderte ihm das repressive, antiökologische Regime, unter dem ich leben musste und unter dem gefühllose Erwachsene tote Vögel in den Müll warfen.

Eine Antwort bekam ich nie. Es war wahrscheinlich auch besser so, denn ich fürchte, er hätte mir gesagt, ich solle auf meine Mutter hören, und das hätte mich nur noch zorniger gemacht. Dass dies das Schlimmste war, was ich je an Zusammenstößen mit meiner Mutter aus meiner Jugend erinnere, zeigt, dass ich nicht von Natur aus widerspenstig war. Ich machte in aller Ruhe mein Ding, war aber nicht gerade erpicht darauf, Grenzen auszutesten, weil ich im Grunde ja tun durfte, was ich wollte, und weil ich nicht grundsätzlich streitsüchtig war. Das änderte sich zugegebenermaßen, als ich älter wurde.

Schon früh entwickelte ich ein Interesse am Schreiben. Ich erinnere mich, dass ich in kleine Oktavhefte, die mit Aktenbindern zusammenhielten, Geschichten geschrieben und illustriert habe. Sie handelten hauptsächlich von Fernsehsendungen, Büchern und Filmen, die ich mochte. Ich konnte erheblich besser schreiben als malen, auch wenn das in diesem Alter wirklich nicht viel hieß. In jungen Jahren versuchte ich mich jedenfalls in Bildender Kunst, nachdem ich in den Nachrichten einen Bericht über ein frühreifes Kind gesehen hatte, dessen Werke sich für vierstellige Summen verkauften. Als ich dann ein paar Bilder in einer Mischtechnik aus Bunt- und Filzstiften hingeschmiert hatte, nahm meine Mutter geschmeichelt das erste Bild, das ich ihr schenkte, und ließ sich für ein zweites Original sogar fünfzig Pence abluchsen. Als ich den Preis dann aber auf zehn Pfund erhöhte, was ich unter den gegebenen Umständen berechtigt fand, reagierte sie mit einem liebenswürdigen, aber unbeugsamen Nein. So machte sie meine Zukunftspläne für ein Künstlerleben zunichte und zwang mich, wieder auf die Produktion meiner Minibücher und Comics zurückzugreifen. Bei jeder Gelegenheit versetzte ich mich, meine Freunde und meine Familie in die Welt von Narnia, Mittelerde oder, etwas näher an zu Hause, aber irgendwie düsterer, nach Newcastle, nachdem ich diese Stadt im Kabelfernsehen in *Jossy's Giants* entdeckt hatte, einer Serie über eine Jungenschul-Fußballmannschaft.

Meine Vorliebe für diese Sendung und für Fußball im Allgemeinen erklärte sich durch meine stark ausgeprägte burschikose Seite. Ich war und bin sehr weit vom typischen Mädchen entfernt. Mein Abscheu vor Pink ist krankhaft, und ich habe noch nie Interesse an Make-up, teuren Kleidern und modischen Schuhen gehabt. In Pumps mache ich noch heute eine Figur wie Bambi, das versucht, übers Eis zu gehen. Doch weit mehr, als ich an Ausgaben für Schuhe spare, gebe ich für Nagellack und Handtaschen aus. In meiner Jugend hatte ich wahrlich keine Lust, mir wegen der Jungen Gedanken zu machen, denn ironischerweise hatte ich viele Freunde in der Schule, schließlich spielte ich in der Mittagspause gern Fußball mit ihnen – und mit irgendwelchem Geplänkel gab ich mich schon gar nicht ab. Meine Lieblingsbeschäftigungen mit zehn Jahren waren Rollschuhfahren, Radfahren und auf den Baum hinten in unserem Garten klettern. Von dort hatte ich einen Blick auf die benachbarten Gärten – aus Gründen, die mir damals sehr wichtig erschienen, eine Quelle unendlicher Faszination. Der Baum gehörte mir allein, meine Schwester hatte keine Lust auf die Kratzer und den Dreck, die man sich schon beim ersten Sprung zuzog, selbst mit meiner ausgeklügelten Springseil-Flaschenzug-Konstruktion, die einen auf den ersten begehbaren Ast beförderte. In vieler Hinsicht war ich ein einzelgängerisches Kind, ich fühlte mich allein mit mir selbst wohl, las und träumte vor mich hin – wohl wenig überraschend angesichts des Bildes eines eher ungeselligen Frauenzimmers, das ich von mir gezeichnet habe.

Natürlich ist keine Frau allein auf der Welt, selbst wenn sie sich bei jeder sich bietenden Gelegenheit auf einem Kirschbaum versteckt. Zu Hause war meine Schwester meine ständige Gefährtin und Mitverschwörerin, während ich in der Schule (bis ich elf Jahre alt war, ging ich in eine gemischte Grundschule, danach auf ein Mädchengymnasium) einen Freundeskreis aus Jungen und Mädchen hatte, mit denen ich zum großen Teil noch immer befreundet bin. Da ich eher mit Freaks verkehrte, die sich für Musik, Schauspiel und Technik begeisterten, gehörte ich nicht den beliebtesten Cliquen an, aber ich kam mit allen aus und entschärfte eventuell auftretende Probleme mit Humor. Im Gymnasium war ich eine sehr mittelmäßige Schülerin. Es dauerte eine Weile, bis ich mich, als eine der Cleversten in meiner Grundschulklasse, in den meisten Gymnasialfächern im Mittelfeld eingerichtet hatte. Das Lernen fiel mir nicht leicht, es machte mir Mühe. Gewissermaßen war es ein Kulturschock, der sich aber wahrscheinlich nicht zum Schlechtesten auswirkte, nahm er mir doch alle Frühreife, die ich mir hätte einbilden können, nachdem ich ein so förderndes Elternhaus hatte, in dem alle dachten, ich sei eine Art Genie, weil ich gern las. Ich war weder die Hübscheste noch die Hellste in der Klasse, was aber ein Vorteil war, wie ich bald feststellte, denn die klügsten und hübschesten Mädchen schienen am meisten schikaniert zu werden. Stattdessen lernte ich viel und gewissenhaft – Nebenprodukt eines angeborenen Bedürfnisses zu gefallen. Trotz der gelegentlichen Sorge, entweder meine Lehrer oder meine Eltern zu enttäuschen, ging ich im Großen und Ganzen gern in die Schule. Ich weiß, es klingt verrückt.

Ironischerweise war ich in Liebesdingen eher ein Spätzünder. Mit zwölf oder dreizehn bekam ich von einem Jungen, den ich über einen Freund kennengelernt hatte, meinen ersten Kuss, und ich muss ehrlich sagen, dass er mich nicht sonderlich beeindruckt hat. Da waren keine Donnerschläge, da ertönte keine romantische Musik, und hinterher war ich irgendwie deprimiert. Ich glaube, ich oder er sagte tatsächlich: »Na dann.« Also, weder seine noch meine Welt war in Brand geraten.

Ich las die Mädchenzeitschriften *Just Seventeen* und *Minx* und wusste, wie Sex funktionierte, hatte damals aber noch kein Interesse daran, es auszuprobieren. Allerdings hatte ich herausgefunden, dass ich, wenn ich nicht schlafen konnte und mich mit der Hand zwischen den Beinen rieb, ein wohliges Gefühl bekam und eindöste. Und wenn meine Gedanken schweiften, während ich mir solcherart Lust verschaffte, drehten sie sich immer um dieselben Themen.

Mythen und Legenden haben mir schon immer gefallen. Als Jugendliche war Robin Hood mein Favorit. Ich sah mir alle Filme und TV-Serien an (die jüngsten Verkörperungen dieser Figur werden wir übergehen, sonst fange ich an, mit den Zähnen zu knirschen) und las alle Bücher, die ich kriegen konnte, ob fiktional oder historisch. Aber egal ob Buch oder Film, ich hatte so meine Probleme mit Robins Braut Maid Marian. Ich konnte es nicht ausstehen, dass sie sich ständig aus irgendeinem dummen Grund in Gefahr begab und gerettet werden musste; dass sie nicht kämpfte und ihr nicht einmal die Würde zugestanden würde, ein redlicher Kumpan zu sein; dass sie den Großteil ihrer Zeit die Wunden der Merry Men verband und nachdenklich in die Ferne blickte, wenn die Männer in ein Abenteuer ritten.

Trotzdem waren meine Lieblingsstellen in diesen Geschichten immer diejenigen, in denen sie in eben jene Gefahren geriet, für die ich sie verachtete. Als sie gefangengenommen wurde –

als unvermeidlicher Köder in einer Falle, um Robin Hood zu fangen (anscheinend ihr Hauptzweck im Leben) –, fachte ihr Widerstand gegen Guy von Gisborne und den Sheriff von Nottingham meine Fantasie an: Sie wurde in irgendeinem klammen Gelass festgehalten, die Bilder zeigen sie oft in Ketten oder Fesseln. Machtlos. Aber sie war unbeugsam, würdevoll in ihrer Unwürde, und irgendwie brachte das eine Saite in mir zum Schwingen, machte mein Herz rasen. So wie als Kind, wenn man etwas las oder sah, das sich einem so tief einprägte, dass man hineingezogen wurde, dass es in jenem Moment einem selbst geschah, dass man es am eigenen Leib erlebte und spürte. (Ich sage: »Als Kind«, doch sobald ich etwas Beeindruckendes sehe oder lese, überkommt mich noch immer dieses Gefühl, wenn auch seltener.) Jedenfalls waren alle Szenen, die ich im Kopf mit mir selbst in der Hauptrolle nachspielte, genau die Szenen mit Maid Marian, auch wenn sie eher blödsinnig war und ich dazu neigte, die dumpfen Stellen zu beschönigen, nachdem Robin sie gerettet hatte und sie wieder ins Lager zurückkehren musste, um das Feuer zu schüren. An solche Geschichten dachte ich, wenn ich nachts im Bett lag.

Zumindest bis ich die Pornografie entdeckte.

Als ich vierzehn war, machte eine Zeitschrift Furore, die zusammen mit ihrer monatlichen Ausgabe gratis ein erotisches Buch für Frauen herausgab. Ich hatte in meinem Zimmer kein Internet, wusste aber, dass dies der richtige Ort war, um sich erotische Inspirationen zu holen. Ich war jedoch nicht an Bildern von Möpsen interessiert, weil ich selbst welche hatte und sie auch nicht besonders geil fand. Doch dieses Buch war anders. Das ganze Gerede über den moralischen Niedergang und so weiter hieß, dass ich fast einen ganzen Monat lang verzweifelt versuchte, an ein Exemplar zu kommen. Langsam vermutete ich, dass ich verdorbener war als meine Schulfreunde oder zumindest verdorbener, als sie es von sich selbst laut zu sagen wagten. Aber auch abgesehen davon, zu sehen, wie skandalös dieses Buch wirklich war, könnte es mir als eine Art Verdorbenheitsbarometer dienen, sagte ich mir.

Nur war da ein Problem.

Meine direkte Nachbarin arbeitete beim einzigen Zeitungshändler, der groß genug war, um diese Zeitschrift in unserer Kleinstadt zu führen. Sie würde mir das Heft also nicht verkaufen, weil sie wusste, dass ich weit unter achtzehn war, außerdem würde sie sich gezwungen sehen, es meiner Mutter zu erzählen, und diese würde mich dann in eines dieser Gespräche verwickeln, die so grässlich sind, dass man sich am liebsten selbst die Ohren abreißen würde, nur damit es aufhört. Unser Zeitschriftenladen war also eindeutig eine Sackgasse. Eines Nachmittags schließlich nahm ich nach der Schule den Bus in die nächstgelegene größere Stadt, dort kaufte ich die Zeitschrift – mit feuchten Händen, noch immer in meiner Schuluniform und in ständiger Angst, dass die desinteressierte Frau hinter dem Tresen merken könnte, dass ich minderjährig war und schamlos das kaufte, was die *Daily Mail* als »totalen Schund« bezeichnet hatte, und dass sie es von mir zurückverlangen könnte, bevor ich unvermeidlicherweise für immer verdorben wäre. Sie tat nichts dergleichen. Ich stopfte die Zeitschrift samt Buch in meinen Rucksack und ging mit noch immer klopfendem Herzen die zwei Meilen zu Fuß nach Hause, meiner Mutter sagte ich, dass ich mich wegen des Hockey-Trainings verspätet hätte.

Aus heutiger Sicht wirken der damalige Skandal und die Empörung über dieses Buch lächerlich – ich kann es einfach nicht wegwerfen, obwohl ich es so oft durchgeblättert habe, dass die Seiten langsam herausfallen –, aber für mich war die Lektüre eine Offenbarung. Die Seiten meiner Lieblingskapitel sind noch immer an der Ecke eingeknickt, damit ich sie leichter finde. An einer besonderen Stelle geht es um eine resolute, aber verletzliche Frau im Streit mit einem Mann, den sie eindeutig mag, mit dem sie aber ständig Zoff hat. Schließlich wird sie mit Efeu an einen Baum gebunden – ja, es ist eher harmlos, aber es war Persischer Efeu, der bislang wohl ungeahnte Bondage-Qualitäten besitzt … Er macht mit ihr, was er will, streicht mit der Hand über ihren Körper, küsst sie heftig, beschimpft sie. Sie steht da, erregt, ohne es zu wollen, und er bringt sie zum Orgasmus, während sie nichts tun kann, außer ihren Kopf an den Baum zu lehnen und ihre Lust herauszustöhnen. Heute klingt das echt kitschig, fast wie die sexistischen Groschenromane des Verlags *Mills & Boon*, damals aber machte mich das an. Wenn ich nachts im Bett lag, fantasierte ich also plötzlich über so etwas, begleitet von meiner Hand zwischen den Beinen, die mich in einen friedvollen Schlaf rieb.

Im Leben jedes Mädchens kommt natürlich irgendwann die Zeit, in der echte Jungen die Rolle der Bücher und der Guys von Gisborne ihrer Fantasie übernehmen, außerdem war ich nie wirklich der Robin-Hood-Typ. Mein erster fester Freund – älter, aber nicht klüger – schien anfangs auf Signale zu reagieren, von denen ich gar nicht wusste, dass ich sie aussandte. Anders als andere Jungen, mit denen ich geknutscht hatte, hielt er meinen Kopf fest, meinen Pferdeschwanz um seine Hand geschlungen, während wir uns zum Abschied küssten, und das mochte ich. Es gefiel mir, mich reglos in seiner Hand zu wissen, während unsere Zungen sich duellierten.

In Tagträumen hing ich dem Potenzial dieser Küsse nach, dem, was nach diesem Vorspiel kommen könnte, dem Hinweis, den sie auf eine ganz andere Seite von ihm gaben, eine Seite, die andere nicht sahen, die ich aber spürte, als würde sie meine entsprechende, komplementäre Seite stimulieren. Eines Abends biss er mich so stark in die Unterlippe, dass ich in überraschter Lust in seinen Mund wimmerte. Sofort wich er zurück, er riss mir in der Eile fast ein Haarbüschel aus und entschuldigte sich dafür, dass er mir wehgetan hatte. Ich wäre mir blöd vorgekommen, wenn ich ihm erklärt hätte, dass es mir eigentlich gefiel, und nahm seine Entschuldigung an. Ich sagte: Macht nichts, und ging enttäuscht nach Hause, mit harten Nippeln und feuchtem Schlüpfer.

Noch wusste ich nicht, was dieser Kuss zu bedeuten hatte, der mich so erregte. Ich wusste nur, dass nette Mädchen von so etwas nicht geil wurden, und wenn, dann redeten sie ganz sicher nicht darüber. Also tat ich es auch nicht. Ich lebte mein Leben, ging durch die üblichen Phasen. Schließlich verloren mein erster Liebhaber und ich zusammen unsere Unschuld, als seine Mutter, Arzthelferin, einmal für eine kranke Kollegin einspringen musste. Doch wegen unser beider Unerfahrenheit, kombiniert mit unserer Gehemmtheit und der Tatsache, dass wir horchten, ob seine Mutter nicht doch unerwartet zurückkäme, war es oberflächlich und erschütterte die Grundfesten meiner Welt nicht, obwohl es eigentlich ganz schön war. Doch ich fand es nicht so angenehm, wie im Bett zu liegen und mich selbst zu berühren, allerdings brachte ich das, was mir mit dem Jungen gefehlt hatte, damals noch nicht mit einem ausbleibenden Orgasmus in Verbindung. Wenn ich mir heute überlege, wie naiv und zögerlich unser Gefummel war, kommt es mir wie ein Wunder vor, dass wir dieses erste Mal überhaupt Sex hatten. Dennoch fanden wir beide diese Erfahrung wenn nicht perfekt, so doch sicherlich gut genug, um einander noch lange danach wie benommen anzugrinsen, obwohl wir durch den Mangel an Intimsphäre in ständiger Angst waren, in flagranti erwischt zu werden, und Fähigkeiten entwickelten, so schnell unsere Positionen zu verändern, dass Superman neidisch auf uns – und wahrscheinlich auch einigermaßen irritiert – gewesen wäre.

2. KAPITEL

Meine erste jugendliche Liebe lief sich tot, als wir beide von zu Hause auszogen und an entgegengesetzten Enden des Landes auf die Universität gingen. Wir vermissten einander natürlich, aber wie alle Erstsemester wurden wir bald vom studentischen Leben und den außeruniversitären Vergnügungen eingeholt.

Für mich bestand dieses Vergnügen eine ganze Zeit lang darin, die Gemeinschaftsküche zum Brotbacken zu nutzen. Meine Mutter sah es nicht gern, wenn andere in ihrer Küche hantierten, und so freute ich mich, dass ich endlich selbst kochen konnte. Nach den Vorlesungen gingen wir manchmal etwas trinken und führten Diskussionen, die rückblickend hochtrabender Quatsch waren, die man aber mit achtzehn für überaus wichtig hält, weil sie zeigen, wie erwachsen man ist!

Bei einem dieser besoffenen Diskurse in meinem dritten Studienjahr lernte ich Ryan kennen. Ryan brachte mich nicht direkt vom rechten Weg ab (damals war ich überzeugt, dass ich auch allein auf ausreichend vertrackte Ideen kommen konnte, auch ohne meine wachsende Büchersammlung und ohne Internetzugang auf dem Zimmer – ein weiterer Vorteil der Uni), aber er öffnete mir die Tür zu einer Welt, von deren Existenz ich zwar eine vage Vorstellung hatte, von der ich aber nicht ganz sicher war, ob ich sie betreten wollte. Immerhin rentierten sich so ein paar der vielen Stunden, in denen wir über Foucault, Feminismus und Chomsky diskutierten (ich sage ja: hochtrabend).

Ich hatte Ryan zum ersten Mal in der Bibliothek gesehen. Seine Arbeitsecke war gegenüber meinem Platz – aber so fleißig, wie das nun klingt, waren wir gewiss nicht. Wir nickten uns immer höflich zu, irgendwann baten wir uns gegenseitig, auf unsere Sachen aufzupassen, wenn einer kurz aufs Klo musste, meine Tasche nahm ich jedoch immer mit. Ich fiel schließlich nicht auf ein hübsches Gesicht herein – und gut aussehend war er!

Meine Freundin Catherine brachte Ryan einmal mit in den Pub, mitten ins Gewühl unseres betrunkenen Geplappers. Ich sah, dass er die Leute eher beobachtete, als sich selbst in die Diskussion einzubringen, aber wenn er etwas sagte, dann sprach er langsam und bedacht, war wortgewandt und ließ sich nicht niederbrüllen. Ich fand ihn beeindruckend, er war das genaue Gegenteil der anderen Burschen, die sich um unseren Tisch drängten.

Er war ein bisschen älter als ich, hatte in den USA bereits ein paar Jahre studiert und absolvierte nun ein Hauptfachsemester in Politologie an unserer Uni. Er war nett, lustig und unterhaltsam, aber er nahm sein Studium wie auch die meisten anderen Dinge sehr ernst. Das gefiel mir. Das Unileben machte Spaß, aber ich war kein Neuling mehr und trank nicht bis zum Umfallen. Ich hatte immer im Hinterkopf, dass das Studium Geld kostete und ich mich dafür anstrengen sollte. Ich mochte Ryans Arbeitsmoral und dass er dieselben Ansichten dazu hatte. Zudem konnte ich nicht umhin festzustellen, dass er auf seine nachdenkliche und etwas freakige Art sexy war, und er hatte einen Akzent, der einem wahrlich Schmetterlinge in den Bauch treiben konnte, natürlich vorausgesetzt, er ließ sich überhaupt dazu verleiten, etwas zu sagen.

Die Sache brauchte ihre Zeit. Es tobte eine Debatte über einen Kalender, den eine Damensportmannschaft herausgeben wollte, um an Geld zu kommen, dazu wollten die Frauen nackt posieren, lediglich von irgendwelchen Gegenständen verdeckt. Ein Kommilitone aus meinem Wohnheim beklagte, wie erniedrigend das sei – offenbar vor allem, weil seine Freundin auf einem Foto war. Ich führte an, dass es nicht erniedrigend sei und dass es ihn auch gar nichts angehe, solange das Mädchen kein Problem damit hätte. Der Streit wurde immer hitziger, was unausweichlich war, weil er sich darüber aufregte, dass es die Männer nach den üppigen Reizen seiner Freundin gelüsten könnte. Und was ihm nach fünf Bier an Eloquenz fehlte, machte er mit Lautstärke, wildem Gestikulieren und Überspitzungen wett. Ich konnte mich nicht zurückhalten, obwohl mir das Ganze in jeder Hinsicht eigentlich egal war, aber es machte Spaß zu streiten, und mit ihm zu reden war, wie Fische in einem Fass zu harpunieren – einem Fass voller Bier.

Bald stellte sich heraus, dass ich nicht die Einzige war, die Debattieren mitunter als eine Art Sport betrachtete. Ryan schaltete sich zur Unterstützung meines betrunkenen Stockwerksnachbarn ein. Er nannte mich antifeministisch, argumentierte anhand altmodischer, frivoler Urlaubspostkarten über Absicht und Wirkung von Fotos und landete direkt in einem Diskurs über Pro und Kontra der Pornografie.

Nach einer Weile wurde der Kreis der Diskutierenden kleiner, einige gingen Bier holen, standen nur herum oder versteckten sich regelrecht. Wir aber stritten weiter. Ryan war gegen jede Art von Pornografie, ich dafür – unter der Voraussetzung, dass alle Beteiligten freiwillig mitmachten und gut bezahlt wurden. Catherines Kopf schnellte hin und her, als würde sie ein besonders langatmiges Tennismatch verfolgen.

Irgendwann begann ich, innerlich zu grinsen. Meine Ansichten zur – gesetzlich erlaubten – Pornografie beruhen weitgehend auf dem Prinzip, dass jeder machen soll, was er will. Insofern war mir das Thema so oder so herum gleichgültig, aber ich wollte Ryan einfach nicht das letzte Wort lassen und wollte sehen, wie lange er durchhielt. Außerdem, wenn ich ehrlich bin und auch ein bisschen gemein, gefiel es mir, dass der heiße Ami mir seine ganze Aufmerksamkeit schenkte, auch wenn er angefangen hatte, sich als Reaktion auf meine argumentatorische Unbeugsamkeit immer wieder an den Kopf zu fassen.

Wie gesagt, es brauchte eine Weile, aber dann sah ich in seinem Blick, dass er begriffen hatte, dass ich nur zum Spaß stritt. Wieder fasste er sich an den Kopf, straffte seine Schultern und blickte mich lange an. Er sah, dass ich ein Zucken um den Mund nicht verbergen konnte, dann beugte er sich vor und schüttelte mir die Hand.

»Gut gespielt, Miss, gut gespielt.«

Ich grinste ihn an und spendierte ihm ein Bier. Das schien die Höflichkeit zu gebieten.

Als der Pub schloss, machten wir uns torkelnd auf den Heimweg. Catherine und ich waren unsicher auf den Beinen und kicherten albern. Ryan bot an, mich nach Hause zu bringen, und als ich meinen Schal umlegte, beugte Catherine sich vor und packte ihn am Arm.

»Du kannst uns beide nach Hause begleiten, wir wohnen im selben Heim.« Das hätte sie wohl gern gehabt, aber er schien von diesem Vorschlag nicht begeistert zu sein. Und ich, ehrlich gesagt, auch nicht: Der Mann, den ich wochenlang in der Bibliothek beäugt hatte, hatte sich als klasse Typ erwiesen, und ich hoffte, dass er dasselbe von mir dachte. Doch da ich wusste, wie zugeknöpft er war, solange er nicht reichlich getankt hatte, war ich mir nicht sicher, ob und wie ich je wieder Gelegenheit bekommen sollte, ihn noch einmal so zu erleben.

Doch Lob sei der modernen Kommunikation! Am nächsten Morgen wachte ich mit einem dicken Kopf auf und brauchte dringend ein Specksandwich – da fand ich eine Mail, in der er mich fragte, ob ich mich mit ihm treffen und ins Kino gehen wollte. Ich war so scharf darauf, dass ich antwortete, bevor ich überhaupt aufstand und mich auf die Suche nach einem magenberuhigenden Tee machte.

Ganz der Kavalier, machte er im Kino den Fehler, mich den Film aussuchen zu lassen. Also zerrte ich einen Mann, dem weder die Spannung und die Schockeffekte von Horrorfilmen noch die Unwahrscheinlichkeit von Science-Fiction gefielen, in einen Streifen, der beides war. Selbst im dunklen Saal konnte ich im flackernden Licht des Projektors seine leicht angewiderte Miene sehen – das heißt, wenn er nicht die Hände vors Gesicht geschlagen hatte.

Danach gingen wir essen. Die Unterhaltung war angeregt, nicht zuletzt weil ich ihn verspottete, ein noch größeres Weichei zu sein als ich, während er den Film als Blödsinn niedermachte und die Schwächen im Plot so pingelig aufzählte, dass ich laut lachen musste. Es machte einen Riesenspaß, und als er meinte, wir könnten uns doch wieder mal treffen, war ich sofort einverstanden.

Also trafen wir uns. Wir gingen in einen Comedy-Club und zum Konzert einer Band im Studentenwerk. Schließlich lud er mich zu sich ein, um Filme anzuschauen. Selbst in meiner relativen Unschuld war mir klar, dass dies in Sachen Flirt hieß: alles oder nichts. Ich buk Schoko-Brownies, ich wusste zwar nicht, inwieweit sie es mit denen von zu Hause aufnehmen konnten, er aber verschlang sie zu riesigen Mengen Kaffee, während er durch die Programme zappte. Als ich es schon so gut wie aufgegeben hatte, herausfinden zu wollen, ob er sich in Liebesdingen für mich interessierte, beugte er sich endlich zu mir herüber und machte den Anfang. Er tat so, als wische er mir Krümel aus dem Mundwinkel, ging aber nach der Berührung mit seinen Fingern schnell dazu über, mir seine Lippen auf den Mund zu drücken. Ich lächelte innerlich und hatte nicht das Bedürfnis, ihm auszuweichen. Schließlich hatte ich mir wochenlang überlegt, wie sich dieser Moment anfühlen würde.

Er begann zaghaft, küsste mich zärtlich auf den Mund, drückte mir überall kleine Küsschen auf, dann wurde er mutiger, schob seine Zunge in meinen Mund und küsste mich richtig. Ich wurde nicht enttäuscht. Er schmeckte nach Schokolade und Kaffee, seine Lippen lagen weich auf meinen. Während er mich erkundete, machte ich den Mund begierig auf und sog ihn tiefer in mich hinein.

Er nahm mich in den Arm, streichelte meinen Rücken, presste mich an sich. Als ich seine Fingerspitzen auf meinem Rückgrat spürte, schauderte ich erregt. Alle meine Nervenenden waren gereizt von seiner Berührung, von jeder noch so kleinen Verbindung seines Körpers mit meinem – mit seinen Händen, seinem Mund, ja auch seinem Unterleib, der sich drängend an mich drückte.

Eine ganze Weile knutschten wir nur, begierig und hingebungsvoll. Er konnte toll küssen, bedächtig und leidenschaftlich. Während unsere Hände durch die Kleider hindurch über unsere Körper wanderten, stimulierte er mich weiterhin so lustvoll mit der Zunge, dass mein Gehirn fast aussetzte. Ein zerfaserter, unfertiger Gedanke drang irgendwie durch den Nebel: Wenn er mir allein beim Küssen so eine Lust verschaffte, wie um alles in der Welt wäre es dann, mit ihm zu vögeln?

Als er sich hinunterbeugte und meine Jeans aufzumachen begann, dachte ich, ich würde es gleich herausfinden. Meine Hände wanderten zu seinem Gürtel, er aber hielt sie fest. Er faltete meine Finger auseinander, führte sie an seinen Mund und küsste sie zärtlich, bevor er sie wegschob und seine Hände wieder zu meinem Reißverschluss zurückkehrten. Er zog mir die Hose über die Hüften, und meine blau gepunktete Unterhose kam zum Vorschein, was mich ein bisschen erröten ließ.

Er grinste. »Hübsch.« Ich wollte schon eine Rechtfertigung für meine leicht sonderbare Wahl der Unterwäsche stammeln, aber sein Blick bremste mich. »Setz dich kurz auf.« Ich bewegte mich, und er zog mir Jeans und Unterhose aus, sodass ich ganz entblößt war.

Eine Zeit lang sah er mich nur an. Ich versuchte stillzusitzen, aber es ist mir immer peinlich, wenn jemand zum ersten Mal meine intimen Stellen sieht, vor allem wenn man ganz offenbar nicht eine erwachsene Version von »Du zeigst mir deins, ich zeig dir meins« spielt. Ich sah ihn lächeln und schielte auf seinen Schritt – erleichtert stellte ich fest, dass er überaus angetan war von dem, was er sah. Ich beugte mich wieder vor und streckte die Hände nach ihm aus, er aber sagte: »Schon gut. Warte kurz.«

»Ich bin kein geduldiger Mensch«, brummte ich.

»Dann denke über diesen Charakterzug nach.« Er kniete sich vor mich hin. Ich trat ihm mit meinem nackten Fuß spielerisch gegen das Knie und stöhnte, als er mit dem Finger über die Innenseite meines Schenkels strich, so nah an der Stelle, wo ich ihn haben wollte, aber nicht nah genug. Ich wartete. Meine Schenkel zitterten leicht, während er an beiden Seiten unterhalb meiner Schamlippen hinauf- und hinunterstrich und ich mir verzweifelt wünschte, er würde nur ein paar Zentimeter weiter nach oben wandern und mich dort berühren, wo ich mich nun nach ihm verzehrte. Ich schloss die Augen und rang um Beherrschung. Ich glaube, ich hatte sie fast wiedergefunden, zumindest bis ich seinen Mund an meiner Möse spürte und er genüsslich über meinen Hügel leckte, bevor er sanft hineinglitt und mich kostete. Ich stöhnte, er auch. Ich erbebte bei seinem lustvollen Brummen, als er mich zum ersten Mal ganz innen leckte. Dann küsste er mich auf dieselbe züngelnde Weise, mit der er kurz zuvor meinen Mund erobert hatte. Ich schob mich an den Rand des Sofas vor und presste mich an ihn, während ich mich unter seiner Zunge wand, die abwechselnd leicht und neckisch, dann wieder stärker und zwingender leckte. Meine Lust kam in Wellen. Als er schließlich an meiner Klit knabberte und kräftig daran saugte, kam ich so laut, so überwältigend und mit solch einer Macht, dass ich Sternchen sah. Es war eine Offenbarung, aus purer Freude musste ich darüber laut lachen. Ich wollte nur noch zu Atem kommen und es wieder tun.

Ich blickte ihn an – er sah mich noch immer ganz ernst an –, legte ihm die Hand an die Wange und streichelte sein Gesicht. Lächelnd drehte er den Kopf und küsste meine Hand. Ich beugte mich hinunter und küsste ihn, dann glitt ich neben ihn auf den Boden und kuschelte mich so dicht an ihn, dass er mein noch immer klopfendes Herz spüren konnte. Als ich wieder bei Atem und wieder in dieser Welt war, spürte ich, wie sein steifes Glied sich an mich drückte, und als ich dieses Mal meine Hand nach unten bewegte, hielt er sie nicht fest. Ich machte seine Hose auf, holte es heraus und bückte mich. Ich wollte es in den Mund nehmen, aber er sträubte sich.

»Lass mich bitte nur in dir sein.«

Ich nickte schnell und legte mich auf den Rücken, er nahm ein Kondom. Es wäre ja unhöflich von mir gewesen, wenn ich etwas dagegen gehabt hätte, nachdem mein eigener Orgasmus immer noch nachklang. Er drang in mich ein, bei dieser ersten Vereinigung krampfte sich meine Möse zusammen. Ächzend vergrub er sein Gesicht in meiner Schulter. Ich bewegte die Hüften, drückte ihn tiefer in mich hinein, aber bevor er sich selbst bewegte, zog er mir das Oberteil aus und befreite mit einem Stöhnen meine Brüste aus dem BH.

Mit begierigem Blick starrte er meine harten Nippel an, konnte sich aber einen Kommentar nicht verkneifen. »Keinen dazu passenden gepunkteten BH? Ich bin enttäuscht.«

Ich streckte ihm die Zunge raus und bewegte mich intensiver unter ihm, wobei meine Brüste unweigerlich hüpften. Er beugte den Kopf und nahm sie in die hohle Hand, streichelte und küsste sie. Abwechselnd nahm er die Nippel in den Mund, als er – endlich! – begann, sich auch zu bewegen.

Keuchend vögelten wir. Außer unseren Bewegungen, unserer Vereinigung und unserer Lust war nichts wichtig. Es war unsagbar geil, zu sehen, wie aller Ernst aus Ryans Gesicht wich, wie er völlig schutzlos war. Und zu sehen, wie er kam, machte mich so eng, dass ich auch kam, als ich meine Finger zwischen uns schob und meine Klit kurz berührte.

Am nächsten Morgen war die einzige Wolke am Horizont das Wissen, dass unsere Beziehung, selbst in dieser frühen Phase, zeitlich begrenzt war. Ich war enttäuscht, genervt gar, aber nachdem ich den ganzen Abend lang nackt in seinem Zimmer gelegen, ferngesehen und getrunken hatte, unterbrochen von Küssen, Tasten und Vögeln, war ich fest entschlossen, das Beste aus jeder Minute zu machen, die Ryan hier war. Man soll Heu machen, solange die Sonne scheint.

Wir trafen uns gelegentlich, aber da seine Rückkehr in die Staaten immer über uns schwebte, gingen wir nicht davon aus, dass es eine ernste Sache werden würde. Doch er war der aufmerksamste Liebhaber, den ich je hatte – unendlich geduldig im Schenken und Empfangen von Lust. Duldsam ließ er mich seinen Körper erkunden, und ich fasste Vertrauen, während ich seinen Schwanz lutschte und leckte, ihn so lange streichelte, wie ich wollte, und herausfand, was ihm Lust machte, und das genoss ich. Doch in einer Million Jahren hätte ich nicht vermutet, dass er auch nur im Entferntesten pervers wäre, und was als Nächstes geschah, war meine erste Lektion darin, keine Mutmaßungen über Menschen anzustellen.

Geschmack an ungewöhnlichen Sexualpraktiken bekam ich, wie vermutlich viele Leute, zuerst bei einer ordentlichen, kräftigen Tracht Prügel.

Ich behaupte, dass ich eine ziemlich ausgeprägte Vorstellungskraft besitze. Ganz sicher – und das sage ich nicht aus Stolz, sondern es ist die Feststellung einer Tatsache – habe ich eine äußerst schmutzige Fantasie, und es macht mich überglücklich, alternative Gebrauchsmöglichkeiten für unschuldig aussehende Gegenstände zu finden. Da ich mein karges Studentenbudget in erster Linie für Bücher und Bier ausgab, wenn auch nicht unbedingt in dieser Reihenfolge, bestand mein bevorzugtes Sexspielzeug also hauptsächlich aus zweckentfremdeten Haushaltsgeräten.

Mir gefiel der Gedanke, dass in meinem Zimmer, unter meinen Sachen, nichts war, das man in die Hand nehmen und zu schändlichen Zwecken gegen mich verwenden könnte, nichts, an das ich nicht schon selbst gedacht und mit dem ich höchstwahrscheinlich nicht schon selbst gespielt hätte – vielen Dank. Daher war die Haarbürste so eine große Überraschung für mich.

Ich habe sehr kräftiges, dichtes Haar. Nicht wie ein Mannweib – zumindest nicht, wenn ich täglich dafür sorge, dass die Schlüsselstellen rasiert sind –, aber so, dass ich am Morgen, wenn ich aus dem warmen Bett komme und noch schlaftrunken bin, oft ein bisschen aussehe wie eine Wilde.

Und oft ist das auch nach einem guten Fick so.

An jenem Tag waren wir noch nicht einmal an diesem Punkt angekommen. Wir hatten eine gefühlte Ewigkeit geknutscht – die Küsse zweier Menschen, die die Spannung noch ein bisschen hinauszögern wollen. Jeder Kuss, jede Bewegung war ein Vorspiel und ein Versprechen auf mehr. Schließlich kamen wir in dem unausgesprochenen Einverständnis weiterzumachen wieder zu uns. Mein Gesicht war wund von seinen Bartstoppeln, meine Brustwarzen drückten sich durch den Stoff meines Oberteils, und er hatte eine sichtbare Ausbeulung in der Hose. Als wir uns voneinander lösten, zog er mit einigen Schwierigkeiten seine Hände aus meinem Haar.

Ich wollte meine Haare mit den Fingern andeutungsweise glätten, er aber zog meine Hand weg und küsste jeden Finger einzeln. Sein Grübchen blitzte auf, als er mir ein Lächeln schenkte, das man fast als wölfisch bezeichnen konnte. »Lass doch, wir zerzausen es ohnehin gleich wieder, und das ist gut so, es gefällt mir, wenn du verstrubbelt bist.«

Ich streckte ihm wieder mal die Zunge raus und knöpfte meine Bluse auf. »Ich werde meiner Haare nicht Herr. Aber deines sieht im Moment auch ziemlich ungepflegt aus.« Ich deutete vage hinter mich und neckte ihn liebevoll: »Da hinten ist eine Bürste, die kannst du benutzen, wenn nötig.«

Ryan hatte so dunkles und mindestens genauso widerspenstiges Haar wie ich, auch bevor ich beim Küssen meine Finger hineingegraben hatte. Es war beträchtlich kürzer als meines, allerdings fielen ihm die vorderen Strähnen ständig in die Stirn, und um sie sich aus dem Gesicht zu streichen, wenn er etwas Wichtiges sagte, verwuschelte er sein Haar unbewusst. Ich fand das – und ihn – bezaubernd.

Ich drehte mich weg und zog meine Hose aus, bückte mich,

um sie vom Boden aufzuheben, wo sie sich um meine Füße ringelte. Und da schlug er mich.

Ich denke, der Auslöser war das Geräusch. Dieses Geräusch und die Tatsache, dass es ganz unerwartet kam. Wenn man einen so kräftigen Hieb auf den Hintern bekommt, dass das Geräusch im Raum widerhallt, und wenn man damit überhaupt nicht gerechnet hat, dann tut es weh. Auch wenn man sich im Stillen sagt: »Ach, meine Güte, das war doch bloß ein Schlag!«, muss man sich unweigerlich den Hintern reiben. Zumindest ich musste das.

Ich drehte mich um, die Hand noch an meiner brennenden Hinterbacke, und sah seinen weiten, unschuldigen Blick, sein strahlendes Lächeln, als er die breite, flache Bürste vor mir schwenkte. »Du hast gesagt, ich kann sie benutzen.«

Da war sie, die uralte Warnung, seine Worte mit Bedacht zu wählen! Ich lächelte zurück, ich hatte das Gefühl, gleich etwas Wunderbares zu erleben, auf das ich jahrelang gewartet hatte. Ich fasste Mut und gab ihm die Erlaubnis, auf die er anspielte: »Stimmt, das habe ich gesagt.«

Dickes Haar braucht eine dicke Bürste, und das war sie. Als er mir die Unterhose auszog, mich auf seinen Schoß zog und begann, mich damit zu schlagen, hallte das Geräusch durch den Raum. Ich machte mir Sorgen, was in aller Welt mein Zimmernachbar denken mochte, zumindest nachdem das ein paar Sekunden so ging. Danach scherte es mich nicht mehr.

Ich hatte mich oft gefragt, wie sich richtige, harte Schläge wohl anfühlten, aber dass es sich so anfühlte, hätte ich niemals gedacht.

Es tat weh, ja, klar. Mehr, als ich erwartet hätte – schließlich gehöre ich einer Generation an, die in der Schule nicht mehr geschlagen wurde. Bei den ersten Schlägen zischte bei jedem Hieb die Luft aus meinen Lungen, und ich konnte nur denken: Wie sehr es schmerzt! Das war eindeutig nicht das sexy Getätschel meiner heimlichen Fantasien. In einem panischen inneren Monolog versuchte ich zu entscheiden, ob ich dem Ganzen aktiv ein Ende setzen oder einfach versuchen sollte, es auszuhalten, bis er damit fertig war. Aber da veränderte sich auf einmal dieses Gefühl, es ging fast auf wie eine Blüte. Es tat noch immer weh, aber kurz nach dem Schlag verschmolz das Brennen meines Hinterns zu einem lustvollen Schmerz, und als das Adrenalin durch meinen Körper floss, verschwamm der Schmerz der ersten Hiebe mit der Wärme der Lust, die ich daraus zog.

Er hatte an der linken Arschbacke angefangen und mich in regelmäßigem Takt geschlagen, bis mein Herz praktisch zeitgleich schlug und mein Körper auf seine Hiebe reagierte. Immer wieder traf die Bürste auf eine andere Stelle, bis die ganze Backe heiß war und ich mich auf seinem Schoß wand wie ein zerfasertes Nervenbündel. In diesem Moment bestand meine Welt aus ihm und mir, der brennenden Hitze meines Hinterns, der Nässe zwischen meinen Beinen und dem Druck seines Schwanzes, der hart an meinem Schenkel lag, während ich mich auf ihm wand. Hätte er mich gefragt, was er tun sollte, und wäre ich in der Lage gewesen, Worte zu formen, hätte ich ihn gebeten aufzuhören, denn der Schmerz war kurz davor, unerträglich zu werden. Gleichzeitig sagte mir die Hitze zwischen meinen Beinen, dass ich mich gleich darauf todsicher beraubt gefühlt und ihn angebettelt hätte weiterzumachen, wenn er aufgehört hätte. Aber ich hatte gar nicht die Wahl, und das machte auch nichts, denn ich wäre um keinen Preis der Welt der Sprache mächtig gewesen.

Er wechselte die Arschbacke, und alles begann von vorn. Doch als ich versuchte, meine Reaktion auf den Schmerz zu mäßigen, spürte ich einen Finger über meine Schamlippen streichen, und mit Leichtigkeit steckte er ihn mir rein – so leicht, dass ich froh war, ihm den Rücken zuzudrehen, damit er nicht die plötzliche Röte in meinem Gesicht sah.

An diesem Punkt krümmte ich mich wahrlich auf ihm, ich ächzte, Tränen standen mir in den geschlossenen Augen. Er hielt sich beim Schlagen nicht zurück, und als ich mich umdrehte und ihn anblickte, sah ich, dass seine Wangen rot waren vor Anstrengung und Erregung, und bei seinem Gesichtsausdruck musste ich wimmern. Er sah so geil aus! Sein Blick, seine Kopfhaltung – er war ganz anders als der Ryan, den ich kurz zuvor noch gekannt hatte. Ich konnte die Augen nicht von ihm nehmen. Er war die Macht, die Kontrolle. Er machte, dass es mir heiß und kalt wurde, dass ich erregt und nervös war, und während die ganze Welt auf dem Kopf stand, konnte ich nicht anders, als weiterzureiten und darauf zu vertrauen, dass er mich durch die Sache hindurchführte.

Als unsere Augen sich trafen, war der Zauber gebrochen. Wir waren beide mehr als bereit zum Vögeln, aber Ryan war keiner, der eine Aufgabe nur zur Hälfte erledigte. Zumindest kamen die drei letzten Schläge mit der Bürste schnell, wenn auch so heftig, dass ich vor Schmerz winselte. Mir drehte sich der Kopf, denn ich bekam zwischen den Schlägen nicht ausreichend Luft, um mich auf irgendeine Weise darauf vorzubereiten. Ich ritt, so gut es ging, über die Wellen des Schmerzes und japste noch immer, als er mich auf alle viere bugsierte, damit wir – bitte, bitte, bitte! – endlich bumsten.

Meine Möse war voll, ich stöhnte vor Erleichterung auf. Aber die Erleichterung verwandelte sich in Verwirrung, als klar wurde, dass nicht sein Schwanz mich ausfüllte. Blinzelnd drehte ich mich um und versuchte, scharf zu sehen, da sah ich, dass er mich wieder anlächelte und die Bürste verkehrt herum hielt, um mir meinen Saft zu zeigen, der an ihrem Stiel glitzerte. Er klemmte sich eine Haarsträhne hinters Ohr, das Grübchen blitzte wieder auf – da war er wieder, der verspielte Ryan. »Sorry, ich konnte nicht widerstehen.«

Ich knurrte und machte den Mund auf, um etwas zu entgegnen, aber er kam mir zuvor und drang tief in mich ein. Als wir vögelten – ich drückte mich so fiebrig auf ihn, wie auch er in meine Nässe stieß –, erinnerten mich die sich bereits ausbildenden, schmerzenden blauen Flecke und ihre brennende Hitze harsch an die Bestrafung.

Er beugte sich vor und rieb meine Klit, unsere Bewegungen wurden immer rasender und drängender, beide waren wir kurz davor zu kommen. Genau an dem Punkt, als ich das Gefühl hatte, nicht noch wilder vögeln und nicht noch einen weiteren Stimulus verkraften zu können, fuhr er mir mit der Bürste, mit dem Metallbesatz, über meinen ganzen, noch immer pochenden Hintern. Es war, als würde man mir Nadeln ins Fleisch bohren. Ich schrie, ich konnte nicht anders. Hätte ich es gekonnt, dann hätte ich ihn gebeten, damit aufzuhören, weil allein dieses Gefühl so gewaltig war, dass ich dachte, zerspringen zu müssen. Aber so schnell, wie mein Gehirn ausfiel und mir damit sagte, dass ich es nicht aushielt, dass alles zu viel war, so schnell kam auch mein Orgasmus und überspülte mich mit einer Wärme, dass ich mich nur noch zusammenrollen und zehn Minuten ausruhen wollte, bevor ich wieder von Neuem anfing, weil es so ein überwältigendes Gefühl war.

Da lagen wir, in den Laken verheddert, der Schweiß unserer Anstrengungen trocknete, und unser Atem wurde wieder normal. Als ich ihn ansah, hatte er die Augen geschlossen. Mit seinen langen Wimpern sah er aus wie ein Engel, und es war fast unmöglich, in ihm den Mann zu sehen, der gerade dafür gesorgt hatte, dass ich noch tagelang, jedes Mal wenn ich mich hinsetzte, diesen Abend spüren sollte. Ich konnte mir nicht erklären, warum ich nie daran gedacht hatte, eine Haarbürste auf diese Weise zu benutzen. Ich sage nur: Ihre Möglichkeiten habe ich nie wieder übersehen.

Ich habe auch Ryan nie mehr auf dieselbe Weise gesehen. Als wir beide von unserem Adrenalin-Hype wieder runterkamen, herrschte kurz Verlegenheit. Er fuhr sanft über meinen Hintern, begutachtete den Schaden und fragte höflich nach, ob ich große Schmerzen hätte. In gewisser Weise war das sehr britisch. Ich sagte, es gehe mir gut, danke, dann schwiegen wir. Ich glaube, er war befremdet darüber, wie sehr er meine Bestrafung genossen hatte, und rückblickend frage ich mich, ob er in jener Nacht, als er die Bürste geschwungen hat, eine neue Seite an sich entdeckt hat.

Auf jeden Fall half er mir, ein frühes Stück meines Puzzles zu platzieren. Als er ein paar Wochen später seine Sachen packte, um in die USA zurückzufliegen, hatte mein Hintern noch ein paar Mal mit dieser Bürste – und seiner Hand – aufs Engste Bekanntschaft gemacht, einschließlich einer denkwürdigen Gelegenheit, bei der meine Bestrafung Ryan so erregt hatte, dass er auf meinem Hintern gekommen ist und seine Wichse in meinen noch brennenden Arsch gerieben hat. Wir hatten einen Tanz aus Dominanz und Unterwerfung begonnen, aber keiner von uns schien sich ganz sicher zu sein, was als nächster Schritt käme, und hätte es nicht einmal als solchen benennen können. In unserer letzten gemeinsamen Nacht bekam ich eine Vorstellung von dem, was danach hätte kommen können, und noch heute finde ich, dass unsere Beziehung das Potenzial hatte, eine tolle Sache zu werden. Es war eben etwas, das früher zu

Ende ging, als ich es mir, wenn vielleicht auch nur damals, gewünscht hätte.

Bevor es aber zu Ende war, löste er wirklich alle Bremsen.

Ich stand nicht besonders auf Klamotten. Für eine Semesteranfangsdisco zog ich meine alte graue Unterhose und meinen Tennis-Rock hervor und für die eine oder andere Party auch mal ein schickes Kleid. Doch alles in allem war ich noch immer zu gehemmt, um mich schön anzuziehen. Ich kam mir lächerlich vor, und man braucht keinen Doktortitel, um zu wissen, dass man sich wohl kaum sexy findet, wenn man sich lächerlich vorkommt.

Aber beim Korsett war es anders.

An jenem letzten Abend, als ich mir die Schuhe von den Füßen kickte, meinen Schlüssel irgendwo hinwarf und in mein Schlafzimmer eilte, um mich für das Abschiedsessen mit Ryan fertig zu machen, fiel mein Blick auf die Schachtel, die ich auf dem Bett abgelegt hatte. Eine dieser Schachteln, die so dezent und unauffällig sind, dass sie trotz eines fehlenden Logos »sündhaft teure Boutique« hinausschreien. Als ich mich an dem cremeweißen Band zu schaffen machte, das sie zusammenhielt, ließ sich Catherine – die mich in die Eingangshalle hinunterbegleitet hatte, als Ryan die Schachtel früher am Tag gebracht hatte – auf den Hocker vor meinem Frisiertisch fallen. Mit dem Teebecher in der Hand wartete sie, was nun für Geheimnisse zum Vorschein kommen sollten. Ryan hatte gesagt, dass er mir ein Abschiedsgeschenk machen würde, er wolle aber nicht, dass ich es vom Restaurant nach Hause schleppen müsse. Ich hatte jedoch keine Ahnung, was es war.

Da ich ungeduldig und in Bezug auf das Bekommen und Machen von Geschenken wie ein Kind bin, kam es gar nicht infrage, dass ich es erst nach meinem Treffen mit Ryan öffnete.

Und, so rechtfertigte ich mich vor Catherine, er hätte wohl auch nichts dagegen, sonst hätte er es nicht hierher gebracht.

Als ich die Schachtel öffnete, sah ich zuerst nur Seidenpapier. Ich schlug es zurück und zog ein umwerfendes Korsett heraus. Verwundert sog ich die Luft ein. Es war strahlend, intensiv grün, ein Grün, bei dem man an saftige Wiesen auf dem Land denkt, an Sommer und Bumsen im Freien in der Sonne und im Duft frisch gemähten Grases.

»Das ist toll, Soph. Ziehst du es heute Abend an?«

Das Geschenk überraschte und erstaunte mich zugleich. Als Wildfang im Herzen hätte ich mir so etwas normalerweise nicht zum Anziehen ausgesucht, und ganz ehrlich fand ich es für Ryan ein ungewöhnlich zartes Geschenk an mich.

Aber das nur nebenbei. Als ich mit den Fingerspitzen über den grazil gearbeiteten Saum strich, sah ich Catherine an.

»Wie könnte ich nicht?«

In den vierzig Minuten, bevor ich gehen musste, blieb mir aber nicht viel Zeit für eine aufwändige Garderobe. Ich nahm eine maßgeschneiderte Hose, von der ich wusste, dass sie meinem Hintern schmeichelte, hüpfte unter die Dusche und war nach zwanzig Minuten fertig, um mich einzuschnüren.

Das Mieder war steif und mit Stäbchen verstärkt, am Rücken liefen schwarze Bänder durch Ösen. Ich konnte es mir unmöglich selbst anziehen, also half Catherine mir mit dem Schnüren, als ich es schließlich umgelegt und es mir darin so bequem wie möglich gemacht hatte. Es war eine langwierige Prozedur.

Während sie mit glücklicherweise geschickten Händen die Bänder durch die jeweiligen Ösen schlang und verschnürte, spürte ich, wie mein Körper – und meine innere Einstellung – sich veränderte. Meine Haltung wurde anders, meine Rundungen schienen anzuschwellen und sich zu einer Sanduhr-Figur zusammenzuziehen. So etwas hätte ich nie für möglich gehalten. Mein Atem wurde flacher, meine Bewegungsfreiheit war eingeschränkt, und mein geschäftiger Tag, die mühselige Heimfahrt, ja sogar die bittersüße Nacht, die vor mir lag – alles geriet in Vergessenheit. Ich fühlte nur noch meine kribbelnden Nerven und ein Dröhnen im Kopf. Meine Nippel, die sich eng an die verstärkten Stoffbahnen drückten, waren schmerzhaft hart und plötzlich fest mit meiner Möse verdrahtet. Ich spürte, wie ich feucht wurde, nur indem ich in dem Ding dastand, und bereute es, dass ich eine Hose gewählt hatte, weil der Zwickel das verwirrende Gefühl nur noch intensivieren würde.

Ich hatte aber keine Zeit mehr, andere Kleider auszusuchen, selbst wenn ich gewollt hätte. Zum Glück hatte ich schon vorher das wenige Make-up aufgetragen und meine Haare frisiert, während Catherine mit einer Effizienz zu Werke gegangen war, die meine Bewegungen ernsthaft und überraschend behindert hatte. Ich war so eingeschnürt, dass meine Brüste über den Rand des Mieders quollen, weich und blass hinter dem Grün. Plötzlich hatte ich einen Brustansatz, der mich, und sicherlich auch jeden anderen, der ihn sah, verstörte. Ich würde für die U-Bahn-Fahrt eine Jacke anziehen müssen, die bis zum Hals geschlossen war.

Als Catherine mich an der Taille nahm und umdrehte, um mich von vorn zu sehen, fuhr sie, ohne nachzudenken, sanft mit dem Finger am Rand des Korsetts über meine Brust. Sie wurde sich dessen erst bewusst, als ich durch den zusätzlichen Stimulus leicht erschauerte. Sie wurde ein bisschen rot, wir lachten.

»Sorry, das macht der Samt. Er schreit danach, gestreichelt zu werden.«

Am Ende der Nacht war der Samt nicht der Einzige, der das tat.

Die Fahrt zum Restaurant war interessant. Wir trafen uns an

der U-Bahn-Station Oxford Circus. Abgesehen von einem anerkennenden Blick, als er mich sah, kommentierte Ryan mein Outfit nicht, während wir zum Restaurant gingen und an den Tisch geführt wurden. Doch als ich versuchte, mich auf dem Stuhl bequem hinzusetzen, musste er sich ein Lächeln verkneifen. Mir wurde klar, dass das Korsett nicht so harmlos war, wie es zuerst ausgesehen hatte – es war schön und dennoch eine eindeutige Beschränkung.

Das Essen war sehr gut, aber viel zu essen kam für mich nicht infrage. Als ich mich entschuldigte, um auf die Toilette zu gehen, lächelte er über meinen Gang, der so anders war als mein üblicher sorgloser Hundert-Meilen-in-der-Stunde-Sprint durchs Leben. Ich bewegte mich vorsichtig, langsam, ich kam mir vor wie eine andere Frau: Ich war mir meiner Weiblichkeit bewusster, spürte jedes Nervenende, war devoter, ja sogar züchtiger, und darin war ich wirklich nie gut.

Unerwartet war ich auch total geil. Dabei ist es doch nur ein Kleidungsstück! Keiner würde ernsthaft meinen, dass es meine ganze Persönlichkeit veränderte, oder? Dennoch merkte ich schnell, dass dieses Korsett eine Art freundliches, subtiles und völlig unverhofftes Bondage war. Unser Abendessen war eine der sinnlichsten Mahlzeiten meines Lebens, und das ist für ein kleines italienisches Restaurant mit studentenfreundlichen Preisen hinter der Oxford Street ziemlich beeindruckend. Ich war den ganzen Abend erregt und wollte dringend nach Hause. Im Kerzenlicht leuchtete meine Haut rot, meine Augen funkelten.

Schließlich gingen wir zu mir. Er zog mir Hose und Unterhose aus, fesselte mir mit dem Band der Korsettschachtel, das ich in meiner Hast auf den Boden hatte fallen lassen, die Hände auf den Rücken, dann fickten wir. Er saß auf dem Hocker, ich ritt ihn, pumpte auf und ab, bis wir beide keuchten.

Er zog meine Brüste aus dem Korsett, in das sie eingezwängt waren, aber die Erholung war nur kurz, denn er bearbeitete meine schmerzenden Brustwarzen mit Fingern und Zähnen. Ich ächzte, meine Atmung war flach und von der grausamen Schönheit der Stäbchen beeinträchtigt. Er rieb meine Klit und saugte an meinen Brüsten, bis ich in einer Mischung aus Lust und Schmerz bebend und wimmernd kam.

Mit leichten Zuckungen, die mir noch immer durch die Glieder fuhren, sank ich auf den Boden und besorgte es ihm mit dem Mund. Dabei sah ich ihm durch mein mittlerweile wildes Haar in die Augen und beobachtete, wie er wollüstig auf diesen Anachronismus von filmreifer, romantischer Lauterkeit und nuttiger Liederlichkeit starrte. Als er sich in meine Haare krallte und meinen Mund mit den letzten paar Stößen fickte, saugte ich ihn tief in mich ein und trank ihn begierig.

Am nächsten Tag verabschiedeten wir uns voneinander. Wir waren beide erschöpft, saturiert, und mein Körper war mit blauen Flecken übersät, nicht nur mein Hintern, auch Busen und Oberkörper von Catherines begeistertem Schnüren des Korsetts und dessen starren Stäbchen. Die Bürste, die alles ausgelöst hatte – und mit der ich am Ende dieser letzten Nacht meine bislang härteste Bestrafung bekommen hatte –, reiste zusammen mit Ryan als Teil seines Abschiedsgeschenks in die USA.

Ich habe ihn nie wieder getroffen, denke aber oft an ihn. Ich überlege, ob ich versuchen soll, ihn über eines der vielen sozialen Netzwerke im Internet aufzustöbern, aber dann denke ich wieder, dass es am besten ist, wenn alles bleibt, wie es ist, und sage mir: »Na ja, er hat ja auch nicht nach mir gesucht!«

Ich weiß, dass das nach Hippie-Kram klingt, aber ich glaube, dass Menschen aus einem bestimmten Grund zusammenkommen. Wenn ich daran zurückdenke, finde ich das, was Ryan und ich zusammen gemacht haben, relativ zahm. Aber es war das erste Mal, dass ich mit jemandem spielte, der das dominante Gegenstück zu meiner Unterwürfigkeit war, der mich nicht für das verurteilte, was mich anmachte, und der mich in die Tiefe dessen blicken ließ, was ihn geil machte. Ich werde ihm immer dafür dankbar sein und über den Spaß lächeln, den wir zusammen hatten.

Er hat mir auch das Korsett geschenkt, und ich muss zugeben, es ist der Beweis dafür, dass gewisse Kleidungsstücke Freude machen. Ich habe es noch immer, ich trage es sogar ab und zu, obwohl selbst nach diesen vielen Jahren so viele Erinnerungen an diese Nacht daran hängen, dass ich schon nass zwischen den Beinen werde, meine Nippel hart werden und mein Atem stoßweise geht, wenn ich es nur anlege und anfange, es zu schnüren.

Der Rest meines Studiums ging schnell vorbei. Als Ryan weg war, merkte ich, dass meine Gefühle für ihn tiefer gingen, als ich es mir eingestanden hatte. Ich fühlte mich einsam und verlassen, und da ich mich zusätzlich mit den nervtötenden Abschlussprüfungen und einer schriftlichen Arbeit herumschlug, gab es für mich nur noch Paukerei und kein Vergnügen mehr.

Selbst nachdem ich Leute gefunden hatte, die mich aus meinem selbst auferlegten Exil herauslocken konnten, waren diese Zwischenspiele der reine Blümchensex, und alle Versuche, etwas anderes daraus zu machen, endeten in einem Desaster. Einen Partner (Graham, Geografie) bat ich, mich zu schlagen, als wir bumsten, und ich sah, wie er mich vom Grauen gepackt anstarrte, noch bevor er mir ein paar halbherzige Klapse gab und dann mit dem Üblichen weitermachte. Er rief nie wieder an.

Oder als ich einen anderen möglichen Partner (Ian, Mathematik) auf eine Weise, von der ich hoffte, sie sei kokett, fragte, ob er davon träumte, etwas besonders Perverses zu tun, wurde er ein bisschen rot und sagte, dass er sich vorstellte, mit mir Sex zu haben und dabei meine Kleider zu tragen. Ich glaube, ich habe es geschafft, mir meinen Horror nicht anmerken zu lassen – Gott allein weiß, dass ich genügend eigene seltsame Neigungen hatte, um nicht kleinlich auf die Vorlieben anderer zu reagieren. Aber komischerweise sahen wir uns nicht wieder.

Ryan fehlte mir sehr, es war so. Allerdings fand ich es leichter, auf den Holzstühlen des Auditoriums zu sitzen, nachdem er abgereist war.

3. KAPITEL

Mein Studentenleben ging in einem Wust aus Terminen zu Ende: Referate, Recherchen für meine Abschlussarbeit, und schließlich sauste viel zu schnell, aber dennoch unausweichlich die Lawine der Prüfungen auf mich nieder. Ich paukte verbissen, konzentrierte mich auf die jeweils nächste Prüfung, lernte Daten und Fakten auswendig, las wieder und wieder den Stoff durch, käute ihn auf endlosen A4-Blättern wieder und hoffte, so etwas wie einen Sinn daraus zu ziehen, bevor ich mir das nächste Thema vornahm und wiederholte. Drei Wochen nach dem Examen hatte ich so ziemlich alles, was ich je gelernt hatte, schon wieder vergessen. Meine Eltern wären entsetzt gewesen, mich störte es jedoch nicht so sehr. Das Wichtigste, was ich an der Uni gelernt hatte, war Vertrauen. Nicht unbedingt Selbstvertrauen – wer wollte schon ein solches Ego auf zwei Beinen sein? –, eher das Gefühl, ich könnte einigermaßen kühlen Kopfes und mit Humor mit allem fertigwerden, was das Leben mir entgegenschleuderte. Nun musste ich meinen Platz in der Welt finden. Ich wollte schreiben, aber ich war realistisch. Manche Leute versuchten jahrelang, Romanautor zu werden, und da ich die Geduld eines Geißeltierchens hatte und das Längste, was ich je zustande bekommen hätte, meine Abschlussarbeit war, beschloss ich, mir erst einmal einen Job zu suchen.

Gleich nach dem Studium zog ich wieder zu meinen Eltern und bewarb mich bei Arbeitsagenturen auf Verwaltungsposten und Typistinnenstellen (ein praktischer Nebeneffekt meiner ganzen Schreiberei an der Uni war, dass ich richtig schnell tippen konnte). Eine Arbeitsberaterin zeigte mir, wie ich mit einem pedalbetriebenen Diktiergerät umgehen musste, und testete, wie schnell ich abtippen konnte, was ich hörte. Als ich – selbst mit meinem linkischen Zwei-Finger-System – den Test mit 350 Anschlägen pro Minute abschloss, war sie begeistert. Über die Monate vermittelte sie mich an verschiedene Arbeitsstellen. Ich tippte, machte die Ablage und war eben eine professionelle Bürohilfe. Dabei legte ich Geld zurück und überlegte mir meinen nächsten Schritt.

Es fühlte sich großartig an, wieder zurück in meinem Elternhaus zu sein – mit all den Sonntagsbraten und all dem Wirbel, den dies nach sich zog –, aber zu Weihnachten wusste ich, dass ich demnächst wieder ausziehen müsste. Ich hatte mich an meine Unabhängigkeit gewöhnt, und obwohl es bequem war, sich wieder in die häusliche Routine fallen zu lassen, fehlte es mir, eine eigene Wohnung zu haben, um zehn Uhr abends Getreideflocken zu essen, wenn mir danach war, oder um drei Uhr nachts zu baden, wenn ich aufwachte und nicht mehr einschlafen konnte. Zur gleichen Zeit empfand ich meinen Aushilfsjob als eine quälend dauerhafte Anstellung. Die Arbeit an sich machte mir nichts aus, aber irgendwann fürchtete ich, es wäre nur noch eine Frage der Zeit, bis mir das Gehirn aus den Ohren herauslaufen würde. Der Job war monoton, oft stumpfsinnig. Einmal verzweifelte ich fast, als ich in einem Büro gebeten wurde, einen Brief ins Reine zu schreiben, der nur als dummes Geschwätz bezeichnet werden konnte. Es müsste doch noch mehr geben als das! Ich musste mir darüber klar werden, was ich wollte, und bald damit beginnen. Und da mein Schwur, einen Roman zu schreiben, von langen Fahrten, Internetspielen und Kinobesuchen vereitelt worden war, sollte meine neue Aufgabe besser früher als später zu bewerkstelligen sein.

Ich wandte mich an unsere Lokalzeitung. Mit der neuen Chefredakteurin hatte ich ein langes und hilfreiches Gespräch über das Leben eines Schreiberlings. Wenn ich nun ohne den großäugigen Optimismus der Jugend daran zurückdenke, wird mir klar, dass sie mich vor allem vor der schrecklich schlechten Bezahlung, den langen Arbeitszeiten und den endlosen Gemeinderatssitzungen warnen wollte. Dann aber schlug sie mir vor, einmal mit dem Hausfotografen Jim mitzugehen, für einen Artikel zu recherchieren und ihn zu schreiben. Bevor ich mich zu dem Fotografen ins Auto setzte, musste ich mir jedoch erst einmal ein Notizbuch besorgen.

Niemand hat eine Geschichte mit Bildern über ein Erntedankfest an einer Grundschule jemals so ernst genommen wie ich. Ich notierte mir die Namen und das Alter aller Kinder – das klingt einfach, aber es ist, als wolle man Flöhe hüten und sie dabei alle im Auge behalten. Ich stellte der leicht verlegenen Rektorin wahrscheinlich ein Dutzend Fragen, die sie zum Teil ernsthaft verwirrten. Ich war Bob Woodward, ich war Carl Bernstein, ich war beide gleichzeitig, jedoch mit einem besonderen Interesse für Eingemachtes.

Als wir zum Wagen zurückgingen, grinste Jim. »Das hat dir echt Spaß gemacht, was?«

Ich nickte. Ich kam mir ein bisschen naiv und schrecklich uncool vor.

»Das hast du gut gemacht, gute Arbeit.«

Zurück im Büro schwebte ich sozusagen über dem Boden und schrieb den zweifellos überkandideltsten Artikel, den es je über ein Erntedankfest gegeben hat. Die Redakteurin nickte, als ich ihn abgab.

»Gut. Da fehlt überhaupt nichts.« Später sollte ich herausfinden, dass Redaktionen nicht gerade ein Ort für überschäumendes Lob sind, aber selbst diese schwache Reaktion konnte meinen Enthusiasmus nicht dämpfen. »Gut? Einfach nur gut? Und die Stelle, wo ich die Rektorin dazu gebracht habe, mir zu erzählen, was das Ungewöhnlichste war, das die Kinder für die Erntekisten angebracht hatten?«

Ich hatte zuvor für Schul- und Campuszeitschriften geschrieben, aber das war bei Weitem nicht dasselbe. Diese Zeitung bezogen selbst meine Eltern! Ich hatte angebissen! Ich würde Journalistin werden! Sobald ich herausgefunden hätte, wie das geht …

Sieben Monate später zog ich wieder aus, dieses Mal für immer. Ich hatte mich über renommierte Aufbaustudiengänge für den Bereich des Journalismus im ganzen Land informiert. Ich war entsetzt über die Gebühren, die für solche Kurse in meiner direkten Nachbarschaft verlangt wurden, und kam zu dem Schluss, dass ein Seminar vier Autostunden von zu Hause entfernt die beste Wahl war. Es kostete nur ein Fünftel dessen, was für Kurse in der Nähe erhoben wurde. Mit meinen Ersparnissen und ein bisschen Wochenendarbeit könnte ich also bequem leben. Meine Eltern fuhren mit mir zusammen im Konvoi zu meiner neuen Wohnung, die Autos waren mit allem, was mir wichtig war, voll bis unters Dach. Als wir ausgeladen hatten, begleiteten sie mich zum Supermarkt und kauften so viel für mich ein, dass es weit ins erste Semester hinein reichen würde. Meine Mutter bestand auf einem späten Mittagessen, sie schien sich wirklich Sorgen zu machen, dass ich nichts essen würde. Sobald mein Vater alle Türen und Fenster auf ihre Sicherheit überprüft hatte und draußen umhergestreift war, um zu sehen, ob meine

Nachbarn auch ja nicht irgendwie zwielichtig wirkten, ließen sie mich auspacken. Zum ersten Mal lebte ich ganz allein, und es gefiel mir gut.

Das Jahr verging wie im Flug. Mit jeder Woche war ich mir sicherer, dass ich den richtigen Weg gewählt hatte. Ich liebte die Herausforderung, Leute zu interviewen, die Kreativität des Schreibens. Selbst die eher trockenen Fächer wie Recht und die vielen Stunden über Verwaltungs- und Gemeinderatspolitik fand ich auf einmal faszinierend, waren sie doch der Schlüssel, der mir die Tür zu meinem Traumjob öffnen würde. Meine Kommilitonen kamen aus dem ganzen Land, angefangen bei denen, die zum Rundfunk gehen wollten, bis hin zu einem jungen Mann, der davon träumte, Pressesprecher des Fußballclubs Tranmere Rovers zu werden. Wir waren alle mit Enthusiasmus dabei und entwickelten uns zu einer Gruppe mit großem Zusammenhalt, wenn es auch durchaus so etwas wie freundliches Konkurrenzdenken gab, was gelegentlich zu angetrunkenen Gesprächen über den Ausgang bestimmter zugewiesener Aufgaben führte.

Wie unser Dozent uns nahelegte, sammelten wir in diesem Jahr so viel Berufserfahrung wie möglich, in der vagen Hoffnung, dass sie uns eine bezahlte Arbeit einbringen mochte, sobald wir den Kurs abgeschlossen hätten.

Ich zog das große Los – ein zwar unterbezahltes, unglamouröses Los, aber dennoch das große Los. Die Zeitung, bei der ich am meisten Praxiserfahrung gesammelt hatte, bot mir eine Stelle an. Mein Vater war empört, als ich ihm sagte, wie hoch oder eher wie niedrig das Anfangsgehalt war, es entsprach bestimmt nicht einem Akademikergehalt, und einem Gehalt für jemanden mit einem Aufbaustudium schon gar nicht. Aber nachdem ich so weit von der Stadt weg wohnte, konnte ich davon leben, solange ich mir keinen Luxus gönnte – eine Heizung etwa oder häufiges Ausgehen. Es war mir egal. Ich war nun eine richtige Journalistin in Lohn und Brot und zeichnete mit meinem Namen. Einmal sah ich auf dem Nachhauseweg jemanden die Seite lesen, auf der mittendrin mein Name stand. Mir wurde so schwindlig, dass ich fast meine Haltestelle verpasste. Ich hätte nicht stolzer sein können, selbst wenn ich für eine überregionale Zeitung geschrieben hätte. Da ich auch Restaurant- und Theaterkritiken schrieb, konnte ich mir immer mal wieder ein bisschen Luxus gönnen, auch wenn ich als Jüngste in der Redaktion immer diese fürchterlichen Laiengruppenproduktionen aufgehalst bekam, die einen in den Wahnsinn trieben.

Das Leben einer jungen Reporterin ist ausgefüllt. Ich lebte fernab von zu Hause und hatte wenig Gelegenheit zum Ausgehen, abgesehen von den Drinks, die wir nach der Abgabe nahmen und dabei die Untertitel unserer Artikel analysierten. Ella, meine beste Freundin vom Seminar, hatte zwanzig Meilen entfernt bei einer Zeitung einen Job bekommen. Ich traf sie, so oft es ging, aber da ich manchmal auch abends und am Wochenende arbeiten musste und weil immer so viel los war, war ich viel allein.

Meinen Heizlüfter einzuschalten fand ich unnötig, einen Internetzugang jedoch nicht. So konnte ich über E-Mail und soziale Netzwerke mit Studienfreunden, Seminarkollegen und mit meiner Familie kommunizieren. Ich konnte Spiele spielen, und wenn ich mich einsam fühlte und mit jemandem flirten wollte, konnte ich nicht nur mit Leuten chatten, die ähnlich gelangweilt waren wie ich und sich unterhalten wollten, sondern ich konnte auch über Themen diskutieren, die ich im persönlichen Kontakt niemals angeschnitten hätte.

Ich bin wirklich der Meinung, dass das Internet die sexuelle

Landschaft in jeder Hinsicht verändert hat. Egal wie pervers deine Vorliebe ist, du kannst darauf wetten, dass da draußen im Netz jemand ist, der sie teilt. Leider sind da auch noch ein paar andere, die deine Vorliebe noch nicht pervers genug finden und dir bei jeder Gelegenheit erzählen, dass das Ganze nach ihrer Methode intensiver, geiler, einfach tausendmal besser ist als nach deiner Praxis. Steckt man einen Zeh ins Meer der BDSM-Subkultur, wird man mit einiger Frustration auch schnell feststellen, dass man von den »Insidern« (dieses Wort benutze ich zum ersten und zum letzten Mal, denn ich finde es in höchstem Grade überheblich) genauso be- und verurteilt wird wie von Außenstehenden.

Dennoch findet man im Internet ein paar nette Leute, wenn man über die verschrobenen Typen hinwegsieht. Mit Menschen, die ich auf verschiedenen Sites getroffen habe, die meine Fantasie angeregt und mich ermutigt haben, hatte ich ein paar faszinierende, geile und kluge Chats, und manche wurden mir auch im richtigen Leben gute Freunde.

Doch zuerst muss man durch einen ziemlichen Dreck waten.

Meine erste Porno-Site besuchte ich, als ich anfing zu arbeiten. Abgesehen von den Intermezzi mit Ryan, die mir noch Jahre danach als Wichsvorlagen dienten, hatte ich niemanden mehr getroffen, der mich sexuell überhaupt interessierte. Und deutliche Signale, dass er zu meinen knospenden submissen Neigungen gepasst hätte, hatte gleich gar keiner ausgesandt. Ich war so auf meine Arbeit konzentriert und lebte einfach von Tag zu Tag, dass mir die mühevolle Suche nach einem Partner lästig war. Zusammen mit einer Vorliebe für die Site *literotica.com*, die so heiß und dennoch in meinen stets praktisch orientierten Augen so unrealistisch war, hieß das für mich wohl, dass meine Fantasien eben Fantasien bleiben würden. Mit der Zeit fragte ich mich sogar, ob ich meine Erfahrungen mit Ryan nicht idealisierte. Konnte der Schmerz mir wirklich so viel Lust verschafft haben? Oder sah ich diese geile Zeit in meinem Leben durch eine rosarote Brille?

Bei einem Drink erzählte mir dann eine Freundin, dass sie zufällig über eine Chat- und Dating-Site für Perverse gestolpert sei. Sie äußerte sich nur vage dazu, und ich hütete mich natürlich, sie direkt danach zu fragen und dadurch mein Interesse zu verraten. Doch ich hatte genügend Informationen, um zu Hause dann ein bisschen zu googeln und die Site zu finden.

Angeblich sind diese Sites heutzutage voller Schwindler, Seilschaften und Leuten, die bezahlt werden wollen. Viele Vorteile schien es nicht zu geben, aber wenn jemand darauf aus war, andere abzuzocken, dann sicherlich nicht mich, die ich frisch von der Uni kam und ein Praktikantengehalt bezog. Es kam mir vor wie eine ganz neue Welt voller Menschen, die einander kannten und eine Sprache sprachen, die ich nicht richtig verstand. Viele benutzten abgewandelte Schreibweisen der Personalpronomina: Der dominante Part wurde großgeschrieben, der unterwürfige immer klein, egal ob es am Anfang eines Satzes war oder bei dem englischen Pronomen »I«. Ich fand das läppisch und wurde mir schnell bewusst, dass Verbrechen gegen Orthografie und Grammatik eine Grenze waren, die ich nicht überschreiten wollte.

Die Leute in den entsprechenden Foren sprachen über Partys, die sie besucht, Dinge, die sie gekauft, Praktiken, die sie ausgeübt hatten. Bei manchem wurde ich feucht, anderes verursachte mir Gänsehaut. Ich las Blogs über die Kunst des Japan-Bondage, über Andreaskreuze, Nadelungen, Ponygirls und tausend Sachen, mit denen ich noch nie zuvor zu tun gehabt hatte. Eine Zeit lang hielt ich mich still und unsicher in einer virtuellen Ecke versteckt wie eine Feldmaus, die übers Wochenende zur Stadtmaus gefahren ist und diese in Latexkleidern und mit einer Peitsche in der Hand bei einer Rollenspielparty vorfindet. Es war surreal und doch berauschend. Gab es solche Leute wirklich? Taten sie all das, während sie ansonsten ihre Arbeit verrichteten, pünktlich ihre Steuern bezahlten und all die anderen Schwierigkeiten des Lebens meisterten? Das alles schien Lichtjahre von meinem Leben entfernt zu sein. Ich war neugierig geworden.

Ich meldete mich an, legte mir ein Profil zu und erläuterte kurz, warum ich die Site besuchte – ich wählte den vagen Begriff »Reinschnuppern«. Ich postete irgendein Bild ohne besondere Merkmale und fügte hinzu, dass ich Online-Freunde, möglicherweise auch eine Online-Beziehung suchte, konnte mir aber nicht vorstellen, im wirklichen Leben bald jemanden zu treffen. Wenn ich mich einloggte, sahen die anderen das, und ich bekam sofort Messages, manchmal auch ohne dass die Leute mein Profil gelesen oder sich um so obsolete Dinge wie Zeichensetzung gekümmert hätten.

Biste geil dreckige Schlampe? Willste vorm Meister knien?

»Nein, Du schreibst im billigen Jargon, und ich bin so eine Sprachfetischistin, dass ich mich Dir unter diesen Bedingungen wohl nicht unterwerfen kann. Sorry.«

Denke, kann so 'ne Fotze wie dich brauchen. Komm nach Bournemouth, dann sehe ich, ob du die Forderungen erfüllst.

»Erstens gefällt mir Bournemouth nicht. Zweitens, willst Du wirklich jemanden, von dem Du gar nichts weißt, in Dein

Haus einladen? Echt? Wenn das so ist, dann bist Du ziemlich bescheuert, und ich verzichte lieber. Trotzdem danke.«

Bist du online? Lust auf Verbalsex?

»… online, ja, aber nein, eher nicht. Danke.«

Versteh mich nicht falsch – man konnte intelligente, gebildete, interessante Leute treffen, aber die weitaus überwältigende Mehrheit war enttäuschend verrückt oder schonungslos. Mir gefiel zwar die Vorstellung, dass mich jemand schlug, ich fantasierte sogar, noch weiter zu gehen und mich verletzen zu lassen, aber ich finde es vernünftig, sich erst zu vergewissern, dass man es nicht mit einem Irren zu tun hat.

Die eine oder andere Mail beantwortete ich, ohne sie gleich zu löschen, aber insgesamt war alles ein bisschen ernüchternd.

Und dann begann ich, mit Mark zu chatten.

Ich hatte ihn markiert, nachdem ich sein Profil gelesen hatte. Ich fand ihn interessant, aber es war schon spät, und ich war mir nicht sicher, ob ich ihm mailen sollte, nahm es mir aber für ein anderes Mal vor. Gründlicher dachte ich nicht darüber nach.

Zumindest nicht, bis er mir schrieb:

Nett, dass du mich als Favoriten markiert hast. Aber was soll das, wenn du zu schüchtern bist, um hallo zu sagen?

Ich war beschämt, mir war nicht klar, dass man sehen konnte, wer einen markierte. In unseren ersten Messages entschuldigte ich mich dafür, so ein Techniktrottel zu sein, und er beruhigte mich. Na ja, und er lachte über mein tiefes Entsetzen. Dann unterhielten wir uns über allgemeine Dinge. Er war ein Technikfreak. Spannend. Redegewandt. Wir ließen es locker angehen, anfangs redeten wir nicht über Sex, aber langsam entwickelte sich die Sache.

Wie gesagt, es ging langsam, sehr langsam eigentlich. Ich mochte Mark, hatte aber Vorbehalte, jemanden aus dem Internet zu treffen, ohne ihn gut genug zu kennen und zu wissen, dass ich bei ihm sicher war. Vor allem in dieser Sache. Selbst unter den besten Bedingungen – und bevor überhaupt die Dynamik von Dominanz und Unterwerfung ins Spiel kommt – bin ich in Beziehungen misstrauisch und vorsichtig. Aber das hinderte uns nicht daran, online und am Telefon viel Spaß zu haben. Er hatte eine schweinische Fantasie und eine erotische Stimme, und unsere Chats arteten oft in Telefonsex aus. Beide kamen wir, während wir darüber sprachen, was wir miteinander tun würden, wenn wir im selben Raum wären. Aber ich blieb absichtlich reserviert. Irgendwie behagte mir die Vorstellung nicht, ihm Nacktfotos von mir zu schicken, selbst wenn ich welche hätte machen können, auf denen ich nicht leicht verzerrt aussah oder wie eine Sekretärin, die nach zu vielen Gin Tonics in der Mittagspause ihre Brüste mit einer Handykamera ohne Timer und auf Armeslänge fotografiert. Also trafen sich im Netz unsere perversen, schmutzigen Fantasien, und wir woben mit Worten verschiedene erotische Szenarien umeinander.

Wir haben uns nie getroffen. Wir lebten nicht weit voneinander entfernt, aber nie stimmte der Zeitpunkt, und wie so oft flammte diese online geschmiedete Verbindung auf und starb dann schnell wieder ab. Allerdings schickte er mir zuvor noch Geisha-Kugeln, die ich während einer langen Schicht anlässlich der Gemeinderatswahlen tragen sollte. Ich begann um sieben Uhr früh mit der Arbeit, ich traf den Ratsvorsitzenden, um ihn bei der Stimmabgabe zu fotografieren, arbeitete den ganzen

Tag durch und wartete nach der Schließung der Wahllokale auf die Ergebnisse der Stimmenauszählung – und während dieser ganzen Zeit pulsierte meine Möse. Es war eine lachhaft stabile Gemeinde, es gab keine Überraschungen und auch keinen Führungswechsel, aber während der ganzen Prozedur war ich erregt gewesen, wenn auch aus ganz anderen Gründen, als meine Kollegen vermuteten.

In den folgenden Monaten chattete ich mit etlichen anderen Leuten. Bei einigen war ich versucht, sie zu treffen, bei anderen hätte ich sofort die Straßenseite gewechselt, wenn sie vor mir aufgetaucht wären. Ich teilte mit anderen ein paar tolle Fantasien, bekam eine Vorstellung dessen, was ich erotisch und ganz bestimmt nicht erotisch fand, war am Ende aber immer zu unsicher, um direkt etwas zu unternehmen und den ersten Schritt zu tun.

Obwohl manche Leute klagen, dass das Internet voller Fantasten sei, die sich hinter ihrem Bildschirm verstecken und im wirklichen Leben nichts ausprobieren wollen, war das Netz für mich ein großartiges Sprungbrett. Ich fühlte mich dort sicher und hatte die Chance, einige meiner Fantasien zu erproben und meine Gefühle in einer absolut sicheren Umgebung zu durchdenken, in der niemand über mich urteilte. Doch schließlich trat das Nachdenken und das Reden über Schmerz und Demütigung zugunsten einer handfesteren Sache in den Hintergrund. Endlich traf ich einen realen, dreidimensionalen Mann, mit dem ich mich so wohl fühlte, dass ich anfing, mit ihm echten Sex zu haben.

4. KAPITEL

Ich lernte Thomas in einer Warteschlange kennen. Ich weiß, es klingt idiotisch und total britisch. Aber es war eine sehr lange Schlange, und wir standen lange an. Wenn man in so einer Schlange zufällig etwas findet, das man gar nicht gesucht hat, dann trifft es das in der Rückschau genau. Am Anfang hielt ich ihn nämlich für ein Arschloch, und hätte ich die Möglichkeit gehabt zu fliehen, wäre ich weggegangen und hätte nie wieder mit ihm gesprochen – was nach allem, was danach geschehen ist, wirklich schade gewesen wäre.

Ella und ich hatten uns auf halben Weg getroffen und wollten im Kino eine einmalige Vorstellung der Screwball-Komödie *Sein Mädchen für besondere Fälle* besuchen – mit unzähligen anderen Reporter-Freaks. Ella und ich plauderten, während wir anstanden, und Thomas quatschte uns an. Er war allein und langweilte sich offensichtlich, und ich erinnere mich, dass ich ihn unhöflich, arrogant und eindeutig zu sehr von sich selbst eingenommen fand. Mein Ärger hielt sich jedoch komischerweise dadurch in Grenzen, dass ich ihn attraktiv fand. Nach unserem Geplauder vor und nach dem Film und erstaunlich viel Gelächter hatte ich eine widerwillige Zuneigung zu ihm entwickelt, und als er vorschlug, noch auf einen Kaffee in das etwas protzige Kinocafé zu gehen, waren Ella und ich einverstanden – zum Glück war er kein Axtmörder und wäre für eine Weile eine erträgliche Gesellschaft. Und danach – wen interessierte das schon?

Nach einiger Zeit merkte ich, dass es ausgerechnet mich interessierte. Er ließ sich unsere E-Mail-Adressen geben, bevor er ging, und wir drei begannen dann Chat-Sessions und Mails über Filme, über alles, was so los war, und das Leben im Allgemeinen. Er war lustig und intelligent, er hatte gerade eine langjährige Beziehung hinter sich. Seine Ex hatte die meisten gemeinsamen Freunde auf ihre Seite gezogen, und Thomas wirkte ein bisschen einsam. Wenn ich abends allein zu Hause war, stellte ich mir manchmal vor, dass er es auch war. Nur fühlte er sich im Unterschied zu mir mit sich selbst nicht so wohl wie ich. Ich schloss die Tür, legte – auf Bitten meines Vaters – gleich die Kette vor und hatte das Gefühl, in mein Allerheiligstes zurückgekehrt zu sein, wo ich im Pyjama herumsitzen und einfach nur die Ruhe genießen konnte, Thomas aber schien das nicht so zu empfinden. Ella und ich trafen uns ein paar Mal mit ihm, gingen etwas trinken, essen oder ins Kino. Da Ella und ich aber auch ab und zu an den Wochenenden Dienst hatten und Ella von ihm ein ganzes Stück weiter weg wohnte als ich, begannen Thomas und ich schließlich, zu zweit in billige Filmvorstellungen unter der Woche zu gehen.

Er war ein nachdenklicher Mensch, er stellte mir viele Fragen und merkte sich die Antworten, die ich ihm immer vertrauensvoller über mein Leben gab. Wenn bei der Arbeit etwas Lustiges oder Ungewöhnliches passierte, schrieb ich ihm automatisch eine SMS oder ein Mail. Aus geteilter Einsamkeit hätten wir Freunde werden können, aber je besser wir einander kennenlernten, desto mehr hatten wir gemeinsam, wie sich herausstellte. Ich wollte einen Freund, der offen und ehrlich war, und bei ihm kam das manchmal so unverblümt daher, dass ich mitunter meinen Tee hinausprustete, wenn er über Frauen sprach, die ihm gefielen, und wie er es anstellte, mit ihnen auszugehen. Aber ich bewunderte seine Eloquenz, und er brachte mich so zum Lachen, wie nur wenige Leute es schafften. Wir zitierten aus denselben Filmen, uns gefielen dieselben Bands, und bald verbrachte ich viel Zeit bei ihm in der Wohnung.

Warum bei ihm? Nun, es war Winter geworden. Ich verdiente ausreichend, um allein in meiner kleinen Wohnung über die Runden zu kommen, aber die fehlende Zentralheizung wurde sehr bald zum Problem. Als er mir an einem Wochenende eine SMS schickte und fragte, was ich gerade tat, schrieb ich ihm zurück, dass ich bei *Starbucks* rumhing, um nicht zu frieren. Er schlug mir vor, einfach zu ihm zu kommen und in seinem Gästezimmer zu übernachten. Das tat ich. Am nächsten Wochenende hatte ich Dienst, aber am übernächsten bot er es mir erneut an. Ich tauchte samstagnachmittags auf und ging tags darauf wieder, nachdem ich ein Sonntagsessen gekocht hatte. Danke, Mum, dein Bratkartoffelrezept wirkt Wunder! Es war bequem, wir faulenzten, hatten Spaß. Wir gingen mit seinem Hund spazieren, ich brachte meinen Laptop mit und ging über sein Wi-Fi online, sodass wir gegeneinander Computerspiele spielen konnten. Oft sahen wir uns auch ganze DVD-Reihen und viele Filme an – alles im Warmen. Es waren einfache Freuden, aber es war wundervoll. Und während Weihnachten kam und ging und der Frühling knospte, ging ich immer öfter bei ihm ein und aus, obwohl das Wetter kein Thema mehr war. Auch Ella kam dazu, sofern sie konnte, aber wenn sie nicht da war, ließen wir es uns eben zu zweit gut gehen.

Wahrscheinlich klingt es heute naiv, aber ich habe wirklich nicht daran gedacht, mit ihm zu schlafen. Er sah gut aus, hatte sandblondes Haar, eine Brille und besaß eine Lässigkeit, die ich schätzte, aber schon bei der ersten Einladung hatte er betont, dass meine Besuche rein platonisch wären und er keinen Sex von mir erwartete. Ich war in solchen Dingen ziemlich pragmatisch und ging einfach davon aus, dass er nicht auf mich stand. Ich hatte nicht die Absicht, unsere Freundschaft zu riskieren, indem ich etwas übereilte, nicht zuletzt weil ich wusste, dass er noch immer an seiner Ex hing. Das war in Ordnung. Ich genoss unsere Freundschaft, ohne das Bedürfnis zu haben, ihn zu bespringen.

Doch eines Abends änderte sich das. Alles begann ganz harmlos. Ella, Thomas und ich wollten zu einem Konzert und hatten Karten und Hotelzimmer gebucht. Doch eine Woche davor schlug Ella vor, die Pläne umzuschmeißen – eine weitere Freundin hatte auch eine Eintrittskarte, und wenn ich mit Thomas im Zimmer übernachtete, könnte die vierte Person bei Ella schlafen, und wir würden Geld sparen. Das war ein Argument, und da Thomas und ich uns ja schon seit Monaten allein trafen, spielte es auch keine Rolle. Wir hatten also einen fantastischen Abend, der Gig war toll, uns war etwas schwummrig, wir waren angeregt, high vom Adrenalinkick, den uns diese satte Musik beschert hatte, und ein bisschen heiser, als wir ins Hotel kamen.

Im Zimmer gingen wir nacheinander ins Bad, zogen uns um und schlüpften ins Bett. Eine Weile unterhielten wir uns im Dunkeln. Wir waren noch zu aufgekratzt, um zu schlafen, wir redeten über den Abend, das Konzert, unsere gemeinsame Zeit, über das Leben. Und dann sagte er plötzlich ins Dunkel hinein:

»Hast du je daran gedacht, mit mir zu schlafen, Sophie?«

Ich war verdattert. Das Schweigen zog sich, während ich versuchte, eine Antwort zu formulieren. Ich beschloss, ihm lieber eine ausweichende Antwort zu geben, als versehentlich ins Fettnäpfchen zu treten und etwas zu sagen, das seine Gefühle verletzen oder ihn veranlassen könnte, meine Motive für unsere Freundschaft neu zu überdenken. Wollte er wirklich, dass ich darüber nachdachte? Oder wäre es ihm peinlich, zu wissen, dass ich gern mit ihm schlafen würde? Ich wollte vage bleiben.

»Wozu denn? Du stehst doch nicht auf mich.«

Er lachte. »Wie kommst du denn darauf?«

Ich warf ein Kissen nach ihm. »Du hast nie einen entsprechenden Schritt gemacht. Es sei rein platonisch – erinnerst du dich?«

Er schwieg so lange, dass ich dachte, er sei eingeschlafen. Als er schließlich antwortete, war seine Stimme kaum mehr als ein Flüstern. »Das muss es nicht sein.«

»Oh.« Nicht gerade die beste Reaktion, ich weiß, aber ich wusste ehrlich nicht, was ich in dieser Situation noch hätte sagen sollen. Auf einmal streichelte er im Dunkeln meine Schulter durch die Bettdecke hindurch, zaghaft und ein wenig schüchtern. Ich ließ eine Sekunde oder zwei verstreichen, bevor ich der Versuchung erlag, ihn am Handgelenk packte und zu mir herüberzog.

Unsere Hände strichen über unsere Körper, erst auf den Kleidern – er, zu cool für etwas anderes als ein T-Shirt und Boxershorts, machte sich über meinen Schlafanzug lustig und bekam dafür einen deftigen Klaps auf den Arm. Dann knöpfte er langsam mein Oberteil auf, ließ seine Hand hinein und über meine Brüste gleiten, nahm sie in die hohle Hand und spielte mit den Nippeln. Ich seufzte leise, genoss das Gefühl, dass mich nach so langer Zeit wieder jemand dort berührte, auch bevor er seine Hand weiter hinunter, durch den Bund meiner Hosen und in meinen Slip wandern ließ. Als er mich zwischen den Beinen berührte, stöhnte ich. Ich spreizte sie weiter und ermutigte seine Finger, mit ihrem verspielten Tanz fortzufahren, der in mir ein Prickeln hervorrief. Inzwischen hatte ich meine Hände in seine Boxershorts geschoben, seinen Schwanz in die Hand genommen und meine Bewegungen den seinen angepasst, was ihm ein ähnliches Stöhnen entlockte. Unsere Hände strichen lange hin und her, und wir genossen das Gefühl, das wir dem jeweils anderen bereiteten. Seine Hände waren sicher, immer wieder drückten sie fest auf meine Klit, bis ich mich nicht mehr beherrschen konnte. In meinem Orgasmus ringelten sich mir buchstäblich die Zehen. Als ich wieder bei Atem war, konnte ich das Drängen in meiner Stimme nicht verhehlen. »Bitte hol ein Kondom.«

Er hielt jäh inne. »Was?«

»Wie meinst du das, was? Ein Kondom. Bitte. Ich will, dass du mich fickst.«

»Ficken!«

»Ja, ficken.«

»Nein, das meinte ich nicht. Scheiße!«

»Wieso?«

Seine Stimme war so verzweifelt, dass ich in jeder anderen Situation gelacht hätte. »Ich habe kein Kondom dabei. Ich habe nicht damit gerechnet, dass wir es heute Nacht tun würden.« Er hielt inne. »Und ich denke nicht, dass du …«

Ich schnaubte. »Ich hatte seit über einem Jahr keinen Sex mehr, und ich habe ganz bestimmt nicht damit gerechnet, dass heute Nacht etwas passiert.«

Nun klang er wirklich verzweifelt. »Ach so …«

Ich konnte die Belustigung in meiner Stimme nicht mehr verbergen – oder meine Lust, es ins Alberne zu ziehen. »Ach, kein Thema! Schlafen wir einfach.« Sein Schwanz zuckte in meiner Hand, Thomas gab einen erstickten Laut von sich, den ich zum Teil für Empörung, zum Teil für Frust hielt. Aber dann drückte ich sein Glied in meiner Hand und schob mich weiter hinunter, um es in den Mund zu nehmen.

Als mein Mund ihn umgab, stöhnte er so ausgiebig, dass ich

mich wie eine Göttin fühlte. Ich leckte ihn langsam, ließ mir Zeit und genoss es, wie seine Hände sich in die Bettdecke krallten, wie sein Körper sich krümmte und wieder dehnte, als ich die Lust aus ihm heraussaugte. Es war schon eine Weile her, dass ich so etwas gemacht hatte, und ich wollte ihn zwar nicht über die Maßen hinhalten, wollte es aber auch nicht zu früh beenden. Als er dann kam, streichelte er mein Haar und flüsterte meinen Namen, und ich hatte ein merkwürdiges Erfolgserlebnis. Nun ja, ich würde es nicht in meinem Lebenslauf anführen, aber ich schlief mit einem Lächeln auf dem Gesicht ein.

Natürlich muss man nach so einer Nacht auch wieder aufwachen. Ich kam Nase an Nase mit ihm wieder zu mir, unsere Beine waren ineinander verwoben. Als ich die Augen aufschlug und sah, dass er mich anblickte, schloss ich sie sofort wieder und tat so, als würde ich schlafen.

»Sophie? Bist du wach?«

Ich sagte nichts. Mist – was sollte ich nun tun?

»Sophie? Wir müssen bald zum Frühstück hinuntergehen. Geht's dir gut? Sag doch was!«

Meine Augen blieben geschlossen. »Ja, alles in Ordnung, mir geht's bestens.« War das zu überschwänglich? »Alles gut.«

»Willst du nicht mal die Augen aufmachen?« Er war nun langsam wirklich verwirrt.

»Ja, gleich!« Meine Stimme hingegen klang hell und melodiös – ähnlich wie bei meiner Mutter, wenn sie sich fröhlich gab, ohne es zu sein. Aber dieses Bild hilft hier nicht weiter.

Er nahm meine Hand. »Schon gut. Die Sache hat nichts zu bedeuten.«

Ich riss die Augen auf und starrte ihn an – sein Blick war beruhigend, gelassen und so zärtlich! Ich wusste nicht, ob ich beleidigt sein sollte, aber meine Miene muss mich verraten haben, denn er hob kapitulierend die Hände. »Sorry, so habe ich das nicht gemeint. Es war toll, es war herrlich, ich habe es genossen.«

»Allerdings!«, sagte ich mürrisch, doch meine Mundwinkel hoben sich schon zu einem Lächeln.

»Ich wollte damit nur sagen, dass wir es nicht wiederholen müssen, wenn du nicht willst. Und an unserer Freundschaft hat sich dadurch nichts geändert.«

Ich fixierte ihn lange.

»Sicher?«

Er nickte. »Ja, sicher.«

Genau in diesem Augenblick knurrte mein Magen, ich wurde rot. »Okay, Zeit fürs Frühstück! Ich gehe als Erste ins Bad!« Ich sprang auf, schnappte mir meine Kleider und eilte unter die Dusche und versuchte, mich dabei so normal wie möglich zu geben. Er blieb reglos liegen und beobachtete mich. Auf halbem Weg durchs Zimmer konnte ich mich nicht mehr zurückhalten. »Hör auf, meinen Arsch anzustarren!«

»Tue ich nicht. Ich bewundere nur deinen Schlafanzug.«

Als wir beide gewaschen und angezogen waren und zu Ella und dieser Freundin stießen, die unabsichtlich die Wende in den Ereignissen ausgelöst hatte, war alles wieder leidlich normal. Wie immer stichelten wir herum, und das Frühstück verlief so, wie es auch verlaufen wäre, wenn ich in der Nacht keine intime Bekanntschaft mit seinem Schwanz gemacht hätte. Wir verloren kein Wort mehr darüber – bis ich am Abend eine SMS von ihm bekam.

Ich freue mich, dass Du gut angekommen bist, bin nun auch wieder zu Hause, alles ok. PS: Ich wünschte, ich hätte Kondome dabeigehabt.

Blödmann.

Heute erscheint es unvermeidlich, dass wir kurz danach richtig miteinander schliefen – lustigerweise brachten wir beide Kondome mit. Meine Besuche bei ihm waren weitgehend so wie immer, doch ich schlief nun meistens in seinem Bett und nicht mehr im Gästezimmer. Wir waren weiterhin Freunde, sprachen offen über alles, hatten aber nun auch eine sexuelle Beziehung. Wir mochten einander sehr, aber ich war wirklich nicht die richtige Frau für ihn. Und für mich war Thomas zwar wunderbar, lustig, klug, attraktiv, aber mir wurde nicht flau im Magen, wenn ich ihn sah. Mit diesen Worten sagte ich ihm das nicht, ich fürchtete, ich würde klingen wie eine naive, dumme Kuh. Aber bei ausgedehnten Gesprächen, wenn wir mit dem Hund unterwegs waren, kamen wir zu einem gemeinsamen Verständnis unserer Beziehung und deren Rahmen. Es sollte Spaß machen, wir wollten keine Erwartungen, keine Verpflichtungen. Sollte einer von uns sich mit jemand anderem treffen, wäre sie zu Ende. Aber solange es uns beiden gefiel und keiner tiefere Gefühle für den anderen hegte, war alles möglich. Und das war es auch eine ganze Zeit lang, in der wir uns besser kennenlernten.

Doch selbst angesichts unserer Ähnlichkeiten hätte ich ehrlich nie erwartet, dass meine Hände irgendwann am Kopfende von Toms Bett gefesselt sein würden, er mit einem maliziösen Grinsen über mir thronen und ich mich kurz fragen würde, in was ich da hineingeraten war. Das hatte etwas mit der zufälligen Bekanntschaft in der Warteschlange zu tun und dass man ein Buch nicht nach seinem Cover beurteilen soll … wie meine Mutter immer sagte, wenn sie damit auch alles andere als ein Buch meinte.

Wir waren damals schon eine ganze Weile Bettgenossen, insofern kam unausweichlich auch irgendwann einmal das Thema unausgelebte Fantasien auf. Ich schüttete ein Glas Rotwein in mich hinein und gab ihm eine vage Zusammenfassung meiner Erlebnisse mit Ryan sowie meiner Streifzüge im Internet, bevor ich schüchtern zugab, dass ich davon träumte, meine unterwürfige Seite zu entfesseln – oder sollte ich besser sagen: fesseln? – und mit BDSM zu experimentieren. Dennoch sah ich in Thomas wirklich nicht den Mann, der mich in diese Praktiken einführen würde. Ich erwartete auch nicht, dass er sich zu diesem Mann entwickelte. Wir hatten lediglich ein ziemlich geiles Gespräch als Vorspiel zu einem perfekten Wochenendfick. Mir gefielen seine Klugheit und seine herrlich schmutzigen Fantasien, ich hatte aber keine Ahnung, dass ich jemandem begegnet war, der sich als das Ying zu meinem submissen Yang herausstellen sollte.

Solche Gespräche waren mit Thomas problemlos. Alle Vorbehalte, meine sexuellen Vorlieben anzusprechen, wurden durch die Natur unserer Beziehung null und nichtig. Er war mein Freund, und ich vertraute darauf, dass er rücksichtsvoll und verständnisvoll war, wenn wir über solche sehr intimen und möglicherweise peinlichen Dinge sprachen. Aber da wir kein Paar waren, machte es mich nicht verlegen, ihm zu sagen, was mich scharf machte und was ich ausprobieren wollte. Nachdem er kein potenzieller Partner war, hatte ich keine Angst davor, dass er mich schräg oder verschroben finden und meine Blümchensexseite nicht mit den anderen, etwas gröberen Aspekten meiner Persönlichkeit in Übereinstimmung bringen könnte. Doch selbst wenn er sich seine ganz privaten Gedanken dazu gemacht hätte, hätte sich das nicht auf unsere Beziehung als Ganzes ausgewirkt. Mit der Zeit wurde mir natürlich klar, dass er überhaupt nicht über mich urteilte, er hatte im Gegenteil eine mindestens so krasse Fantasie wie ich, und seine Neigungen ergänzten die meinen tatsächlich bestens.

Er war voll angekleidet. Das machte mich verletzlicher, als er über meinem nackten Körper kniete und meine Nippel berührte. Er spielte zunächst, rieb mit dem Finger darüber und rund herum und sah zu, wie sie hart wurden. Ich entspannte mich, schloss die Augen und genoss das Gefühl, wenn er hineinkniff. Brutal. Ich ächzte bei dem unvermittelten Schmerzausbruch, ich blickte auf und sah, dass er mich anstarrte. Er lockerte kurz seinen Griff, ich konnte mich aber lediglich eine Sekunde lang erholen, denn er bewegte seine Hand nur, um noch stärker zuzupacken, um noch gröber zu ziehen und an meiner Brust zu zerren.

Der Schmerz steigerte sich, mein Atem ging bebend. Ich biss mir auf die Lippe und drückte den Rücken durch, um die Anspannung zu lindern, aber da er über mir kniete und meine Hände gefesselt waren, konnte ich mich kaum bewegen. Nachdem er amüsiert beobachtet hatte, wie ich mich wand, kam mit einer leichten Drehung seiner Hand umgehend die ganze bittersüße Lust des Schmerzes zurück. Mein Stöhnen füllte den Raum, ich dachte nur, dass es wirklich so erregend war, wie ich es in Erinnerung hatte, jedenfalls bis der Schmerz in meiner Brustwarze alles ausfüllte und ich gar nicht mehr viel dachte.

Thomas widmete sich nun meiner anderen Brustwarze, erst umspielte er sie sanft mit der Zunge, dann saugte er hart daran und biss hinein. Ich buckelte unter ihm vor Schmerz. Wären meine Hände frei gewesen, hätte ich mich in sein Haar gekrallt, aber stattdessen konnte ich nur die Fäuste ballen und sie wieder entspannen, wenn er zwischen Zärtlichkeit und Grausamkeit abwechselte, und ich war mir nicht sicher, wonach ich mich im Moment mehr sehnte.

Aber das ist gelogen – der Schmerz törnte mich mehr an, als ich gedacht hätte, mehr, als die wunderbare Erfahrung von

Ryans Schlägen angedeutet hatte. Und als Thomas mit der Hand über meinen Körper fuhr, spreizte ich hemmungslos die Beine so weit, dass er den glitzernden Beweis dafür sehen konnte.

Er kicherte und strich durch das Feuchtgebiet zu meiner Klit. Im Gegensatz zur Behandlung meiner Brüste streichelte er – frustrierend – leicht darüber, und ich hob die Hüften an, um ihn dazu zu ermuntern, seine Finger tief in mich hineinzustecken. Aber er löste sich von mir. Enttäuscht sah ich auf, aber er zog nur eine Augenbraue hoch.

Er wusste, was ich wollte. Bestimmt zwanzig Minuten lang hatte ich mich darüber ausgelassen, wie geil ich es finden würde, betteln zu müssen, aber in der Fantasie war das irgendwie sehr viel leichter als in Wirklichkeit. Hm. Vermutlich bin ich eben widersprüchlich. Aber nachdem ich jahrelang davon geträumt hatte, komplett die Kontrolle abzugeben, hatte ich das Gefühl, vielleicht doch noch nicht dazu bereit zu sein, als der Augenblick da war, es in echt mit einem tollen Mann zu tun, dessen Denken mir ein Rätsel war.

Das Schweigen dehnte sich in einem Kampf der Willen – was dumm war, denn ich wusste, dass es für uns beide ein Sieg wäre, wenn er mich berühren würde. Seine Hand lag locker auf meinem Venushügel, mit einem Finger klopfte er sanft auf meine Klit, ein, zwei, drei Mal, als würde er mit den Fingern auf den Tisch trommeln, während ich überlegte, wie es weiterginge. Seine Gelassenheit machte mich noch wütender. Also schwieg ich weiter. Ich war eindeutig sturer, als ich vermutet hätte – ein immer wiederkehrender Wesenszug, der mich seitdem ein Dutzend Mal und auf ein Dutzend verschiedene Weisen in die Klemme gebracht hatte.

Pause.

Tom zog seine Hand weg und sah mich an. Dann strich er

mit einem Finger, der glitschig war von meinem Saft, um meinen Mund. Ich saugte ihn ein, schmeckte mich selbst, leckte ihn sauber und versuchte, zumindest so zu tun, als hätte ich wieder einigermaßen die Kontrolle. Ja, ich weiß, dass das ein Widerspruch ist, nachdem ich mich so lange danach gesehnt hatte, sie aufzugeben, aber sagen wir einfach, dies ist ein weiteres wiederkehrendes Thema …

Als ich seinen Finger tiefer in meinen Mund einsog, lächelte er über diese unausgesprochene – und, zugegeben, plumpe – Anspielung. Er zog seine Hose herunter und holte seinen Schwanz heraus. Ich reckte mich voller Verlangen vor, und er fütterte mich damit. Ich lutschte ihn lächelnd, während ich ihn vor Lust seufzen hörte.

Ich habe Männern immer gern einen geblasen, aber nie wieder so gern wie Thomas. Selbst beim ausgeprägtesten Blümchensex wirkte er so selbstbeherrscht, dass ich diese Beherrschung gern ein wenig erschütterte, gern seine Reaktion sah, hörte, wie sein Atem schneller wurde, spürte, wie er in meinem Mund anschwoll, und ihn schmeckte, wenn er kam. Ich mochte zwar die Kontrolle abgegeben und mich seiner Macht unterworfen haben, aber mit meinem Mund um seinen Schwanz hatte ich eine andere Art von Macht, die meine Möse nass machte und mein Herz zum Jubeln brachte. Und genau da, als ich in seinem Bett gefesselt auf dem Rücken lag und er mir seinen Schwanz zwischen die Lippen stieß, fühlte sich das beruhigend an.

Als ich härter lutschte, packte er mein Haar. Ich stöhnte mit seinem Schwanz im Mund, blickte auf, während ich ihn tiefer in mich hineinnahm, mich voller Begierde schnell, schnell und unablässig bewegte, bis sein Saft mir in den Rachen rann. Er lehnte sich zurück, um Luft zu holen, und strich mit den Händen träge über meine Schenkel. An diesem Punkt war ich total scharf.

Aber ich hatte gelernt, dass es nichts nützte, wenn ich mich bewegte, also lag ich einfach passiv da, während er mit den Fingerspitzen auf und ab fuhr und immer näher an die Stelle kam, wo ich ihn unbedingt haben wollte. Wäre ich nicht gefesselt gewesen, hätte ich mich bis zur Besinnungslosigkeit gerieben, nur um mir Erleichterung zu verschaffen. Aber stattdessen musste ich unterwürfig daliegen, als er mir über die Klit strich – ein viel zu kurzes Aufbäumen der Lust – und dann wieder in Schlangenlinien meine Schenkel streichelte.

Auf einmal spielte das Thema »Betteln oder nicht« keine Rolle mehr. Ich wartete so verzweifelt auf meinen Höhepunkt, dass ich so ziemlich alles gesagt hätte, wenn er mich gelassen hätte. Ich hatte die Fäuste geballt, biss mir auf die Unterlippe, und aus meinem trockenen Hals kam schließlich ein »Bitte«.

Sein Finger wanderte zärtlich zurück zu meiner Mitte. Jetzt sah er wahrlich blasiert aus. »Bitte was?«

Sein Tonfall war anders, tiefer, ich schauderte, war aber dennoch unsicher. Das war nicht der lockere, coole Thomas. Mein Gespiele erwies sich als ein Mann voller Überraschungen, nicht aber als ein Mann von Geduld.

Wieder zwickte er mich in die Brustwarze und zwirbelte sie brutal. Tränen schossen mir in die Augen, wieder japste ich. Seine Stimme war stahlhart, duldete keinen Ungehorsam und machte mich noch feuchter, auch wenn mein Bauch vor Nervosität kribbelte.

»Bitte was?«

Mein Gehirn setzte aus. Ich bin normalerweise nicht um Worte verlegen, nun aber wusste ich nicht, was ich sagen sollte, ich hatte Panik, dass er es noch länger hinauszögern oder, schlimmer noch, ganz aufhören könnte, wenn ich das Falsche sagte. Am Ende sprudelte alles, was eventuell richtig sein konnte, aus mir heraus: »Bitte steck deine Finger in mich hinein. Bitte berühre mich, ich will kommen, lass mich kommen. Bitte.«

Nach dem letzten flehentlichen Bitte begann er, mich zu reiben, mit den kräftigen, anhaltenden Bewegungen, nach denen ich mich verzehrt hatte. Er schob zwei Finger in mich hinein und fickte mich damit, rieb immer kräftiger, schneller, bis ich meine Schreie nicht mehr unterdrücken konnte. Ich erbebte, stöhnte, schlug mit der Gewalt meines Orgasmus mit den Händen an das Kopfende des Bettes.

Lächelnd löste er die Fesseln, meine Hände waren frei. Auch ich lächelte, während ich mir die Handgelenke massierte, denn ich wusste, dass ich ganz unvermutet einen Geistesverwandten gefunden hatte und wir es wieder tun würden. Und dass es sich sogar lohnte, dafür zu betteln. Was ich, jedenfalls zu diesem Zeitpunkt, nicht wusste, war, dass dies kaum betteln genannt werden konnte und es nur der Anfang gewesen war.

Wir verstanden uns immer noch nicht als Paar, was es uns in gewisser Weise einfacher machte, auszusprechen, was uns aufgeilte. Einem Lebenspartner zu erzählen, dass man davon träumt, er würde einen prügeln, bis man heult, und dann durchbumsen, obwohl man ihn von sich stoßen will, kann unter Umständen peinlich sein. Thomas hingegen hörte sich alles aufmerksam an und – was mir damals nicht klar war – merkte sich für irgendwann in der Zukunft, was er machen musste, damit meine Möse nass wurde und sich mir der Kopf drehte.

Es begann an einem Samstagabend mit einer Bestrafung aus einer Reihe fadenscheiniger Gründe, die ich hinterfragt hätte, wenn ich in Streitlust gewesen wäre. Nur, als sich sein Ton und sein Verhalten von locker in unerbittlich verwandelten und eindeutig klar wurde, worauf es hinauslief, wollte ich natürlich nicht meckern. Am Ende hing ich nackt mit dem Hintern nach oben über der Armlehne seines Sofas.

Zunächst schlug er mich nur leicht, mein Hintern spannte warm. Ich wusste schon lange, dass Thomas gern schlug, und er hatte schon früh Gefallen daran gefunden, mich übers Knie zu legen und mich erbarmungslos zu bestrafen, während seine Erektion unter meinem sich windenden Körper wuchs. Dass mir die Unterhose an den Beinen hing, machte mich verlegener, als wenn ich sie ganz ausgezogen hätte, und sie erwies sich als hilfreiches Hindernis, wenn ich nicht aufhören konnte, mich zu wehren. Wenn mein Arsch heiß brannte, hatte er mich dann immer auf den Boden gestoßen und gefickt, seine Hüften hatten mich auf den Boden genagelt, während er in mich hineinstieß und sicherstellte, dass ich von dem rauen Teppich keinerlei Linderung für meinen schmerzenden Hintern erwarten konnte. Aber dieses Mal lief es anderes: Er stellte mir eine Frage, die ich wohl nicht mit dem gebührenden Respekt beantwortete, und ich hörte, wie sein Gürtel durch die Laschen seiner Hose glitt.

Wenn man so lange über etwas nachgedacht und darüber fantasiert hat, erschrickt man bei der Aussicht, es nun tatsächlich zu erleben. Nicht nur, weil es wehtun wird und sich der nette, liebenswürdige, hilfsbereite Thomas Knall auf Fall in eine Parallelwelt-Version seiner selbst verwandelt. Nicht nur, weil ich verzweifelt versuche, die Nerven zu behalten, und sichergehen will, dass ich nicht plötzlich einen Rückzieher mache, dass ich alles einstecken kann, was er austeilt, dass ich ihm gefalle, mich als mutig und stoisch bewähre … Ha, Maid Marian wäre stolz! Nicht einmal, weil ich Sorge habe, dass es in der Praxis – nachdem ich den Großteil des letzten Jahrzehnts nachts im Bett gelegen und mir vorgestellt habe, was wohl jemand empfinden mag, wenn er mir eine gute, altmodische Tracht Prügel mit dem

Gürtel verabreicht – vielleicht gar nicht erregend ist und stattdessen einfach nur so schmerzt, dass ich ihn bitten muss aufzuhören. Es ist erschreckend, denn das Ausleben einer lange gehegten Fantasie würde in einer Enttäuschung münden, wenn ich ihn bitten müsste aufzuhören; es wäre eine Art Kapitulation, ein Versagen, eine zu große Niederlage.

Ich drehte den Kopf, der hinunter auf den Boden hing, sodass mir zu meiner Benommenheit von all der Antizipation auch noch das Blut in den Kopf schoss. Ich sah ihn vor mir stehen, noch immer ganz angekleidet und den Ledergürtel in der Hand haltend. Er zog daran, wirbelte ihn durch die Luft, machte sich bereit, mich zu schlagen. Bei seinem Blick wurde mir so mulmig vor Angst und Aufregung wie in der Achterbahn. Dann stellte er sich hinter mich, ich konnte nur abwarten und versuchen, nicht zu zittern. Ich musste nicht lange warten.

Der erste Schlag tat nicht so weh, das Geräusch erschreckte mich mehr als der Hieb. Kurz war ich erleichtert, dass der Schmerz im Grunde erträglich war, dann schlug er kurz hintereinander noch zwei Mal zu, und ich jaulte laut auf. Offenbar hatte er beim ersten Hieb nicht richtig gezielt oder nicht kräftig genug ausgeholt, denn jetzt schmerzte es um einiges mehr.

Er sagte, je mehr ich wimmern würde, desto stärker würde er mich schlagen, also versuchte ich, keinen Mucks von mir zu geben, und biss mir auf die Lippen, bis ich meinte, Blut im Mund zu schmecken. Der Knall jedes Schlages auf meinen Hintern klang wie ein Schuss, und der Schmerz, der auf jeden Hieb folgte, war eine Höllenqual. Hätte die Armlehne an meinem Unterleib mich nicht festgehalten, hätte ich mit den Beinen gerudert, bis ich vor ihm auf dem Boden gelegen wäre. Doch als das Gürtelende zuckte und an einer Stelle, wo es schon ein paar Mal zuvor gelandet war, auf eine meiner beiden Arschbacken herabsauste, kippte und rutschte ich vor diesem blanken, brennenden Schmerz dennoch halb auf den Boden. Er riss mich an den Haaren hoch und forderte mich unbarmherzig und schmerzhaft auf, mich wieder in die alte Position zu schleppen.

Als er von mir verlangte, die Schläge zu zählen, war aus meinem Keuchen fast schon ein Weinen geworden. Der Schmerz war um so vieles größer, als ich je gedacht hätte, doch ich kam nicht auf den Gedanken, ihn zu bitten aufzuhören. Stattdessen konzentrierte ich mich ganz darauf, den Schlägen standzuhalten, und schluckte das Stöhnen und Wimmern hinunter, das bei jedem Hieb in meiner Kehle gurgelte. Doch dass ich versuchte, meine Atmung zu kontrollieren, um den Schmerz auszuhalten, muss verraten haben, wie sehr er mir wehtat – selbst wenn die zornigen roten Streifen auf meinem Hintern, die Tränen, die mir übers Gesicht rannen, und meine schlotternden Beine nicht gewesen wären!

Nach zehn Schlägen berührte er meine Klit, rieb mich heftig und schob leise lachend über meine sichtbare und hörbare Erregung seine Finger in mich hinein.

»Ja, ja, du bist echt eine kleine schmerzgeile Schlampe, was, Sophie?«

Ich schloss die Augen, aber das Schmatzen seiner Finger, die sich zwischen meinen Beinen bewegten, gab ihm recht.

Ich stöhnte vor Lust, während er mich rieb. Er erklärte mir das Prinzip von Karotte und Stock und dass ich die orgasmische Karotte nach meinem Ungehorsam noch nicht verdient hätte. Ohne die Hand von meiner Möse zu nehmen, stieß er mich wieder in Position für die weitere Bestrafung, und kurz war ich sauer, weil er mich wie eine verdammte Handpuppe behandelte. Ich konnte ihn fast lächeln sehen, als ich mich auf Zehenspitzen über die Armlehne streckte und seine Finger brutal in mich hineinstießen. Mit meinem trockenen Hals zählte ich noch zehn Schläge und einen »fürs Glück«, den er mir bestimmt nur gab, weil er sich an dem Anblick weiden wollte, wenn meine sichtliche Erleichterung am Ende der Strafe wieder flatternden Nerven wich und ich auf den letzten und härtesten Schlag wartete.

Bevor ich überhaupt wieder zu Sinnen kam, waren seine Hände schon wieder an meiner Klit. Er rubbelte mich so hektisch und grob, dass es selbst mit dem Gleitmittel ein bittersüßes Vergnügen war. Ich kam heftig, meine Beine gaben nach, ich hing wie ein Sack am Sofaende.

Als ich mich wieder einigermaßen erholt hatte, kniete ich vor ihm und lutschte ihn, bis er in meinen Mund spritzte und ich in einen erschöpften Schlaf glitt – auf der Seite, denn mein Hintern war so mitgenommen, dass ich selbst bei der leichtesten Berührung der Daunendecke vor Schmerz aufwachte.

Es dauerte Tage, bis die Schwellung zurückging, und jeden Morgen nach dem Duschen inspizierte ich die wechselnden Farben der Blutergüsse im Standspiegel, ich drückte sie, um zu prüfen, wie sehr sie noch schmerzten, und lächelte mich dabei gleichzeitig im Spiegel an.

Ja! Langsam begriff ich das ganze Ausmaß meiner masochistischen Neigungen. In Thomas schien ich jemanden gefunden zu haben, der damit nicht nur etwas anfangen konnte, sondern es auch genoss, sie richtig auszureizen. Doch bald sollte ich feststellen, dass nicht unbedingt der Schmerz die größte Herausforderung im Spiel mit meinem komplementären Meister war.

5. KAPITEL

Kurz nachdem ich intim mit Toms Gürtel Bekanntschaft gemacht hatte, gingen wir in die Stadt zum Mittagessen und ins Kino. Wir freuten uns über einen freien Tag mitten in der Woche, wenn man das Gefühl hat, dass alle in der Tretmühle stecken und nur man selbst blaumacht.

Wir holten uns Zeitungen und gingen ins *Wagamama*. Als mein Hintern auf die harte Holzbank traf, verzog ich kurz das Gesicht. (Warum sind Holzbänke nur so beliebt? Sie sind scheußlich, und man sollte den Innenarchitekten dieser Nudelbar-Kette zur Verantwortung ziehen!) Tom sah es und lächelte, sagte aber nichts, bis die Bedienung unsere Bestellung aufgenommen hatte.

»Hast du einen wunden Hintern?«

Stolz? Sturheit? Der Wunsch, ihm seinen sexy, aber dennoch verdammt selbstgefälligen Ausdruck aus seinem Gesicht zu wischen? Wahrscheinlich.

»Kein Problem.«

»Wirklich? Du hast ziemlich gequält ausgesehen, als du dich hingesetzt hast.«

Wir sahen einander an, unsere Blicke sagten, dass er wusste, was ich dachte, und ich wusste, dass er es wusste, ich würde mir aber Mühe geben, es zu ignorieren.

Aber er ließ mir keine Ruhe. Beim Essen plauderten wir über das Kinoprogramm am Nachmittag, über eine Kollegin, die mir gefiel, über die jüngste Episode einer Liebe-Hass-Geschichte zweier gemeinsamer Freunde. Als wir gegessen hatten, nahm er einen Schluck von seinem Getränk und sah mich eine ganze Weile lang an, ohne etwas zu sagen.

»Was ist?«, fragte ich.

Er stellte sein Glas ab. »Nichts. Du rutschst nur ständig auf der Bank herum, dabei verziehst du das Gesicht, und ich sehe, dass es dir wehtut.« Er lächelte. Bastard!

Ich versuchte, so zu tun, als sei es völlig normal, über unsere Essensreste hinweg über die Schläge zu sprechen, die er mir gegeben hat. »Ach, ich dachte, der Rohrstock wäre schmerzhafter. Aber neulich nachts …«, ohne nachzudenken, verlagerte ich das Gewicht, um eine bequemere Sitzhaltung zu finden, wurde mir dessen aber erst bewusst, als ich ihn lächeln sah, »… der Gürtel hat sehr viel mehr geschmerzt. Ich weiß wirklich nicht, warum.« Ich reckte das Kinn. »Aber so schlimm ist es auch wieder nicht.«

Er zog eine Augenbraue hoch, und ich merkte, dass ich ihn unabsichtlich provoziert hatte und er es mir heimzahlen würde.

»Ehrlich gesagt, habe ich dich heftig geschlagen, weil ich wusste, dass du es aushalten kannst und dass es dir auch gefällt. Aber es waren nur 75 Prozent dessen, wozu ich fähig bin. Wir waren so nah an der Wand, dass ich nicht so richtig ausholen konnte.«

Mein Hintern verkrampfte sich beim Gedanken, noch stärker mit dem Gürtel geschlagen zu werden, der nun wieder ein harmloses Modeaccessoire um seine Taille war. Plötzlich konnte ich meine Augen nicht mehr davon abwenden.

»Ich weiß natürlich nicht, ob du noch sehr viel mehr ertragen kannst. Dein Arsch sah ziemlich geschunden aus, als ich fertig war. Du konntest ja kaum mehr stehen und dich über die Lehne beugen, deine Beine haben zu sehr gezittert. Wenn dir nicht dein Saft an den Schenkeln hinuntergelaufen wäre und ich nicht gesehen hätte, wie sehr du es genossen hast, hätte ich mir Sorgen gemacht. Böses Mädchen!«

Ich war sprachlos. Ich glaube, mehr als ein Grunzen bekam ich nicht zustande. Ich sah mich im Restaurant um – an den Nebentischen Frauen mit einer Schar Kleinkinder, ein paar Jugendliche, die lange an einem Smoothie tranken, während sie in einer Tasche mit Einkäufen wühlten – und versuchte, wieder die Kontrolle über mich zu bekommen und die feuchte Wärme zwischen meinen Beinen zu ignorieren. Es funktionierte irgendwie, bis …

»Mir gefällt beim Gürtel, wie er bei jedem Schlag um deinen Hintern zuckt. Sicherlich tut der Schlag weh, aber das letzte Kringeln um deine Arschbacke scheint besonders heftig zu sein. Die Striemen, die es hinterlässt, sind jedoch großartig. Ich liebe es, dass du Gänsehaut bekommst, wenn ich mit den Fingernägeln darüberstreiche. Allein beim Anblick deines bestraften Arsches könnte ich kommen – das würde dich aber total frustrieren!« Sein Lächeln sagte, dass ihm das ziemlich egal war.

Ich wollte das neckische, unverfängliche Gespräch weiterführen, das wir kurz zuvor noch gehabt hatten: »Schon gut. Ich bin sicher, ich würde mir in der Not zu helfen wissen.«

Wieder sein Wolfslächeln. »Ah, nicht dass ich wirklich einen bräuchte, aber jetzt habe ich einen Grund, dich zu fesseln.«

Mein Atem ging stoßweise, ich war wirklich nass. Ich verschränkte die Arme auf dem Tisch vor meiner Brust, damit niemand meine Nippel sah, die nun ganz deutlich gegen den Stoff drückten.

Ich lachte still und mit einem Hauch von Verlegenheit, die ich nicht verbergen konnte. »Wir sollten nun das Thema wechseln.«

Er lächelte. »Warum? Bist du scharf?« Als wüsste er das nicht! Natürlich wusste er es, und er fragte, weil es ihm gefiel, mich rot werden zu sehen.

Ganz leise sagte ich: »Ja.«

»Nimm die Arme vor deinem Busen weg.«

Ich stotterte seinen Namen – eine Bitte und ein Ausruf der Empörung –, während meine Arme noch immer den Beweis für meine Erregung verdeckten.

Dann zog er andere Saiten auf. Seine Meisterstimme. Das Geplänkel war vorbei. »Das war keine Bitte, Sophie.«

Langsam nahm ich meine Arme herunter.

»Rücke ein kleines Stück vom Tisch ab, damit ich dich richtig sehen kann.«

Ich tat es mit heißem Gesicht.

Er lachte leise. »Das war wirklich nur ein kleines Stück. Aber es ist okay, es reicht.«

Er taxierte meine Brüste und wandte auch den Blick nicht ab, als die Bedienung kam und fragte, ob wir ein Dessert wünschten. Er bestellte für uns beide, und als die Frau weg war, wies ich ihn darauf hin, dass sie gesehen hatte, was er tat. Er antwortete: »Ach, ich habe gar nicht richtig hingesehen, ich habe mir nur überlegt, wie sie wohl nackt aussehen.«

Oh. Ich verschluckte mich fast.

Als wir auf den Nachtisch warteten, kamen wir wieder auf meine junge Kollegin zu sprechen und ob sie sich für mich interessierte oder nicht. Aber jede Hoffnung, ich könne mich wieder von dieser totalen Verwirrung, in der ich vor ihm saß, erholen, war bald zunichte. Er hatte diese Kollegin einmal kurz getroffen und hielt sie für eine Switch, also für jemanden, der sowohl aktiv als auch passiv sein konnte, je nachdem, mit wem sie spielte. Und dann erklärte er mir genau, wie er ihr zeigen würde, »das Beste« aus mir herauszuholen.

Während er schilderte, wie er mich fesselte, wie ich sie lecken musste und er ihr zeigte, wie man den Stock effektiv auf meinem

Hintern und meinen Brüsten einsetzte, wie ich zusehen müsste, wie die beiden fickten und noch sehr viel mehr, rutschte ich aus anderen Gründen auf der Bank herum. Als ich mein Dessert essen wollte, zitterte meine Hand.

Das alles blieb Tom natürlich nicht verborgen.

Als wir fertig waren und zur Kasse gingen, hatte ich keinerlei Lust mehr auf einen Kinofilm. Ich wollte wieder zu ihm nach Hause und hemmungslosen Nachmittagssex haben. Er lächelte, als ich ihm das sagte – »sagen« trifft es vielleicht nicht richtig, es war wohl eher ein Betteln, denn ich war total geil.

»Gut, gehen wir nach Hause. Aber erst will ich ein paar Dinge besorgen.«

Er sah die Frustration in meinem Gesicht, ich wollte mich aber nicht beklagen, denn ich wusste, dass er es dann nur noch länger hinauszögern würde. Wir bezahlten und gingen. Da ich auf Toms Bitte keinen Slip unter der Jeans trug, machte es mich wahnsinnig, mit der Naht herumzulaufen, die sich in meine Spalte drückte.

Nachdem wir in einem DVD-Geschäft, zwei Buchhandlungen und einem Supermarkt gewesen waren, hätte ich vor Frust am liebsten geschrien. Und er hatte nicht einmal etwas gekauft! Ich hatte es aufgegeben, so zu tun, als würde ich mich in den Geschäften umsehen, und konzentrierte mich lediglich darauf, mich in der Öffentlichkeit nicht unmöglich zu machen, indem ich ihn anbettelte, mich endlich nach Hause zu bringen, oder indem ich durch meine Zwickelnaht einen Orgasmus bekam. Schließlich stellte er sich hinter mich, während ich mit leerem Blick vor einem Zeitschriftenregal stand. Er schlug mich hart auf den Hintern und riss mich aus meinen Tagträumen. Ich stöhnte auf.

»Okay, ich bin fertig. Zeit, nach Hause zu gehen.«

Na, vielen Dank!

Kaum waren wir durch die Haustür, schlug ich vor, ihm einen zu blasen. Ich war am Ende und wollte wieder ein wenig Kontrolle bekommen. Toms Fähigkeit, in meinem Gesicht zu lesen, hatte mich in die Defensive gedrängt, und ich dachte, mit seinem Schwanz in meinem Mund könnte ich das Gleichgewicht wiederherstellen. Wenn wir es taten, war er zwar nicht weniger dominant, gab aber immer wieder ein kehliges Geräusch von sich und ballte die Fäuste, sodass ich wusste, dass nun ausnahmsweise er um seine Selbstbeherrschung rang, und das nur wegen mir – ein sehr befriedigender Gedanke. Fast so befriedigend, wie zu spüren, wie er auf meine Zunge reagierte und in meinem Mund hart wurde, wie seinen Saft zu schlucken und ihn danach sauberzulecken und dann normalerweise garantiert selbst einen Orgasmus zu bekommen. O ja!

Als wir die Treppe hinaufgingen, fragte ich ihn also, ob ich ihn lecken sollte. Er lächelte. »Ich denke, dazu könnte ich mich überreden lassen. Aber ich dachte da zuerst an etwas anderes.«

Bevor ich noch raten konnte, was er meinte, packte er mich am Handgelenk und warf mich aufs Bett. Ich wollte mich wieder aufrichten oder wenigstens eine bequemere Haltung einnehmen, aber er drehte mir den Arm auf den Rücken und zog mit der anderen Hand meine Hose herunter. Als ich aufhörte, mich zu wehren, und mich damit abfand, dass ich keine Chance hatte, mich aus dieser Position zu befreien, schnappte er sich die Haarbürste vom Nachttischchen, und das Geräusch des ersten Schlages auf meinen Hintern hallte durchs Zimmer.

Der Takt war erbarmungslos. Manchmal war die Bestrafung leicht und verspielt, das hier aber war alles andere als leicht, auch wenn es noch nicht lange her war, dass er seinen Gürtel benutzt hatte. Ich weiß nicht, wie lange es so ging, ich hatte ausschließlich damit zu kämpfen, die Wellen des Schmerzes zu reiten.

Als er dann innehielt, um mit den Fingernägeln und dem Besatz der Bürste über die brennenden roten Striemen zu streichen, wusste ich nur, dass mein Gesicht und meine Möse beide nass waren. Er zog mich hoch und ließ seine Hand durch meinen Schlitz gleiten, während ich auf schwachen Beinen vor ihm stand. Kichernd steckte er mir seinen Finger in den Mund, damit ich ihn sauberleckte. Er sagte, dass ich damit nun den Beweis hätte, wie sehr mir diese Behandlung trotz meiner Tränen und meines Gejammers gefallen hatte. Ich errötete, während ich meinen Saft ableckte. Ich hasste seine Selbstgefälligkeit – und dass er recht hatte.

Als sein Finger sauber war, befahl er mir, mich auszuziehen, dann stieß er mich nackt auf die Knie. Er nahm einen Nippel in jede Hand und kniff zu, er bearbeitete sie so schlimm, dass ich mir auf die Zunge beißen musste, um nicht aufzuschreien. Schließlich hatte er das Spiel satt und machte seine Hose auf. Ich ging auf ihn los wie eine Verhungerte.

Aber er wollte über alles die Kontrolle haben. Er krallte sich in mein Haar und fickte mich in schnellem Takt ins Gesicht, er zog mich auf seinem Schwanz herauf und herunter, wie es ihm passte, meine schmerzende Kopfhaut und meine Atembeschwerden kümmerten ihn nicht. Plötzlich wurde sein Griff fester, er zog mich von seinem Unterleib weg.

»Ich will nicht in deinem Mund kommen.« Verwirrt sah ich ihn an. »Ich komme auf deine Brüste. Und gleich danach legst du dich aufs Bett, und ich tue das, wonach du schon den ganzen Tag lechzt. Ich besorge es dir. Aber es gibt Regeln: Sollte ein Tropfen Sperma aufs Bett laufen, höre ich sofort auf. Dann kannst du dich anziehen und jammernd und frustriert nach Hause gehen. Hast du verstanden?«

Ich nickte und beobachtete aufmerksam, wie er sich den

Schwanz rieb. Er kam mit langen, milchigen Spritzern über meine Brüste und meinen Bauch. Lächelnd wich er einen Schritt zurück. »Na, worauf wartest du noch?«

Vorsichtig legte ich mich aufs Bett und ächzte, als mein noch pochender Hintern das Laken berührte.

»Tut es weh?«

Ich nickte. Es hatte keinen Sinn, es ihm verheimlichen zu wollen.

Wieder lächelte er, als er meine Handgelenke packte und sie ans Kopfende führte, damit ich mich festhielt.

»Vergiss nicht, was passiert, wenn du kleckerst. Das wäre doch schade.« Ich zitterte, als er über die Innenseite meines Schenkels strich. »Ich habe aber das Gefühl, dass du wohl kaum unbefriedigt nach Hause gehen willst.«

Er befummelte mich, ich war verloren. Er glitt in meine Spalte und steckte seine Finger tief in mich hinein. Er fickte mich erbarmungslos mit den Fingern, während er mit dem Daumen meine Klit rieb. Ich stöhnte und wand mich vor Lust, aber jede Bewegung verursachte mir einen stechenden Schmerz, wenn mein Hintern auf dem Laken rieb. Die Gefühle verschmolzen, bis Schmerz und Lust und Demut und die schiere Geilheit des Ganzes eins waren und mein lautes Stöhnen durch die Stille fuhr.

Tom hielt kurz inne, wich zurück und sah hinunter auf mich, musterte mich eindringlich. Ich wurde rot, ich fragte mich, was ich wohl für ein Bild abgab, nachdem ich mit gespreizten Beinen dalag und nach einem Orgasmus bettelte. Dann wurde mir klar, dass er prüfte, ob etwas aufs Bett getropft war, während ich mich gewunden hatte.

Ich war verzweifelt. Ich wollte die Hände heben, aber er schnalzte mit der Zunge, und ich verharrte in meiner Bewegung. Für den Bruchteil einer Sekunde sahen wir einander an, meine Augen wurden schmal, als ich begriff, was genau das bedeutete. Er hingegen zwinkerte, und seine Lippen verzogen sich zu einem Grinsen, als er sah, dass ich begriff, was ich tun müsste, wenn ich meinen Orgasmus haben wollte.

Aber wen will ich eigentlich hinters Licht führen? Es gab kein Wenn. Selbst als ich erfasste, was er erwartete, und noch überlegte, ob ich es tun würde, bewegte ich mich schon. Ich drehte mich ungeschickt auf dem Bett und zog jedes Mal, wenn das Laken über meine Striemen rieb, mit zusammengepressten Zähnen die Luft ein. Bei einer besonders heftigen Bewegung, nachdem ich gesehen hatte, wie ein Tröpfchen unaufhaltsam um die Rundung meiner Hüfte floss, und schreckliche Panik bekam, traf ich mit dem Hintern so stark auf, dass ich wimmerte. Dennoch bewegte ich mich weiter, während er mich bei meinem zwangsläufig vergeblichen Versuch beobachtete, der Schwerkraft zu trotzen.

Schließlich bekam er Mitleid mit mir. »Wenn du Probleme hast, darfst du die Hände benutzen.«

Na, danke! Hektisch fuhr ich mir über Brustkorb und Busen, um seinen Saft aufzufangen, und leckte ihn gierig von meinen Fingern, bevor ich meine Hände wieder auf meine mittlerweile glänzende und gerötete Brust legte. Es schien ihm zu gefallen, dass ich mich selbst fütterte, denn Gott sei Dank begann er wieder, seine Finger in mir zu bewegen.

Es war, als schwämme ich in gegenläufigen Strömungen – das schonungslose Reiben, die Finger, die immer wieder in meine Möse stießen, der noch pulsierende Schmerz an meinem Hintern, wenn er übers Bett rutschte, während ich mich wand. Da ich so viele verschiedene Empfindungen verspürte und gleichzeitig keinesfalls einen Tropfen verkleckern durfte, brauchte ich trotz meiner verzweifelten Not lange, bis ich zum Höhepunkt kam. Jedenfalls schmerzte meine Möse, als das Verlangen nach einem Orgasmus jede Angst überwand, in der mir zugewiesenen Rolle zu versagen.

Ich kam heftig, mein Stöhnen und schließlich meine Schreie dröhnten mir in den Ohren. Ich zuckte noch lange danach, so intensiv war es gewesen. Er streichelte meine Schulter, während mein Zittern nachließ, und als ich seinen noch immer angekleideten Körper sah, wurde ich daran erinnert, dass sogar ich ihn manchmal unterschätzte. Es war auch ein sehr denkwürdiger Einkaufsbummel gewesen, was echt erstaunlich war, nachdem ich gar nichts gekauft hatte.

Es war meine erste richtige Erfahrung mit D/S – Dominanz und Submission bzw. Unterwerfung –, die nicht nur Schmerz beinhaltete, sondern auch den Verlust von Würde und Kontrolle. Zu meiner eigenen Überraschung fand ich langsam heraus, dass dies mich am meisten beschämte und am meisten provozierte. Durch meine hohe Schmerzgrenze konnte ich brutale Gewalt aushalten, aber die psychischen Aspekte der Erniedrigung wirkten noch lange nach, nachdem die blauen Flecke verheilt waren. Wenn mir diese Momente wieder in den Sinn kamen, wurde ich verlegen, aber auch scharf, gleichzeitig verwirrte es mich. Manchmal fiel es mir selbst schwer, zu verstehen, was mich aufgeilte, noch schwieriger war es, dies zu akzeptieren, sobald die Intensität der Erfahrung und der Adrenalinschub nachgelassen hatten und ich daran denken musste, wie weit ich selbst gegangen war und inwieweit ich mich hatte erniedrigen lassen. Es war wahnsinnig erregend, mitunter jedoch auch besorgniserregend: Woher sollte ich wissen, ob das Gleichgewicht stimmte? Wie sollte ich sicher sein, nicht zu weit zu gehen?

6. KAPITEL

Wenn man Masochist ist und der dominante Part kein extremer Sadist, hat man das Problem, dass Bestrafungen im üblichen Wortsinn nicht wirklich als Abschreckung fungieren.

Das ist die Ironie der Sache, vor allem weil es hier natürlich nicht um Strafe im landläufigen Sinn geht. Ich bin kein bockiges Kind und auch kein Hund, den man erziehen muss, und ich würde mich sehr unwohl mit jemandem fühlen, der dies für einen willkommenen Teil unserer Beziehungsdynamik halten würde. Jeder soll tun, was er für richtig hält, und solange beide Partner glücklich damit sind, soll es mir recht sein. Aber für mich ist das nichts. Außerdem bin ich vergesslich, schusselig und extrem sarkastisch. Sollte also jemand versuchen wollen, mir dies abzugewöhnen, hätte ich erstens ständig ein Problem, zweitens wäre ich danach todlangweilig und ein ganz anderer Mensch.

Dennoch merkte ich schnell, dass ich in der richtigen Umgebung total auf Schmerz abfuhr. Das Brennen, die Herausforderung, das Adrenalin, das er freisetzte, die Läuterung danach. Und wenn Tom im Spiel willkürlich Gründe fand, um mich zu bestrafen, stritt ich deswegen nicht im Mindesten herum.

Schließlich werde ich in den Wellen des Schmerzes nass, wenn ein Stock den Ansatz meiner Arschbacke trifft. Drogen sind nicht mein Ding, aber die Dröhnung, die ich bekomme, wenn das Adrenalin durch meinen Körper schießt, ist ein legales Äquivalent dieses Rausches, und es ist gratis. Es hält mindestens so lange an wie die blauen Flecke, und gelegentlich gibt es mir noch Tage nach der Sitzung einen Kick, wenn ich durch meinen normalen Berufsalltag pflüge und es mir unvermittelt in den Sinn kommt. Bei der Erinnerung daran bekomme ich harte Brustwarzen, mein Körper schmerzt, meine Augen leuchten so, dass meine Kollegen sich wahrscheinlich fragen, woran ich wohl gerade denke.

Insgesamt also war der Schmerz kaum eine Strafe für mich und, wie sich herausstellte, insofern auch keine Herausforderung für Tom. Warum sollte er mir Schmerz zufügen, wenn er etwas anderes mit mir tun konnte, etwas, das ich mir nie hätte träumen lassen und bei dem ich ein bisschen den Kopf verlor, als er es mir erzählte.

Wenn man mit einem Meister spielt, der so ungemein einfühlsam ist wie Tom, sorgt er dafür, genau das zu finden, was einen *nicht* scharf macht, was man nur aus purer Unterwerfung zähneknirschend auf sein Geheiß tut. Etwas, das man hasst und nur macht, um ihm zu gefallen, und dabei so tut, als würde es einem nichts ausmachen, weil man weiß, dass er es – einfach weil er es kann – nur noch ausgiebiger betreiben würde, wenn er merkt, wie sehr man es verabscheut. Das, was man nicht tun will. Das, von dem man nicht sicher ist, ob man es überhaupt tun kann. Dann flackert der Blick, man wird rot vor Wut und Erniedrigung und will den Mann zum Teufel schicken, weiß aber, dass man das nicht kann, weil man trotz allem unerklärlicherweise und ganz entgegen seinem Willen darauf brennt.

Für mich war das die Sache mit dem Fuß.

Tom hat viele faszinierende Seiten, sowohl innere als auch äußere. Er ist intelligent und humorvoll, er hat sehr ausdrucksvolle, wunderschöne blaue Augen und ein anzügliches Grinsen, und er kann mich so in die Enge treiben wie nur wenige andere Menschen, die ich kenne. Persönlich und sexuell reizt er mich so, dass das Leben einfach um einiges interessanter ist und die Farben sehr viel leuchtender sind. Tom hat vieles, was ich bezaubernd, erregend und spannend finde, aber ich würde wirklich nicht behaupten, dass seine Füße dazugehören.

Wir waren mit Freunden aus, alberten herum und stritten uns zum Spaß. Unsere D/S-Beziehung blieb von der Außenwelt so gut wie unbemerkt, und unsere gemeinsamen Freunde wussten davon nichts. Doch als ihm eine zusammengerollte Zeitschrift, in der die neuesten Kinofilme in den höchsten Tönen gepriesen wurden, über den Kopf zog und dabei aus Versehen so hart seine Nase traf, dass ihm die Augen tränten, kippte die Sache. Ich entschuldigte mich für meine Tollpatschigkeit und kramte ein Taschentuch hervor. Er nahm es, und er wischte sich lächelnd die Augen. »Schon gut«, sagte er so laut, dass jeder es hören konnte, dann fügte er nur an mich gewandt leiser hinzu: »Dafür werde ich dich später richtig bestrafen.«

Im Kino überlegte ich mir natürlich die ganze Zeit, was er damit meinte. Er hatte nicht übermäßig genervt geklungen, aber es versprach, etwas außer der Reihe zu werden, also würde er nicht die Hand nehmen. Den Stock? Die Peitsche? Seinen Gürtel? Ein Lineal? Wollte er mich bestrafen und mich ficken, bis er kam, und mich dann unbefriedigt liegen lassen? Das hatte er nämlich einige Monate zuvor in einer unvergesslichen, fürchterlich frustrierenden Nacht getan, er hatte mich schlaflos mit auf dem Rücken gefesselten Händen liegen lassen – und er selbst hatte geschlafen wie ein Baby. Meine Güte, ich hoffte, dass es nicht so etwas war! Ich konnte eindeutig etwas Erfüllenderes brauchen.

Am Ende traf er eine Wahl, die eine verzweifelte Nacht wie

einen Sonntagsspaziergang aussehen lässt. Ich glaube, ich hätte wirklich lieber einen ganzen Monat auf Sex verzichtet, und ich bin nicht gerade der keusche Typ.

Ich kniete nackt auf seinem Bett, während er mir erklärte, was nun geschehen würde. Er streichelte mein Kreuz, strich träge mit dem Finger an meiner Wirbelsäule hinauf und hinunter, und dadurch wie auch durch die Kälte im Raum und meine glühende Erwartung war ich bereits so abgelenkt, dass ich einen hoffnungsvollen Moment lang schon dachte, ich hätte mich verhört. Aber da war der Wunsch der Vater des Gedankens gewesen.

»Hast du verstanden?«, fragte er.

Ich schwieg und hoffte, er würde nun sagen, dass er es sich anders überlegt habe und mich stattdessen schlagen würde, bis ich schrie, und mich zum Ausgleich dann ohne Gleitmittel in meinen geplagten, pochenden Arsch ficken würde. Dass es wehtun würde wie die Hölle und ganz bestimmt eine Strafe wäre. Würde das zählen? Könnte ich es vorschlagen? Wäre das eine Umkehrung der Rollen?

Er hörte auf, meinen Rücken zu streicheln, und kniff mir in einen Nippel. Brutal.

»Ich habe gefragt, ob du verstanden hast!«

Ich schluckte trocken und nickte, weil ich nicht sprechen konnte. Wie sagt man so schön: Man kann etwas verstehen und doch nicht begreifen. Das war nun der Fall. Er hatte von mir verlangt, etwas zu tun, was ich für unmöglich hielt. Ich konnte, ich wollte es nicht tun. Allein beim Gedanken daran wurde mir schlecht vor Wut und Demütigung. Die Sache reizte mich in keiner Hinsicht. Selbst die übliche masochistische Befriedigung, die es mir verschafft, jemandem zum Gefallen zu sein, indem ich mich selbst erniedrige, reichte nicht aus, um diese Sache auf irgendeine Weise geil zu finden. Nicht im Geringsten.

Er löste sich von mir und zog seine Hose aus. »Komm her. Du kannst dich langsam nach unten durchküssen und dich dabei an den Gedanken gewöhnen«, sagte er mit hörbarer Belustigung in der Stimme. Er wusste, dass er etwas von mir verlangte, das ich mit jeder Faser meines Seins verweigerte. Er lehnte sich ans Kissen, verschränkte die Arme hinter dem Kopf und sah lächelnd zu, wie ich versuchte, irgendwo anzufangen. »Warum leckst du mir nicht erst mal den Schwanz?«

Gut. Das ging. Das tat ich gern. Toll. Ich rutschte über das Bett und brachte mich in Position, doch als ich sanft über seinen Schaft leckte, schwoll er noch mehr an und drückte mir ins Gesicht, war fast so fordernd wie sein Besitzer. Ich lutschte ihn konzentriert und sorgfältig, verlor mich in etwas, das mir Spaß machte. Doch auf einmal wurde ich in die Wirklichkeit zurückgezerrt – buchstäblich, denn er hatte mich so brüsk an den Haaren gezogen, dass sich ein Spuckefaden von meinen Lippen zu seiner Eichel zog und riss, bevor ich noch Luft holen und ihn hinunterschlucken konnte. Bei diesem anstößigen Anblick errötete ich beschämt.

»Sehr schön, aber es reicht.« Er tätschelte mir den Kopf wie einem Haustier. »Warum beugst du dich jetzt nicht vor und küsst eine Weile meine Eier?«

Gehorsam drückte ich mein ganzes Gesicht in seinen Schritt. Unvermittelt blitzte die Erinnerung an das erste Mal auf, als er dies von mir verlangt hatte, als ich vor Verlegenheit hochrot geworden war und gezögert hatte, etwas zu tun, was mich so offenkundig demütigte. Als ich ihn nun zärtlich leckte, fragte ich mich, was mit mir passiert war. Wie hatte ich diesen Weg von verzagter Verlegenheit zu freudigem, ja begierigem Gehorsam zurückgelegt? Wie weit würde sich meine Schamschwelle in ein paar Monaten noch verschoben haben? Wie schaffte er es, mich mit einer solchen Leichtigkeit dazu zu bringen, meine Grenzen zu überschreiten?

Aber ich hatte keine Zeit für eine Nabelschau, denn er befahl mir, die Innenseiten seiner Schenkel, seine Knie und Schienbeine bis nach unten zu seiner Fußspitze zu küssen. Ich gehorchte. Aber trotz meiner Angst vor einem Rüffel wurden meine Küsse schneller und flüchtiger, je weiter ich nach unten kam, und viel zu schnell hatte ich seine Zehen erreicht. Im Zimmer war es absolut still, während er wartete. Er war unbekümmert, alles an ihm schien hinauszuschreien, dass er vollauf darauf vertraute, dass ich am Ende tun würde, was er wollte. Ich spürte, wie er sich hinter mir bewegte, um den Kampf in meinem Kopf und in meinem Gesicht besser sehen zu können. Er will nichts verpassen. Niemand sah uns, da waren nur er und ich.

Ich hätte aufstehen und gehen können, ich hätte ihn zum Teufel schicken können. Wenn ich genügend Theater gemacht hätte, hätte er es nicht von mir verlangt. Wahrscheinlich. Aber irgendwie hatten sturer Stolz und eine leise innere Stimme mir gesagt, dass ich es tun könnte, dass ich es tun sollte. Dass es sogar geil sei, es zu tun, denn Unterwerfung ist nicht wirklich Unterwerfung, wenn man nur dann gehorcht, wenn es einem gefällt. Diese innere Stimme war aber sehr leise und verklang immer mehr, je näher ich seinen Füßen kam.

Ich konnte einfach nicht verstehen, warum es mir so viel ausmachte. Ich wusste, dass seine Füße sauber waren, er war ja kein Unmensch, und dass es einfach nur Füße waren. Na gut, Füße waren im weiteren Sinn irgendwie tabu und erniedrigend, aber es sollte doch nicht so schwierig sein, diese innere Hürde zu überwinden, oder? Warum sollte es schlimmer sein, als seine Hände zu küssen?, dachte ich und versuchte damit, mich selbst anzutreiben und die Sache nüchterner zu betrachten.

Ich beugte den Kopf zu seinen Zehen. Ich sagte mir: Ich kann es. Ich tue ihm einen Gefallen, wenn ich es tue. Wenn ich es schnell hinter mich bringe, machen wir danach etwas anderes, und das ist dann affengeil! Ich schloss die Augen. Rochen seine Füße doch? Oder bildete ich mir das nur ein, weil ich sie nicht sah? Ich schob mein Gesicht weiter vor, brachte es aber einfach nicht über mich, den letzten Schritt zu tun. Ich atmete ein paar Mal tief durch und versuchte es erneut. Nichts zu machen. Meine Lippen waren trocken, meine Gedanken rasten: Ich kann es! Wenn ich schnell mache, merkt er vielleicht nicht, wie sehr es mich anwidert.

»Hatte ich dir gesagt, dass du auf meine Zehen pusten sollst?«

Er wusste, wie sehr ich mich ekelte. Na klar! »Nein«, sagte ich mit einem dünnen Stimmchen.

»Worauf wartest du also? Los jetzt!«

Vorsichtig rutschte ich ein wenig auf dem Bett vor und beugte mich hinunter, um seine kleine Zehe zu küssen. Es war ein federleichter Kuss, ich leckte über meine ausgetrockneten Lippen und beugte mich entgegen meinem schreienden Widerwillen erneut hinunter. Er brummte lustvoll, als ich wieder seine Zehen berührte, und ich wusste, dass es wegen meiner Unterwerfung unter seinen Willen war und nicht wegen des Gefühls, das mein Mund ihm an seinem Fuß verursachte. Ich konnte fast sehen, wie er hinter meinem Rücken lächelte, und das machte mich wütend – auf ihn, auf mich selbst und auf diesen Teil von mir, der all dies wollte, auch wenn er sich dabei über meine eigene, zumindest teilweise selbstverschuldete Entwürdigung wunderte. Ich küsste jede Zehe, sanft, langsam und respektvoll – ich wollte es ja nicht noch einmal machen müssen – und schloss das Ganze mit einem ausgiebigen Kuss auf seine große Zehe ab. Schwer atmend, mit vor Scham brennendem Gesicht und rotem Hals drehte ich mich um und sah ihn an. Ich wollte ihn nicht anstarren, aber sein Grinsen machte mir klar, dass ich meine Wut nicht besonders gut verbarg.

Um nicht noch mehr Probleme zu bekommen, wollte ich mich kurzfassen und sagte nur: »Okay?« Mein Tonfall war jedoch aufsässig.

Er lächelte mich an. »Noch nicht ganz. Du musst auch den anderen Fuß küssen. Beuge dich vor und lutschte meine Zehen.«

Schnell drehte ich mich um, ich wollte lieber seine Füße ansehen, als ihm in die Augen zu schauen, die viel zu viel zu sehen schienen. Tom war in diesen Rollenspielen erfahrener als ich, und ich fand es ständig verwunderlich und irritierend, dass er diese Seite meines Wesens besser zu erfassen schien als ich selbst, es erschreckte mich und brachte mich auf, selbst wenn die Intensität der Szene mich nass machte. Ich wankte zwischen einem Hochgefühl, das so beglückend war wie fliegen, und dem Wunsch, ihm eine herunterzuhauen, weil er so überheblich war, obwohl ich in meinem tiefsten Inneren wusste, dass es unfair war, ihn überheblich zu nennen, weil er die meiste Zeit recht hatte.

Ich beugte mich rittlings über seine gespreizten Beine zu seinem anderen Fuß vor und dachte, dass ich das letzte bisschen Kriecherei auch noch aushalten könnte. Ich begann an seinem Rist und nahm dann allen Mut noch einmal zusammen, um auch noch seine Zehen in den Mund zu nehmen. Es schmeckte nicht übel, also bewegte ich meine Zunge zu seinem großen Zeh und huldigte ihm. In meinem Kopf lief das Mantra: Bald ist es vorbei. Bald – ist – es – vorbei.

Dann schob er unerwartet seine Hand zwischen meine Beine, ich stöhnte vor Lust und Überraschung an seinem Fuß. Natürlich ergriff er die Gelegenheit und schob seinen Zeh tiefer in meinen Mund hinein.

»Du bist ganz nass. Deine Lippen sind geschwollen. Offensichtlich gefällt dir, was wir gerade tun.«

Ich schloss die Augen und lutschte weiter, mein Körper reagierte auf seine Finger, die sich immer weiter in meine verschämte Nässe hineinschoben.

Man hörte nichts außer meinem Saugen an seinen Zehen und seinen Fingern, die mich gelassen rieben. Ohne es zu wollen, war ich feucht und geil geworden, und als er seine Finger in mich hineinsteckte, ritt ich auf seiner Hand, weil ich unbedingt kommen wollte.

Er kicherte. »Nach all dem Groll scheinst du meine Füße ja doch gern zu lecken und zu lutschen. Auch wenn du es nicht willst, gefällt es dir im Grunde, wenn man dich wie eine Schlampe behandelt, oder, du Schlampe?«

Ich ignorierte ihn und seinen wiederholten Gebrauch dessen, was er spöttisch das »Wort mit S« nannte, weil ich wusste, dass er mich provozieren wollte. Ich wurde noch röter, aber da ich ihm den Rücken zudrehte und mir die Haare ins Gesicht fielen, konnte er mich nicht sehen. Ich leckte weiter und fand es eigentlich gut, dass ich den Mund voll hatte mit seinem Zeh, ansonsten hätte ich wohl etwas gesagt, das mir noch mehr Probleme eingehandelt hätte. Ich versuchte also, mich ganz und gar darauf zu konzentrieren, ihn so glücklich zu machen, dass er mir erlaubte, danach zu etwas anderem überzugehen – was wirklich sehr schwierig ist, wenn man so sehr auf einen Orgasmus aus ist, dass man dennoch so ziemlich alles tun würde, um ihn auch zu bekommen.

Ich wimmerte vor Erregung, als er mit dem Daumen meine Klit rubbelte, und war trotz allem kurz davor zu kommen. Ich glaube, da kam ihm die Idee.

»Du scheinst meinen Füßen nun wirklich liebend gern zu

huldigen.« Ich schnaubte verärgert, während ich fast boshaft mit der Zunge zwischen seine Zehen fuhr. »Ich glaube, ich befehle dir, sie weiterzulutschen, bis du in meiner Hand kommst. Das wäre doch lustig, oder?«

Lustig war nicht das richtige Wort. Ich schloss die Augen und versuchte krampfhaft, meine Tränen der Wut und der Erniedrigung wegzublinzeln, denn ich wusste, dass er meinen Körper so manipulieren konnte, dass ich die größte Lust daraus zog, egal wie sehr ich es verabscheute, zu tun, was ich gerade tat. Er steigerte das Tempo, stieß mit seinen Fingern immer heftiger und tiefer in mich hinein und drückte bei jedem Stoß seinen Daumen auf meine Klit, bis ich mein Gesicht in seinen Füßen vergrub und an seinen Zehen winselte. Am nächsten Tag würde ich Schmerzen haben, aber seine brutale, nicht nachlassende Penetration wirkte, und trotz allem stand ich kurz vor dem Orgasmus, dann ebbte er wieder ab, als Tom langsamer wurde und sich an der Macht freute, die er so mühelos über mich ausüben konnte, bevor er wieder schneller wurde. Wieder und wieder.

Ich weiß nicht, wie lange ich ihn geleckt habe, doch als ich kam, tat mein Kiefer weh, und meine Schreie waren fast ein Krächzen, weil mein Mund so trocken war. Am Schluss achtete ich nur noch auf seinen Fuß und seine Hand. Ich war nur noch ein urzeitlicher Klumpen Nervenzellen, ich wollte unbedingt kommen und war bereit, dafür alles zu tun, was er wollte, solange er es wahr machte und mir die Erleichterung verschaffte, die ich so sehr brauchte. Ich hätte dafür gebettelt, aber stattdessen sog ich seine Zehen so tief in meinen Mund ein, wie es nur ging, ich leckte seine Fußsohle und zeigte ihm ohne Worte, dass ich alles für ihn tun würde, auch etwas, das ich noch eine Stunde zuvor überzeugt als unverrückbare Grenze bezeichnet hatte.

Irgendwo hatte ich einmal gelesen, dass es bei der sexuellen

Erniedrigung nicht im Wesentlichen darum geht, jemandem etwas zu befehlen, das dieser nicht tun will, sondern darum, ihn dazu zu bringen, das zu tun, wovon er im Geheimen träumt. Aber ich habe ganz ehrlich nie davon geträumt, mich auf so demütigende Weise zu entwürdigen, und werde noch immer rot, wenn ich daran denke. Doch mein Orgasmus auf seiner Hand war einer der intensivsten, die ich für lange Zeit hatte. Und auch als ich meinen klebrigen Saft – der bewies, wie sehr ich diese ungewöhnliche Strafe genossen hatte – von seinen Fingern lecken musste und er mich dann an den Haaren hinunterdrückte, um seinen Schwanz zu lutschen, fragte ich mich unweigerlich, wie es wäre, wenn ich es wieder tun müsste.

Wie so oft hatte Tom etwas gefunden, das mich zutiefst abschreckte und über das ich noch lange nachdachte. Warum sind Füße eigentlich eine derart große Sache? Schon wenn ich daran dachte, wurde ich rot, und mein Körper reagierte wie damals in jenem Moment.

7. KAPITEL

Mit Worten ist es eine lustige Sache. Wenn ich in meiner unterwürfigen Rolle bin, grolle ich, bettle ich, ich sage alles, was mein Meister von mir verlangt. Manche Worte kommen mir leicht über die Lippen, andere bleiben mir im Halse stecken. Dass ich ihn bitten musste, mich zu ficken, mich zu bestrafen, mich zu benutzen, fand ich immer schwierig, aber nun ist meine Stimme – hauptsächlich dank Toms Obsession, mich zu seiner Erheiterung Dinge aussprechen zu lassen, die mir peinlich waren – trotz meiner Scham fest, stolz und flüssig, wenn ich ihm zu Gefallen bin, indem ich mich selbst erniedrige. »Sir« zu ihm zu sagen finde ich schlimmer, meine Stimme ist dann leiser, und wenn es mir gelingt, verberge ich die Demütigung, die ich unweigerlich empfinde, hinter dem Vorhang meiner Haare. Doch ich kann es tun, auch wenn es mich Überwindung kostet. Und meine Unterwürfigkeit bringt letztendlich uns beiden große Lust und Befriedigung.

Doch das Wort, das mich bis aufs Blut reizt, egal wie oft ich es höre, ist *slut*, »Schlampe«.

Ich weiß, es ist nur ein Wort, und in der BDSM-Welt ist es nicht einmal abwertend. Ich kann mit den beiden Seiten meiner Persönlichkeit leben: Den Großteil des Tages bin ich unabhängig und selbstbeherrscht, dennoch sehne ich mich danach, meinem Meister in umwerfenden Nächten Macht zu geben. Auch an Nachmittagen oder am Morgen. Doch das Wort »Schlampe«

hat etwas, das mich selbst in der geilsten Szene völlig aus dem Konzept bringt, wie eine Tonabnehmernadel, die über die Rillen einer Schallplatte kratzt. Männer, die gern Sex haben, sind Hengste, Frauen Schlampen. Ich weiß, dass man dies gemeinhin so sagt. Aber wenn ich nackt vor Tom knie, begierig seinen Schwanz lutsche und er dieses Wort zu mir sagt, dann geschieht dies in einem ganz anderen Zusammenhang und mit einer ganz anderen Bedeutung, es ist wie Tag und Nacht. Trotzdem blicke ich dann unweigerlich auf, auch wenn ich seinen Schwanz noch tiefer in mich hineindrücke.

Er lacht, wenn er sieht, wie ich mich bei dem Wort sträube. Ich bin nicht gerade prüde, und es gibt eine Menge anderer Wörter, die die Gesellschaft als schlimmer empfindet und die mich überhaupt nicht stören, »Schlampe« aber hasse ich. Und Tom weiß das, er stachelt mich auf, und bevor er mich kommen lässt, muss ich ihm sagen, was für eine gierige, geile, dankbare Schlampe ich bin. Irgendwo im Hinterkopf stutze ich über die Wortwahl und wünsche mir, ich könnte ihm sagen, dass er sich verpissen soll, aber trotzdem gehorche ich. Ich gehorche, obwohl alles in mir schreit, dass ich es nicht tun müsse. Denn da ist diese leise Stimme, die mir zuflüstert, dass ich es doch muss. Es ist nicht das Erniedrigendste, das er von mir verlangt, aber es schmerzt mich am meisten. Es ist die pure Unterwerfung.

Deshalb musste ich das Paddel kaufen, als ich es sah.

Toms Geburtstag stand bevor. Ich hatte ein paar ganz normale Geschenke gekauft, suchte aber auch etwas Besonderes. Etwas Symbolisches, Spezielles, Geiles.

Das Paddel entdeckte ich, als ich mich nach Peitschen umsah und überlegte, ob es unhöflich wäre, wenn ich ihm etwas schenkte, aus dem ich selbst mindestens genauso viel Lust ziehen würde wie er. Es lag am Ende des Regals, war schön eingepackt, und als mir aufging, was es wirklich war, wurde mir flau im Magen.

SLUT.

Nein, TULS war da in dreißig Zentimeter breites, brutal aussehendes schwarzes Leder eingraviert, befestigt an einem robusten Griff.

Ich konnte es nicht mal richtig ansehen! Ich starrte auf das Spielzeug daneben und dahinter und schielte es immer wieder kurz an. Ich wusste, dass es ihm gefallen würde, dass er mich gern damit zeichnen würde. Aber bei dem Gedanken, mit diesem Wort auf meinem Hintern herumzulaufen wie mit einem Brandzeichen, schauderte ich vor Abscheu. Es war perfekt, aber ich hasste es. Und ich wusste, dass ihm das nur umso mehr gefallen würde.

Ich stand gute zehn Minuten vor dem Regal, als eine Verkäuferin ankam und fragte, ob ich Hilfe bräuchte – vermutlich hatte sie Angst, ich könnte eine demente Ladendiebin sein. Ihre Frage gab mir den Anstoß, den ich brauchte. Ich sagte ihr, dass alles in Ordnung sei, nahm die Schachtel, die schwerer war, als ich gedacht hätte, und rannte fast zur Kasse. Auf halbem Weg nach Hause war mir dann auch endlich wieder die Röte aus dem Gesicht gewichen.

In den zehn Tagen zwischen dem Kauf und Toms Geburtstag dachte ich unablässig an das Paddel; die Plastiktüte auf meinem Schreibtisch erinnerte mich daran. Ein paar Mal beschloss ich, es ihm doch nicht zu geben, weil ich nicht sicher war, ob ich die unausweichlich intensive Szene aushalten würde, wenn er schließlich damit zuschlug. Doch am Ende packte ich es in Geschenkpapier ein, ich wusste, dass er es lieben würde. Und ich könnte es aushalten, oder etwa nicht? Ich würde es mit der Zeit verschmerzen. Ja, es ginge mir gut. Wahrscheinlich.

Seine Augen sprühten, als ich es ihm gab. Er fuhr mit den Fingern über die Nähte, bog es durch und schlug es vor mir so durch die Luft, dass ich mich beherrschen musste, nicht zu zittern. Aufmerksam beobachtete er meine Reaktionen, und ich mühte mich, ihm nicht zu zeigen, wie sehr es mich verstörte.

Natürlich wusste er, wie sehr es mich verstörte.

Ich steigerte mich so hinein, während ich mir vorstellte, wie es wohl sein mochte, damit geschlagen zu werden, dass ich regelrecht enttäuscht war, als er sich lächelnd bei mir bedankte und es aufs Kaminsims legte. Er streichelte meine Brüste und wanderte nach unten, und ich war durch andere Dinge abgelenkt.

Zwei Wochen und zwei Tage blieb das Paddel dort liegen, das wusste ich, auch ohne die Tage zu zählen. Jedes Mal wenn ich ins Zimmer kam und es sah, wurde mir mulmig. Ich hatte Angst davor, damit bestraft zu werden, aber ein Teil von mir überlegte, wie ich wohl darauf reagieren würde. Könnte ich dem Ganzen körperlich standhalten? Wie lange würden die Striemen bleiben?

In einer Samstagnacht erfuhr ich es. Früher am Abend hatten wir toll gefickt und waren danach quasi auf der Stelle eingeschlafen. Dann wachte ich von einem merkwürdigen Traum auf. Dank dieser Schlaflosigkeit – bei der man überzeugt ist, man sei der einzige Mensch auf der Welt, der wachliegt und es nicht ändern kann – sah ich über eine Stunde lang, wie sich die rot leuchtenden Ziffern der Uhr veränderten. Am Ende beschloss ich, dass ich nur nach einem Orgasmus wieder einschlafen könnte. Ich rutschte weg von Tom und streichelte mich zwischen den Beinen.

Es war eine zweckmäßige Masturbation, ich wollte mir nur Erleichterung verschaffen, danach würde hoffentlich der Schlaf kommen. Meine Bewegungen waren zielsicher, meine Finger arbeiteten sich zu der herrlichen Reibung vor, die mir den dringend benötigten Orgasmus bescheren würde. Ich war still, war kurz davor zu kommen und ganz konzentriert, deshalb fuhr ich zusammen, als Tom mich in der Dunkelheit ansprach.

»Was tust du?«

Meine Hand verharrte abrupt zwischen meinen Beinen. Hoppla. Der Gedanke, er könnte mein Verhalten vielleicht unangebracht finden, war mir zu spät gekommen.

»Ich konnte nicht schlafen«, sagte ich heiser.

»So viel ist mir klar.« Er war amüsiert, aber seine Stimme hatte diesen Klang, den ich scherzhaft seine Meisterstimme nannte – das wagte ich aber nur dann, wenn wir gerade nicht spielten. »Was tust du?«

Auf einmal war ich sehr froh über die Dunkelheit. Wenn man jemanden nicht in die Augen sehen muss, ist es leichter, Gleichgültigkeit darüber vorzutäuschen, dass man auf frischer Tat ertappt wurde. »Ich habe gewichst. Ich konnte nicht schlafen und dachte, ein schneller Orgasmus würde mir helfen …«

Ich verstummte, als er sich zu mir herüberschob und sich von hinten an mich drückte. Er umklammerte meine Hand, die noch immer, wenn auch reglos, zwischen meinen Beinen lag. Der warme Hauch seines »Sch« kitzelte mir im Ohr, und an ihn gepresst zitterte ich, als er meine Hand wegzog.

»Du bist also, zwei Stunden nachdem ich dir – deinem Stöhnen nach zu urteilen – einen sehr intensiven, sehr lustvollen Orgasmus geschenkt habe, schon wieder geil?«

Ich schüttelte den Kopf. »Nein, das ist es nicht, ich wollte nur …«

Er führte meine Hand an meinen Mund und knebelte mich mit meinen eigenen klebrigen Fingern.

»Ich glaube, du bist jetzt besser mal kurz still, oder?«

Toms Ton war gefährlich und machte mich feucht, aber ein wenig Angst hatte ich auch. Ich schwieg und rührte mich nicht, ich traute mich nicht einmal zu nicken, weil ich nichts tun wollte, was ihn noch mehr verärgern könnte.

Meine Nippel waren hart. Mein Körper musste es verarbeiten, dass ich so kurz vor dem Orgasmus gewesen war und nun offenbar doch ohne auskommen musste.

»Du bist eine geile Schlampe!« Ich begriff, worauf dies hinauslaufen würde, ich bekam bereits Herzklopfen. »Du hast mich mit deinem Gewackel geweckt, weil du so geil bist, dass du nicht mal ein paar kurze Stunden warten kannst, bevor du wieder kommst.« Ich wollte widersprechen, aber ich wusste, dass dann alles noch schlimmer werden würde. »Du musst bestraft werden. Findest du nicht?«

Ich war noch immer still, auch nach der direkt an mich gerichteten Frage. Ich wusste, was nun kommen würde, und ein Teil von mir dachte, dass ich völlig fertig und nicht bereit war für die unausweichliche Intensität der Erfahrung und nur schlafen wollte. Aber ich wagte es nicht, das zu sagen, und blieb stumm. Bis er in meinen Nippel kniff. Brutal. Ich ächzte unter dem unerwarteten Schmerz.

»Findest du nicht?«

Ich hasse es, wenn er das tut. Unterwerfung ist eine Sache, aber zuzugeben, dass ich es brauche, dass ich mich sogar danach sehne, treibt mir immer die Röte ins Gesicht. Was er natürlich weiß. Ich versuchte, nicht gekränkt zu klingen, als ich antwortete: »Doch.«

Er schlug mich auf die Brust. »Ein bisschen Respekt könnte dir später einiges an Qualen ersparen.«

Ich versuchte, meinen Tonfall abzumildern. »Es tut mir leid. Ja. Du hast recht, ich muss bestraft werden.« Ich hoffte, meine reuige Stimme würde sich zu meinen Gunsten auswirken, auch wenn ich nicht viel Hoffnung hatte.

Er streichelte meine nackte Brust und umspielte sie verwirrend mit dem Finger. Trotz der Anspannung, die meinen Körper überkam, entspannte ich mich ein bisschen durch diese Bewegung und genoss das Gefühl, wodurch die folgenden Worte umso schockierender waren.

»Geh runter und hol das Paddel. Jetzt!«

Ich stand auf, ging durch das Zimmer und war schon halb die Treppe unten, als ich langsam zu begreifen begann, was das bedeutete. Das Paddel. Das Paddel! Verdammt. Könnte ich das ertragen? Auf einmal war ich mir nicht mehr sicher und vertraute auch gar nicht darauf. Ich hätte besser vorbereitet sein sollen, nicht erschöpft aus Schlafmangel, sexuell frustriert und mit den Gedanken anderswo.

Mit zitternden Händen nahm ich es und eilte wieder die Treppe hinauf, denn ich musste davon ausgehen, dass es noch schlimmer werden würde, wenn ich ihn warten ließ. Vor der Schlafzimmertür holte ich ein paar Mal tief Luft und nahm meinen zerfaserten Mut zusammen. Doch bevor meine Hand noch die Klinke berührte, wurde die Tür aufgerissen, und helles Licht flutete in meine Augen, es blendete mich stark und verwirrte mich.

Als sich meine Augen an die Helligkeit gewöhnt hatten, riss er mir das Paddel aus der Hand und bugsierte mich durchs Zimmer zum Bett. Ich ging auf alle viere, wartete nervös auf den nächsten Schritt und wünschte mir auf einmal, ich würde im Bett mehr tragen als nur einen Slip.

Ich blickte starr auf das Laken und versuchte, mich auf das vorzubereiten, was nun kam – was einfacher gewesen wäre, wenn ich eine genaue Vorstellung davon gehabt hätte. Er streichelte meinen Hintern durch den Slip hindurch, ich zuckte bei der

Berührung zusammen. Er lachte, als ich versuchte, mich wieder einigermaßen zu fassen. Seine Hand bewegte sich auf meinem Arsch im Kreis.

»Deine Unterhose ist so nass, dass ich genau sehen kann, was du für eine Schlampe bist.«

Ich schloss die Augen, er streichelte mich weiter, und ich unterdrückte ein lustvolles Stöhnen, mein Körper schrie nach dem Orgasmus, dem ich noch vor wenigen Minuten so nah gewesen war. Während er mit dem Finger in meiner Spalte auf und ab strich und den feuchten Stoff in meine Nässe drückte, keuchte ich. Ich war so kurz davor zu kommen, dass mir schon fast die Beine weich wurden. Plötzlich bekam ich wieder Hoffnung – ließ er mich doch noch kommen?

Natürlich nicht. Das hätte mir so gefallen! Er hielt inne, und ich gab mir Mühe, nicht aus Frust aufzustöhnen. Er kam ins Bett und schob mir seinen Finger in den Mund. Ich wurde rot, sog ihn aber tief ein und leckte meinen Saft ab. Er kicherte über meinen Eifer.

»Du bist eine Schlampe. Das wissen wir beide, und jetzt werde ich dich so zeichnen, dass jeder, der dich sieht, es auch weiß.«

Er zog jäh seinen Finger weg, stellte sich hinter mich, schob den Slip herunter und entblößte meinen Hintern. So lange hatte ich mich besorgt gefragt, wie es wohl sein würde, dass ich schon zitterte und krampfhaft versuchte, in derselben Haltung zu bleiben und nicht das Ausmaß meiner Angst zu verraten. Im Geiste gab ich mir einen Tritt, weil ich ihm das Paddel gekauft hatte. Der Gedanke dahinter war zwar schön und gut, aber der Gedanke, mit SLUT in purpurnen Blutergüssen auf dem Hintern herumlaufen zu müssen, widerte mich an. Was hatte ich mir dabei gedacht? Was war, wenn ich es wirklich nicht schaffte und zum ersten Mal mein Safeword benutzen müsste, damit er aufhörte?

In meiner aufsteigenden Panik hörte ich den ersten Schlag, bevor ich spürte, wie Tom sich hinter mir rührte. Es klang wie ein Schuss, ich fuhr zusammen. Für den Bruchteil einer Sekunde spürte ich gar nichts, ich dachte tatsächlich, er hätte mich verfehlt. Und dann blieb mir vor Schmerz, mein Gott, was für ein Schmerz, die Luft weg. Ich japste. Vielleicht schrie ich auch. Tränen schossen mir in die Augen. Vielleicht fragte er mich, ob alles in Ordnung sei. Ich weiß es ehrlich nicht. In meinem Kopf herrschte so etwas wie Wellenrauschen. Ich konnte nichts tun, nichts sehen, nichts spüren, nur dieses Geräusch und den Schmerz an der Stelle, wo das Paddel mich getroffen hatte. Es schmerzte mehr, als ich gedacht hätte, mehr als sein Gürtel, mehr als der Stock. Mir wurde vollauf bewusst, was ich ihm da in die Hand gegeben hatte.

Der nächste Hieb kam, bevor ich noch die Tränen des vorigen Hiebs wegblinzeln konnte. Ich versuchte, regelmäßig zu atmen und nicht zu heulen. Ich wollte es aushalten und war eindeutig zu stolz, um zu sagen, dass ich nicht mehr könnte. Also sog ich stoßweise die Luft ein und spürte, wie mir aus den geschlossenen Augen die Tränen über die Wangen liefen, als ich mich mühte, mich Schlag um Schlag durch den Schmerz zu arbeiten.

Nach etwa einem Dutzend Hieben hielt er inne. Ich wollte mich zusammenreißen, tauchte wieder in die Gegenwart ein und nahm war, wie er sich hinter mir bewegte. Als ich mich in Erwartung weiterer Strafe leicht duckte, streckte er die Hand aus und streichelte die bestrafte Arschbacke, und selbst diese relativ sanfte Berührung machte mich schaudern. Ich spürte, wie er näher kam, um sein Werk zu begutachten. Wie ein Maler, der sein Gemälde betrachtet, fuhr er über die Abdrücke, die er in mein blasses Fleisch geschlagen hatte.

»Hm. Ich glaube, ich muss stärker zuschlagen und dafür sorgen, dass der Schlag voll trifft, um den ganzen Effekt zu erzielen. Ich denke, ich muss an einer Arschbacke üben, um zu sehen, ob ich es richtig mache, und wenn ich dann so weit bin, gebe ich dir einen letzten massiven Schlag auf die andere, die dann richtig gezeichnet sein sollte. Was meinst du?«

Ich versuchte, nicht zu zittern, und schloss die Augen, damit er nicht sehen konnte, dass sie sich wieder mit Tränen füllten. »Ich denke, das musst allein du entscheiden.«

Ich hörte die Belustigung in seiner Stimme, als er mir den Kopf tätschelte. »Gute Antwort, Schlampe.«

Er nahm wieder das Paddel, ich wappnete mich gegen weiteren Schmerz, stattdessen aber strich er mir damit zwischen den Beinen herum. Ich schluckte ein beschämtes Stöhnen hinunter, den es glitt leicht darüber und verriet, wie erregt ich war. Ich konnte ihn fast lächeln sehen, als er mir das Paddel hinhielt.

»Küsse es und danke mir für die Bestrafung, die du so genossen zu haben scheinst.«

Ich drückte meinen Mund auf das Leder, das nun von meinem Saft glänzte. Mit dünner Stimme sagte ich: »Danke für die Bestrafung. Es tut mir leid, das ich dich geweckt habe.« Mehr als das absolute Minimum, das seine Regel erlaubte, brachte ich nicht heraus.

Er begann von Neuem.

Ich wünschte, ich könnte sagen, dass ich die Fortsetzung der Strafe besser ertrug. Aber noch immer liefen die Tränen, und auch, ohne es zu wollen, mein Saft. Als mein Hintern sich anfühlte, als würde er in Höllenqualen glühen, hörte Tom endlich auf. Ich war wie benommen vor Erleichterung, bis ich begriff, was es zu bedeuten hatte.

Er zögerte die Spannung hinaus, bevor er mir den letzten Hieb auf meine noch unversehrte Hinterbacke gab. Ich zitterte davor, und als der Knall schließlich kam und im Zimmer widerhallte, schrie ich auf, Arme und Beine gaben unter mir nach. Er hatte mit aller Kraft ausgeholt und zugeschlagen und mich genau an der verletzlichen Stelle zwischen Schenkel und Hintern getroffen. Ich schluchzte wegen des Schmerzes, aber auch wegen der Befreiung, weil ich die Strafe ertragen hatte. Er streichelte meinen Rücken, machte beruhigende Geräusche und sagte mir, wie sehr es ihm gefallen hätte, dass ich so tapfer war, und wie schön mein Arsch aussähe, ganz rot und heiß.

Dann drehte er mich auf den Rücken und fickte mich so, wie ich es normalerweise will – schnell, hart, brutal füllte er mich aus. Doch unter diesen Umständen war es nur ein weiteres qualvolles Vergnügen, denn ich zuckte vor Schmerz, wenn mein Hintern auf dem Laken rieb und wenn Toms Hände sich in meinen Arsch krallten, während er tief in mich hineinstieß. Der Schmerz färbte die Lust bei jedem Stoß.

Endlich kam ich, zuckte um seinen Schwanz herum, meine Lustschreie überlagerten meine vorigen Schmerzensschreie. Er spritzte in mich hinein, zog ihn heraus, und endlich konnte ich in den ersehnten Schlaf fallen.

Meine rechte Arschbacke war noch eine Woche danach ein Fiasko aus blauen Flecken. Im Vergleich dazu war die linke weiß und makellos, abgesehen von dem Wort SLUT, das sie schmückte wie ein Brandzeichen. Ich müsste also im Umkleideraum des Fitnessstudios gut achtgeben.

Ich hasse *slut* noch immer, aber leider findet Tom es toll, und er fand auch dieses verfluchte Paddel toll. Noch lange Zeit zeichnete er mich jedes Mal, wenn wir spielten, ob nun meinen Hintern oder die Innenseiten meiner Schenkel, die sehr viel empfindlicher sind und in peinlichen Details zeigten, wie nass mich seine Bestrafungen machten, weil er mich mit gespreizten

Beinen schlagen musste. Bei einer besonderen Gelegenheit markierte er auch einmal meine Brust.

Wenn ich das Paddel sah, schlug mein Herz schneller. Mein Körper reagierte auf eine Weise, die bewies, dass ich in der Tat eine Schlampe bin, wegen der Strafe und der Lust, die es nach sich ziehen konnte. Aber dieses Wort auszusprechen war noch immer mehr, als ich ertragen konnte. Es heißt, ein Bild sagt mehr als tausend Worte, und wenn du meinen Hintern gesehen hättest, wenn Tom mit mir fertig war, hätte ich gar nichts sagen müssen.

8. KAPITEL

Tom und ich spielten noch monatelang. Er erweiterte meine Grenzen immer mehr und führte mich in neue Dinge ein. Doch gegen Jahresende verlangsamte sich das Ganze ein wenig.

Eine Anstellung bei einer Zeitung verwandelt Weihnachten und Neujahr in schreckliche Zeiten, zu denen es hoch hergeht. Die Seiten werden zwar weniger und unsere Artikel kürzer, aber niemand will länger arbeiten als nötig. Schulen und Geschäfte schließen, der lokale Parlamentsabgeordnete lässt sich meistens nicht mehr blicken, und es wird schwieriger, eine Story zu finden. Dazu ist es durch die frühen Abgabetermine und die Feiertage so, als würde man zwei Zeitungen gleichzeitig schreiben, man füllt sie mit dem so verhassten Jahresrückblick und den letzten lahmen Geschichten, die einem einfallen, dabei will man einfach nur früh Schluss machen und in den Pub gehen. Insofern ist der Jahreswechsel eine ziemlich stressige und öde Zeit.

Wenn ich dann meine Arbeit erledigt habe und zum Weihnachtsfest im Familienkreis zu meinen Eltern fahre, bin ich normalerweise reif für einen Erholungsurlaub. Das geht aber immer nach hinten los, denn ein paar Tage in enger Gemeinschaft mit meinen Nächsten und Liebsten ist vieles, aber alles andere als erholsam. Nach üppigem Essen, tollen Geschenken und vielen Besuchen hier und da bei verschiedenen Verwandten brauchte ich Urlaub vom Urlaub. Und da lud Tom mich in der ruhigen Zeit zwischen den Jahren zu sich ein.

Wenn ich ehrlich bin, klang es fantastisch, fünf Tage bei ihm rumzuhängen, mit seinem Hund zu spielen, zu lesen, Pralinen in mich hineinzustopfen und auf seinem Großbildschirm fernzusehen, während er bei der Arbeit war (tja, er war noch weniger festlich eingestellt als ich). Selbstverständlich würden wir auch stressabbauenden Sex haben. Also packte ich meine Sachen, schob schnell einen Arbeitseinsatz vor und küsste meine Familie zum Abschied – ich weiß, ich bin eine schlechte Tochter. Schon saß ich im Auto.

Tom und ich umarmten uns zur Begrüßung – wir küssten uns nicht, es war irgendwie nicht stimmig und zu paarmäßig. Sonst verhalten sich nur Prostituierte so, aber zu uns passte es. Sobald ich mich an ihn geschmiegt hatte und mich in seinem vertrauten Geruch entspannte, wich er jedoch zurück. Ohne ein Wort stieß er mich zu Boden, schlug die Tür mit einem Tritt zu und öffnete seine Hose.

An den Haaren zog er mich vor sich auf die Knie, ich machte den Mund auf, und auf einmal waren Rezensionen von Krippenspielen, Weihnachtsfeiern und alles außer seinem Geschmack ganz weit weg.

Er machte einen Schritt und lehnte sich an die Haustür, ich krabbelte unwillig mit, denn nachdem er mich an den Haaren zog, konnte ich ihn nicht aus dem Mund lassen. Ich lutschte ihn und genoss seine Reaktionen, er kam und spritzte so heftig in meinen Rachen, dass er sich vermutlich auch darauf freute, ein bisschen Weihnachts-Dampf abzulassen. Viel zu früh ging sein Atem wieder normal, und er zog sich aus meinem Mund heraus.

»Das war klasse.«

Ich lächelte, als er seinen Reißverschluss hochzog und mir aufhalf, es gefiel mir, und es erregte mich, dass wir ganz offensichtlich keine Zeit verloren und gleich den tollen Sexaspekt unseres Urlaubs angingen.

Er schlug mich auf den Hintern. »Komm, gehen wir essen.«

Aha. Okay.

Ich war feucht, meine Brustwarzen drückten sich durch den Stoff, aber ich sah seinen amüsiert funkelnden Blick und wollte ihm nicht zeigen, wie sehr ich mich nach einem Orgasmus sehnte – diese Genugtuung wollte ich ihm nicht geben. Ich konnte warten. Ich bin ja geduldig! Ach was, natürlich nicht. Aber was sind schon ein paar Stunden unter Freunden?

Wir hatten einen schönen Tag. Wir gingen in die Stadt und stöberten im Schlussverkauf, ich kaufte Bücher und eine Handtasche, die mir so gefiel, dass ich vor Entzücken kaum an mich halten konnte. Wir aßen zu Mittag, gingen ins Kino, machten einen Spaziergang mit dem Hund und stapften durch den knirschenden Frost. Es war herrlich, es war genau so erholsam, wie ich mir diese Zeit erhofft hatte, hinzu kam meine sexuelle Anspannung bei der Aussicht auf das, was geschehen würde, wenn wir wieder zu Hause wären.

Zu Hause tranken wir erst einmal Tee, sahen fern und kochten Abendessen. Als es dann Zeit war, ins Bett zu gehen, war ich mit meiner Geduld so ziemlich am Ende. Wir kuschelten uns ins Bett, er küsste mich auf die Stirn. Das war's.

Toll.

Nach dem Debakel, als ich ihn ein paar Wochen zuvor durch meine Masturbation geweckt hatte, konnte ich das unmöglich noch einmal riskieren, also lag ich still im Bett, starrte auf einen Streifen Licht, der von der Straßenlaterne auf die Wand fiel, lauschte seinem leisen, ruhigen Atem und unterdrückte das Bedürfnis, ihn mit einem Kissen zu ersticken. Schließlich schlief ich auch ein. Mein letzter Gedanke war: morgen früh.

Ich erwachte und spürte Toms Erektion an meinem Ellbogen. Wahnsinn! Ich bin das Gegenteil von einem Morgenmenschen, und es gibt nur weniges, was mir in aller Frühe ein Lächeln entlocken kann, aber das war wirklich so etwas. Ich rieb ihn zögerlich und versuchte einzuschätzen, wie wach er war.

»Guten Morgen. Kann ich irgendetwas Besonderes für dich tun?« Seine Stimme war ironisch, aber es war ein guter Hinweis darauf, dass er wach war, was insgesamt erfreulich war.

»Guten Morgen. Ja, da könnte es etwas geben …«

Bei seinem Kichern vibrierte sein Brustkorb unter meiner Wange. »Schon klar. Ich habe den Eindruck, du bist heute Morgen ein wenig geil.«

Das konnte ich nicht leugnen und tat es auch nicht.

»Warum nimmst du mich dann nicht in den Mund?«

Das musste er mir nicht zwei Mal sagen. Ich beugte mich über ihn, leckte seine verführerische Eichel, dann lutschte ich ihn richtig.

Er lehnte sich zurück, stöhnte lediglich leise, wenn meine Zunge über eine Stelle strich, die sich besonders gut anfühlte. Es gefiel mir, das Tempo bestimmen zu können, und ich nutzte die Gelegenheit, um ihn ein wenig zu necken. Als er sich in meinem Mund aufzubäumen begann, ließ ich los und leckte und lutschte eine Weile seine Eier, das gefiel ihm, war für einen Orgasmus aber nicht ausreichend. Ich dachte schon, er würde sich beschweren, aber ausnahmsweise schien er glücklich zu sein, mich spielen zu lassen. Er streichelte meinen Hintern, dann fuhr er mit dem Finger am Saum meines Slips entlang. Ich wurde feuchter und sehnte mich nach der kleinsten Bewegung seiner Hand, wollte, dass er sie unter den Stoff schob und mich befingerte. Aber auch er schien gut im Necken zu sein.

Ich wusste nur noch nicht, wie gut.

Mit seinem Schwanz im Mund stöhnte ich, als er mich durch den Stoff hindurch streichelte – eine wortlose Bitte, dass er aufhören sollte, mit mir zu spielen. Aber er ignorierte es, fuhr über dem Slip durch meine Spalte, bis ich mich – zugegeben ziemlich grob – auf seine Hand drückte, damit er mir die Reibung gab, die ich brauchte.

Schließlich löste ich mich kurz von ihm.

»Kannst du mich bitte einfach berühren? Richtig berühren?«

Er lachte und machte mit seinem qualvollen Fast-Streicheln weiter. »Du bist notgeil, was, arme Schlampe?«

Ich schaffte es, nicht auf das Wort mit S zu reagieren, so dringend wollte ich einen Orgasmus, ich konnte aber die Frustration in meiner Stimme nicht kaschieren. »Na ja, du durftest gestern ja kommen. Ich nicht. Erinnerst du dich?«

Wieder lachte er – ein Lachen, das mir ein Kribbeln im Bauch verursachte. »Stimmt. Auch du darfst kommen, wenn ich so weit bin. Das heißt, ich würde vorschlagen, du machst jetzt mit dem weiter, was du angefangen hast.«

Ich knurrte leise und gehorchte. Wenn er einen geblasen haben wollte, dann würde ich ihm den verflucht besten Blowjob besorgen, den er je hatte, und dann würde er mir einen Orgasmus schenken.

Ich lutschte ihn so gut, wie es mir nur möglich war. Ich wandte jeden Trick an und tat alles, von dem ich wusste, dass es ihm gefiel – ich streichelte zärtlich seine Eier, küsste ihn, leckte über die ganze Länge seines Schwanzes und blies auf die feuchte Eichel, sodass er vor Erregung zitterte. Ich huldigte ihm. Sein Schwanz war die Mitte meiner Welt. Ich würde ihm einen tollen Orgasmus schenken, und dann dürfte ich selbst kommen. Na ja, es geht ja nicht nur um mich, aber eine Frau hat so ihre Bedürfnisse.

Er packte unvermittelt meine Hüfte, als er kam. Ich ließ ihn kurz in meinem Mund ruhen, bevor ich ihn ableckte. Dann bewegte er sich. Er stand auf.

Worte konnte ich nicht artikulieren, aber das Brummen in meiner Kehle war nicht zu unterdrücken.

»Was ist? Ich mache Kaffee.«

»Aber du hast doch gesagt …«

»Ich weiß: dass du kommen darfst. Das darfst du auch, aber nicht heute Morgen.«

Nicht sauer werden, Soph! Wenn du Theater machst, dauert es nur länger!

Dann hatte ich eine Idee.

»Darf ich …«

»Nein, darfst du nicht. Ich sage dir, wann es so weit ist. Jetzt aber wartest du noch.« Er zwickte mich in die Brustwarze. »Komm, steh auf. Du kannst dich freuen – ich mache Frühstück.«

Mürrisch stand ich auf.

Klar hätte ich onanieren können. Aber wozu? Offensichtlich plante er etwas, und, wie gesagt, sich nur dann zu unterwerfen, wenn man es will, ergibt wahrlich keinen Sinn. Ich wollte ihm beweisen, dass ich warten konnte, und war neugierig, was er für später ausgeheckt hatte, wenn ich kommen dürfte. Außerdem war ich störrisch, auch wenn ich das gut verbarg.

Nach einem Frühstück, das mich normalerweise vollauf gesättigt hätte, begannen wir unseren Tag. Wir vertrieben uns die Zeit. Ich schrieb ein wenig und spielte Online-Poker, wir gingen mit dem Hund raus, ich machte einen dicken Braten, wir sahen ein paar DVDs an und stritten über die neusten Nachrichten. Währenddessen dachte ich überhaupt nicht an meinen Orgasmus. Na ja, das stimmt vielleicht nicht ganz – ich war vor allem damit beschäftigt, nicht preiszugeben, wie sehr ich ihn wollte. Ich denke, es gelang mir auch gut – wenn Tom nicht gerade zufällig über meinen Hintern oder meine Brüste strich. Ich war mir zwar nicht sicher, ob es zufällig war, aber ich wollte nichts dazu sagen, falls es wirklich Zufall war, und wollte nicht so klingen, als würde ich hypersensibel darauf reagieren. Die meiste Zeit schmerzten meine Nippel, aber das würde ich ihm nicht zeigen. Auf keinen Fall. Ha, das würde ihm eine Lehre sein!

Schnell wurde mir klar, dass ich auf einen Orgasmus nicht verzichten konnte. Das war keine leichtfertige Entscheidung. Die erste Nacht war schwierig gewesen, der Morgen danach der Beginn eines Tages voller Ablenkungen. In dieser Nacht aber, nachdem ich ihm auf den Knien ausgiebig einen geblasen hatte, während er die Nachrichten ansah und mein Haar kraulte, als wäre ich ein Hund, dann auf meine nackten Brüste spritzte, und wieder unbefriedigt ins Bett gehen musste, war ich mir dessen sicher.

Das heißt nicht, dass ich einer gewissen Vorfreude abgeneigt wäre. Aber zwei Tage Abstinenz machten mich ernsthaft grantig, und dass Tom ständig auf die unterschiedlichste und verlockendste Weise Lust bezog, machte alles nur noch schlimmer.

Ich lag im Bett und wartete auf den Schlaf. Und das ist wirklich ziemlich schwierig, nachdem ich jede Nacht meines Lebens als erwachsene Frau – mit Ausnahme der einen oder anderen Situation, wenn ich mit anderen in einem Zimmer schlief – mir entweder selbst oder jemand anderes mir einen Orgasmus verschafft hatte, um einzuschlafen. Ich war feucht und so frustriert, dass ich zitterte. Ich erwog körperliche Gewalt gegen Tom, der sich fröhlich unter die Decke gekuschelt hatte, auf der Seite lag und mich breit anlächelte.

»Alles in Ordnung?«, fragte er, wohl wissend, dass dem nicht so war.

»Bestens.« Wenn ich das sage, dann heißt das, dass es mir so schlecht geht, wie nur möglich, ohne dabei in Tränen auszubrechen oder mit einem Kricketschläger Amok zu laufen.

»Dann stört es dich also gar nicht, dass du auf einen Orgasmus verzichten musst?« Er wusste, dass es mich störte, aber er wusste auch, dass ich mir eher die Zunge abbeißen würde, als es zuzugeben.

»Nö.« Ich bin eine schlechte Lügnerin und hoffte, dies wäre weniger offensichtlich, wenn ich knappe Antworten gab.

»Oh, gut. Ich dachte nämlich, es wäre lustig, dieser Sache auf den Grund zu gehen, während du hier bist. Ich habe beschlossen, dass du in diesem Jahr nicht mehr kommen darfst.«

Er drehte sich um und wollte schlafen – mir fiel die Kinnlade herunter wie bei einer Comicfigur. Als ich nachrechnete, wie lange das noch dauerte, wollte ich sterben: noch vier Tage Qualen und einseitiges Spiel, vorausgesetzt, ich dürfte an Neujahr überhaupt kommen.

»Wenn es dir bislang nichts ausgemacht hat, geht es dir sicherlich gut dabei.«

Er hatte mir den Rücken zugedreht, aber ich konnte mir sein Lächeln vorstellen und hätte ihn am liebsten auf den Boden gestoßen. Ich tat es nicht. Ich sagte auch nichts. Ich traute mir selbst nicht. Bevor ich dann endlich einschlief, dachte ich noch: Er macht Scherze. Das muss ein Scherz sein!

Es war kein Scherz. Nach zwei Tagen, in denen ich versucht hatte, nicht an einen Orgasmus zu denken, ging ich die Wände hoch. Zuvor war mir nicht so richtig klar gewesen, wie grundlegend wichtig es mir war, dass ich immer kommen konnte, wann ich wollte, und leider wusste ich erst, was ich gehabt hatte, als ich es verlor, wie man landläufig sagt. Jede zufällige Berührung war eine Marter. Wenn Tom beim Vorbeigehen mit dem Arm über meinen Ellbogen strich, wurde ich feucht. Zu duschen war Folter, weil die prasselnden Tropfen sich toll, aber dennoch nicht toll genug anfühlten und nur noch zu meiner Frustration beitrugen.

In den folgenden Tagen fielen Tom immer exotischere Methoden ein, wie er zum Orgasmus kam. Die Heiterkeit, die er daraus zog, dass ich ihm einen blies und dabei vor Frust zitterte, schien nach den ersten paar Malen ein wenig nachzulassen, also dachte er sich andere, teuflischere Dinge aus. Ich lag mit meiner – weil ich sie den ganzen Tag getragen hatte – nassen Unterhose geknebelt im Bett und hatte einen geilen, wenn auch irritierenden Blick auf Tom, der in mein Gesicht wichste, und mir war klar: Ich bin nicht zur Enthaltsamkeit gemacht. Ich hätte es keine unverrückbare Grenze genannt, vor allem weil ich Tom diese Befriedigung nicht geben wollte, aber ich wollte Orgasmusverzicht nicht länger als Teil unserer Spiele weitertreiben. Als er in mein Gesicht und in mein Haar kam und mir die Wange streichelte – eine Geste, die zu jedem anderen Zeitpunkt zärtlich gewesen wäre, bei der ich jetzt aber auf dem feuchten Stoff die Zähne zusammenbeißen musste, um meine innere Wut zu zügeln –, fasste ich den Beschluss, nicht mehr länger zu warten, wie auch immer.

Mir wurde auch bewusst, dass das, was mir beim Spiel mit Thomas Spaß machte, mich gleichzeitig auch irritierte; die Tatsache, dass er mich so gut kannte, teilweise sogar besser als ich mich selbst. Er wusste, wie weit er gehen konnte, normalerweise weiter, als ich mich selbst damit wohlgefühlt hätte. Er beobachtete mich genau bei all den geilen, erniedrigenden Dingen, die er von mir verlangte, damit er sah, wie sich die Gefühle in meinem Gesicht ausdrückten, während ich mit mir kämpfte, ob ich mich unterwerfen sollte oder nicht. Er war sich dabei immer sicher, dass ich es am Ende tun würde. Auch konnte er besser in meinem Gesicht lesen als die meisten anderen Bekannten. Das liegt wahrscheinlich zum Teil daran, dass ich ziemlich direkt und eine ganz schlechte Lügnerin bin und auch unter normalen Umständen meine Gefühle nur schwerlich verbergen kann. Ich hätte also wissen können, dass er mich immer weiter trieb und die Ziele höher hängte. Wenn ich nüchtern darüber nachdachte, war das ja auch vollkommen logisch. Doch nach vier Tagen ohne Orgasmus war ich so am Ende, dass ich nur noch ein reines Nervenbündel war, mal weinerlich, mal zornig. Sätze zu bilden fiel mir schwer, und das ist ausgesprochen dumm für jemanden, dessen Job genau darin besteht. Ich wurde so deutlich, dass es an Unhöflichkeit grenzte, war schlecht gelaunt und wahrscheinlich auch eine miese Gesellschaft, aber Thomas lächelte die ganze Zeit und genoss es in vollen Zügen, dass er die Macht hatte, mich aus dem Gleichgewicht zu bringen, und das machte mich noch wütender.

Genug war genug. Nachdem wir einen weiteren braven, faulen Abend verbracht hatten, stand ich kurz vor einer spontanen Selbstentzündung – wir hatten gegessen, ich hatte danach gelesen, während der Hund auf meinem Schoß lag und Tom im Internet gesurft und gechattet hatte. Nun lagen wir nebeneinander im Bett auf dem Rücken, Tom hatte mich in den Arm genommen, seine Finger strichen über meinen Hals. Sosehr ich mich auch dagegen wehrte – selbst bei der unschuldigsten Berührung musste ich schnaufen, und das war Tom natürlich vollkommen bewusst.

»Du scheinst ein bisschen zu frösteln«, sagte er, als seine Finger an die Stelle wanderten, bei deren Berührung ich zu meiner Schande immer schnurre wie ein zufriedenes Kätzchen. »Alles okay?«

Ich bin nicht blöd. Ich wusste, dass er nur hören wollte, wie er mich anmachte. Ich wusste, dass mein ganzes Getue nach dem Motto »alles bestens« nichts brachte und ich, wenn ich in diesem Jahr noch kommen wollte, ihm genau erklären musste, wie frustriert ich war und wie verzweifelt ich mich nach einem Orgasmus sehnte, bevor ich überhaupt auf einen hoffen konnte. Ich wusste es, aber es brannte. Ja, ich hatte ihm diese Macht über mich gegeben. Ja, er wusste genau, was ich sagen würde. Trotzdem! Ich schluckte trocken.

»Ja, alles bestens. Ich bin nur ein wenig empfindlich.«

Seine Zähne blitzten im gedämpften Licht des Schlafzimmers auf. »Ach ja? Wie kommt's?«

Hm. Es wäre um so vieles leichter gewesen, es auszusprechen, wenn er nicht so irritierend siegessicher wäre. Ich sah ja ein, dass ich ihm im Grunde zu diesem Sieg verholfen hatte, aber er war ehrlich kurz davor, einen Freudentanz aufzuführen.

Mit zusammengebissenen Zähnen sagte ich. »Du weißt, warum.« Verdammt! Ich würde nun betteln, respektvoll und verzweifelt. Wie konnten zwei Sätzchen mich plötzlich wieder so sauer und stur werden lassen?

»Halt mich bei Laune.«

Deshalb. Ich schloss die Augen, ich wusste, dass ich es tun musste. Das dies das Mindeste wäre. Friss und stirb. Ich seufzte.

»Gut. Du hast gewonnen. Ich sehne mich seit Tagen nach einem Orgasmus. Ja? Ich kann an nichts anderes denken als daran, dass du mich fickst, dass du an meiner Klit knabberst, mir den Finger in den Arsch steckst …« Ich verstummte, ich verlor den Gedankenfaden, denn ich bekam einen trockenen Mund bei der Vorstellung, was wir alles tun könnten, mein Körper schmerzte vor Not. Ich merkte, dass ich aufgehört hatte zu reden, räusperte mich und begann erneut: »Ich wollte es verbergen, aber wir beide wissen es, und ich kann seit Tagen an nichts anderes denken, mein Körper schreit danach zu kommen.« Er strich mir übers Schlüsselbein, unweigerlich schauderte ich so stark vor Lust, dass meine Wangen brannten. Mit zitternder Stimme fuhr ich fort: »Also, ja. Ich weiß, wir sind noch Tage von dem Datum entfernt, das du gesetzt hast, aber du sollst wissen, dass ich dich darum bitte. Sicherlich weißt du, dass ich alles tun würde, wenn du mich jetzt kommen lässt.«

Er kicherte. »Alles – das beinhaltet eine Menge Dinge, Sophie. Es reizt mich zwar, heute Nacht mit dir zu spielen und herauszufinden, was das genau bedeutet« – Halleluja! – »aber ist dir klar, dass du dich damit einverstanden erklärst, dich ganz aus dem Bereich herauszutreiben, in dem du dich sicher fühlst? Wie verzweifelt willst du kommen? Meinst du wirklich ›alles‹?«

Meine innere Stimme riet mir zur Vorsicht, aber mein Körper war einfach derart in Nöten, dass ich zu allem Ja sagte, auch wenn ich meine flatternden Nerven zusammennehmen musste, bevor ich antwortete. Ich bewegte meine Hand und streichelte seinen bereits halb harten Schwanz. »Innerhalb der Dinge, die wir früher vereinbart haben, bin ich zu allem bereit, ja.«

Hätte mein Leben einen Soundtrack, wäre jetzt ein dramatischer, düsterer Akkord erklungen, aber ich hörte Blur *Song 2* spielen, was ich ein wenig befremdlich fand. Dann aber merkte ich in meinem von Lust benebelten Verstand, dass es der Klingelton von Toms Handy war.

Wut überkam mich, als er den Anruf annahm.

Nun bin auch ich so ein merkwürdiger Mensch, der ständig am Handy hängt – ich behaupte immer, es sei wegen meiner Bereitschaft bei der Zeitung, was aber gar nicht stimmt. Ich bin gern in Kontakt mit anderen und habe gern die Kontrolle, wenn man es so nennen will. Ich lade mein Handy in dem Zimmer auf, in dem ich schlafe. Wenn ich wach bin, habe ich es immer bei mir, ich nehme es auch mit in den Urlaub und so weiter. Aber ich denke, wenn ich eine halb nackte Frau im Arm hätte, die vor Lust zittert, die die Hand an meinem Schwanz hat und mir gerade gesagt hat, sie würde alles tun, was ich will, wenn ich ihr einen Orgasmus verschaffe, würde ich nicht ans Telefon gehen, sondern die Mailbox anspringen lassen. Nicht Tom. Er hob ab und sprach – mit wem auch immer; das Gemurmel klang nach einer Frau. Jedenfalls wurde ich sauer und war wieder total frustriert. Vor lauter Überreizung und Ärger kamen mir die Tränen, als ich in seinem Arm lag. Während er plauderte, streichelte er mit der freien Hand noch immer meine Schulter. Ich hatte ihn gerade angebettelt, was es mir auch nicht einfacher machte, auch wenn er es so genoss, dass er mich ständig dazu trieb. Ich hatte ihm überdies gesagt, dass ich alles tun würde, was er wollte, verdammt, alles, alles, alles. Meine innere Stimme sagte mir, ich solle seinen Arm wegschieben, aufstehen, mich anziehen und gehen – denn das war kein Spiel mehr, das war schlicht und ergreifend respektlos und ging zu weit, aber ich konnte mich nicht bewegen und fühlte mich dadurch noch schwächer, noch erbärmlicher und noch weinerlicher.

Und dann sagte er: »Ja, sie ist hier, sie liegt neben mir und zittert vor Lust. Als das Handy geklingelt hat, hat sie gerade gesagt, dass sie alles tun würde, wenn ich sie heute Nacht noch kommen ließe. Ja, alles. Ich weiß. Zum Glück habe ich eine ungefähre Vorstellung, was dieses ›alles‹ sein könnte – falls es dich interessiert.«

Ich drehte mich um und versuchte, ihn in der Dunkelheit anzusehen. Mir war schon klar, dass er nicht mit mir sprach. Und als ich merkte, was möglicherweise nun geschehen würde, fuhr mir ein Stich in den Bauch. Wir hatten vereinbart, dass wir nur nach ausführlicher Diskussion mit anderen Leuten spielen würden, ein Telefongespräch jedoch war innerhalb unserer Grenzen. Gerade noch. Aber, mein Gott, bei der Vorstellung, dass irgendjemand hörte, wie verzweifelt ich gerade war, wurde ich aus Scham und Entsetzen rot.

Tja, da hatte er mich richtig verarscht.

Thomas war schon eine Weile in Kontakt mit Charlotte. Sie war lustig, ironisch und genau der Mensch, mit dem man sich bei ein paar Drinks einen netten Abend im wirklichen Leben vorstellen konnte. Die beiden hatten noch nicht direkt miteinander gespielt, aber ich wusste, dass Thomas oft mit ihr online war oder telefonierte und mit dem Gedanken spielte, sie zu treffen und sogar eine Beziehung aufzubauen. Mich störte das nicht, wir hatten ja schon vor langer Zeit beschlossen, dass wir nie ein Paar werden und den sexuellen Kontakt abbrechen würden, sollte einer von uns sich für jemand anderen interessieren. Nachdem Tom schon mit echt eigenartigen Frauen zusammen gewesen war, freute ich mich sogar, das er doch noch jemanden gefunden hatte, der auch unterwürfig und auf Augenhöhe mit ihm war. Außerdem hatte ich auch öfter selbst mit Charlotte gechattet, sie machte einen netten Eindruck, und das hatte Tom ganz bestimmt verdient.

Doch dass Tom ihr in allen Einzelheiten erzählte, was in den letzten Tagen vorgefallen war, half mir nun auch nicht sonderlich weiter. Dass ich ihm dabei zuhören musste, machte mich zornig, es beschämte mich und – das war am schlimmsten, aber unvermeidlich – erregte mich.

»Ja, ja, sie war klitschnass. Nein, ich habe sie nicht berührt, ich habe ihr nur den Slip ausgezogen und sie damit geknebelt …«

Ich könnte einfach aufstehen und gehen.

»… es war süß – wir standen in der Schlange an der Kasse, und ich habe ihr mit dem Finger über die Brust gestrichen. Ja, ja, ganz absichtlich zufällig!« Ich biss die Zähne zusammen – hatte ich es doch gewusst! »Gleich sind ihre Nippel steif geworden, ihr Blick war wehmütig. Ja, sie sieht toll aus. Sie starrt mich zwar an, als wolle sie mich umbringen, aber da glitzert doch unterschwellig die Lust, und das kann sie nicht kaschieren. Das heißt, sie wird auch noch den Rest ertragen, weil sie hofft, dass ich sie kommen lasse …«

Ich könnte ihn mit dem Schuh erschlagen.

»… ja, sie beißt sich auf die Lippe, als wolle sie sich beherrschen, etwas zu sagen, zu jammern oder sich zu verraten. Das leise Seufzen, das sie nicht unterdrücken kann, hört sie gar nicht, und sie spürt auch das leichte Zittern ihres Körpers nicht. Das ist fantastisch. Jetzt im Moment habe ich sie völlig unter Kontrolle. Ja, auch das …«

Ich war stinksauer. Aber ich blieb. Denn ich war zwar verlegen und schüchtern und war mir unsicher, was als Nächstes kommen würde, und bei klarem Verstand brachte mich die Vorstellung auf, wie viel Macht ich ihm über mich gegeben hatte und wie er sich nun damit auch noch vor anderen brüstete, aber ich merkte, dass er recht hatte, dass es eine tolle Herausforderung wäre und ein Spaß werden könnte. Tom lauschte aufmerksam, dann kicherte er, und ich hörte: »Weißt du, das ist eine ziemlich gemeine Idee.« Mir wurde flau, ich kuschelte mich enger an ihn, damit ich besser hören konnte, was er sagte. Ich merkte, dass ich mich dabei krampfhaft an ihm rieb, meine Hand umfing noch immer seinen Schwanz, zitterte aber nun leicht.

Er wusste, was ich tat, er zog mich an den Haaren weg und machte mir klar, dass ich damit nicht durchkommen würde. Er packte fester zu, ich wand mich, damit ich mich mit seiner Hand bewegen und den Schmerz an meiner brennenden Kopfhaut lindern konnte. Er zog, bis mein Kopf an seinem Unterleib war, dann drückte er mich hinunter. Er ließ mein Haar nur los, damit er eine Hand über das Handy legen konnte, als er sagte: »Los, blas mir einen. Dabei überlege ich zusammen mit Charlotte, wie ich dich kommen lasse, wenn überhaupt. Wenn du brav bist, kann dir das nur nützen.«

Gehorsam bewegte ich meinen Mund auf und ab, genoss es, wie er sich auf meiner Zunge anfühlte, und er stöhnte leise. Charlotte sagte irgendetwas, und er antwortete. »Ja, sie hat mich jetzt im Mund. Fühlt sich toll an. Sie ist gut, ganz bei der Sache.«

Ich errötete in der Dunkelheit, war aber auch unweigerlich stolz auf mich. Ich versuchte, dieses Gefühl zu verdrängen, indem ich mich auf die vorliegende Aufgabe konzentrierte, und hörte dem Gespräch nur mit halbem Ohr zu, bis er dann sagte: »Ach, du streichelst dich jetzt, wenn du das hörst? Das ist wirklich sehr ungezogen. Ich weiß nicht, ob du heute Abend überhaupt kommen solltest.«

Am anderen Ende der Leitung hörte ich einen klagenden Ton, und dann, ich schwöre es, hörte ich, wie Toms Gehirn arbeitete.

»Ich denke wirklich, wir sollten einen kleinen Wettkampf daraus machen. Vielleicht lasse ich eine von euch beiden kommen. Nur eine. Ihr könnt beide versuchen, mich zu überreden, so gut ihr könnt, die Gewinnerin darf dann kommen.«

Ich hörte lauten Widerspruch aus dem Handy. Ich fand das

jetzt schon ziemlich ungerecht und bekam Angst, denn ich wusste, dass Tom von uns beiden eher Charlotte kommen lassen würde als mich. Und nach all den Tagen und nach diesem demütigenden Telefonat konnte ich die Aussicht auf eine weitere unbefriedigte Nacht nicht ertragen. Ich sog ihn tiefer in mich ein.

Er lachte. »Ha, Sophie zieht nun alle Register. Sie hat mich praktisch bis zu den Eiern im Mund.« Er brummte lustvoll und strich mir durchs Haar. »Ah, das ist wirklich sehr gut. Du musst dich anstrengen, um das zu überbieten.«

Bei diesen Worten schlug mein Herz schneller – und als ich seine Hand auf meinem Hintern spürte, die immer näher an die Stelle wanderte, wo ich ihn haben wollte. Dann spürte ich, wie er in meinem Mund noch härter wurde. »O Charlotte, ich liebe es, wenn du bettelst!« Scheiße – sie bettelte? Ich verlor die Hoffnung. Da es Tom gefiel, wenn ich bettelte, tat ich es öfter, als mir lieb war, denn ich war und bin von Natur aus nicht so, im Gegenteil: Wenn überhaupt, tat ich es widerwillig und murrend. Scheiße.

Ich streichelte zärtlich seine Eier, während ich ihn immer tiefer in mich hineinschob. Ich lutsche immer gern Schwänze, aber das hatte es noch nie gegeben – ich hatte ihn so tief im Rachen, dass ich kaum Luft bekam. Seine Hand auf meinem Hintern, die mich sanft streichelte, war so besänftigend wie auch verwirrend. Ich spürte, wie ich zwischen den Beinen nass wurde, und hasste die Vorstellung, was ich wohl für ein Bild abgab.

Er schilderte Charlotte genau, was ich mit ihm machte. Irgendwann unterbrach er das Gespräch, schlug mich auf den Hintern und trieb mich an, ihn tiefer in meinen Mund zu schieben. Ich war so bei der Sache, dass ich erst wieder zuhörte, als er sagte: »Sie ist heute Nacht wirklich besonders unterwürfig.

Normalerweise hätte ich erwartet, dass sie sich gegen das eine oder andere wehrt oder mich zumindest schief anschaut, wenn sie gehorcht, aber sie ist so notgeil, dass sie mit Freuden zu allem bereit ist.«

Dann sagte er wieder, wie gemein Charlotte sei. Und bald sollte ich erfahren, warum. Er hatte recht. Sie war gemein.

Nachdem er eine halbe Stunde lang telefoniert hatte, tat mir der Kiefer weh. Er neckte Charlotte, stichelte und ließ sie betteln. Ich wurde dabei feucht und wünschte, ich könnte den Beweis für ihre Unterwerfung hören, so wie sie meine hören konnte. Und wie sie mich hörte!

Als Thomas ihr gesagt hatte, wie gehorsam ich sei, hielt er mir das Handy hin und befahl mir, ihr selbst zu sagen, warum ich so nass war und was für eine Schlampe ich war, dass ich es geil fand, so behandelt zu werden. Ich tat alles. Ich tat es mit einem Kloß im Hals vor lauter Tränen der Demütigung, aber ich dachte nicht daran, nicht zu gehorchen. Ich musste ihr sagen, dass ich alles tun würde, um heute Nacht zu kommen, und als er wieder selbst das Handy am Ohr hatte, erläuterte er es genauer: »Sie hat gesagt: ›Alles.‹ Alles. Und ich denke, sie würde jetzt wirklich alles tun. Ernsthaft. Also hör zu.«

Er befahl mir, seine Füße zu küssen. Das hasste ich noch immer am meisten, aber der Himmel allein weiß, wie verzweifelt ich war, und ich rutschte ohne zu zögern hinunter, bis er mich an den Haaren packte und mich zurückhielt.

»Bitte mich erst, dir zu erlauben, meine Zehen zu lecken, Sophie.«

»Was?«, fuhr ich ihn an, ich konnte nicht anders.

»Bitte mich. Bitte mich, mich küssen und lecken und meinen Füßen huldigen zu dürfen, erst dann erlaube ich es dir. Und wenn du ein braves Mädchen bist und meine Zehen in den Mund nimmst, stecke ich dir einen Finger in die Möse. Ich frage mich, wie nass du bist, wenn es so weit ist.«

Ich wimmerte. Ich kannte die demütigende Reaktion darauf und sehnte mich genauso sehr nach dem Moment, da er meine Nässe selbst spüren würde, wie ich ihn auch fürchtete.

Zum Glück war es dunkel, und ich musste ihn nicht ansehen. Ich fragte, ob ich ihm die Füße küssen dürfe. Er zog mich an den Haaren zurück und verlangte, dass ich lauter sprach, damit Charlotte es deutlich hören konnte.

Mit tränen- und hasserfüllter Stimme gelang mir ein zweiter Versuch. »Darf ich dir die Zehen lutschen? Bitte!«

»Nur meine Zehen lutschen?«

Gott, wie ich ihn hasste! Gott, wie nass er mich machte!

»Nein, darf ich sie küssen, lecken? Ich will deinen Zehen huldigen, deinen Füßen.« Ich hoffte, damit alle Eventualitäten abgedeckt zu haben, aber jedes Wort war so von Aggression und Frustration durchzogen, dass ich dachte, ich dämpfe meinen Ton lieber ein bisschen: »Bitte!«

Er tätschelte mir die Wange, diese Zärtlichkeit schien alles ein wenig erträglicher zu machen, zumindest kurz, denn dann sagte er: »Du darfst.«

Vielen Dank! Ich krabbelte ans Fußende und drückte mein Gesicht auf seine Zehen. Ich bereitete mich auf den ersten Zungenschlag vor, während ich hörte, wie er Charlotte live berichtete. Als ich seine große Zehe in den Mund nahm und meine Zunge darübergleiten ließ, erklärte er, wie gierig ich saugte, und drückte seinen Fuß tiefer in mich hinein. Er sagte ihr, dass ich ihn richtig sauberlecken müsse, er seinen Fuß an meinem Gesicht abwischte und ich seine Sohlen ablecken müsse. Ich hörte, wie sie angewidert kreischte und dann über mein Dilemma lachte. Ihre genauen Worte konnte ich nicht verstehen, aber ihr amüsierter Tonfall klang laut durchs Zimmer.

Still liefen mir die Tränen aus den Augen, als ich tat, was er von mir verlangt hatte, denn ich wollte ihm nicht zeigen, wie weit er gegangen war, weil ich unbedingt weitermachen wollte. Ich keuchte auf, als er einen Finger in meinen Slip schob, und er nutzte dies aus, um seinen Fuß noch weiter in meinen Mund zu schieben.

Ich konzentrierte mich auf das Gefühl seines Fingers zwischen meinen Schamlippen und hörte ihn sagen: »Sie ist so nass, dass sie tropft. Es braucht nicht viel, bis sie ganz durch den Wind ist.« Dann, nach Charlottes Gemurmel auf der anderen Seite, hörte er auf und zog seine Hand weg. Ich jammerte vor Frust an seinem Fuß, er wischte seine nasse Hand an meinem Hintern ab und sagte: »Das ist eine tolle Idee.« Mir gefror das Blut in den Adern.

»Sophie, du kannst jetzt aufhören.«

Normalerweise erfüllten mich diese Worte mit Freude, nun aber bekam ich Panik. Dürfte ich kommen? Könnte ich mich beherrschen, nicht in Tränen auszubrechen, wenn er mich wieder unbefriedigt liegen ließ? Was war eine tolle Idee? Wenn die beiden mich kommen lassen würden – würden sie dann noch etwas Schlimmeres von mir verlangen, als seine Füße zu küssen? Und was wäre das? Wäre ich bereit, sie alles mit mir machen zu lassen, oder würde ich lieber – könnte ich – auf einen Orgasmus verzichten? Mich bestürmten fast schon hysterische Gedanken an all die schrecklichen Dinge, die sie mir antun könnten. Ich wusste, dass ich mich weigern und das Spiel beenden konnte, wenn es etwas extrem Fürchterliches war; das war im Moment aber nicht meine Absicht. Ich war eine Geisel meiner eigenen grauenvollen Not. Die Optionen schreckten mich. Doch was sich die beiden tatsächlich ausgedacht hatten, wäre mir nie in den Sinn gekommen, obwohl ich selbst schon ziemlich verschroben war.

Es war Charlottes Idee. Dafür werde ich ihr eines Tages persönlich danken, am liebsten, indem ich zusehe, wie sie dasselbe durchmachen muss. Als Thomas mir sagte, was ich tun müsse, schloss ich die Augen, presste meine Lippen zusammen und schüttelte in stiller Rebellion den Kopf. Ich war nicht gewillt, es zu tun, ich dachte ja nicht daran! Als sich das Schweigen hinzog, wurde mir klar, dass dies das Ende war, dass ich nicht kommen dürfte, wenn ich mich weigerte. Ich überlegte, ob es einen anderen Weg gäbe, ob ich etwas anderes tun könnte. Aber irgendwann akzeptierte ich widerwillig mein Schicksal.

Ich begab mich in Position.

Ich kniete rittlings über einem von Toms Beinen, sah in der Dunkelheit, wie er mit dem Handy am Ohr am Kissen lehnte, und dachte, wenn ich ihn nur undeutlich sehen konnte, dann sah er mich auch nicht richtig. Ich hätte mir gern eingeredet, dass dies half, das tat es aber nicht. Ich kniete eine Weile nur da und wollte nicht weitermachen, obwohl ich innerlich schon kapituliert hatte und wusste, dass ich es tun würde: dass ich mich jetzt an seinem Bein reiben würde wie ein Tier, um meinen Orgasmus zu bekommen.

Das besonders Interessante an der D/S-Dynamik ist, dass man dazu gebracht wird, etwas zu tun, das man sonst nicht tun würde. Nicht, weil man nicht will – oft will man es ja, denn man findet es heiß, geil, interessant, ungewöhnlich, aber irgendwie sperrt man sich innerlich doch dagegen, vielleicht weil man es zu schmutzig findet oder zu peinlich oder weil man Angst hat, dass sein Hintern aussieht wie eine Kraterlandschaft. Was auch immer. Ich mag es, wenn ich durch diese innere Sperre hindurchgetrieben werde, die mir sagt, es sei falsch, diese tolle neue Erfahrung zu machen. Ich werde also nicht gegen meinen Willen dazu gezwungen oder genötigt – mein Körper reagiert einfach, bevor mein Verstand folgen kann, mein Körper verrät, dass ich dabei bin, auch wenn meine Augen oder meine Worte das eine Zeit lang nicht vermuten lassen würden und ich vielleicht nicht einmal genau erklären kann, warum oder wie mich das geil macht. Es geht vielmehr darum, zu wissen, wie weit ich gehen möchte, und mir dabei zu helfen, den Mut dazu aufzubringen.

Thomas konnte das scheinbar (und irritierenderweise) meist ganz mühelos. Vor allem gelang es ihm, indem er meine sture Seite ansprach. Ich denke dann immer: »Das werde ich tun! Du würdest mit mir nichts machen, bei dem ich mich unwohl fühle« – obwohl ich mich ganz schrecklich unwohl fühle. Ich genieße diese Widersprüchlichkeit normalerweise, ich mag es, wenn ich aus meinem Sicherheitsbereich herausgetrieben werde und etwas tue, bei dem mir mulmig wird vor Aufregung, und ich rot werde vor Wut und Scham, sogar wenn ich dabei nass werde. Aber Bein-Rammeln? Auf einmal dachte ich voller Zuneigung an seine verfluchten Füße. Ich hasste so etwas, allein der Gedanke war mir verhasst. Die Würdelosigkeit, die Unbequemlichkeit des Winkels, in dem ich es vor Tom machen müsste – nachdem ich fünf Tage lang fantasiert hatte, wie er es mir besorgen würde. Nun war es nicht einmal etwas davon, sondern ich müsste es mir selbst machen! Und nicht einmal auf angenehme Weise, nicht mit der Hand zwischen den Beinen oder mit meinem Lieblingsspielzeug aus der Schublade, nein, ich müsste ihn rammeln wie eine läufige Hündin! Ich kniete da wie angewurzelt. Ich konnte nicht. Ich konnte es einfach nicht!

»Ist es dir peinlich? Willst du es etwa nicht tun?« Seine Stimme klang spöttisch, weil er natürlich unserem Publikum etwas vorspielte. Es machte mich rasend. Ich hätte ihn umbringen können.

Ich räusperte mich und wollte antworten, ich stammelte unsicher, aber er unterbrach mich: »Es ist mir egal. Ich habe dir befohlen, mein Bein zu rammeln. Wir wissen beide, dass du es am Ende tun wirst, wie auch immer, denn wenn nicht, bekommst du keine weitere Gelegenheit, vor Neujahr noch zu einem Orgasmus zu kommen. An deiner Stelle würde ich es mir leichter machen und damit anfangen.«

Jawohl. Ich rammelte ihn.

Aber hier geht es um mehr, um sehr viel mehr. Ich lasse mich nicht gern foppen. Aber ganz ehrlich werde ich kribblig vor Scham und mir wird ein wenig schlecht vor Demütigung, wenn ich nur darüber schreibe, und ich bin wirklich nicht schüchtern bei diesem Thema.

Ich verabscheute es – nicht im Sinn von »ich gebe vor, es zu verabscheuen, mag es aber im Geheimen«, sondern so, dass ich es so hasste, dass es mich verwirrte und erstaunte, dass ich dabei kommen könnte, wo es mich doch so störte, so durcheinanderbrachte, dass ich am liebsten zu Thomas gesagt hätte, er solle sich ins Knie ficken. Aber noch einmal: Unterwerfung, nur wenn es Spaß macht, ist keine Unterwerfung. Deshalb habe ich Thomas auch nicht weggestoßen und bin nicht nach Hause abgezogen zu meinem bequemen Bett und meiner vollen Spielzeugschublade. Doch als ich auf seinem Bein rammelte und dabei versuchte, im richtigen Winkel meine Klit daran zu reiben und die Entwürdigung hinter mich zu bringen – obwohl ich mich absichtlich nur ganz leicht bewegte, damit genau das nicht geschah, und so meine Qualen nur noch hinauszögerte –, saß er die ganze Zeit da und erzählte Charlotte, wie nass ich sein Bein machte, wie sehr ich heulte und mein Atem trotzdem immer schneller ging, während ich mich dem Orgasmus näherte, wie verzweifelt ich war ... Es machte mich wahnsinnig. So wütend, dass es mir noch tagelang immer wieder in den Sinn kam und ich nicht klar denken konnte. Es tat nicht weh, auf dem Papier klingt es auch nicht so erniedrigend. Rammeln hört sich an wie eine Bagatelle, aber für mich war es das nicht, und ich kann immer noch nicht verstehen und schon gar nicht erklären, warum eigentlich. Zum Teil habe ich begonnen, über D/S zu schreiben, weil mir die intellektuelle Herausforderung gefällt zu erklären, was ich fühle und warum mich dieses oder jenes geil macht – aber das hier ist wirklich ein böhmisches Dorf für mich.

Ich rammelte also auf seinem Bein wie ein Tier, während er Charlotte ausführlich berichtete, wie ich mich an seinem Knie rieb, damit meine Klit die Stimulierung bekam, die sie brauchte.

Ich rieb mich an ihm und dachte, wie tief ich doch gesunken war, wie sehr ich mich für meine Lust habe entwürdigen und erniedrigen lassen. Tränen flossen mir über die Wangen, kitzelten mich am Kinn und tropften kühlend auf meine Brüste. Ich war schamrot und dankbar für die Dunkelheit, die das Schlimmste verbarg. Es war eine ungeschickte Stellung, um stimuliert zu werden. Thomas' Beine lagen flach auf dem Bett, und nur wenn ich meine Beine weit spreizte und mich tief hinunterbeugte, konnte ich sein Knie einigermaßen treffen und ausreichend Reibung für einen Orgasmus bekommen. Ich versuchte alles, o ja, nur damit es vorbeiging, damit ich endlich kommen würde und das hier vorüber wäre.

Nun mag man denken, dass ich nach fünf Tagen ohne Orgasmus, in denen ich die ganze Zeit an Sex gedacht hatte und so in Nöten gewesen war, schnell gekommen wäre. Aber der Kopf ist manchmal einfach verdreht und macht einem einen grauenvollen Strich durch die Rechnung. Da Charlotte zuhörte, wie ich diese demütigende Sache machte, da sie mein – trotz der Erniedrigung und trotz meines Grauens – lustvolles Stöhnen und Keuchen hörte, während ich immer nässer, geiler und lauter wurde, kam ich ins Stocken. Genauso, als Tom ihr sagte, dass er hören könne, wie ich mich an seinem Knie rieb, weil ich ihn so nass gemacht hatte. Ich versuchte, alles auszublenden und mich heftiger zu reiben, aber es reichte nicht aus, um mich kommen zu lassen und der Sache ein Ende zu setzen.

»Ich kann nicht …« Ich schluckte ein paar Tränen und Rotz hinunter, hüstelte und versuchte es erneut. »Es funktioniert in dieser Stellung nicht, ich kann so nicht kommen.«

»Und was soll ich dagegen tun?«, höhnte er. »Du weißt, was du machen musst, und wenn ich ehrlich sein soll, wird es mir langsam lästig, dass du dich an mir reibst und mein ganzes Bein nass machst. Ich würde mich beeilen, wenn ich du wäre.«

Wenn ich daran dachte, dass ich all das durchgemacht hatte und immer noch nicht kommen würde, krampfte sich mein Magen zusammen.

»Dein Knie – wenn du dein Knie nur ein klein wenig anwinkeln könntest, wäre es einfacher. Bitte!«

Ich glaube, ich sah seine Zähne schimmern. »Bettelst du mich an, dass ich mein Knie anheben soll, um es dir leichter zu machen, mich zu rammeln?«

Pause. Ich musste meine Lippen mit der Zunge befeuchten, bevor ich antworten konnte, dennoch war meine Stimme zittrig und verheult. Normalerweise hätte ich Ausflüchte gesucht, hätte versucht, das zu vermeiden, aber ich war wirklich gebrochen, verzweifelt, stand Qualen aus. Jede Zelle von mir schrie nach einem Orgasmus. »Ja, ja, ich bitte dich darum!«

»Gut. Dann bitte mich richtig und lauter, damit Charlotte genau hören kann, wie verzweifelt du bist, so verzweifelt, dass du dich an mir reibst wie ein brünstiges Tier.«

Ich hatte die Fäuste fest geballt, meine Fingernägel gruben sich in meine Handfläche, als meine Stimme ertönte: »Ich bitte dich. Bitte, heb dein Knie ein wenig an, damit ich mich daran reiben kann …«

Er fiel mir ins Wort: »Nein, es heißt: ›Damit ich rammeln kann.‹«

Ich seufzte, zögerte aber nicht. »… rammeln kann, bis ich auf deinem Knie komme. Bitte!«

Er hob sein Knie so schwungvoll an, dass es an meine Vulva stieß und mich so etwas wie ein ersehnter elektrischer Schlag durchfuhr. Überheblich sagte er: »Bitte schön. Das war doch gar nicht so schwer. Jetzt komm für mich!«

Bei diesem veränderten Winkel sah alles ganz anders aus. Plötzlich konnte ich durch meine Hüftbewegungen meine Klit genüsslich an sein Knie drücken. Ich versuchte, nicht hinzuhören, als er Charlotte erzählte, wie schnell ich nun angefangen hatte zu rammeln wie eine Irre, schärfer denn je. Ich versuchte, nicht das Geräusch meiner Geilheit zu hören, während ich auf seinem Knie auf und ab glitt. Ich wollte alles ausblenden außer der Lust, die durch meinen Körper zu fließen begann, und versuchte, alle Hindernisse zwischen mir und der Erleichterung auszuräumen, nach der ich mich den Großteil der Woche verzehrt hatte.

Ich weinte vor Demütigung und Horror, als der Orgasmus nahte, doch das machte mich natürlich nicht langsamer. Als meine Zuckungen begannen, schluchzte ich lauter. Ich bebte auf Toms Bein wie ein Tier, meine gellenden Schreie konnte Charlotte ohne Weiteres durchs Telefon hören. Nach all den

Tagen, in denen sich die Frustration aufgestaut hatte, schoss mir die Erleichterung vibrierend und intensiv durch den Körper. Nie zuvor hatte ich so einen Orgasmus erlebt, und kurz wurde mir schwarz vor Augen, als ich dalag und meine Glieder von seiner Gewalt zitterten. Als ich wieder zu mir kam, merkte ich, dass Tom hinter mir wichste. Ich wollte mich darum kümmern, aber er hielt mich mit einem »Sch« zurück.

»Wohl kaum. Du musst erst alles sauber machen.«

Ich wusste, was das bedeutete, und ich hätte wütend darüber sein müssen, aber in diesem Zustand leckte ich sein Knie und eigentlich sein ganzes Bein ab, ohne zu murren. Zu meiner Schande hatte ihn von der Mitte seines Oberschenkels bis zum unteren Teil des Schienbeins klebrig gemacht. Ich leckte ihn auch weiter, als er Charlotte sagte, was ich tat, leckte weiter, als er sich selbst rieb, so hatte er diese letzte Erniedrigung genossen, so hatte sie ihn erregt. Und ich leckte auch weiter, als er auf meine Wange und in mein Haar kam. Während sein Saft von meiner Backe tropfte, hielt er mir das Handy ans Ohr, und ich hörte Charlottes Orgasmus.

Ja. Als ich Charlotte zum ersten Mal am Telefon hörte, kam sie. Selbst ich muss zugeben, dass meine Welt manchmal sehr seltsam war. Jedenfalls waren es richtig denkwürdige Weihnachtsferien.

9. KAPITEL

Es ist natürlich eine ziemlich eigenartige Erfahrung, jemanden, mit dem man nie zuvor gesprochen hat, am Telefon kommen zu hören. Noch verwirrender aber ist es, diesen Jemand ein paar Wochen später auf ein Bier zu treffen.

Tom chattete regelmäßig im Netz, und als ein *munch* vereinbart wurde, wollte er unbedingt hingehen und die Leute kennenlernen. Als ich mitgekriegt hatte, dass ein *munch* ein Treffen von ein paar Leuten außerhalb des Internets ist – sie trinken oder essen auch etwas zusammen – und dass Tom mich nicht mit zu einem Abend nehmen wollte, bei dem ich dann nackt an ein Andreaskreuz gebunden und von irgendwelchen Leuten auf dem Weg zum Büffet ausgepeitscht wurde, ging ich gerne mit. Vor allem als ich erfuhr, dass ich Charlotte treffen und ihr für das ganze Gerammel persönlich danken konnte.

Also gingen wir an einem Sonntagnachmittag in einen Pub in einem Vorort im Grünen, tranken Bier und hatten mit einem Dutzend interessanter und schräger Leute ein köstliches Festessen – es gibt nichts Besseres als Krustenbraten mit hausgemachtem Yorkshire Pudding als Beilage.

Auffällig war zunächst, dass die meisten dieser Menschen überhaupt nicht auffällig waren. Ich meine das nicht unhöflich oder abwertend, eher in dem Sinn, dass ich sie nie als verdorben eingeschätzt hätte, wenn ich ihnen auf der Straße begegnet wäre. Alle waren leger gekleidet (keine Ledermasken, keine Lackklamotten), es waren kluge, eloquente, liebenswürdige Leute, die einfach nur plauderten und einander kennenlernen wollten.

Da ich gern Menschen beobachte, genoss ich es, zu raten, zwischen wem sich etwas entwickeln würde. Carol und Neil, ein Paar aus dem Norden, das heruntergezogen war, als Neil eine gute Stelle als Konrektor einer Schule am Stadtrand gefunden hatte, unterhielten sich angeregt und mit einer Menge zotigem Gelächter mit Bev und Ian, die umweltfreundlich und nachhaltig produzierte Möbel aus China importierten. Clara hingegen – sie war eine Weile Single gewesen und hatte monatelang fröhlich jedem erzählt, dass es ihr auch lieber so sei, bis sie jemand Besonderen gefunden hätte – spielte mit ihrem Glas herum und strahlte Jo breit an; die beiden unterhielten sich auf eine Weise, die mich hoffen ließ, sie hätte nun gefunden, was sie gesucht hatte. Thomas ging von Grüppchen zu Grüppchen und sprach wie so oft ganz ungezwungen mit allen möglichen Leuten. Ich beneide ihn ein wenig für seine Gabe, mit fast allen ein verbindliches Gespräch führen zu können. Wenn es die Arbeit verlangt, kann ich zwar höfliche Konversation machen, aber ich bin von Natur aus nicht so mitteilsam und würde mich, wenn es sich ergibt, lieber mit ein paar Bekannten in eine Ecke setzen, als vom einen zum anderen zu flattern.

Aber ich bekam gar keine Gelegenheit, als Mauerblümchen zu enden. Charlotte steuerte direkt auf uns zu, als sie den Biergarten betrat. Sie kam zu mir, nahm meine Hand, zog mich hoch und umarmte mich – meine Finger kribbelten. Ihre Berührung war lässig und fest, ihr Griff kräftiger, als ich gedacht hätte, und sie hielt meine Hand länger als erwartet und sah mir in die Augen. Plötzlich fühlte ich mich ganz angeregt, und das kam nicht von dem Glas Wein, an dem ich fast den ganzen Nachmittag genippt hatte.

Dass ein Funke übergesprungen war, überraschte mich. An der Uni hatte ich eine kurze bisexuelle Phase gehabt und hatte seitdem mit ein paar Frauen geschlafen, aber nur selten fühlte ich mich so stark zu jemandem hingezogen, den ich gerade erst kennengelernt hatte. Ich verstand, warum Tom sie attraktiv fand. Sie war wunderbar. Sie sah aus wie eine Elfe, hatte grüne Augen und eine Kurzhaarfrisur, die ihren Nacken entblößte.

Ich stehe total auf Nacken. Es gibt andere Stellen, bei denen ich mich schneller und stärker winde, wenn man sie streichelt, aber für meine Begriffe ist der Nacken eine unterschätzte erogene Zone. Ich wollte sie dort streicheln und sehen, wie sie reagierte. Ich wollte sie dort bis hinunter zu den Schultern küssen, ihre Bluse aufmachen und mich weiter nach unten arbeiten, bis ich an der richtigen Stelle war, um herauszufinden, ob ihr Kopfhaar gefärbt war oder nicht.

Während wir uns unterhielten, erfuhr ich ein paar Dinge, die mich ihr noch mehr zugetan machten. Sie war intelligent und geistreich, wir hatten in allem Möglichen den gleichen Geschmack, angefangen bei kitschigen Blockbustern bis hin zu einer geteilten Abneigung gegen Dan Brown. Sie hatte eine ordinäre Lache, und so, wie sie sich nach jedem Schluck Wodka-Cola mit der Zunge über die Lippen fuhr, kam ich wahrlich auf schmutzige Gedanken. Ich musste mich zusammennehmen, um nicht zu vergessen, wo ich war, um mich nicht vorzubeugen und ihr mit der Zunge über die Lippen zu lecken.

Nach dem Essen waren wir dann schon beste Freundinnen, auch wenn ich ihr die Rammelei noch immer nicht verziehen hatte – was sie zu erheitern schien. Thomas löste sich von den anderen und setzte sich rechtzeitig zum Nachtisch und zu einem ausgiebigen Flirt und neckischem Geplänkel zu uns. Die Dynamik zwischen uns machte Spaß, war angenehm und ziemlich stimulierend – abgesehen von der Stichelei, als sie mich eine Zeit lang »Rammler« nannten und ich entsprechend rot wurde.

Charlotte war ungehemmt, unkompliziert, gut aussehend und von einer Unbekümmertheit nach dem Motto »scheiß drauf«, die zum einen erfrischend war und zum anderen ihre Schönheit noch natürlicher und ansprechender machte. Ob sie nun geistesabwesend mit ihrem Haar spielte, wenn sie sprach, oder wild gestikulierte, wenn sie ihren Chef nachmachte – alles, was sie tat, war schonungslos, zügellos und gefühlsbeladen und wahrlich verdammt geil! Als wir immer mehr Wein intus hatten, erzählte sie mir genau, wie sich die Sache durch den Äther an ihrem Ende angefühlt hatte. Sie knabberte leicht an ihrer vollen Unterlippe, als sie mir sagte, wie heiß ich geklungen hätte, als ich Thomas gebeten hatte, erst seine Füße küssen und dann kommen zu dürfen.

Ich errötete bei der Erinnerung an meine Worte und daran, wie verzweifelt ich gewesen war, und auf einmal kippte die Situation an unserem Tisch unmerklich. Ich spürte, wie meine Nippel hart wurden, doch als ich sah, dass unter Charlottes heller Bluse dasselbe passierte, war es mir weniger peinlich. Wir sahen einander an und erkannten unsere beiderseitige Zwickmühle, beide legten wir den Arm vor die Brust und kicherten wie verlegene Verschwörerinnen. Ich rutschte ein wenig auf meinem Stuhl, dabei fiel mir das Haar ins Gesicht und verbarg meine schlimmste Röte. Aber sie beugte sich vor und steckte mir eine Strähne hinters Ohr. Sie strich mir übers Haar, und ich wurde noch röter und widerstand dem plötzlichen Drang, meinen Kopf zu drehen und ihre Finger zu küssen. Thomas beobachtete uns aufmerksam, sagte aber nichts.

Dass Thomas seine Meinung zu etwas nicht äußert, ist natürlich meist ein Omen für drohendes Unheil, und es ist zeitlich begrenzt.

Nachdem wir Charlotte an der U-Bahn-Station abgesetzt hatten und zu ihm nach Hause fuhren, war er in seinen Fragen erbarmungsloser als der Journalist Jeremy Paxman nach einem Energieschub!

»Ihr schient euch wirklich gut zu verstehen. Magst du sie?«

»Fandest du sie attraktiv?«

»Bist du feucht geworden, als sie dein Gesicht berührt und dir das Haar gestreichelt hat?«

»Hattest du Lust, sie zu küssen?«

Als wir angekommen waren, platzte ich schließlich heraus: »Ja, ich mochte sie. Sie war geil und nett und lustig. Bist du nun zufrieden? Willst du jetzt wohl damit aufhören?«

Ich weiß, es war eine unangebracht genervte Antwort, die so klang, als sei ich eifersüchtig, weil Tom einer anderen Frau seine Aufmerksamkeit schenkte. Das wäre in gewisser Weise auch verständlich. Aber ich war nicht eifersüchtig auf Charlotte, die möglicherweise mit meinem tollen Meister spielen dürfte, nein, ich war ein wenig knatschig bei dem Gedanken, dass er mit *ihr* spielen dürfte. Ich mochte sie.

In den darauffolgenden Wochen chattete Tom weiter mit Charlotte und traf sich ein paar Mal mit ihr. So hatte ich Zeit zum Nachdenken. Ihre Beziehung entwickelte sich noch nicht in Richtung auf ein monogames Paarleben. Das erste Anzeichen dafür war, dass Tom mich mit einem Pfropf im Hintern fesselte, mit dem Stock schlug und mich fickte – wenige Tage nachdem er mir gesagt hatte, dass sie zum ersten Mal miteinander geschlafen hatten. Aber irgendwie veränderte sich die Dynamik zwischen uns ein bisschen, und ich dachte, dass wir irgendwann vielleicht aufhören müssten, miteinander zu spielen. Ich kenne eine Menge Leute, die in offenen, polygamen oder ähnlich lockeren Beziehungen glücklich sind, meine Sache aber war das eher nicht und Toms Sache auch nicht. Zu dieser Zeit gab es ein Stellenangebot näher an meiner Heimat, ich bewarb mich und bekam den Job, sehr zu meiner eigenen Freude und zur Freude meiner Eltern. Danach lebte ich zu weit entfernt, um Tom kurz mal übers Wochenende zu besuchen, auch wenn er mich selbstverständlich aufgenommen hätte. Die Zeiten änderten sich nun einmal.

Jedes Mal wenn ich mich ihm in dieser Zeit zwischen meiner Bewerbung und dem großen Umzug unterwarf, war es noch intensiver, denn eine innere Stimme flüsterte mir zu, dass er mich vielleicht zum letzten Mal in die Nippel kniff, mich zum letzten Mal mit seinem Gürtel schlug oder mich zum letzten Mal in den Arsch fickte. Mittlerweile sprachen wir oft über Charlotte, sowohl außerhalb des Schlafzimmers als auch im Bett, wo er leise derbe Kommentare dazu abgab, wie es wohl wäre, wenn sie nun hier wäre – und dann wurde ich nass. Ich habe mich auch öfter mit ihr persönlich unterhalten, aber abgesehen von einem Flirt in einem Pub, in dem wir etwas tranken, war alles ziemlich harmlos.

Bis zu dem verlängerten Feiertagswochenende, dem letzten Wochenende, bevor ich umzog.

Wir wollten zusammen bei Tom grillen. Das Wetter war herrlich, Charlotte und ich hatten Sachen zum Übernachten dabei, damit wir trinken konnten und nicht mehr nach Hause fahren mussten.

Wir machten uns einen faulen Nachmittag, Charlotte und ich lagen im Garten, wir genossen die warme Sonne auf der Haut und wollten uns ein wenig bräunen, während Tom für den Hund das Frisbee warf, den Grill anzündete und herumwerkelte, stillsitzen konnte er offensichtlich nicht. Wir aßen gemächlich und blieben danach einfach sitzen, redeten über alles und nichts und freuten uns am guten Wetter.

Als das Licht schwand und die Schatten länger wurden, wurden unsere Gespräche koketter. Charlotte sagte, in dem Boxershirt, das ich trug, damit meine Schultern braun wurden, würden ihr meine Brüste gefallen. Ich beugte mich vor, um ein bisschen Kartoffelsalat aus ihrem Mundwinkel zu wischen. Thomas saß nur da und sah uns die ganze Zeit zu, er taxierte uns auf eine Weise, die nur eins bedeuten konnte.

Wie es so seine Art war, ergriff er die Initiative, allerdings fragte ich mich, ob dies zum Teil daran lag, dass er mit Charlotte ähnliche Gespräche über mich gehabt hatte wie mit mir über sie. Und wie es auch seine Art war, war er ausgesprochen direkt. Völlig schnörkellos. Als wollte er sagen: Ich wünschte, ich könnte das Ganze verlockender ausdrücken, als es ist.

»Sollen wir nach oben gehen und ficken?«

Charlotte und ich sahen einander an und brachen in Lachen aus. Sie nahm meine Hand und sagte lächelnd zu mir: »Ich denke, das würde mir gefallen.«

Ich verdrehte die Augen. »Na, wer kann so ein Angebot schon ausschlagen?« Aber mir war ganz schwindlig.

Thomas legte so energisch los, als wäre alles schon geplant – und das war es eindeutig auch. Er stapelte die Teller, um sie hineinzutragen, und sagte, ich solle hinaufgehen, mich ausziehen und mit dem Rücken zur Tür auf allen vieren auf dem Bett auf sie warten. Dass ich als Erste nackt sein sollte, machte mich verlegen, aber ich wusste: Wenn ich schon an diesem Punkt widersprach, wäre alles zu Ende, bevor es überhaupt angefangen hatte, und ich würde mich möglicherweise auch für später in Schwierigkeiten bringen.

Ich nickte und ging ins Schlafzimmer.

Ich bin sehr ungeduldig. Dass ich da knien und gehorsam warten musste, bis die Tür aufging, und währenddessen in heller Aufregung war und meine Nippel schon hart wurden, kostete mich alle Selbstbeherrschung. Es gab keine Uhr, an der ich mich orientieren konnte, ich trug auch keine Armbanduhr, und es dauerte eine gefühlte Ewigkeit. Wie lange brauchte man denn, um eine Geschirrspülmaschine einzuräumen?

Als ich eine Bewegung hörte, war ich schon halb davon überzeugt, dass die beiden unten ohne mich angefangen hatten, und überlegte, ob ich mich auf Zehenspitzen hinunterschleichen sollte, sodass sie nichts merkten und ich sie beobachten könnte. Ich musste mich zusammenreißen, um mich nicht umzudrehen, aber ich wollte es nicht riskieren. Stattdessen starrte ich auf das Muster des Bettbezugs vor mir und lauschte auf ein Geräusch, das mir einen Hinweis darauf gab, wie es weitergehen würde.

Ich hörte nur … War es ein leises Knarren?

Als Charlotte hereinkam und sich neben mich stellte, wusste ich, was das war. Sie trug ein wundervolles Lederkorsett, dazu nur Slip und Strümpfe. Mein Hals wurde trocken. Sie war hinreißend, und gegenüber ihrem raffinierten Outfit fühlte ich mich noch gehemmter in meiner Nacktheit.

Thomas ging um das Bett herum auf die andere Seite und stellte sich ihr gegenüber, ich kniete in der Mitte und wusste nicht, wen ich als Erstes oder ob ich überhaupt etwas anderes ansehen sollte als den Punkt direkt vor mir auf der Bettdecke. Als ich schon den Eindruck bekam, das Schweigen würde nie mehr enden, brach Thomas es.

»Bist du bereit?«

Ich machte den Mund auf und wollte antworten, doch Charlotte kam mir zuvor: »Ja.«

»Braves Mädchen. Denk einfach an das, was wir besprochen haben.«

Bevor ich noch erfassen konnte, was das bedeutete, ging Tom ans Fußende des Bettes. Er stand direkt vor mir und hob mein Kinn an, damit ich ihm in die Augen sah. »Du willst mir zu Gefallen sein, oder? Mir gehorchen?«

Mein üblicher Wunsch zu gefallen und meine Sehnsucht nach einer Herausforderung, die ich bewältigen könnte, waren noch immer da, jedoch überschattet von der Angst in meiner Magengrube, dass ich etwas tun müsste, das intensiver war, als ich es mir vorstellen konnte. Meine leise Stimme verriet meine Irritation.

»Ja.«

Er streichelte mein Haar, diese liebevolle Geste besänftigte mich kurz. Doch dann hatte ich begriffen, was er vorhin gemeint hatte. »Gut. Denn ich werde mich jetzt gleich hinsetzen und dich Charlottes geschickten Händen überlassen. Sie wollte schon immer die dominante Rolle ausprobieren, hatte es sich aber nicht zugetraut. Ich habe gesagt, sie könne mit dir spielen und ein paar Dinge austesten. Du musst ihr gehorchen, wie du mir gehorchen würdest. Ich sehe zu.«

Und damit machte er es sich in dem Lehnsessel in der Ecke gemütlich, der sonst immer voller Kleider, für diesen Anlass aber geräumt worden war, wie ich nun sah.

Als Charlotte sich auf mich zubewegte, verspürte ich einen Stich des Zorns und der Irritation. Was zum Teufel hatte Tom sich dabei gedacht? Meinte sie wirklich, ich würde mich ihr unterwerfen? Und seit wann wollte sie überhaupt jemanden dominieren? Offenbar kannte ich Charlotte doch nicht so gut, wie ich geglaubt hatte.

Sie duckte sich leicht, um mir in die Augen zu sehen. »Heute Nacht wirst du mein Bein rammeln, Sophie.«

Ich rollte innerlich mit den Augen. Scheinbar kannte Charlotte mich auch nicht so gut, wie sie dachte. Spöttisch sagte ich: »Meinst du, ja? Ist ja süß. Du irrst dich, aber es ist süß.«

Eine ganze Untergruppe unterwürfiger Frauen verhält sich grundsätzlich widerspenstig, ungehorsam, trotzig, sie sind ungezogen, damit sie wieder in die Spur gebracht und bestraft werden, bis sie sich unterwerfen. Wie wahrscheinlich vielen Frauen gefällt es auch mir, von jemandem überwältigt zu werden, der stärker ist als ich, aber im Allgemeinen oder wenn möglich gehorche ich. Ich sträube mich gegen manche Dinge und tue sie nur widerwillig und voller Scham, aber meistens geht es mir bei meiner Unterwürfigkeit darum, dem Menschen, mit dem ich spiele, zu Gefallen zu sein. Ich bin normalerweise kein unartiges Ding.

Aber als ich Charlotte ansah, rastete in meinem Kopf etwas aus, obwohl sie dieses fantastische Korsett trug, das ihren Körper hervorragend zur Geltung machte. Ich kann auch sonst ziemlich stur sein, aber das war anders, das war stärker. Ich war unerbittlich. Ich würde mich ihr nicht unterwerfen, nur weil Thomas gesagt hatte, dass ich das muss.

Macht mich das zu einer schlechten Bottom? Einer ungehorsamen Sub? Wahrscheinlich schon. Aber es war ja durchaus nicht so, dass ich immer wie eine der unterwürfigen *Frauen von Stepford* war und dies nun eine Abweichung von der Regel. Meiner Ansicht nach ist Unterwerfung ein Geschenk, man muss sie sich verdienen. Thomas bekam sie bereitwillig, aber der Gedanke, sie Charlotte zu schenken, wenn auch auf seinen Befehl, war mir unmöglich.

Ich hielt ihrem Blick stand, ich starrte sie zwar nicht an, aber ich blickte mitnichten unterwürfig. Damit wäre ich bei Thomas niemals durchgekommen, aber das war mir piepegal.

Keine sagte etwas. Aus dem Augenwinkel sah ich Thomas leise lächeln. Ich hatte Angst, er würde eingreifen, und war nicht ganz sicher, wie ich reagieren würde, wenn er mir mit dieser »Du unterwirfst dich mir, wenn du dich ihr unterwirfst«-Schiene kommen würde. Aber er schien vor allen Dingen amüsiert zu sein und begierig darauf zu sehen, wie es sich weiterentwickelte.

Langsam und zielgerichtet kam Charlotte näher. Und schlug mich ins Gesicht. Hart. Es brannte, ich spürte, wie ich vor Scham und Wut über diesen Affront rot wurde – nicht nur dort, wo sie mich geschlagen hatte, sondern im ganzen Gesicht und am Hals. Kurz überlegte ich, ob ich zurückschlagen sollte, aber noch bevor der Same des Gedankens aufging, packte sie ein Haarbüschel, riss mich herum und küsste mich.

Ich hatte mich lange gefragt, wie es wäre, Charlotte zu küssen, aber das hier hätte ich nie gedacht. Sie schmeckte nach Pfefferminze und roch nach Blumen, ihre Lippen waren so weich, wie ich es mir ausgemalt hatte, aber durch ihre Hand in meinem Haar und die Art und Weise, wie sie mich küsste, wimmerte ich leise, als sie die Kontrolle über den Kuss – und über mich – übernahm. Ihre Zunge stieß in mich hinein, sie knabberte mit den Zähnen an meinen Lippen, zog mich an den Haaren, zwang mir ihren Willen auf, bis ich unter ihr gefügig war.

Sie löste sich, und der Bann war gebrochen. Ich muss sie angeglotzt haben, mein Mund war geschwollen von ihren Küssen und ihren Bissen. Als sie ihre Hand wieder nach meinem Gesicht ausstreckte, wäre ich fast zusammengezuckt und gab meine Nervosität preis. Aber ich musste nichts fürchten – statt mich wieder zu schlagen, streichelte sie zärtlich mein Gesicht.

»Wir werden sehen, ja?«

In diesem Moment hatte ich keine Ahnung, was sie damit meinte. Meine Gedanken rasten wegen dieser faszinierenden

Frau, die ich womöglich unterschätzt hatte, wie mir langsam aufging.

Während sie mir übers Haar strich, hatte ihre Stimme eine andere Färbung angenommen. Es war keine Dom-Stimme wie bei Thomas, auch keine Domina-Stimme, sondern sie war fest und sicher. Sie zweifelte nicht daran, dass ich mich unterwerfen würde, egal was sie tat, und das machte mich unsicher. Was hatten die beiden in den Wochen besprochen, in denen Tom auch mich immer gefragt hatte, ob der Gedanke an Charlottes Brüste mich feucht machte?

»Wir haben über dich geredet, Sophie. Darüber, wie stur du sein kannst, wie ungehorsam.«

Wusst' ich's doch!

»Weißt du, Sophie, ich werde nicht zulassen, dass du mir nicht gehorchst. Ich glaube, tief in deinem Inneren willst du mir gehorchen. Und ich werde jetzt dafür sorgen, dass das auch so ist.«

Ich schloss kurz die Augen, damit sie nicht sah, wie ich sie verdrehte.

»Wir haben darüber gesprochen, was zu tun ist, wenn du nicht gehorchst.«

Ich starrte geradeaus, nun wieder mit offenen Augen, und versuchte, mich ein bisschen zu entspannen. Ich ging nicht davon aus, dass sie meine emotionalen Grenzen so leicht sprengen könnte, und hatte nicht vor, mich ködern zu lassen.

»Also, was macht Thomas, wenn du etwas tust, das du nicht tun sollst?«

Unweigerlich wurde ich rot. Ich wusste, welche Antwort nun von mir erwartet wurde, und war etwas besorgt bei der Vorstellung, ihr nicht zu gehorchen. Aber selbst unter den besten Bedingungen hasste ich es, dies laut zuzugeben. Wie sollte ich es einfach so zu ihr sagen? Das zweifache Unterwerfen – nicht nur ihr, sondern auch dem Teil von mir, der dies wollte und brauchte und geil wird von der Erniedrigung – blieb mir im Halse stecken.

Als ich versuchte, Ordnung in meine Gedanken zu bekommen, schlug sie mich wieder. Am Rand meines Gesichtsfelds sah ich, dass Thomas näher kam, um meine Reaktionen besser verfolgen zu können.

»Antworte! Was geschieht dann?«

Ich räusperte mich und fragte mich, warum dies so demütigend für mich war. Ich tat mein Bestes, um meinen Tonfall dahingehend zu dämpfen, dass er meine Gefühle nicht verriet.

»Er bestraft mich.«

Ihre Hand drehte sich in meinem Haar – ein bedrohliches Ziehen. »Ich habe es nicht gehört.« Verdammt. Thomas hatte ihr die besten Maßnahmen verraten! Diese Frau war gefährlich. Ein Teil von mir verabscheute sie, der andere Teil wurde von Minute zu Minute erregter.

Lauter sagte ich: »Er bestraft mich.«

»Schon besser. Wie bestraft er dich?«

Ich wurde noch wütender – sie wusste doch, wie er mich bestrafte, denn er hatte es ihr gesagt und bestimmt auch damit geprahlt, wozu er mich treiben konnte, was er mir antun konnte. Sie, ich und er wussten es, dennoch zwang sie mich, es laut zu sagen, weil es mich verlegen machte. Ich war sauer, ich war feucht, und es machte mich noch saurer, zu spüren, wie ich immer feuchter wurde, während ich vor den beiden auf dem Bett kniete.

Ich wollte meinen Ärger verbergen, hörte aber die Schärfe in meiner Stimme. »Kommt drauf an – Peitsche, Gürtel, Stock, Gerte, Hand. Er macht es, wie er will.«

Als sie zurückwich und die Verbindung zwischen uns kurz unterbrochen wurde, blies ich den Atem aus, den ich angehalten hatte, ohne es zu merken. Die Erleichterung war kurz spürbar, dann kam Charlotte wieder und hielt etwas in der Hand, das mir das Herz in die Kniekehle sacken ließ.

Ich zitterte unkontrolliert, als sie mich leicht mit dem Stock auf die Schulter schlug. Er würde doch wohl nicht zulassen, dass sie …?

»Ich war schon immer neugierig darauf, zu erfahren, wie es ist, jemanden mit dem Rohrstock zu schlagen.«

Verdammt!

Nach den ersten sechs Schlägen bekam Thomas Mitleid mit mir, er ging zu ihr und zeigte ihr, wie sie es besser machen konnte. Ich wäre dankbar dafür gewesen, aber ich weinte schon und war mir wirklich nicht sicher, ob er mir sehr viel helfen könnte. Der Kopf schwirrte mir von dem Schmerz, den sie mir zufügte, und ich versuchte zu begreifen, ob sie selbst noch nie Stockschläge bekommen hatte oder, wenn ja, ob sie es so schlimm gefunden hatte, dass sie ihr Elend weitergeben wollte.

Sie schlug weiter, während Thomas ihr zeigte, wie sie mich am besten schlagen konnte, wann sie nur leicht die Hand drehen und wann sie voll ausholen musste und in welchem Winkel. Wie sie mit den Stellen, die sie schon getroffen hatte, und neuen Stellen abwechseln musste, sodass man die Reaktion auf die unterschiedlichen Schmerzgrade beobachten konnte, und wann sie sich zurückhalten oder im Gegenteil stärker zuschlagen musste.

Durch die Unterbrechungen war es schwierig, den Schmerz zu verarbeiten, denn es gab keinen regelmäßigen Rhythmus und keine Möglichkeit die Wellenkämme und -täler der Qualen zu reiten. Stattdessen flüchtete ich mich in den Schmerz und bekam ihre Gespräche nur halb mit – über die Striemen an meinem Hintern und wie lange sie wohl anhalten würden. Ich lauschte aufmerksam dem Zischen des Stocks in der Luft, damit ich mich auf die nächste Woge der Qualen vorbereiten konnte.

Ich weiß nicht, wie lange es ging, aber irgendwann war es vorbei. Vier Hände strichen über die Wunden, ihre Fingernägel fuhren über die Schwellungen der heißen Striemen – Thomas drückte brutal die am meisten bestraften Stellen, bis ich aufheulte. Und dann glitt ganz flüchtig und so leicht, dass ich mich fragte, ob ich es mir nur eingebildet hatte, ein Finger in meinen Spalt. Ich stöhnte frustriert, als er sich wieder entfernte.

Charlottes Stimme war leise und verwundert. »Das macht sie nass!«

Sie seufzte lustvoll hinter mir, Thomas lachte. »Das macht auch dich nass.« Seine Stimme war voller Genugtuung. Charlotte lachte, und mich durchfuhr ein Stich der Eifersucht. Thomas kam zu mir, strich kurz über meinen Amorbogen, dann drehte er sich wieder weg. Mein Frust über diese so kurze Berührung flammte gleich darauf zu erregter Wut auf, als mir Charlottes Geruch in die Nase stieg. Es war sexuelle Folter, dass ich zuhören musste, wie sie sich ein paar Zentimeter von mir entfernt küssten, streichelten, ja, gar fickten, und wusste, dass das, was da gerade auf meinem Gesicht trocknete, ihr Saft war. Aber ich wagte nicht, zu ihnen hinüberzuschielen. Gefügig wartete ich, bis sie sich mir wieder widmeten.

Ich weiß nicht mehr, wann genau meine Stimmung umschlug. Es überkam mich einfach. Erst war ich wütend, beschämt und besorgt, dass ich mich Charlotte unterworfen hatte, dann aber lebte ich so vollauf den Moment, dass es keine Rolle mehr spielte.

Nachdem Charlotte mit dem Stock und Thomas mit ihr fertig war, zumindest für den Augenblick, kam sie wieder in mein Blickfeld und nahm das verfluchte Paddel in die Hand. Zum tausendsten Mal führte ich einen inneren Monolog darüber, warum ich diesen Kauf nur für eine gute Idee gehalten hatte, während sie lächelnd auf das eingravierte Wort starrte.

»Das ist also das berühmte Schlampen-Paddel.«

Ich blickte auf und wollte antworten, aber Thomas tat es schon. Dass ich so lange schweigen musste, lag mir nicht.

»Ja, das ist es. Sie hasst es. Sie hat immer Angst, dass ich sie damit zeichnen und man es im Fitnessstudio sehen könnte.«

Charlotte lächelte, mein Magen verkrampfte sich vor Angst. War mir der leicht sadistische Schwung ihrer Lippen vorher gar nicht aufgefallen? Oder habe ich ihn gar verursacht? Ich war scharf und gleichzeitig angsterfüllt, als ich mit dem Hintern in der Luft da kniete und auf weiteres wartete.

»Es funktioniert also? Das Wort wird tatsächlich lesbar auf der Haut?«

Thomas lächelte. »Ich schaffe es einigermaßen. Es ist aber mühsam, und man muss weit ausholen. In vieler Hinsicht ist es sogar zielgenauer als der Rohrstock, aber es funktioniert nur, wenn man sie an der richtigen Stelle echt hart trifft.«

Ich hasste ihn kurz, als Charlotte sich hinter mich stellte. Und dann verflüchtigten sich alle Gedanken außer dem, dass ich dies aushalten müsse.

Tja, sie hat sich wahrlich Mühe gegeben. Sie hat wirklich stark und oft zugeschlagen. Ich weiß nicht, wie oft, weil ich nur versuchte, den Hieben standzuhalten, nicht so sehr zu weinen und zu zittern, wenn das Paddel mit einem lauten Knall auf meinen ohnehin schon brennenden Hintern herabfuhr, aber ich weiß wirklich nicht, inwieweit mir das gelungen ist.

Ihre Bewegungen waren abgehackt. Denn wenn sie traf und dachte, sie hätte mich gezeichnet, hielt sie inne und prüfte ihr

Werk. Ich kniete da und hoffte nur, dass sie es nun endlich geschafft hätte, weil sie dann damit aufhören würde. Doch dann nahm sie das Paddel wieder und machte weiter, und die Qualen brachen erneut über mich herein. Auf einmal war mein geistiger Diskurs, ob ich mich ihr unterwerfen könnte, sollte, würde, rein theoretisch. Während sie mich in diesem Raum bestrafte, gehörte ich irgendwie ihr. Es wäre mir nicht eingefallen, mich ihr zu widersetzen, ich wünschte mir lediglich, dass sie ihr Ziel erreichte und aufhören würde, mich zu schlagen.

Nach einer Weile, einer langen Weile, schien es sie zu langweilen. Sie ließ das Paddel aufs Bett fallen und sagte über meinen Kopf hinweg zu Thomas, dass sie gleich wieder zurück wäre.

Als sie weg war, kam er zu mir und hockte sich vor mich hin. Mit den Daumen wischte er mir die Tränen von den Wangen und sagte mit beruhigender Stimme:

»Wie geht es dir? Alles okay? Genießt du es?«

Ich nickte und presste die Lippen zusammen, damit sie aufhörten zu zittern. Ich konnte zunächst nicht mit Worten ausdrücken, wie ich mich fühlte, vielleicht später, aber im Moment überstieg das ganz einfach meine Möglichkeiten.

Er lächelte. »Gut. Denn zuzusehen, wie du dich Charlotte für mich unterwirfst, ist verdammt heiß. Es gefällt mir, dass du alles für sie tun wirst, weil ich es will.«

Dann kam der übliche Begleittext der Szene, dazu gehörte eigentlich auch der Protest, dass ich nicht »alles« tun würde, aber ich war zu benebelt und fertig von diesen Empfindungen, den Gezeiten des Schmerzes und der Wärme der Lust zwischen meinen Beinen. Als die Tür wieder aufging, beugte Thomas sich zu mir vor, küsste mich kurz und hart und löste sich wieder von mir.

Diese Geste wie auch die Zärtlichkeit seines Mundes auf

meinen Lippen überraschten mich. Doch in diesem Augenblick war der Kuss eine Erinnerung an seine Dominanz, er wärmte mich, beruhigte mich. Das war sehr schön. Denn plötzlich waren er und Charlotte wieder hinter mir. Sie sagte: »Ich hätte nicht gedacht, dass es mich anöden könnte, sie zu schlagen. Nun, es war eigentlich keine Langeweile – mein Arm wurde schwach.«

Thomas lachte über das hörbare Schmollen in ihrer Stimme. Ich wusste gut, was daran so lustig war, lächelte aber nicht, weil ich wissen wollte, was nun käme.

»Ich habe eine bessere Idee.«

Mist.

Dann spürte ich ein Kitzeln auf meinem Hintern. Nach all der Strafe, die ich an diesem Abend bekommen hatte, hätte es sich wie eine willkommene Abwechslung anfühlen müssen, aber im Grunde war es nur eine andere Art von Schmerz. Meine Beine schlotterten, als sich dieses Gefühl über die Striemen vom Stock und über die feuerroten Flecken vom Paddel zog. Es war nicht brutal, aber es war konzentriert, als würde Charlotte mit dem Finger über mein Fleisch streichen.

Doch mir wurde schnell klar, dass es nicht ihr Finger war. Toms anerkennendes Flüstern war das erste Anzeichen.

»Das gefällt mir. Lass mich mal.«

Weiterer Druck, dieses Mal auf der anderen Arschbacke. Charlotte kicherte. Ich wollte unmerklich den Kopf drehen und nur kurz sehen, was sie da taten, aber Thomas merkte, dass ich mich bewegte, und ein »Sch«, begleitet vom Zwirbeln meiner Brustwarze, machte mir klar, dass er das nicht erlaubte.

Er sagte dann: »Sophie will offenbar sehen, was wir tun. Sollen wir es ihr zeigen?«

Wieder kicherte Charlotte. »Wir könnten sie umdrehen, dann kann sie es sehen.«

Sie legten mich zwischen sich auf den Rücken, Charlotte machte ein mitfühlendes Geräusch, als ich auf meinem Hintern landete und vor Schmerz stöhnte.

Sie beugte sich vor, strich mir die Haare aus den Augen, und ganz kurz erinnerte sie mich an das lächelnde Mädchen, das damals im Biergarten Wein getrunken hatte und rot geworden war.

»Ich fand es besser, deine Haut zu beschriften, als meinen Arm noch mehr anzustrengen. Es läuft auf dasselbe hinaus und ist sehr viel einfacher, oder?«

Und dann war das Mädchen aus dem Biergarten weg.

Als die beiden fertig waren, war mein Körper von Beschimpfungen übersät, alle in dickem, dunkelrotem Lippenstift. Auf meinem Arsch stand natürlich *slut*, aber auch anderswo war ich mit »Hure«, »Nutte« und »Sklavin« gezeichnet. Dann beschmutzten sie mich mit ihren Händen und machten sich einen Spaß daraus, den Lippenstift zu verschmieren. »Ach, alle echten Schlampen haben verschmierten Lippenstift.« Unter ihren Berührungen wand ich mich vor Lust, ohne es zu wollen.

Nach einer Weile hatte Charlotte genug von dem Spiel, hob meinen Kopf an und schminkte meinen Mund mit dem cremigen blutroten Lippenstift. Thomas stand neben ihr, und ein schmerzhafter Stich durchfuhr mich, denn sie gaben ein tolles Paar ab – beide sexy und noch immer tadellos gekleidet, nun, zumindest trug sie ihr Korsett. Verglichen damit war ich ein völlig derangierter Haufen – nackt, voller Lippenstiftschmähungen und voll mit den Flecken meiner Bestrafung. Der intensive rote Fleck meines Mundes setzte dem Ganzen nur noch die Krone auf.

Sie küssten sich vor mir, Charlotte half mir auf und winkte Thomas zu.

»Auf die Knie. Ich will sehen, wie viel von ihm du in den Mund nehmen kannst. Ich werde das anhand der Markierung deines nuttigen Lippenstifts an seinem Schwanz prüfen, und wenn es nicht ausreichend ist, werde ich mich sicherlich aufraffen können und dich noch ein bisschen mehr bestrafen.«

An einem normalen Tag hätte ich innerlich geschrien, aber heute scherte es mich nicht. Eifrig stand ich auf, ignorierte in meiner Eile den Schmerz an meinem Hintern und kniete mich vor beide hin. Ich machte Toms Reißverschluss auf, zog seinen Schwanz heraus und nahm ihn in den Mund. Ich genoss seinen Geschmack und wie er in mir wuchs, während ich meinen Kopf in die richtige Position brachte, um ihn tiefer in mich einzusaugen. Ich spürte, wie Charlotte um mich herumging, und hörte, wie die beiden sich über mir küssten, während ich ihn weiterlutschte. Charlotte streckte die Hand aus und strich mir durchs Haar. Es war eines der geilsten, wenn auch völlig unpassendsten Dinge, die ich je erlebt habe. Dann aber begannen sie zu ficken, und ich kroch zwischen sie und umschloss mit den Lippen Charlottes Klit.

Als Thomas ein Mal gekommen war und Charlotte zwei Mal, wand ich mich vor verzweifelter Lust und Not. Wir lagen zu dritt im Bett, Charlotte streichelte sanft meinen Arm, ich küsste sie auf den Bauch.

»Willst du kommen, Sophie?«

Misstrauisch schlug ich ein Auge auf. Ich wusste, worauf das hinauslief, und am schrecklichsten war, dass ich deswegen nun keine Schuldgefühle hatte. Wenn es sein musste, würde ich auf ihrem Bein rammeln.

»Ja, bitte.«

Ihr Lächeln war wunderschön, sie schürzte die Lippen, als sie sich herüberbeugte und mich zärtlich küsste. »Komm schon, Sophie, du kannst das besser. Ich habe dich schon mal betteln gehört. Erinnerst du dich? Ich weiß, wie gut du es kannst.«

Ich wurde rot, als die beiden mich ansahen. Ich blickte sie auch an, und stotternd gelang es mir, sie beide – bei diesem Stand der Dinge riskierte ich keinen Verstoß gegen das Protokoll – zu fragen, ob sie mir erlaubten zu kommen.

»Sch«, machte Charlotte. »Bettelst du, Sophie?«

Ich seufzte. »Ja, Charlotte, ich bitte dich, bitte lass mich kommen.«

Sie lachte. »Ich lasse dich, wenn du mir den Arsch küsst.«

Ich bin sicher, ich habe die Augen aufgerissen wie in einem Comic. »Was?«

»Küss meinen Arsch. Und dann würde es mir eigentlich auch gefallen, wen du mit der Zunge durch meine Ritze fährst. Wenn du das tust, darfst du kommen.«

Ich war angespannt. Ich wusste, das war nicht Toms Ding, das hätte er nie von mir verlangt. Ich musste mir darüber nie Gedanken machen, es kam einfach nicht infrage.

Mein Körper schmerzte vor Verlangen. Aber Charlottes Hintern?

Auf einmal hörte ich laut Toms Stimme: »Ich habe dir gesagt, dass sie das nicht macht. Sie soll stattdessen auf deinem Bein rammeln.«

Ich verspürte einen Anflug von Zorn, ich kam mir vor wie ein Stück Fleisch, über das sie verhandelten. Dann rückte Charlotte näher zu mir, küsste mich weich auf die Lippen und sah mir in die Augen.

»Sophie, ich könnte dich zwingen, dich auf meinem Bein zu reiben. Du weißt, dass du weinen und mich anbetteln würdest, einfach nur schnell zu machen, wenn ich dich wieder schlagen oder den Stock nehmen sollte. Unter uns gesagt: Thomas und ich könnten dich niederdrücken, ich könnte mich auf dein Gesicht setzen und dich nötigen. Aber ich will dich nicht zwingen, ich will, dass du dich mir aus freien Stücken unterwirfst. Ich will, dass du jetzt hierherkommst und meinem Arsch huldigst, ich will, dass du etwas tust, was du noch nie zuvor getan und was auch kein anderer je zuvor bei mir getan hat. Währenddessen besorgt Tom es dir. Ich will, dass du folgsam bist, auch ohne dass ich dich bestrafe. Ich weiß, dass du mir nur gehorcht hast, weil Tom dich mir übergeben hat ...« – ich war mir nicht sicher, ob das die ganze Wahrheit war, aber ich wollte ihren Redefluss nicht unterbrechen – »... aber nun will ich, dass du es für mich tust. Nur für mich. Jetzt!«

Im Zimmer war es still, nichts regte sich. Ich bewegte mich nicht, aber ich wusste genau, was ich gleich tun würde: Ich würde ihr gehorchen.

Ich kroch an ihrem Körper hinauf und küsste ihren schönen, weichen Arsch. Thomas steckte seine Finger tief in mich hinein, während ich Charlotte auf die vielleicht intimste Weise küsste und leckte. Es wäre mir nie eingefallen, eine solche Erniedrigung über mich ergehen zu lassen, aber in diesem Raum und in diesem Moment hatte Charlotte mich überzeugt. Ich unterwarf mich ihr, nicht Thomas, ich wollte ihr gefällig sein, und das tat ich fleißig. Sie stöhnte vor Lust, streckte die Hand aus und streichelte meinen Kopf, dann kam ich und wimmerte und ächzte in ihren Hintern hinein, als die Erleichterung meinen Körper erbeben ließ.

Kaum war mein atemberaubender Orgasmus einigermaßen abgeklungen, erklärte mir eine lächelnde Charlotte, dass sie und Thomas eine Wette abgeschlossen hatten. Tom war der festen Überzeugung, dass sie mich nicht dazu bringen würde, ihr den Arsch zu lecken, aber wenn doch, dann dürfte sie mich ficken, bekleidet mit ihren neu erworbenen Strapsen. Wenn nicht, würde er sie schwer bestrafen, und es wäre das Ende ihres Rollentausches zum Top. Wir machten noch weit in die Nacht hinein weiter – ein Knäuel aus Gliedmaßen, wechselnden Vereinigungen und den teilweise geilsten Erfahrungen, die ich je gemacht habe –, und ich war wirklich froh über meinen Hang zur Unterwerfung.

Dennoch war mein Rachedurst an Charlotte wegen dieser Bein-Rammelei noch nicht gestillt. Andererseits halfen sie und Tom mir am folgenden Wochenende beim Umzug, und dafür bekommt sie ein paar Bonuspunkte.

10. KAPITEL

Der Umzug stand lange bevor, dennoch kam er fürchterlich schnell. Ich hatte drei Jahre bei meiner Zeitung gearbeitet. Bei Lokalredaktionen beginnt man normalerweise mit einem niedrigen Gehalt, das sich nicht sehr steigert, wenn man nicht befördert wird. Dazu muss man sich spezialisieren oder in die Chefetage ziehen, und die erste Sprosse auf der Leiter ist die Stelle eines Ressortleiters.

Ich war gern bei dieser Zeitung, ich mochte meine Abteilung, meine Kollegen und auch meine Interviewpartner, es waren interessante, kooperative Menschen, und unsere Redaktion war groß genug, sodass immer etwas los war. Doch das empfand nicht nur ich so – Herausgeber, stellvertretender Herausgeber und Chefredakteur waren insgesamt genommen schon vierzig Jahre bei dem Blatt und würden vor ihrer Pensionierung auch nicht weggehen.

Ich hatte also keinerlei Aussichten auf eine Beförderung. Ich kündigte nicht gern, aber ein paar Dinge sagten mir, dass es nun an der Zeit sei, zu gehen. Erstens reichte mein Gehalt auch nach all den Jahren kaum zu sehr viel mehr, als meinen Studienkredit zurückzuzahlen sowie meine Miete und meine Rechnungen zu begleichen, und zweitens fehlte mir meine Familie immer mehr. Meine Eltern besuchten mich, wann immer sie konnten, sie füllten meinen Kühlschrank, luden mich zum Essen ein und kauften mir Kleider. Das machte mich ihnen noch verbundener, und wenn sie wieder nach Hause aufbrachen, fühlte ich mich noch einsamer. Alle paar Monate fuhr ich über ein Wochenende zu ihnen und zu meiner Schwester, aber das war mir nun nicht mehr genug. Jedes Mal schienen meine Eltern ein bisschen älter geworden zu sein, ihr Haar war mit mehr Silberfäden durchzogen, und immer gab es einen Bericht über einen Arztbesuch und eine neue Behandlung bei Vater oder Mutter. Ich wollte näher bei ihnen sein und sie regelmäßiger sehen, wollte aber nicht wieder zurück ins Nest ziehen, denn meine Rückkehr würde sich bestimmt nach der ersten Zeit rasch abnutzen, wenn sie den ganzen Tag mit mir verbringen müssten.

Als Journalistin mit Karrierewunsch wechselte ich erst einmal in ein größeres Ressort bei einer größeren Zeitung in der Nähe meiner Familie, die Stelle war auch ein bisschen besser bezahlt. Als ich eine Wohnung gefunden hatte, war die Gehaltserhöhung natürlich schon aufgefressen. Meine Mutter kam mehrmals die Woche vorbei, sie versorgte mich mit den Ergebnissen irgendwelcher neuer Kuchenrezepte oder mit »etwas zum Einfrieren« und trug dazu bei, dass mein Geld länger reichte. Ihr Zitronenkuchen machte mir in meiner neuen Redaktion Freunde, denn eine Frau allein kann schließlich nur eine begrenzte Menge Kuchen essen.

Abgesehen von einer Rückkehr in mein Leben mit legendären Backwaren und Sonntagsbraten im Elternhaus, bestand meine veränderte Lebenslage hauptsächlich in der wenigen Zeit, die ich nunmehr mit Thomas verbringen konnte. Es waren ein paar Stunden Fahrt zu ihm, meine Dienstpläne, die Benzinkosten und seine aufblühende Beziehung zu Charlotte verhinderten weitgehend, dass wir uns wie zuvor für ein paar Stunden der Welt gemütlich entzogen, während wir Filme anschauten. An diese Veränderung musste ich mich erst gewöhnen; es machte mir ziemlich viel aus, denn ich war gern mit ihm zusammen, wir hatten Spaß, und was wir gemeinsam getan hatten, waren Meilensteine in meinem Leben. Nun aber wollte ich einen ordentlichen – natürlich unordentlichen! –, richtigen Freund, einen Mann, mit dem ich vielleicht zusammenleben, in Urlaub fahren, den ich möglicherweise heiraten und mit dem ich Kinder haben könnte – eben ein ganz normales, gutes Leben. Dennoch traf ich Thomas zunächst noch jedes zweite Wochenende und hatte mit ihm viel unverbindlichen, saftigen Sex, und so war ich nicht wirklich offen für mögliche neue Beziehungen oder Nachfolger. Es war mir alles zu blöd, auch weil ich in Bezug auf die Regeln der Partnersuche absolut chaotisch war.

Doch ich hatte das Gefühl, dass mein Umzug ein guter Endpunkt war. Nicht für unsere Freundschaft, das nicht. Wir hatten zu viel gemeinsam und zu viel miteinander erlebt, und Tom war und ist noch immer einer der liebenswürdigsten Menschen, die ich kenne. Aber das Ende unserer sexuellen Beziehung, und das war auch richtig so. Ich war weggezogen, und zwischen ihm und Charlotte wurde es zunehmend ernster. In unserer typischen Art – keine Zwänge, kein Theater – beschlossen wir, dass wir diesen zusätzlichen, wohltuenden Aspekt unserer Freundschaft einfach ausblenden sollten.

Für mich schien es der richtige Zeitpunkt zu sein. Wir spielten zwar eine Weile mit dem Gedanken an eine Dreier-Beziehung, aber ich war diesbezüglich schon immer skeptisch gewesen. Es ist doch so, dass Sex in seiner Grundform eigentlich als Spiel für zwei Personen gedacht ist, und ich fürchtete, bei einem Dreier würde sich irgendwann der eine oder andere ausgeschlossen oder übergangen fühlen. Auch wenn das Risiko bei mir gering war – ich war sexuell zwar nicht so eifersüchtig wie vielleicht auf einen richtigen Partner, der vor meinen Augen schmutzige, heiße Sachen mit einer anderen Frau machen würde –, war die Dynamik eines Dreiecksverhältnisses noch immer ein bisschen verstörend. Es hätte mir zwar Spaß gemacht, aber es hat in mir auch das Gefühl erhärtet, dass ich nun so weit war, mich von derbem Sex mit einem Partner, dem ich vertraute, in Richtung auf eine Beziehung mit allem Drum und Dran weiterzubewegen. Hinzu kam, dass die Verbindung von Thomas und Charlotte selbst in meinen gelegentlich blinden Augen eng war, und obwohl ich mich keinesfalls übergangen fühlte, war es doch an der Zeit, mich zurückzuziehen.

Dass es sich richtig anfühlte, hieß natürlich nicht, dass es nicht eine Zeit lang schmerzte. Nach Hause zurückzukehren ist schön und gut, aber in den Jahren, die man weg gewesen war, hat man vergessen, dass sich die anderen auch weiterentwickelt haben. Nach meinem willentlichen Schritt weg von Tom als meinem sozialen Umfeld und meinem Freund in jeder Not, dauerte es also seine Zeit, bis ich mich in einer neuen Wohnung und an einer neuen Arbeitsstelle eingerichtet hatte.

Heute hört es sich komisch an, aber als ich James zum ersten Mal traf, mochte ich ihn nicht – wobei ich zu dieser Zeit eigentlich sowieso niemanden leiden konnte. Obwohl ich wieder »zu Hause« war, verwirrte es mich, wie sehr Tom mir fehlte, und ich war ziemlich am Ende. Wir chatteten so oft wie früher, er war mir immer noch ein hilfsbereiter Freund. Er sprach offen über sich und sein Leben und war eindeutig glücklich mit Charlotte, die nun die Wochenenden bei ihm verbrachte wie ich zuvor. Aber es tat weh. Ich war genervt von ihm und fragte mich, ob ich von ihm oder von mir selbst genervt sein sollte, weil ich nicht wusste, ob ich das Recht hatte, mich von ihm genervt zu fühlen. Außerdem musste ich immerzu an die Dinge denken, die wir zusammen gemacht hatten. Es erregte mich und machte mich gleichzeitig wütend. Ständig dachte ich darüber nach und versuchte, das Ganze zu verstehen. Ich war erschöpft.

Ich lebte fast wie eine Einsiedlerin. Ich hatte keine Lust, Leute zu treffen, auszugehen und in lockerem Geplauder so zu tun, als würde mich etwas anderes interessieren als mein eigenes Elend. Als Journalist muss man aber leider mitunter rausgehen und ebendies tun, ob man will oder nicht, und damals wollte ich es eindeutig nicht! Trotz der neuen Stelle, des größeren Ressorts und meiner gewachsenen Verantwortung wirkte sich meine Lethargie in der ersten Zeit negativ auf meine Arbeit aus, und dadurch ging es mir natürlich noch schlechter. Doch selbst im tiefsten Trübsinn ließ meine neue Redakteurin, eine Naturgewalt, nicht zu, dass ich zu lange vor mich hinbrütete. Nachdem sie mich mehrmals an ein Interview erinnert hatte, das ich für einen bevorstehenden Artikel führen musste, drückte sie mir schließlich Mantel, Tasche und Schirm in die Hand und schob mich zur Tür. Ich war zu träge, um auch nur zu murren, aber daran war ich ganz allein schuld.

Mein Interviewpartner ließ mich warten. Über eine halbe Stunde saß ich kochend im Empfangsraum seines schicken Büros. Alles war aus Chrom und Glas, die minimalistischen Blumenarrangements sahen aus wie Bündel von Zweigen, die man am Straßenrand aufgelesen hatte, kosteten aber bestimmt mehr, als ich in einer Woche verdiente. Als er sich schließlich dazu herabließ zu erscheinen, funkelten meine Augen bereits wütend. Doch er war es gar nicht selbst – er hatte jemanden geschickt, der mich abholen und in sein Büro hinaufführen sollte. Das ist nun nicht unbedingt ungewöhnlich, damals war es aber nur ein weiterer Punkt auf der Liste der Gründe, warum er mir total auf die Nerven ging. Nach den entschuldigenden Blicken der adretten Sekretärin, die mich im Aufzug begleitete, zu urteilen, war auch das nicht ungewöhnlich.

James war und ist noch immer ein Stockbroker. Nun war ausgerechnet mir dieses Interview aufgetragen worden, es ging um einen Bericht über die neue puschelig-moralische Generation von Finanzleuten, die im Nachklapp der weltweiten Krisen offenbar vorherrschte. Ich rechnete mit einem sprossenessenden, sandalentragenden Hippie – vielleicht in einem Anzug aus Hanf oder so etwas. Doch was ich sah, war ein Mann, den ich in einem Pub eher wehmütig angeschielt hätte, weil ich mir sicher gewesen wäre, dass er zu beschäftigt damit war, mit knackärschigen Frauen auszugehen, die vorzugsweise Pippa hießen, um mir, meinem Glas Rotwein und meiner Chipstüte auch nur einen zweiten Blick zuzuwerfen. Er sah bestimmt nicht so aus, als würde er sich die Finger mit Käse-Zwiebel-Krümeln schmutzig machen. Bei einem schnellen Blick auf seinen Oberkörper hätte ich auch tatsächlich gewettet, dass es da einen wohlgeformten Sixpack gab, der verriet, dass er nicht im Mindesten auf Knabberzeug stand.

Sein Handschlag war fest. Er entschuldigte sich, dass er mich hatte warten lassen, sein Tonfall aber war nicht zerknirscht. Ganz ehrlich – als ich mit dem Interview fertig war, wünschte ich mir, er hätte mich ganz versetzt. Sollte dies ein atmosphärischer, eher unstrittiger Artikel werden, so hatte ihn diesbezüglich niemand gebrieft. Eine direkte Antwort von ihm zu bekommen war schwierig, er stellte seine Argumente klar und verwarf sie wieder, bis jeder noch so kleine Widerspruch und auch jedes Interesse aus ihnen gewichen war, und je weiter ich mit meinen Fragen abschweifte, um doch noch etwas aus ihm herauszubekommen, desto mehr machte er zu. Es war verflucht frustrierend.

Nach über einer Stunde gab ich schließlich auf. Ich hatte genügend Material für meinen Bericht, wusste aber, dass ich kein Killer-Zitat hatte, das den Artikel aufpeppen würde. Das machte mich nur noch ärgerlicher, und als wir fertig waren, schlug ich mein Notizbuch zu und stopfte es mit mehr Zorn als nötig tief in meine Tasche. Und da fragte er mich, ob ich mit ihm essen gehen würde.

Ich lachte, ich konnte nicht anders. »Wie bitte?« Wieder lachte ich über seine Verwirrung, dass meine erste Reaktion nicht ganz einfach eine Zusage gewesen war, womöglich begleitet von einem Ohnmachtsanfall.

»Ich habe Sie gefragt, ob Sie mit mir ausgehen würde. Zum Essen. Oder um etwas zu trinken. Soweit ich weiß, sind Journalisten einem Glas oder zwei nicht abgeneigt.«

Meine Wut auf ihn wuchs, während ich ihn noch mit offenem Mund anstarrte. »Warum wollen Sie mit mir ausgehen? Und warum sollte ich mit Ihnen ausgehen wollen? Sie konnten sich ja nicht einmal zu einer direkten Antwort auf eine Frage durchringen. Wie um alles in der Welt wollen Sie ein bisschen Small Talk bei einem beiläufigen Date durchhalten?«

Er schnalzte mit der Zunge. »Wer sagt denn, dass es ein Date sein muss?«

Ich wurde hochrot, ein Stich der Wut überkam mich – auf ihn, weil er so unverfroren war, und auf mich, die ich so töricht war zu glauben, dass er mich wirklich kennenlernen wollte. Ich war bei solchen Dingen nichts als eine Null. Ich machte auf dem Absatz kehrt und stolzierte zur Tür, er aber griff nach meinem Arm und hielt mich zurück. Es war ein sanfter Griff, aber fest genug, um meinen großspurigen Abgang aufzuhalten.

Sein Tonfall war freundlicher. »Es wäre doch schön. Kommen Sie schon, unser Gespräch hat doch Spaß gemacht, wir haben versucht, uns gegenseitig auszutricksen und auszustechen wie bei einem Turnier.«

Ich verdrehte die Augen. »Ich glaube, das mit dem Turnier haben Sie missverstanden. Und ich glaube, ein Abend mit Ihnen wäre anstrengend. Danke für das Interview, aber …«

Meine Finger umfassten schon die Türklinke, als er mir ins Wort fiel: »Wovor haben Sie Angst, Soph.«

Unglaublich! »Ich heiße Sophie. Und ich habe keine Angst.«

Er zog eine Augenbraue hoch, wich zurück und verschränkte die Arme vor der Brust. Vielleicht hielt er es für anziehend, ich aber hätte ihm gern eine reingehauen, weil er so unsagbar aufgeblasen war. »Ach was?«

Und so gingen wir zusammen etwas trinken. Rückblickend weiß ich, dass es schon früh Anzeichen für eine Beziehung gab.

Kaum hatte ich Ja gesagt, bereute ich es natürlich auch schon wieder. Doch schlimmer, als wie eine Zimperliese zu klingen, war es, wie eine feige Zimperliese zu klingen, also gab ich ihm meine Handynummer. Er speicherte sie in seinen *BlackBerry* und sagte halb bestätigend, halb warnend, dass er mich in der Redaktion anrufen würde, wenn er mich nicht erreichen könnte, um etwas mit mir auszumachen. Wir wussten beide, dass ich eher an mein Handy gehen würde, als zu riskieren, den Bürotratsch über mein Privatleben anzufachen. Und so wussten wir beide auch, dass ich ihn treffen würde, wenn auch zähneknirschend. Als ich wieder im Büro war und das aufgezeichnete Interview abhörte, biss ich die Kiefer noch fester zusammen. Er war klug, und das wusste er, und bei so viel Arroganz hätte ich am liebsten gegen die Möbel getreten!

Aber nicht nur wegen seiner angeborenen Überheblichkeit hatte ich Vorbehalte, ein paar Stunden mit ihm zu verbringen und ihm über überteuerte Drinks und Häppchen hinweg in die Augen zu schauen. Ich leckte noch immer meine Wunden nach der Trennung von Thomas und versuchte zu begreifen, wie es dazu kommen konnte, dass meine sexuelle Getriebenheit all mein Denken besetzt hielt.

Ich war im Grunde völlig fertig. In meiner Zeit mit Thomas war mir klar geworden, dass es unabhängig vom tollsten Sex auch eine gefühlsmäßige Bindung dahinter geben musste. Aber ich war unsicher, ob meine Suche nach einer romantischen Idealbeziehung nicht eine Art Suche nach der Nadel im Heuhaufen wäre. Ich weiß, dass ich eigen war, aber ich hatte nicht die Absicht, mich mit jemandem zusammenzutun, der nicht wenigstens einige meiner Kriterien erfüllte, und das war nicht zuletzt der Anspruch, er möge liebvoll, besonnen, klug und unterhaltsam sein, er möge einen festen Job haben, der ihm wichtig war (nur so konnte ich sicher sein, dass er auch mit meinem Beruf zurechtkäme, den ich liebte, der aber grässliche Arbeitszeiten mit sich brachte), dass er Kinder und Tiere liebte und ihm mein nach der Würzpaste *Marmite* riechender Atem nichts ausmachte. Ach ja, und dass er den Hang hätte, mich auf jede vorstellbare, demütigende Weise, die ihm nur einfiel, zu verletzen, zu dominieren und zu erniedrigen, ohne jedoch ein waschechter Psychopath zu sein. Um den Wunschzettel komplett zu machen, hätte ich auch noch hinzufügen können, dass er mir die Sterne vom Himmel holen soll …

Mir war klar, dass eine mögliche Partnerschaft eine D/S-Komponente beinhalten musste, ich hatte aber keine Ahnung, wie ich einen solchen Partner finden sollte. Im Stillen machte ich mir Sorgen, dass es vielleicht überhaupt nicht klappte, dass es das, wonach ich suchte, in Wirklichkeit gar nicht gab.

Und dann wurde ich zu dieser Verabredung mit dem Broker genötigt.

Wir trafen uns an einem Dienstagabend. Es war mein Vorschlag gewesen, denn zum einen war ich nicht willens, eines meiner seltenen ganz freien Wochenenden für ihn zu opfern, zum anderen fand ich es gut, eine praktische Ausrede wegen der Frühschicht am nächsten Tag in der Hinterhand zu haben. Trotz seines netten und überraschenden Angebots, uns näher bei der Redaktion zu treffen, damit ich Zeit sparte, verabredeten wir uns in einem Pub in der Nähe seines Büros, denn ich wollte mit ihm auf keinen Fall in meinem Teil der Stadt ausgehen, um nicht zufällig Bekannte zu treffen. Warum sollte ich lästige Fragen heraufbeschwören, wo es doch mehr als dieses eine Date nie geben würde?

Doch während wir uns bei ein paar Drinks unterhielten und er sich interessiert nach meiner Arbeit erkundigte, fragte, wie ich zum Journalismus gekommen sei und warum mir der Job so gefalle, fing ich schon fast an, nervös zu werden bei der Aussicht, dass es nur dieses eine Mal wäre. Er war eine erstaunlich angenehme Gesellschaft. Er war humorvoll, intelligent, war auf dem neusten Stand der Nachrichten und bewies, dass er keine dieser öden Personen war, die »Tagespolitik so deprimierend« fanden und sich deswegen auch gar nicht erst damit beschäftigten. Wir politisierten ein bisschen. Als ich ihn beschuldigte, seine Ansichten zur Reform des Gesundheitswesens seien so rechtsgerichtet, dass Attila dagegen wie ein Kuscheltier daherkomme, warf er den Kopf in den Nacken und lachte. Bei diesem Anblick fuhr mir die Lust in den Unterleib, sofort gefolgt von dem Versuch, es durch eine realistische Einschätzung kleinzureden: Es würde nicht funktionieren, selbst wenn ich ihm so gefiel, dass er ein zweites Treffen vorschlug. Er stand ganz sicher nicht auf D/S, dazu war er zu kultiviert, zu korrekt und zu höflich. Er war aufgestanden, als ich ins Lokal gekommen war, hatte mir aus dem Mantel geholfen und mir den Stuhl hingeschoben. Ich wettete, sein unleugbar charmantes Lächeln – mir war es wirklich vollkommen egal, es war mir nur einfach aufgefallen – hätte sich in ein überraschtes verwandelt, wenn ich ihn gefragt hätte, was er von Spanking hielt. Ich nahm einen Schluck und grinste dabei leise über meine lächerlichen Gedanken. Ich widmete mich wieder dem Gespräch über das Kinderprogramm im Fernsehen, mit dem wir groß geworden waren, und beschloss, nicht mehr darüber nachzugrübeln, stattdessen einen schönen Abend zu verleben und aufzuhören, mir Probleme einzuhandeln.

Nach ein paar Gläsern wussten wir, auch ohne dass wir es aussprechen mussten, dass wir uns gut verstanden, und kamen überein, essen zu gehen. Wir gingen durch die Stadt und hielten nach einer Verkehrslücke Ausschau, damit wir die Straße überqueren konnten. Als sich eine auftat, die ihm groß genug erschien, startete er, nahm mich im Gehen an der Hand und zog mich mit sich. Seine warme Hand verursachte mir kurz ein Kribbeln, ich spürte, wie ich anfing rot zu werden, und kam mir auf einmal vor wie ein Teenager in der ersten Verknalltheit. Auf der anderen Straßenseite wollte ich ihm meine Hand entziehen, aber seine Finger hatten sich fest mit meinen verschränkt. Ich versuchte, diese innere Stimme zu verdrängen, die wie benommen darauf hinwies, dass »er meine Hand hielt«, indem ich mir sagte, dass es nichts zu bedeuten hätte und dass er wohl auch einer älteren Verwandten über die Straße helfen würde. Doch dem Lächeln auf meinem Gesicht konnte es nicht abhelfen. Auf dem Weg zum Restaurant mühte ich mich, mit ihm und seinen längeren Beinen Schritt zu halten, denn ich wollte auf keinen Fall länger als nötig draußen in der Kälte verbringen. Ich rollte mit den Augen, beschleunigte meinen Schritt und unterdrückte ein Zittern. Auf einmal blieb er stehen, und ich rempelte ihn an. Verwirrt sah ich mich um.

»Alles okay? Was ist los?«, fragte ich, als ich sah, dass er seinen Mantel aufknöpfte.

»Alles bestens, Sophie, nur: Du zitterst.«

»Wir stehen ja auch in der Kälte, das hilft mir nicht gerade weiter.« Ich wollte nicht zu ironisch klingen, aber wahrscheinlich klang es durch.

Er legte mir seinen Mantel um die Schultern. Ich glaube, mein Rücken hat sich versteift, ich wich automatisch zurück, als seine Hände meine Schultern packten und mahnend zudrückten. »Behalt ihn an und komm jetzt. Je länger du stehen bleibst, desto kälter wird mir.«

Ich senkte den Kopf, um mein Lächeln zu verbergen, nahm seine Hand und zog ihn zügig mit. Ich atmete den herrlichen, frischen Zitrusduft seines Rasierwassers am Mantelkragen ein und musste unweigerlich noch breiter grinsen.

Das Essen war gut. Er hatte mich in ein unaufdringliches, aber eindeutig hochklassiges Restaurant ausgeführt, die Tische standen in Nischen, der Service war aufmerksam, aber praktisch unsichtbar. Unsere Unterhaltung floss leicht dahin, wir lachten viel und neckten uns auch oft – für mich ist das wichtig, denn Worte sind für mich bedeutsam. Ich mag kluge Menschen, die sich ausdrücken und für sich selbst denken können. All das konnte er, begleitet von einer Streitlust, die mich auf Trab hielt und meinen Kopf beanspruchte. Schon lange hatte ich nicht mehr so gern mit jemanden geredet, und auf einmal erinnerte ich mich daran, wie toll es war, einen neuen Mann kennenzulernen. Er machte auch schreckliche Kalauer, ich murrte darüber und mokierte mich über deren lahmen Witz, innerlich aber lächelte ich. Denn egal wie fürchterlich ein Wortspiel ist – die erheiternde Wirkung auf einen Journalisten ist nicht zu unterschätzen. James wiederum schien es zu genießen, dass es zwischen uns funkte. Mit lebhaftem Gesicht und ausladenden Gesten diskutierten wir mit jeweils unterschiedlichem Grad an Ernsthaftigkeit über eine Reihe von Themen. Trotz ein paar Witzen über meine Charakterfestigkeit und einem »Gute Frau, dich muss man wirklich im Zaum halten«, als ich etwas sagte, das ihn besonders aufbrachte, schienen ihn meine Intelligenz und meine Streitlust nicht aus dem Konzept zu bringen. Ich mochte das. Ich mochte ihn. Und als ich dann merkte, dass ich zusah, wenn er trank, und dabei zum x-ten Mal auf seinen Mund starrte, bekam ich so langsam richtiges Verlangen nach ihm.

Gegen halb elf bereute ich es dann, dass ich ein Treffen unter der Woche vorgeschlagen hatte. Meinen Arbeitsbeginn um sechs Uhr könnte ich wohl kaum ohne die Hilfe von viel Kaffee und einem Schokocroissant bewerkstelligen, und mit großem Bedauern bat ich ihn, die Rechnung kommen zu lassen. Er bezahlte und wedelte meine Kreditkarte weg wie eine lästige Fliege. Als ich einen Blick auf die Summe erhaschte, die ihn dieser Abend gekostet hatte, war ich dafür sehr dankbar. Wir gingen zum Taxistand und warteten. Ich trat von einem Bein aufs andere, um mich warm zu halten. Die Nacht war nun bitterkalt, auch mit seinem Mantel, den er mir ein weiteres Mal zur Verfügung gestellt hatte. Er stand vor mir und wirkte auf einmal weniger selbstsicher als am Anfang des Abends. Das lag vielleicht an seinem gelockerten Krawattenknoten und dem mittlerweile zerknitterten Sakko; er sah wirklich nahbarer und so sensibel aus wie andere Leute. Er räusperte sich.

»Das war jetzt ja wirklich ein schöner Abend.«

Ich lachte. »›Ja wirklich‹? Das klingt, als wärst du überrascht.«

Er wollte schon eine klärende Antwort stammeln, aber da

ich nicht vergessen hatte, dass ich eher gezwungenermaßen zu der Verabredung gekommen war, hätte ich es gemein gefunden, wenn ich ihm diese Verlegenheit nicht erspart hätte. »Schon gut«, lachte ich. »Auch ich bin erstaunt. Du bist eine sehr viel bessere Gesellschaft, als ich es mir bei unserem ersten Treffen hätte vorstellen können.«

Seine Miene war ein Bild für Götter. Mit wirrem Blick versuchte er herauszufinden, ob er es als Kompliment oder als Beleidigung nehmen sollte. Als er den Mund aufmachte, um etwas zu sagen, beugte ich mich vor und küsste ihn. Ganz kurz hatte ich freie Hand, doch dann ließ sein Staunen über meinen Schritt nach, und seine Zunge wetteiferte mit meiner. Er schmeckte nach Rotwein und rohem Fleisch, ich musste an seinem Mund lachen, bevor seine Zunge mich wieder in einen Kuss zog. Ein selbstbewusster, heftiger Kuss, seine Lippen fest auf meinen, seine Zunge bearbeitete meinen Mund. Er umfasste meine Handgelenke und drückte mich näher an sich, indem er sie mir auf den Rücken schlang und mich an seinen Körper zwang. Ich hörte, dass ein Taxi kam, und wollte mich lösen, doch er hielt meine Hände fest, sein Mund noch immer auf meinem. Ich stöhnte leicht erregt und leicht bedauernd in seinen Rachen. Als er mich schließlich gehen ließ, blickten wir einander kurz wie vor den Kopf geschlagen und keuchend an, doch bevor er noch etwas sagen konnte, rief ich ihm über die Schulter ein kurzes »Wir sehen uns« zu, sprang in den Wagen und schlug die Tür zu. Ich nannte dem Fahrer die Adresse. Als er losfuhr, winkte ich James lächelnd zu – sein Mund stand offen; wahrscheinlich endeten seine Rendezvous normalerweise nicht damit, dass die Frau so offenkundig die Flucht ergriff. Ich kicherte über seine Miene und streckte ihm die Zunge raus, dabei sah ich noch das breite Lächeln auf seinem Gesicht, bevor er aus meiner Sicht verschwand. Ich drehte mich wieder um und sah den Blick des Taxifahrers im Rückspiegel.

»Sie hatten wohl einen schönen Abend, was?«

Meine von seinen Küssen geschwollenen Lippen verzogen sich zu einem Lächeln. »Ja, den hatte ich.«

Noch auf der Heimfahrt bekam ich eine SMS.

> Du kannst froh sein, dass ich nur kurz auf das nächste Taxi warten musste, ansonsten hätte ich dich beim nächsten Mal übers Knie gelegt.

Ich spürte ein Kribbeln – »beim nächsten Mal«. Vielleicht wünschte ich mir nicht als Einzige eine Fortsetzung der Küsse.

> Leere Versprechungen …

Ich hielt mit den Fingern über den Tasten inne und überlegte, ob ich auf die Androhung von Prügel direkt antworten sollte. Nach drei Gläsern Wein und noch immer mit seinen Küssen im Mund, schlug ich alle Vorsicht in den Wind:

> Ich glaube jedenfalls kaum, dass du so hart zuschlägst, dass es wehtut.

Als ich zu Hause war, kam seine Antwort.

> Warum? Bist du viel geschlagen worden?

Ich hielt es für das Sicherste, nicht darauf zu antworten. James war klasse, aber wenn es ihn schon sprachlos machte, dass eine frustrierte Frau ihn ansprang und küsste, dann würde es ihn wohl traumatisieren, wenn diese Frau dann auch noch ein paar Eigenheiten ihres Sexuallebens preisgab. Zu wissen, dass er zu normal war, als dass tatsächlich etwas Entsprechendes geschehen konnte, war eine Sache – aber das Ganze zu ruinieren, bevor es überhaupt begonnen hatte, war etwas anderes. Ich ging zu Bett. Zuvor aber piepste mein Handy noch mit dem Nachtrag:

Du hast übrigens meinen Mantel geklaut.

Mist!

Jetzt müsste ich ihn also tatsächlich wiedersehen …

Ich hatte noch nie erlebt, dass ein Mann so emsig per SMS und Mails flirtete, vor allem wenn er so beschäftigt war wie James. Ich hatte zwar keine sehr genaue Vorstellung von der Arbeit eines Brokers, nahm aber an, dass er für seinen finanziellen Ausgleich viel Stress und lange Arbeitszeiten auf sich nehmen musste. Doch zwischendrin – am frühen Morgen, bei der Firmenfeier oder auf einer Geschäftsreise nach Genf und natürlich beim Radfahren (deshalb war er so durchtrainiert) – hatte er ausreichend Zeit, mir über dieses und jenes zu simsen oder zu mailen. Wenn er etwas las, von dem er dachte, dass es mich interessieren könnte, schickte er mir einen Link. Er schickte mir auch ein Bild von einer abfotografierten Speisekarte mit Rechtschreibfehlern, weil er wusste, dass es den Sprachfetischisten in mir aufbringen würde. Er schickte mir auch einen Kommentar zu dem Artikel, den ich über ihn geschrieben hatte. Es machte mich verlegen, ich hatte den Text vor unserem ersten Abendessen abgegeben; obwohl der Ton sehr höflich war, klang es für mich so, als würde da unterschwellig stehen: Dieser Typ ist ein Arschloch. Zum

Glück merkte er es nicht. Oder wenn, war er zu bezaubert von mir, um etwas dazu zu sagen. Wer weiß? In einer Welt von Ja-Sagerinnen fand er mich vielleicht originell.

Ich badete in seiner Aufmerksamkeit, versuchte aber, im Auge zu behalten, dass es nichts zu bedeuten hatte und dass Menschen wie er ihr Leben am Ende nicht mit Menschen wie mir teilten, selbst wenn *ich* das gewollt hätte, und dessen war ich mir nicht so sicher. Da musste doch noch ein Haken sein, und wenn ich Zeit genug hätte, würde ich ihn entdecken. Besorgniserregend war, dass ich ihn mit jeder weiteren SMS mehr mochte. Eine Zeit lang versuchte ich, dem Drang zu widerstehen, ihm gleich zu antworten, um zu verbergen, wie sehr ich darauf brannte, aber es war eine riesige Anstrengung. Ich ertappte mich dabei, wie ich wieder und wieder seine Nachrichten las, und konnte nicht umhin, ihm zumindest ein paar Antwortzeilen zu schreiben. Er war sprachgewandt und unterhaltsam, er klang wie in der Fernsehserie *Im Zentrum der Macht*, und das fand ich positiv. Langsam lernten wir uns, unseren Alltag und unsere Gemeinsamkeiten besser kennen. Wir flirteten, und bei manchen seiner Äußerungen wurde ich ganz aufgeregt – jedenfalls hätte ich es zugelassen, wenn mein Kuss am Taxistand ihn nicht ein wenig verstört hätte. Diese erste Reaktion machte mir klar, dass er mit meiner Art von Sex, die für mich mittlerweile alles entscheidend war, wahrlich nicht zurechtkam. Trotz dieses Wissens, trotz allem, in dem wir nicht zusammenpassten – unser Kontostand, unser gesellschaftlicher Status, unsere politischen Ansichten, die diametral entgegengesetzt waren –, dachte ich voller Sehnsucht an ihn. Er gefiel mir, aber ich versuchte, mir einzureden, dass er doch nicht gar so faszinierend sein konnte. Selbstschutz? Vielleicht. Aber ich war auch realistisch – ich war nicht bereit, mir das Herz brechen zu lassen.

Im Lauf der Tage dachte ich oft an das Funkeln in seinen Augen, bevor er etwas Lustiges sagte, oder wie sich seine Lippen verzogen, wenn er lächelte, und ich überlegte, wie es wohl wäre, mit ihm zu schlafen. »Gefahr, Will Robinson!«, wie es in *Lost in Space* heißt. Ein Wiedersehen wäre verrückt. Dumm. Es würde bestenfalls in Verlegenheit enden, schlimmstenfalls mit einer Kränkung. Ich sollte seinen Mantel in seinem Büro abgeben, eingepackt, damit niemand sah, dass ich ihn hatte. Ich würde ihm nicht mehr mailen. Ich würde auch nicht in einem fantastischen Restaurant in der Londoner Innenstadt mit ihm essen gehen.

Und ganz sicher würde ich von besagtem Essen nicht ohne Unterhosen nach Hause gehen, nachdem ich sie ausgezogen und ihm in einem irrwitzigen Anfall von Wagemut gegeben hatte.

Aber der beste Plan, ob Maus, ob Mann …

Diese Sache mit der Unterhose ist der helle Wahnsinn, ich weiß, und wenn es hilft: Auch mein Gehirn war vom Wahnsinn befallen. Ich hatte es wirklich nicht geplant. Ich trug sogar absichtlich einen bequemen, alles andere als scharfen Schlüpfer. Ich war entschlossen, dass nichts passieren durfte – trotz meiner gelegentlichen Tagträume von gemeinsamen gemütlichen Tagen zu Hause, wenn wir Zeitung lesen und in einem Zimmer wie aus dem IKEA-Katalog knöcheltief in auf dem Boden verstreuten Wochenendbeilagen versinken würden. Ich wollte ihm seinen Mantel zurückgeben, wir würden einen perfekten, schönen Abend verbringen, dann würde ich nach Hause gehen, und er würde sich nie wieder melden; seinen Mantel wollte ich wirklich kein weiteres Mal als Pfand behalten. Die meiste Zeit schien die Sache auch so ausgehen zu wollen.

Wegen eines Notfalls in der Redaktion – ein Artikel, mit dem ich nicht in die Gänge kam – und irgendeinem Unfall, der den Verkehr aufhielt, kam ich zu spät. Er saß an der Bar. Er stand auf, um mich zu begrüßen, und als ich ihn wiedersah, schlug mein Herz schneller. Seine Augen glitzerten gut gelaunt, und ich fühlte mich sofort wieder mit ihm wohl, trotz meiner Verlegenheit wegen meines angetrunkenen Kusses und meiner überstürzten Flucht. Aber in Anbetracht der späteren Ereignisse ist das ja auch egal.

Er hatte Verständnis für meine Verspätung und ging über meine gestotterten Entschuldigungen hinweg, als wir zum Tisch geführt wurden. Wir ließen es uns schmecken und zogen die Mahlzeit so lange hinaus, dass die Bedienungen leise gefragt hätten, ob sie uns die Rechnung bringen sollten oder ob wir uns weiter an der Bar unterhalten wollten, wäre es nicht so ein trostloser Montag im Januar gewesen.

Wir redeten über Filme und über die Medien und stritten, ob der jüngste Anstieg der Negativschlagzeilen über das Innenministerium unnötig (er) oder berechtigt wäre (erstaunlicherweise ich). Es war schön, geistig stimulierend und voller Lachen. Von außen sah es aus wie ein richtiges Rendezvous. Wäre jemand an unserem Tisch vorübergekommen, wäre ihm sicherlich mein erhitztes Gesicht aufgefallen, gerötet wie von zu viel Wein. Aber keiner konnte wissen, dass ich nur Mineralwasser trank und mich nur deshalb innerlich krümmte, weil James sich über den Duktus meines Artikels lustig machte – so weit zu seiner zuckersüßen Ignoranz – und weil ich seinen Mantel mitgenommen hatte.

Während des gesamten Essens war er zuvorkommend, der James, den ich über unsere SMS-Chats kennengelernt hatte, aber er war auch eine unleugbar kraftvolle Präsenz im Raum, die sowohl die Aufmerksamkeit der Männer als auch der Frauen auf sich zog. Ich verstand es – während ich ihm am Tisch gegenübersaß, gelang es mir nur hin und wieder, einen geraden Satz zu formulieren –, aber es verstimmte mich auch und unterstrich deutlicher denn je, dass er wirklich nicht der richtige Umgang für mich war.

Als der Kaffee kam, zog sich das Mantra »nicht der richtige Umgang« in einer Endlosschleife durch meinen Kopf, deshalb war ich vielleicht nicht ganz so scharfsinnig, wie ich hätte sein können, als er sich zurücklehnte, seinen Mund mit der Serviette abtupfte, sie ordentlich auf den Tisch legte und sagte, ich müsse ihm heute Abend noch ein Geschenk machen, bevor ich ging – zum Ausgleich dafür, dass ich seinen Mantel so lange behalten hatte. Die Atmosphäre war ganz leicht umgeschlagen. Sein Lächeln war noch immer charmant und herzlich, aber unter der Oberfläche lauerte noch etwas anderes. Ich faltete meine Hände, um das leichte Zittern zu kaschieren, und tat ganz unbeschwert, als ich ihn fragte, woran genau er gedacht habe – und betete zu den Göttern des Überziehungskredits, dass ich keine Überstunden machen müsste, um es mir leisten zu können.

Da sagte er: »Deinen Slip.«

Gott, das kostet mich ja gar nichts … aber, Moment mal – was?

Ich gab mir die größte Mühe, um nicht einmal mit der Wimper zu zucken. War es Stolz? Wahrscheinlich. Das hartnäckige Bedürfnis, mich von keiner Provokation aus der Fassung bringen zu lassen? Bestimmt. Schweigend wartete er auf meine Antwort. Ich rutschte auf meinem Stuhl herum.

Mit dem, was ich unter den gegebenen Umständen für eine bemerkenswert ruhige Stimme und ein ausdrucksloses Gesicht hielt, fragte ich ihn, ob er noch nie daran gedacht habe, in ein Geschäft zu gehen und sich selbst Damenunterwäsche zu kaufen. Er lachte schallend und schüttelte den Kopf, seine Zähne glänzten weiß im Kerzenschein.

»Du weißt, dass ich sie nicht brauche, um sie selbst zu tragen. Ich will deinen Slip. Jetzt.«

Ich war verdattert. Das war James – der von einem Kuss berauschte, piekfeine, kultivierte James. Was redete er da. Er wartete und genoss offensichtlich die Verwirrung, die mir kurz ins Gesicht geschrieben stand, unternahm aber nichts dagegen.

Plötzlich machte es klick. Ha! Nachdem ich ihn geküsst hatte und ins Taxi gesprungen war, hatte ich ihn in die Defensive gedrängt, und das war ihm peinlich gewesen. Also spielte er mir nun einen Streich und wollte mich in die Enge treiben. Von mir würde er nie erfahren, wie nah er seinem Ziel gekommen war. Aber zu diesem Spiel gehörten zwei.

Ich trank gemächlich einen Schluck Wasser, beugte mich vor und fragte ihn ganz höflich und honigsüß, wie er sich das vorstellte. Da ich direkt von der Arbeit gekommen war und Röcke auch unter idealen Umständen unpraktisch fand, trug ich eine Hose. Ob es mir also gestattet sei, auf die Toilette zu gehen, dort meinen Slip auszuziehen und ihn ihm danach zu übergeben? Er machte ein entsetztes Gesicht – natürlich sei mir das gestattet, er wolle doch kein öffentliches Ärgernis erregen!

Er ließ mich nicht aus den Augen, als wir eingehend darüber sprachen, sein Lächeln wurde immer breiter, bis er mich fast auslachte. Ich wurde des Spielchens zwar langsam müde, fragte aber trotzdem, was er daran so lustig fände.

Er deutete auf mich. »Du bist herrlich! Kinn gereckt, beiläufiger Tonfall. Aber deine Körpersprache verrät dich.«

Unweigerlich reckte ich das Kinn noch weiter nach vorn, als ich antwortete und um einen möglichst ruhigen Tonfall rang. Ich hoffte, er würde mich nicht so weit durchschauen, dass er auch das merkte.

»Ich verstehe nicht, was du meinst.«

Er berührte mich, Haut auf Haut. Es war wie ein elektrischer Schlag. Während er sprach, strich er mir mit dem Finger über den Handrücken. Es war seltsam hypnotisch. Mein Puls raste, mein Atem ging flach, als ich mich auf seine Worte zu konzentrieren versuchte. In dem kleinen Teil meines Gehirns, der nicht darüber nachdachte, wie absurd es war, sich darüber zu unterhalten, wie ich einem Mann, den ich zuvor zwei Mal gesehen hatte und bei dem ich mir noch immer nicht sicher war, ob ich ihn überhaupt mochte, in einem Restaurant meine Unterhose geben sollte, fragte ich mich, welche Freuden er meinem Körper schenken könnte, wenn allein schon sein Finger mich derart aus der Fassung brachte.

»Du bemühst dich sehr, deine Stimme zu kontrollieren und deine Worte zu wählen. Aber deine Wangen sind rot. Und sieh mal, deine Hand ...«, er tätschelte sie sanft, »... umklammert auf einmal hilfesuchend die Tischkante.« Blinzelnd blickte ich auf meine Finger, die sich in das dunkle Holz krallten. Als ich mich so sah, wie er mich sah, hatte ich das Gefühl, meine Hand würde einem anderen Menschen gehören. Ich wusste, dass er recht hatte, und wurde noch röter. So viel dazu, wie wenig ich mich unter Kontrolle hatte. Mist. Ich löste meine Finger und legte meine Hand leicht auf den Tisch, ich schützte Beiläufigkeit vor, die ich nicht empfand, wie wir beide wussten. Ich schluckte trocken und rang um mein Gleichgewicht.

»Ich weiß wirklich nicht, was du meinst.«

Wieder lächelte er, fast nachsichtig, als wäre ich ein lustiges, aber naives Kind. »Ich denke doch. Aber vielleicht weißt du es ja wirklich nicht. Jedenfalls bist du klug, du wirst es am Ende schon herausfinden.« Und er tätschelte ein letztes Mal meine Hand.

»Wollen wir die Rechnung ordern?« Ich beugte mich hinunter und nahm meine Handtasche. Er sah mich an, ein langer, harter Blick. Seine Stimme war ruhig und fest und sprach den Teil von mir an, der seit dem Umzug ziemlich still geworden war.

»Geh zur Toilette.«

Meine Beine gehorchten mir kaum. Ich hatte schon halb den Raum durchquert, als ich überhaupt erst begriff, was ich da eigentlich tat. Ich war eindeutig übergeschnappt. »Er soll sich ficken!«, dachte ich, als ich auf der Toilette meine Unterhose in die Handtasche stopfte. Wenn er das Spiel durchziehen wollte, dann könnte ich ihn mehr schockieren als er mich. Wetten? Doch als ich wieder ins Restaurant zurückging, war ich mir dessen nicht mehr ganz so sicher.

Als ich zurückkam, hatte er bezahlt und meinen Mantel geholt. Er stand in der Tür und blickte in die Nacht hinaus. Während ich durch das ganze Lokal zu ihm ging, drückte sich die Naht meiner Hose bei jedem Schritt in meinen Schlitz und verursachte mir eine wohltuende Reibung, die meine wachsende Erregung über diese etwas unwirkliche Wende der Ereignisse noch verschärfte.

Er half mir in den Mantel und drückte seine Hand scheinbar beflissen auf mein Kreuz unter dem Jackett, um mich aus dem Lokal zu führen. Nur ich wusste, dass er in Wirklichkeit einen Finger in meinen Hosenbund steckte, um zu prüfen, ob ich seinem Befehl nachgekommen war. Als er es spürte, brummte er lustvoll. Ich wurde rot. Verdammte Pest!

Er brachte mich zum Taxistand, wo sich unsere Wege trennten. Kurz vor dem ersten Taxi in der Schlange packte er mich am Handgelenk und zog mich zu sich. Er drückte mich an die Wand, krallte eine Hand in mein Haar und küsste mich intensiv, erkundete meinen ganzen Mund. Die andere Hand lag noch immer an meinem Handgelenk, er führte meine Hand hinunter, damit ich seine Erektion unter dem Mantel spürte. Es machte mich verlegen, es war mir peinlich, schließlich war ich aus dem Alter heraus, in dem man in aller Öffentlichkeit knutschte und fummelte. Dennoch konnte ich nicht widerstehen und ließ meine Hand über seinen Schwanz gleiten, den ich anschwellen spürte.

Nach dem Kuss lösten wir uns schwer atmend voneinander. Ich war wie vom Donner gerührt. Jeder Versuch, die Coole zu spielen, war in weite Ferne gerückt. Erwartungsvoll sah er mich an, aber selbst wenn mein Leben davon abgehangen hätte – ich hätte nicht zu sagen vermocht, was er von mir hören wollte. Ich war mir nicht einmal sicher, ob ich überhaupt etwas sagen konnte. Schließlich streckte er lächelnd die Hand aus.

»Ich glaube, du hast etwas für mich.«

Ich schloss kurz die Augen und versuchte, meine Scham zu kaschieren, weil ich durch seinen Kuss diesen dummen Scherz gerade ganz vergessen hatte.

»Meine Unterhose? Willst du sie wirklich? Echt?«

Bei seinem Lächeln blieb mir kurz das Herz stehen. »Ja. Wirklich. Ich finde, das bist du mir schuldig.«

Ich drehte mich um und zog vor fremden Blicken geschützt meinen sorgfältig zusammengefalteten Slip aus der Tasche. Natürlich hatte ich ihn gefaltet – ihn zusammenzuknüllen wäre irgendwie schlampig gewesen. Ich gab ihm den Slip und konzentrierte mich völlig darauf, dass meine Hand nicht zitterte. Ich fürchtete schon, er könnte ihn auseinanderfalten und daran riechen oder was weiß ich damit tun. Lächelnd bedankte er sich und steckte ihn in die Tasche. Ich atmete bebend die Luft aus, die ich unbewusst angehalten hatte. Dabei küsste er mich ein letztes Mal auf meine geschwollenen Lippen und flüsterte mir ins Ohr: »Wir sehen uns bald wieder. Du wirst zu mir kommen und dir deinen Slip zurückholen, und dann werden wir diesen

Kuss fortsetzen …«, er starrte auf meinen Mund, »… und weitermachen.«

Ich hätte gern widersprochen und ihn für seine Eingebildetheit verspottet, aber als ich ins Taxi stieg, wissend, wie erregt ich war, wissend, dass ich sofort mit ihm gegangen wäre, wenn er es vorgeschlagen hätte, brachte ich die Lüge nicht über die Lippen. Ich war verwirrt, erregt, hin- und hergerissen zwischen meinem Kopf, meinem Herz und meiner Möse. Und dann piepste mein Handy.

Kannst du morgen Abend?

Nein. Ich musste über eine Buchvorstellung berichten. Aber ich hatte bei meinen Kollegen noch etwas gut und würde zweifellos in Zukunft Wochenenddienst schieben, damit ich Zeit hatte für alles, was er sich vorstellte. Die Lust gewinnt immer.

11. KAPITEL

Ich neige zum Grübeln. Das war bei mir schon als Kind so. Altklug, wie ich war, wälzte ich eine einfache Sache, die man mir gesagt hatte, in meinem Kopf herum, bis sie sich in etwas vollkommen anderes verwandelte. Meine Mutter erzählt oft, wie ich mit zehn Jahren nach einer Unterrichtsstunde über die Erderwärmung einen ganzen Nachmittag gebrütet hatte und zu dem Schluss gekommen war, dass wir dringend ein Boot bauen müssten, damit wir, der Hund, unsere Nachbarn und meine Klassenlehrerin Misses Johnson uns in Sicherheit bringen könnten, wenn die Flutwelle käme. Ich zeichnete sogar einen Aufriss des Projekts – so gut mir das mit zehn möglich war – und gab ihn meiner Mutter, damit sie in den Baumarkt gehen und alles Nötige besorgen konnte. Meine wunderbare Mutter, an solcherart surreale Diskussionen gewöhnt, zeigte mir ein Bild einer Kanalfähre und sagte, mein Vater hätte schon ein Boot gebaut, es läge für alle Fälle startklar im Hafen.

Leider haben die Höhenflüge meiner Fantasie mit den Jahren nicht nachgelassen, wenn überhaupt, sind sie nur noch schlimmer geworden – oder besser, da ich versuche, jede Sache aus allen Perspektiven zu betrachten und in gewisser Weise »über«zubeurteilen. Doch um drei Uhr nachts, wenn alle Welt schläft, wenn jedes Knarren im Haus so klingt, als würde etwas einstürzen, und wenn etwas ganz Einfaches auf einmal ganz kompliziert wird, ist Grübeln schlecht.

Ich malte mir verschiedene Szenarien aus, wieder und wieder durchdachte ich sie. Es war wie in einem erotischen Handbuch, alles war ausformuliert und endete mit unterschiedlichen Stufen der Befriedigung. In meiner Lieblingsepisode war James im Geheimen ein Dom, es war ihm aber peinlich, sich zu outen, also gab er mir subtile Hinweise darauf, dass er auf das Gleiche stand wie ich. Das fing damit an, dass er meine Hand packte, und ging so weit, dass er meine Unterhose einforderte. Das musste doch ein Zeichen sein, oder? Aber ob er das nun so gemeint hatte oder nicht – wir waren damit in das Rollenspiel von Dominanz und Unterwerfung geraten. Es sei denn, ich deutete die Zeichen falsch, ich hätte mich in meine Fantasie verstiegen und fälschlich gedacht, James' Fantasien entsprächen meinen, während er nun zu Hause saß und überlegte, was er nur mit einer Hüftunterhose aus dem Kaufhaus anfangen sollte und wie er diese eindeutig durchgeknallte Frau wieder loswerden konnte, die sie ihm in die Hand gedrückt hatte. Was wollte er überhaupt mit der Hose? Würde er sie mir zurückgeben? Würde er sie vorher waschen? O Gott, was war schlimmer? Als ich ein Szenario ausgearbeitet hatte, in dem er mir meinen Slip mit der Post ins Büro schickte und die Redaktionsassistentin das Päckchen öffnete, weil er vergessen hatte, es mit »persönlich und vertraulich« zu beschriften, drehte ich fast durch. Es war so grauenhaft, dass ich stellvertretend für meine Kollegin rot wurde.

Ich konnte mich also nur mit ihm treffen, mit ihm nach Hause gehen und abwarten, was passieren würde. Dabei müsste ich einen kühlen Kopf bewahren, dürfte mir keine allzu großen Hoffnungen machen und auf keinen Fall etwas so Abscheuliches tun, dass ich mich monatelang unter der Bettdecke verstecken müsste, um darüber hinwegzukommen. Ganz einfach.

Aber natürlich ist nichts jemals einfach.

Eifrig bestach ich meine Kollegen. Unseren Kriminalreporter lud ich zu einem opulenten Mittagessen ein und verdrehte ihm den Kopf mit Geschichten – sagen wir: mit optimistischen Lügen – über glamouröse Promis, Geschenktüten und natürlich Gratisgetränke, damit er für mich zu dieser Buchvorstellung ging. Ich ließ mich in der Mittagspause epilieren und kaufte ein paar neue Slips. Ich war der Meinung, wenn es so laufen sollte, wie ich hoffte, müsste ich mit etwas Schärferem aufwarten als mit dem, was ich James gegeben hatte. Ich kam mir etwas dreist und ziemlich girlie-mäßig vor, konnte aber nicht widerstehen, darin zu schwelgen. Zum ersten Mal seit langer Zeit hatte ich ein echtes Rendezvous – ich würde nicht nur einen Abend mit einem Freund verbringen, der zudem meinen perversen Geschmack teilte, nein, ich hatte ein Rendezvous, und es war vielleicht der Beginn einer richtigen Beziehung. Es war ein komisches Gefühl, verstörend, aber nett. Meine Güte, ich überlegte sogar, mir ein neues Kleid zu kaufen, weil ich, abgesehen von meinen Hosen, alles, was ich im Schrank hatte, in den letzten Jahren zu Hochzeiten oder Taufen getragen hatte und damit völlig overdressed wäre. Aber ich entschied mich doch dagegen. Ich war schon ausreichend durch den Wind und konnte mir nicht auch noch Gedanken darüber machen, ob ich zufällig mehr entblößte als beabsichtigt, wenn ich in einem Kleid auf einem Stuhl saß und meine Beine überkreuzte. Alles war klar, ich war bereit. Ich war so kribbelig, dass der Nachmittag teils in freudiger Erwartung, teils in Marter vergehen würde. Das Warten war Teil des Spaßes. Mit federndem Gang kam ich aus der Mittagspause zurück und konnte den Feierabend kaum erwarten.

Aber klar – während ich weg war, war in der Redaktion die Hölle losgebrochen.

Als relativer Neuling bekam ich noch nicht viele Titelgeschichten. Einerseits musste ich mich im Ressort erst eingewöhnen, und meine Redakteurin musste darauf vertrauen können, dass ich keine zusätzliche Arbeit durch Umschreiben verursachte, wenn sie mir eine tolle Story gab. Anderseits waren meine Kollegen darauf bedacht, ihre Kontakte und ihre laufenden Geschichten für sich zu behalten. Es machte mir nichts aus, ich wusste, dass ich mich erst bewähren musste und man mich kennenlernen wollte, also nahm ich, ohne zu murren, alle Aufgaben an, die man mir übertrug, ich recherchierte und schrieb meine Artikel, so gut ich konnte. Dabei baute ich mir wieder eigene Kontakte auf, damit ich irgendwann eigene Features einbringen könnte.

Nun, als ich zu meinem Schreibtisch schlurfte, sah Ian, der Nachrichtenredakteur, mich und winkte mich zu sich. Ich schielte auf die Uhr, als ich zu ihm ging, und prüfte, ob ich nun einen Rüffel bekommen würde, weil ich zu lange Pause gemacht hatte. Aber es war nicht zu spät. Ich wartete, bis er sein Telefongespräch beendet hatte und auflegte.

»Hey, ich bin froh, dass du zurück bist. Du musst noch mal los.«

Was? Mist! Aber eigentlich war das gar nicht so schlecht. Wenn ich früher damit fertig wäre, könnte ich danach gleich heimlich nach Hause gehen. Die ewige Optimistin!

»Das Kollegium in St Luke's revoltiert.«

Ich blinzelte irritiert. »Was?«

»St Luke's, Grundschule. Ein Kind soll vom Unterricht ausgeschlossen werden. Die Behörden sind involviert, wir müssen also vorsichtig vorgehen. Jedenfalls hat jemand hier angerufen und gesagt, dass in einem Rundbrief der Eltern einige Lehrer beschuldigt werden, bei der Disziplinierung der Kinder übereifrig zu sein. Stichwort: Rassismus. Das Kollegium ist aufgebracht, ein paar Lehrer haben mit rechtlichen Schritten gedroht. Es könnte sein, dass sie die Arbeit niederlegen.«

Während er noch redete, schwirrte mir bereits der Kopf vor lauter Optionen.

»Wissen wir, wer angerufen hat?«

»Nein, sie wollen anonym bleiben und wollen auch nicht zitiert werden.«

»Okay. Das könnte ein Elternteil sein oder ein Lehrer, der Druck auf den Gemeinderat ausüben will.«

Ian lächelte. »Das darfst du selbst rausfinden – deshalb bezahlen wir dir ja so ein mittelmäßiges Gehalt. Aber der Gemeinderat, den du letzte Woche zu den Kürzungen des Etats der Bücherei interviewt hast, ist Vorsitzender des Schulrats. Vielleicht kriegst du etwas aus ihm heraus, vielleicht sogar unter der Hand.«

Ich nickte. »Ich rufe ihn an, bevor ich aufbreche. Aber wenn ich gleich gehe, kann ich noch persönlich mit der Rektorin sprechen und zu Schulschluss auch einen möglichen Aufstand der Eltern miterleben.«

»Ich möchte nur, dass du ein Gefühl für das bekommst, was dort vorgeht. Sieh dir die Sache erst an, dann können wir entscheiden, wie wichtig sie ist. Ruf mich an, wenn du so ungefähr weißt, was los ist.«

Ich brach auf, notierte mir aber erst noch an meinem Schreibtisch die Telefonnummer meines Kontaktmanns. Mein fauler Nachmittag war dahin, aber ich war ganz aufgeregt bei der Aussicht, diese Story zu machen, vor allem weil die Zeit lief.

Ich hätte James gleich eine SMS schicken und ihn warnen sollen, dass es bei mir spät werden könnte. Doch bis ich genauer wusste, wie viel Arbeit ich mit der Geschichte hätte, schien es sich nicht zu lohnen, die Pferde scheu zu machen. Als ich mit der – störrischen und verständlicherweise wütenden – Rektorin sowie mit ein paar Müttern, die vor der Schule warteten, gesprochen hatte, war klar, dass der Artikel keine Bagatelle war und ich zurück ins Büro gehen und ihn schreiben musste. Um halb fünf saß ich im Wagen vor dem Haus des Gemeinderates und schrieb James eine SMS, denn es zeichnete sich ab, dass ich es vor sieben Uhr nicht zu ihm schaffen würde.

Tut mir echt leid, habe total viel Arbeit. Können wir unser Treffen ein bisschen verschieben? x

Erst eine Stunde später antwortete er mir. Ich verließ gerade den Gemeinderat mit einem Notizbuch voller Hintergrundinformationen, mit denen ich die Zitate der Eltern stützen könnte. Stirnrunzelnd las ich:

O. K. Lass mich wissen, wann du einen Abend frei hast, wenn du mich treffen willst.

So ein Quatsch! Ich las noch einmal die Nachricht, die ich ihm geschickt hatte, und plötzlich wurde mir klar, dass er gedacht hatte, ich würde ganz absagen, dabei wollte ich ihm nur sagen, dass ich eine (na ja, realistisch gesehen: zwei) Stunde später kommen würde. Ich wollte ihm schon antworten, merkte aber, dass das noch angespannter klingen würde. Ich warf mein Handy in die Tasche und beschloss, die Sache nach Feierabend zu klären.

Natürlich ist es ein Witz, um halb sechs Uhr abends mit dem Auto durch die Stadt fahren zu wollen. Als ich wieder im Büro war und meine Arbeit erledigt hatte, war es so spät, dass es egal war, ob er mir oder ich ihm abgesagt hatte oder was auch immer geschehen war. Ich fand es schade, dass wir uns nicht sehen konnten, und dass es ihn kaum zu stören schien, machte das Ganze noch schlimmer. Verglichen mit seinen früheren lockeren Messages, war seine SMS kühl gewesen. Ich wollte eine SMS nicht nach der Anzahl der X (für Küsse) interpretieren, aber mir fiel trotzdem auf, dass sie im Lauf des Tages verschwunden waren.

Ich rief ihn von zu Hause an, seine Mailbox schaltete sich ein. Ich hinterließ eine kurze Nachricht, ging schnell ins Bad und dann ins Bett. Ich war erschöpft, aber nicht in der Art und Weise, die ich mir zu Beginn dieses Tages vorgestellt hatte.

Am nächsten Tag mailte ich ihm und erkundigte mich, ob wir uns gegen Ende der Woche treffen könnten. Bei seiner vagen Antwort fragte ich mich, ob er je wirklich etwas von mir gewollt hatte. Ich hakte das Ganze als eine weitere Erfahrung ab, pfefferte die Slips und den dazu passenden BH in die Unterwäscheschublade und hoffte auf eine andere Gelegenheit, bei der ich sie tragen könnte. Aber eben nicht für James. Ich war enttäuscht, sagte mir dann aber, dass ich von seinem sexy Lächeln, seinem scharfen Verstand und seiner mantelteilenden Ritterlichkeit doch nicht so angetan war.

Ritterlichkeit wird sowieso gern überschätzt. Das redete ich mir die ganze Woche über ein, aber ich wusste, dass ich mich selbst verarschte. Am Montag wurde ich schwach und schickte ihm einen Link auf einen Eintrag in einem politischen Blog, der ihn, wie ich wusste, zur Weißglut treiben würde.

Gleich darauf antwortete er. Lächelnd sah ich vor mir, wie er seine langatmige Schimpftirade in seinen *BlackBerry* tippte.

Ganz ruhig und besonnen antwortete ich ihm und widersprach ihm in allen Punkten, wie immer, wenn wir über Politik redeten. Und auf einmal schossen unsere SMS und Mails wieder hin und her. Immer wenn mein Handy piepste, wurde mir flau im Magen, denn ich hoffte, sie wäre von ihm, und oft war es auch so.

Am Ende einer Mail, als die Diskussion schon so weit ausgeufert war, dass ich ihn bezichtigte, einen Hang zum Despotismus zu haben, tat er meine Äußerungen als »blödes Hippiegeschwätz« ab, und dann kam der Satz, der mir Herzklopfen verursachte:

> Vielleicht ist es ja eine dumme Idee, aber was hältst du davon, heute Abend zu mir zum Essen zu kommen?

Stimmt, eine saudumme Idee, auch wenn es mich kaum beruhigte, dass er dies auch so sah. Doch ungeachtet aller Bedenken sagte ich sofort zu. Wir könnten uns gemeinsam zum Narren machen, aber zumindest würde ich dann wissen, wie die Geschichte ausgeht.

Ich habe einen fürchterlich schlechten Orientierungssinn. Schlimm. Ich würde mich sogar in einer Telefonzelle verlaufen. Dass ich mich nirgendwo zurechtfinde, stört mich an mir selbst am meisten. Ich habe dann das Gefühl, die Kontrolle würde mir entgleiten, ich fühle mich hilflos, und das auf eine sehr unangenehme Weise.

James wohnte am anderen Ende der Stadt in einem so unsäglich exklusiven Viertel, dass ich nur selten und nur aus Jobgründen dort gewesen war. Ich fand es jedoch vernünftig, mit dem Auto zu fahren, dann könnte ich nämlich so früh oder so spät aufbrechen, wie ich wollte, und müsste mich nicht nach öffentlichen Verkehrsmitteln richten. Mit meiner miserablen Orientierung war die Fahrt natürlich stressig – auch bevor ich herausfand, dass er in einem Appartementhaus lebte, das vor lauter Luxus nicht einmal Namensschilder hatte. Außerdem war ich in Gedanken vollauf damit beschäftigt, was in seiner Wohnung passieren würde. Ich vertraute ihm insofern, als bei ihm mein Psychopathen-Alarm nicht schellte, aber ich konnte den James, der so irritiert war von dem betrunkenen Mädchen, das ihn angesprungen hatte, nicht mit dem James in Einklang bringen, der meinen Slip haben wollte. Oder mit dem James, der es für eine blöde Idee hielt, dass er mich zum Essen zu sich einlud. Welches war sein wahres Selbst? Worauf hatte ich mich da eingelassen? Warum tat ich es überhaupt, nachdem wir in so verschiedenen Welten lebten? Doch mein Kribbeln im Bauch war nur noch heftiger geworden, nachdem ich ein paar Stunden zuvor eine SMS bekommen hatte:

> Habe heute Konzentrationsprobleme. Muss genau überlegen, was ich mit dir mache. x

Was hatte das zu bedeuten? Meinte er damit die schlimmen Dinge, auf die er vor unserem verhinderten Rendezvous angespielt hatte? Oder wollte er nach dem Essen eine Runde *Scrabble* mit mir spielen? Ich hatte keinen blassen Schimmer, meine Menschenkenntnis war völlig über den Haufen geworfen, er hatte mir mit ein paar Küssen und Mails den Kopf verdreht. Es war hoffnungslos.

Auch hatte es meine nachmittägliche Leistungsfähigkeit nachhaltig untergraben, denn man kann sich selbst beim besten Willen nicht auf einen Artikel über kommunale Bauvorhaben konzentrieren, wenn man nur Schweinekram im Sinn hat. Ich konnte einfach nicht aufhören, mir zu überlegen, was er im Kopf hatte. Meine Gedanken hatten natürlich eine D/S-Komponente – aber wurde ihm das gerecht? Oder hatte es nur mit mir zu tun und mit der Tatsache, dass ich in meiner Trübsal nach der Trennung von Thomas Enthemmtheit sah, wo es sie gar nicht gab? Stürzte ich mich da Hals über Kopf in etwas und machte eine komplette Idiotin aus mir? Dass ich mich damit abgefunden hatte und es einfach nicht fertigbrachte, das Ganze abzusagen, deprimierte mich zutiefst. Ich war wirklich eine Masochistin!

Ein Versuch, wieder einigermaßen die Kontrolle zu bekommen, ging nicht sonderlich gut aus. Als ich ihn per SMS fragte, ob ich etwas mitbringen sollte, dachte ich an eine Flasche Wein oder ein Dessert. Doch seine Antwort war unmissverständlich, ich wurde am Schreibtisch rot.

Kondome. Viele Kondome. x

O je. Dann ging er also davon aus, dass wir Sex haben würden. Das war vielversprechend. Meine Geschichte über die kommunale Baupolitik bekam natürlich nicht einmal ansatzweise die geschuldete professionelle Aufmerksamkeit, aber ich schrieb sie mit einem seltenen Strahlen im Gesicht.

Als ich schließlich angekommen war – ich vermutete jedenfalls, dass es seine Straße war –, geparkt hatte – ich hoffte jedenfalls, dass es sein Garagenabstellplatz war – und zu der Haustür ging, von der ich hoffte, es wäre seine, klingelte ich. Er kam herunter, barfuß und lächelnd. Trotz meiner Nervosität lächelte auch ich. Wir gingen zu seiner Wohnung hinauf, doch ich war so in Gedanken, dass ich schon halb die Treppe oben war, als er sich umdrehte, mich ansah und sagte: »Sophie, du musst die Haustür schließen.«

Oops! Ich errötete. Ich ging hinunter, machte die Tür zu, stieg wieder hinauf und bemühte mich, so zu tun, als sei nichts. Ganz lässig. Ich weiß, ich staune immer wieder selbst über meine Fähigkeit, mich in herausfordernden Situationen zusammenzureißen.

Oben bat er mich ins Wohnzimmer. Ich sah mich um und nutzte die Gelegenheit, die Regale und den ganzen Krimskrams darin nach mehr Hinweisen auf seine Persönlichkeit zu durchforsten. Das klingt natürlich nach heimlichem Spionieren, für eine Journalistin aber finde ich das ganz normal, auch wenn manche behaupten, es sei dasselbe. Er räusperte sich.

»Mach bitte die Tür zu, Sophie.«

Ich war schon auf dem Weg, da merkte ich, dass ich gehorchte und mich ganz automatisch bewegte. Leise schloss ich die Tür und drehte mich um – er stand direkt hinter mir und drang in meine Intimsphäre ein. Seine Hände schoben sich in mein Haar, er beugte sich herunter und küsste mich. Ich schloss die Augen, genoss den Moment, wie er mich überragte und festhielt, während seine Zunge in meinen Mund eindrang, seine Hände über meinen Körper strichen und an meinen Hintern griffen, um mich näher an sich zu ziehen. Einen größeren Mann hatte ich noch nie geküsst, und da ich selbst nicht gerade klein bin, war es eine neue Erfahrung, mich neben ihm wie ein Zwerg zu fühlen. Er könnte mich leicht beschützen oder auch überwältigen, je nach seiner Absicht. Er löste seine Lippen von mir und strich über meinen nackten Arm, der peinlicherweise Gänsehaut bekommen hatte. Er nahm mich an der Hand und führte mich aus dem Zimmer. Also keine Überwältigung. Ich war ein wenig enttäuscht. Zumindest bis ich den unverkennbaren Duft von Knoblauch und Rosmarin aus der Küche roch. Gut, damit könnte ich leben.

Ich liebe selbst gekochtes Essen. Wirklich. Ein schönes Abendessen zu Hause bedeutet mir mehr als ein todschickes Sternerestaurant. Als Single gebe ich mir meistens nicht viel Mühe, ich lebe von Pfannengerichten, Suppe und Getreideflocken. Doch hin und wieder koche ich mal etwas ganz Raffiniertes, auf halbem Weg aber fängt das Schnippeln und Farcieren und Begießen üblicherweise an, mich zu langweilen, und dann greife ich wieder drei Monate lang auf meine Suppen zurück.

Mit jemandem zusammen zu sein, der kochen kann, ist mir also immer willkommen. Ich saß mit einem Glas Wein auf dem Küchenstuhl, während James herumwerkelte, Gemüse schnitt und es zu den Steaks gab, die er offensichtlich schon vorher gewürzt hatte. Wir unterhielten uns über die Arbeit und das Fernsehprogramm, er erzählte mir, dass er über ein langes Wochenende mit seiner Schwester zu den Eltern fahren wollte, die ihre Goldene Hochzeit feierten. Alles war völlig entspannt und angenehm und meilenweit entfernt von den wilden Küssen kurz zuvor. Dieser Wechsel in der Gangart verdutzte mich, aber da ich nun mal die bin, die ich bin, tat ich alles in meiner Macht Stehende, um nicht zu zeigen, wie verstört ich war, auch wenn es mich alle Mühe kostete, mir nicht ständig mit dem Finger über die Lippen zu fahren, um zu fühlen, wie geschwollen sie waren.

Das Essen war sehr gut, die Gesellschaft und auch das Gespräch waren sehr gut. Doch mindestens drei Viertel meiner bewussten Gedanken drehten sich währenddessen um Sex, und nie war ein Mann, der ein Steak isst, so erregend gewesen. Allein schon wenn ich sah, wie er kaute und schluckte, bekam ich einen trockenen Hals. Ich musste wirklich bescheuert sein und hätte zu meiner eigenen Sicherheit nach Hause fahren sollen. Irgendwann musste ich mich schwer anstrengen, um zu verhindern, dass meine Hand am Glas zitterte, so sehr war ich aus dem Lot geraten. Als wir die Teller in die Spüle gestellt hatten und es in meinen hoffnungsfrohen Augen so aussah, dass wir unsere Küsse fortsetzen würden, fühlte ich mich schon wie die berühmte Katze auf dem heißen Blechdach.

Die Metapher war passend, denn James hatte zwei süße Siamkätzchen, die durch die Wohnung taperten wie kleine Ninjas im Katzenfell. Ich war überrascht, als ich sie sah. »Woher nimmst du die Zeit, dich um die Süßen zu kümmern?«, rief ich aus, als ich mich bückte, um sie näher zu betrachten.

Er schaute ein bisschen verwirrt aus der Wäsche, und ich musste lachen. »Ich habe eine Hilfe, die regelmäßig kommt und sich kümmert.«

Ich kicherte. »Natürlich!«

Die Kleinen waren erst scheu, aber als ich eine Zeit lang ruhig dasaß, setzte sich das Tapfere der beiden auf meinen Schoß. Seit ich aus meinem Elternhaus ausgezogen war, hatte ich kein eigenes Haustier mehr gehabt. Ich hatte diese einfachen Freuden vermisst, und ehe ich mich versah, spielte ich mit ihm und gluckste, wenn es meine Finger mit seiner rauen Zunge ableckte. Es war zwar nicht besonders höflich, aber ich kümmerte mich nicht um James, bis er auf einmal meinen Nacken streichelte und mein Getue mit seiner Katze imitierte. Ich schauderte leicht, genoss es. Mein Körper reagierte – endlich! – auf seine Berührung. Dann erstarrte ich, ich wusste nicht, was ich tun sollte, ich wollte ihn nicht erschrecken, wollte nicht, dass er aufhörte. Mir war bewusst, dass ich mit diesem Mann schlafen wollte, ob Blümchensex oder nicht, dass ich endlich seinen Körper erkunden, mein Bedürfnis befriedigen und die Spannung lindern wollte, die sich seit dem Moment unseres Zusammentreffens aufgebaut hatte.

Ich saß da, streichelte die Katze und starrte auf deren Pelz, ich lauschte ihrem Schnurren, während James hinter mir stand und mich streichelte. Als ich immer noch nichts sagte, stellte er sich vor mich und hob die Katze von meinem Schoß. Er kraulte sie zärtlich und rieb seine Wange an ihrer Schnauze, bevor er sie auf den Boden setzte und meine Hand nahm.

»Ich glaube, wir sollten sie jetzt schlafen lassen.«

Mein Mund war trocken, und die Schmetterlinge, die ich in den letzten paar Wochen im Bauch hatte, flatterten wilder denn je. Wie war es möglich, gleichzeitig so erleichtert und doch so nervös zu sein? Endlich geschah es – was auch immer dieses Es war. Er führte mich ins Schlafzimmer und schloss die Tür sorgfältig, um felide Eindringlinge auszuschließen.

Wir warfen uns aufs Bett, da lagen wir, drehten uns umeinander, ein jeder kämpfte um den Platz ganz oben. Ich knöpfte sein Hemd auf, streichelte seinen muskulösen Oberkörper und freute mich, endlich das Tempo vorgeben zu können. Ich wanderte hinunter, löste seinen Gürtel und machte seine Hose auf, alles ohne meinen Mund von seinem zu nehmen. Es gibt eine sinnliche, erotische Verführung, das hier aber war fast animalisch, keiner von uns konnte länger warten. Er löste sich kurz von meinem Mund und hob die Hüfte, damit er seine Hose aus- und ein Kondom überziehen konnte, während ich meinen Slip auszog und mich dann auf seinen Schwanz setzte. In diesem ersten Moment herrschte Stille, keiner rührte sich, nur seine Augen wurden weit – vielleicht aus Schreck über dieses Gefühl, über meine Brüskheit und dass ich so ein gieriges Luder war, wer weiß? Ich passte mich seinem Schwanz in mir an, ein herrliches Gefühl, nachdem ich so lange darüber sinniert hatte. Eine Weile regten wir uns nicht, unser Atem war die einzige Bewegung zwischen uns. Doch auf einmal wurde er ungeduldig, er umklammerte meine Hüften und zog mich auf und nieder, ohne Worte verlangte er damit, dass ich ihn ritt. Wie hätte man da widersprechen können? Ich bewegte meine Hüften und beugte mich dabei vor, um ihn zu küssen.

Ich weiß nicht, wie lange wir uns so bewegten, unsere Hände strichen über den jeweils anderen, mit den Fingern erforschten wir jeden Zentimeter, mit duellierenden Mündern, aufeinanderprallenden Hüften. Plötzlich nahm er die Hand weg, die gerade noch meinen Hintern gedrückt hatte. Bis mein Gehirn diesen Verlust überhaupt registriert hatte, schlug er mich schon auf die Arschbacke. Ich stöhnte auf, wurde rot und fragte mich, ob er wusste, wie geil es mich machte.

Er tat es wieder. Leicht, verspielt, aber es brachte mein Blut in Wallung. Er ließ seine Hände über meinen Busen wandern, strich über die weiche Haut oberhalb meines BHs, bevor er meine Brüste herauszog. Er spielte mit den Nippeln, kniff zärtlich hinein, drehte sie ein wenig – nicht so stark, dass ich Schmerz empfunden hätte, aber stark genug, damit mich eine Woge der Lust überspülte.

Ich lächelte ihn an, endlich konnte ich ihn eingehend betrachten, mich in seinem Blick verlieren. Ich hielt kurz inne, ich war so damit beschäftigt, diesen geheimnisvollen Mann anzusehen, dass ich buchstäblich vergaß, was ich tat. Doch dann sah ich Ungeduld in seinen Augen aufflackern und bewegte mich wieder. Unter dem Schwung seiner Hüfte drehte ich mich auf den Rücken. Er packte meine beiden Handgelenke mit einer Hand und folgte seinem eigenen Tempo. Er bewegte sich schneller und schneller, ich passte mich ihm an und hob die Hüften, damit er tiefer in mich eindrang. Ich zog die Hände aus seinem Griff, strich ihm über den Rücken und freute mich an dem Schauder, den meine Fingernägel, die zärtlich an seiner Wirbelsäule hinabfuhren, verursachten. Doch dann schob er seine Hand zwischen uns, fand meine Klit und stieß immer weiter in mich hinein, bis ich das Unausweichliche nicht mehr hinauszögern konnte. Ich kam, dann kam auch er, beide spannten wir uns an und entspannten uns wieder, erfüllt voneinander.

Er liebkoste meinen Hals, drückte mir einen Kuss aufs Schlüsselbein. Ich schauderte, ich war noch immer empfindlich von meinem heftigen Orgasmus. Er grinste und knabberte an der Stelle, die er gerade geküsst hatte. Ich drückte ihm den Finger in die Brust. »Aua!«

Sein Lachen vibrierte an meiner Haut. »Sorry, ich tu's nie wieder!«

Ich lachte auch. »Das bezweifle ich doch stark.«

»Ein Punkt für dich.«

Wir lagen eine Weile einfach nur aneinandergeschmiegt da, die Nacht brach herein, die Schatten im Zimmer wurden länger. Unser Schweigen war nicht peinlich, ich verspürte kein brennendes Bedürfnis zu reden. Mir drehte sich der Kopf, während ich das, was gerade geschehen war, und James' allgemeine Liebenswürdigkeit in einem weiteren Rahmen – seine Vorstellungen, eine mögliche Beziehung (war es überhaupt eine Beziehung?), meine Hoffnungen auf eine D/S-Seite einer Liebschaft – unterzubringen versuchte. Ist es fair, mit jemandem zusammen zu sein, wenn man sich nicht sicher ist, ob man auf eine Weise zusammenpasst, die einem so wichtig ist? Ist es nicht verrückt, diese Entscheidungen treffen zu wollen, solange man nicht einmal weiß, was die andere Seite will? Und ist es normal, in einem Menschen, der einen gerade gefickt hat, bis sich die Zehen kringelten, die andere »Seite« zu sehen? Während meine Verwirrung immer größer wurde, merkte ich, dass James neben mir eingedöst war. Ich musste lächeln, und mir wurde ein wenig die Brust eng. Er sah im Schlaf so jung und unbeschwert aus, aber es rüttelte mich auch auf. All das, worüber ich nachdachte, könnte wichtig sein, aber noch war es das nicht. Kleine Schritte! Ich wollte mein rumpelndes Gehirn abschalten und einfach nur die Trägheit dieses Glücksmoments nach dem Orgasmus genießen. Vielleicht bin ich auch kurz eingeschlafen.

Als ich aufwachte, war es ganz dunkel im Zimmer. James lag noch immer neben mir, aber ein schwaches Licht in der Dunkelheit sagte mir, dass er seinen *BlackBerry* checkte.

»Hey!«

Er sah mich an. »Auch hey. Gut geschlafen?«

Ich nickte und streckte mich. »Mm. Ja, danke. Und du?«

Er war charmant genug, um ein wenig peinlich berührt zu wirken. »Bin ich denn als Erster eingeschlafen? Ich erfülle wohl das Klischee!«

Ich lachte. »Schon gut.« Ich küsste ihn. »Ich nehme das als Zeichen, dass ich dich fertiggemacht habe.«

Er gab mir einen flüchtigen Kuss und murmelte: »Biest!« Dann tastete er auf dem Nachttischchen herum und legte seinen *BlackBerry* ab, bevor er den Arm um mich legte und meinen Rücken streichelte. Sein Kuss wurde intensiver, und wir begannen erneut. Ich lächelte in seinen Mund hinein. Daran könnte ich mich ganz gewiss gewöhnen!

Ich übernachtete nicht bei ihm. Er bot es mir an, und ich war auch sehr versucht, aber ich hatte nichts mitgenommen, weil ich nicht anmaßend wirken wollte.

»Dass ich dir gesagt habe, dass du Kondome mitbringen sollst, war das kein Hinweis, dass Anmaßung nicht unangebracht wäre?«, fragte er mürrisch, als ich meine Sachen zusammensuchte. Doch der Gedanke, dass ich in denselben Kleidern schamvoll ins Büro käme, war nicht besonders reizvoll. Um zwei Uhr brachte er mich zu meinem Wagen. Nach einem ausgiebigen Abschiedskuss sagte er, ich solle ihm simsen, wenn ich zu Hause angekommen wäre. Ich wandte ein, dass er doch noch ein bisschen Schlaf haben solle, bevor er um acht Uhr (!) bei der Arbeit sein müsse, aber nein, ich sollte ihm unbedingt simsen.

Ich seufzte. »Gut. Aber wenn du dann todmüde bist, darfst du nicht mir die Schuld geben.«

Er lehnte sich durch das offene Wagenfenster, als ich meinen Sicherheitsgurt anlegte. »Natürlich gebe ich ausschließlich dir und deinen verführerischen Fähigkeiten die Schuld«, sagte er und beugte sich zu einem letzten Kuss vor. Ich gab ihm ein Zeichen, dass er zurückweichen solle, denn wenn ich ihm rückwärts über den Fuß fuhr, wäre das nach diesem Abend ein echter Stimmungskiller.

»Du hast angefangen.«

Ich sah ihn noch im Rückspiegel lächeln, als ich losfuhr, aber er wirkte nachdenklicher und weniger sorglos als im Schlaf.

Das nächste Mal trafen wir uns zum Mittagessen. Ich hatte die ganze Woche über Spätdienst, und es war völlig sinnlos, Pläne für den Abend zu machen, denn wenn ich Feierabend hatte, dachten normale Leute bereits daran, ins Bett zu gehen, vor allem wenn sie so früh mit der Arbeit begannen wie James. Ein Teil von mir war versucht, ihm einen Besuch eben darum vorzuschlagen – um ins Bett zu gehen. Doch obwohl wir beide den Abend nach meinem lang ersehnten Essen bei ihm genossen hatten, hatte er nicht vorgeschlagen, so etwas zu wiederholen, und ich wollte mich nicht zu weit aus dem Fenster lehnen. Doch fairerweise muss ich sagen: Wenn er es vorgeschlagen hätte, wäre ich bei ihm gewesen wie der Blitz, mit anmaßendem Übernachtungsgepäck und allem.

Das Essen war schön. Er hatte einen netten Pub am Fluss

ausgesucht. Wir nutzten das für diese Jahreszeit ungewöhnlich gute Wetter und saßen wacker draußen, während die meisten Gäste lieber innen saßen und sich um ein Kaminfeuer scharten. Wir sprachen über die Arbeit. Ich erzählte ihm von einer telefonischen Auseinandersetzung zwischen Ian und einer empörten Leserin – ein so sagenhafter Streit, dass alle im Raum eine Weile in der Arbeit innegehalten hatten, um Ians Gegenargumenten auf die zunehmend abstruser werdenden Anschuldigungen zu lauschen, die er sich anhören musste. Als er dann zwei Minuten lang immer wiederholt hatte: »Wenn Sie mich weiter auf diese Art und Weise beschimpfen, werde ich auflegen und das Gespräch beenden«, applaudierten wir. Er tat es, drehte sich entnervt um und berichtete uns, dass die gegnerische Seite die alte Misses Vickers gewesen sei, eine Kirchengemeinderätin, die sich über eine nicht allzu überschwängliche Kritik der Inszenierung von *Ein Inspektor kommt* durch eine Laienschauspieltruppe beschwert hatte.

James erzählte mir mehr über die Pläne zur Goldenen Hochzeit seiner Eltern, die er um eine Geschäftsreise nach Genf herum organisierte. Er und seine Schwester wollten für ein langes Wochenende ein Cottage in Cornwall mieten, wo alle hinkommen konnten, um dem glücklichen Paar zu gratulieren, bevor es dann ein Festessen in einem Fischrestaurant gab. Beim Gespräch über seine Eltern war er angeregter, als wenn es um seinen Job ging, und es war schön, ein Gefühl für diesen Mann zu bekommen, den die ersten Sprechversuche seines Neffen zu solcher Heiterkeit veranlassten.

»Meine Schwester Emily ist eine tolle Mutter, und Joseph ist ein süßes Kind. Aber er ist nun in diesem Alter, in dem er irgendetwas brabbelt, und ich nicke, aber Emily erklärt mir dann feierlich, dass er mich gerade gebeten hat, ihm den Joghurtlöffel zu reichen. Ich versuche, ernst zu bleiben, aber es ist das menschliche Gegenstück zu Lassies Gebell, das der kleine Timmy auch immer versteht.«

Ich lachte. »Ich wette, er macht auch eine gute Figur, wenn er durch den Garten rennt!«

James nahm einen schnellen Schluck und nickte. »Und wie! Ich werde auf jeden Fall einen Fußball mitnehmen, dann können wir dort unten herumtoben, wenn wir fertig sind. Wer braucht schon Worte? Worte werden weithin überschätzt.«

Ich weiß, ich bin schrecklich, aber ich bin ziemlich rot geworden, denn mir kam auf einmal eine andere Situation in den Sinn, in der Worte völlig überflüssig waren. Ich starrte kurz auf meinen Teller und zwang die Röte kraft meines Willens zu verschwinden. Auf einmal lag seine Hand in meiner, und als ich aufblickte, lächelte er mich an.

Ich wusste nicht, ob ich es beruhigend oder nervtötend finden sollte, dass er mich offenbar so gut einschätzen konnte.

Nach dem Essen winkte ich schnell einen Kellner herbei und bezahlte die Rechnung, bevor James sie übernehmen konnte. Es war ein triumphierendes Gefühl, und es amüsierte mich auch, dass er dies für so ungewöhnlich hielt. Er versuchte vergeblich, den Kellner zurückzurufen, aber der hatte natürlich keine Zeit für solche Spielchen. James fuhr sich durchs Haar.

»Danke fürs Essen. Das ist eine schöne Geste, aber wenn wir ein Date zum Essen haben, bezahle normalerweise ich.«

Ich streckte ihm die Zunge raus. »Wer sagt denn, dass es ein Date war?«

Für einen Moment schaute er verlegen, dann verwirrt drein und lächelte schließlich, als er seinen eigenen Spruch von unserem ersten Zusammentreffen wiedererkannte. »Aua! Touché, Miss Morgan!« Dann kicherte er verdattert. »Ich glaube, ich habe mich beim ersten Mal wie ein ziemlicher Arsch benommen.«

Ich nickte. »Ein bisschen. Aber du hast es wieder wettgemacht. Und du kannst es noch besser machen, wenn du mich fürs Mittagessen bezahlen lässt.«

Empört schüttelte er den Kopf. »Normalerweise haben die Frauen kein Problem damit, dass ich bezahle.«

Ich ignorierte den unerwarteten Stich bei der Vorstellung von einer unendlich langen Liste von Frauen, mit denen er sich zum Mittagessen traf, und legte meinen Schal um. »Vielleicht triffst du dich einfach mit den falschen Frauen.«

Er bedachte mich mit einem reservierten Blick und grinste schließlich. »Ja, vielleicht.«

Als ich wieder im Büro war, beschloss ich, dass es Zeit wäre, ein wenig direkter zu werden. Unser ausgiebiger Kuss, bevor sich unsere Wege vor dem Lokal wieder trennten, wies darauf hin, dass James immer noch an mehr als nur einer Freundschaft interessiert war, auch wenn er nach unserer ersten Nacht das Tempo ein wenig herausgenommen zu haben schien. Ich machte mir deshalb jedoch keine Sorgen, denn ich war mir ziemlich sicher, dass er nicht der Typ war, der eine Frau hinhielt – um es derb auszudrücken: Er hatte mich schon gehabt und traf sich noch immer mit mir. Doch das Thema Sex persönlich anzusprechen war eher schwierig, und auf elektronischem Weg fand ich es weniger peinlich, denn ich müsste ihm dabei zumindest nicht in die Augen sehen. Ich bootete meinen Messenger.

> Wollte nur danke sagen für eine wunderbare Mittagspause. War schön, dich zu sehen, wir sollten es wiederholen, wenn du aus Genf zurück bist.

Ich wollte vorsichtig anfangen, das Thema sollte sich entwickeln. Ich kann ja nicht unvermittelt in einen Chat über Sex einsteigen. Das würde ihn erschrecken. Eine Minute darauf kam die Antwort:

> Da du bezahlt hast, sollte eher ich mich bedanken. War toll, dich zu treffen. Das machen wir bestimmt bald wieder.
> PS Danke
> PPS Du hast umwerfend ausgesehen in diesem Top.

Ich lächelte. Okay, mit diesem Flirtgeplänkel konnte ich leben. Es machte Spaß.

> Über die Sache mit der Rechnung musst du hinwegkommen. Du musst keine Gegenleistung dafür erbringen.

Seine Antwort kam schnell und war kurz, ich musste grinsen wie ein Honigkuchenpferd:

> Und wenn ich aber etwas dafür tun will?

> Weißt du, am einfachsten wäre es für dich, wenn du die Gelegenheit ergreifst und einen Annäherungsversuch unternimmst.

> Ich dachte, nette Jungs machen so etwas nicht …

Ich verzog das Gesicht bei dem Gedanken, dass wir trotz so vieler Gemeinsamkeiten und trotzdem ich ihn wirklich mochte auf einer Ebene grundverschieden waren. Ich habe nun wirklich weder Zeit noch Lust, mich mit Mistkerlen abzugeben, aber wenn James nicht wusste, dass es auch etwas dazwischen gab, dann war er ganz bestimmt nicht mein Typ.

Quatsch. Ich antwortete ihm, aber ein bisschen hatte ich den Spaß an der Sache verloren.

Man kann ein netter Kerl sein und trotzdem kein Langweiler.
Solange du meinst, dass dein Annäherungsversuch willkommen sei, bist du wohl auf der sicheren Seite.
PS Um alle Zweifel auszuräumen: Er wäre willkommen.

Ha, wenn ich zur Höchstform auflaufe, könntest du Angst bekommen.

Das klang verheißungsvoll, aber ich verdrehte trotzdem die Augen bei der Vorstellung, dass ich Angst vor ihm bekommen könnte.

Ich könnte ganz sicher damit umgehen.

Ach wirklich? Aber die Sache mit dem Slip hat dich doch ganz schön schockiert, oder?

Ich war echt perplex und richtig sauer. Ich war überhaupt nicht schockiert, du unverschämter Kerl! Ich weiß nicht, wie sehr meine Empörung in meiner Antwort durchklang.

Ich war überhaupt nicht schockiert!
Außerdem schuldest du mir noch eine Unterhose!

Die Antwort ließ ein paar Minuten auf sich warten. Als sie kam, klang sie sehr viel weniger scherzhaft als alles zuvor.

Du warst kurz irritiert, hast dich jedoch gut geschlagen. Aber als du das Essen bei mir abgesagt hast, habe ich mir allen Ernstes Sorgen gemacht, dass ich zu weit gegangen war.

Ich war verwirrt und ein bisschen genervt, weil er mir nicht zutraute, dass ich aufrichtig war. Dabei brachten mich doch gerade meine Aufrichtigkeit und meine gelegentliche Direktheit am häufigsten in Schwierigkeiten!

Ich musste damals wirklich arbeiten, es war keine Ausrede. Wenn ich dich nicht hätte sehen wollen, hätte ich dir das auch so gesagt.

Wieder antwortete er eine Weile lang nicht, so lange, dass ich den Artikel, an dem ich gerade saß, fertig schreiben und ausdrucken und mir eine Tasse Tee holen konnte. Ich hatte das Gefühl, ich müsste noch mehr sagen, wusste aber einfach nicht, wie ich die Sache klarstellen könnte, sofern das überhaupt ging.

Das mit dem Slip war toll. Heiß! Aber nichts, was mich vor den Kopf stößt.

Dann kam mir ein Gedanke.

Wenn es mir peinlich oder unangenehm oder was auch immer gewesen sein soll – warum hätte ich dann danach zu dir zum Essen kommen sollen?

Auf der Schreibtischkante vibrierte mein Handy.

Um ein gutes Steak zu essen und mit der Katze zu spielen?

Ich lächelte. Bevor ich noch eine Antwort tippen konnte, fügte er hinzu:

Das mit dem Slip war heiß, was? Heiß wie geil? Oder heiß wie »Du warst rot bis hinter die Ohren«?

Ich wurde schon beim Gedanken daran rot.

Wie wär's mit beidem?

Okay. Aber viele Leute würden es trennen.

Ich denke, in diesem Punkt verstehen wir uns.

Interessant. Ich glaube, wir könnten uns noch in mehr Punkten verstehen. Muss in eine Sitzung. Später mehr. x

Er ließ mich also schmoren. Ich wusste, hoffte, spürte mit aufgehendem Herzen, dass die Zeichen, die ich unbewusst aufgriff, richtig waren und James sexuell dominant war. Aber zynisch, wie ich war, stellte ich lediglich eine Liste der Dinge auf, die er gemeint habe könnte und die meine Welt *nicht,* wie ich hoffte, auf alle möglichen perversen und nicht-perversen Arten erschüttern konnten. Rechne mit dem Schlimmsten und hoffe auf das Beste!

Doch er ließ mich wirklich warten.

Gegen neun Uhr, als ich gerade zusammenpackte, hörte ich das vertraute Piepsen meines Handys.

Abgesehen von der Sache mit der Unterhose – fandest du bei unserem Essen auch noch etwas anderes heiß?

Ich lächelte hoffnungsfroh bei der Vorstellung, worauf er hinauswollte, war aber nicht gewillt, ihm zu helfen, bevor er nicht ein wenig deutlicher wurde. Das klingt so, als wollte ich ein Spielchen spielen, aber es war ganz und gar nicht so. Aber bevor ich nicht ganz sicher war, wie weit er gehen wollte, wollte ich ihn nicht abschrecken.

Du willst wohl Komplimente hören. Hattest du etwas Bestimmtes im Sinn?

Ich stellte mir seinen entrüsteten Blick vor bei dieser Anschuldigung, es amüsierte mich sehr.

Zum Beispiel meine Schläge.

Jetzt lächelte ich richtig breit. Okay, dann ging ich also recht in meiner Annahme. Ich konnte jedoch der Versuchung nicht widerstehen, seine Entrüstung noch zu steigern.

Das hat mir gefallen, es hat mir aber nicht richtig wehgetan.

Ich, maliziös? Na, vielleicht ein bisschen. Aber es machte Spaß.

Wer sagt, dass ich dir richtig wehtun wollte?

Nun bekam ich einen trockenen Mund. Ich wusste wirklich nicht, was ich antworten sollte. Doch bevor ich noch meine Gedanken ordnen und mir etwas einfallen lassen konnte, vibrierte das Telefon in meiner Hand.

Würde es dir gefallen, wenn ich dir mehr Schmerzen verursachte?

Ich kannte die Antwort. Und sicherlich kannte auch er sie. Doch diese zwei Buchstaben zu tippen war wie ein Riesenschritt ins Unbekannte. Ich wusste nicht, ob ich es wagen sollte. Stattdessen wich ich aus.

Ich dachte, nette Jungs tun so etwas nicht.

Ich dachte, nur Langweiler tun so etwas nicht, nette Jungs könnten das aber schon.

Hm. Ich hatte mich in meiner eigenen Schlinge verfangen.

Ja.

Ja – zu was? Zu den netten Jungs oder dass ich dir wehtun soll?

Das Ziehen in meinem Bauch war schlimmer denn je. Entweder würde es jetzt ganz wunderbar werden oder aber ein fürchterliches Missverständnis geben, und ich würde mich total zum Affen machen. Ich nahm meinen Mut zusammen.

Beides.

Ich starrte das Handy an und wusste nicht, welche Antwort ich mir wünschte. Wohin es führen konnte, wenn es so lief, wie ich hoffte, belustigte und schockierte mich zu gleichen Teilen. Ich hätte es dabei belassen sollen, falls James es nur so dahingesagt hatte, aber ich konnte nicht – ich musste meine Neugier stillen.

Willst du mich zum Weinen bringen?

Dass ich den Atem angehalten hatte, während ich auf seine Antwort wartete, merkte ich erst, als mein Handy piepste. Ich weiß nicht, was ich wirklich erwartet hatte.

Wenn du damit fragen willst, ob ich ein Sadist bin – nein, ich glaube nicht. Nicht wirklich. Normalerweise nicht. Es macht mich nicht an, jemandem Schmerzen zuzufügen, aber eine Bottom, die auf Schmerzen abfährt, zu reizen ist etwas anderes. Es würde mir gefallen, sie an ihre Grenzen zu führen, die Schranke zu durchbrechen und sie zum Weinen zu bringen.

Verstehe.

Dachte ich jedenfalls. Dass er das Wort *Bottom* benutzte, erfüllte mich mit Hoffnung. Doch ich hatte keinen Schimmer, was ich darauf sagen sollte.

So wortkarg kenne ich dich gar nicht.

Ich rollte mit den Augen. Er hatte ja recht. Aber ganz anders als mit Thomas war es mir peinlich, mit James darüber zu sprechen. Und auch mein Wissen half nicht, dass ich mir über Thomas' Urteil weniger Sorgen machte, weil ich keine Paarbeziehung mit ihm haben wollte.

Irgendwie habe ich gerade einen Knoten in der Zunge.

Vermutlich ist es unhöflich zuzugeben, dass es mir gefällt, zu wissen, dass ich dich konsterniere.

Ich grinste und war schon wieder mehr ich selbst.

Ja, es ist unhöflich. Aber für das »konsternieren« kriegst du einen Pluspunkt.

Den ganzen Abend lang simsten wir. Es klingt albern, denn ich hätte ja gleich nach Feierabend kurz zu ihm fahren und dieses Gespräch persönlich mit ihm führen können. Aber ich denke, es wäre für uns beide unangenehmer und auch heikler gewesen, diese geflüsterten Begierden auszusprechen, die es anderen so leicht machten, über einen zu urteilen. Ich fand es ziemlich schwierig, einem möglichen Partner zu erklären, dass es mir gefallen würde, wenn er mich auf alle möglichen schmutzigen und für beide lustvollen Arten dominierte, aber am Ende wurde mir klar, dass es andersherum noch problematischer war: James erläuterte mir, dass er Angst davor hatte, als Frauenhasser angesehen zu werden, als einer, der Frauen schlägt und Schlimmeres.

Das Gespräch mit ihm war faszinierend. Mit Thomas hatte ich über die Gründe seiner Lust an der Domination geredet, aber dass ich nun diese ganz andere Seite von James kennenlernen und sie mit dem hart arbeitenden, klugen und familienorientierten Mann, den ich schon kannte, zusammenbringen durfte, war bestechend. Ich hatte so viele Fragen, und er gab mir auf alle eine Antwort. Angefangen bei der Frage, wie lange er schon wisse, dass er so etwas verführerisch fand – lustigerweise stand er als Junge etwa zur gleichen Zeit, als ich über die Nöte von Maid Marian fantasierte, ganz im Bann der Comicfigur Penelope Pitstop, die in der amerikanischen Fernsehserie *The Perils of Penelope Pitstop* bei ihren Abenteuern gefangengenommen und gefesselt wurde –, bis hin dazu, wie er Vorstellungen entwickelte, was er mit einer Unterwürfigen machen wollte.

> Sex, auch D/S, ist ja meistens spontan. Es kann ganz normal beginnen, dann aber kann ein kurzer Schlag oder ein bestimmter Blick die Dynamik verändern, auch wenn dies dann nicht so weitergeht. Für mich hängt guter D/S-Sex jedoch von einer guten Planung ab. Manchmal lebe ich eine Fantasie aus, manchmal experimentiere ich nur, üblicherweise aber will ich ein Ziel erreichen. Wenn eine Bottom besonders widerspenstig ist und alles tut, um mich in Rage zu bringen, um alle Aufmerksamkeit zu bekommen und um »bestraft« zu werden, dann sorge ich dafür, dass sie ihren Willen nicht bekommt. Möglicherweise fessle ich sie und stelle sie in eine Ecke, beachte sie nicht, bis sie merkt, dass sie mich nicht dazu bringen kann, ihr zu geben, was sie will,

schrieb er. Und weiter:

> Oder wenn sie während einer Szene Probleme hat, sich zu artikulieren, weil es ihr peinlich ist oder sie in einem Zustand ist, der eine Kommunikation erschwert, schaffe ich eine Situation, in der sie für ihr Schweigen bestraft wird, wenn sie nicht auf mein Geheiß spricht, und belohne sie, wenn sie schnell antwortet. Ich habe gern ein Drehbuch und halte mich wenn möglich daran, ich muss aber auch manchmal improvisieren. Wenn ich weiß, dass etwas eine echte Herausforderung für die unterwürfige Frau ist, muss ich entscheiden, ob sie davon profitiert, wenn ich sie dazu treibe, die Grenze zu überschreiten, oder ob ich besser davon ablasse. Es ist mir nur selten passiert, dass ich eine Frau zu etwas gebracht habe, zu dem sie, im Nachhinein betrachtet, nicht bereit war; dagegen habe ich vielleicht immer zu schnell einen Rückzieher gemacht. Zu leicht lasse ich sie jedoch nie davonkommen. Ich glaube, ich kann beurteilen, wann sie an ihre Grenzen geführt werden will und möchte, dass ich das mit ihr mache.

James hatte mehr Erfahrung als ich. Er hatte bereits ein paar langjährige, wenn auch Blümchensexbeziehungen und ein paar D/S-geprägte Affären hinter sich. Auch er suchte das Gleichgewicht zwischen jemandem, mit dem er spielen, und jemandem, mit dem er zusammen sein konnte. Er beantwortete meine Fragen sehr besonnen und rational, selbst jene, die mir den Atem stocken ließen.

Ich bin im Grunde dazu gekommen, als ich anfing, regelmäßiger Sex zu haben. Einmal war ich mit einem Mädchen im Bett, das wollte, dass ich es schlage. Ich hatte an so etwas schon früher gedacht, habe aber die Gelegenheit nicht gleich ergriffen, wie du vielleicht meinen könntest. Stattdessen war ich Mister Vernünftig und sprach mit ihr darüber, wie wohl dieses oder jenes wäre. Mich machte so etwas scharf, aber ich wollte es erst tun, wenn sie sich sicher war. Sie sagte Ja, und als wir dann Sex hatten und sie oben war, gab ich ihr einen leichten Klaps. Sie sagte, das fühle sich gut an und ich könne stärker zuschlagen, was ich auch tat. Als wir beide kamen, hatte sie einen roten Hintern und ich eine schmerzende Hand. Anfangs fand ich es peinlich – schließlich hatten meine Eltern mich dazu erzogen, nie gegen jemanden die Hand zu erheben –, aber sie reagierte sehr positiv darauf, und ich merkte bald, dass der Unterschied zwischen diesen Schlägen und einer Misshandlung in der Übereinstimmung lag. Sie gab mir die Erlaubnis, sie zu schlagen, zu fesseln etc. Nicht ich, sondern sie bestimmte, wie sehr ich ihr wehtun und was ich überhaupt mit ihr machen durfte. Hätte sie Halt gesagt oder ihr Safeword benutzt (das vereinbare ich immer), hätte ich auf der Stelle aufgehört. Ich genieße die Macht, die Kontrolle, dieses Spiel. Die Psychologie dahinter ist faszinierend: Wie bringe ich dich am besten dazu zu tun, was ich von dir verlange? Ich kann die Frau raten lassen, sie verwirren, sie bei jeder neuen Runde in die Ecke treiben, sodass sie immer nur auf meinen nächsten Schritt reagieren kann. Oder ich kann ihr eine Woche zuvor ganz genau sagen, was ich mit ihr vorhabe, und sie kann es sich wieder und wieder durch den Kopf gehen lassen, kann sich selbst stimulieren und quälen und sich selbst testen, bevor ich es tun muss. Beides funktioniert im jeweiligen Rahmen dahingehend, dass sie tut, was ich will.

Seine Erkenntnisse machten mich dreist:

Wer sagt, dass ich tun will, was du von mir willst?

Seine Antwort raubte mir den Atem:

Ich denke, ich habe die Zeichen schon früh erkannt. Doch nach deiner Absage damals und aufgrund deiner Reaktion, als ich beim Sex deine Brüste hielt, war ich mir nicht mehr so sicher und wollte es nicht ausreizen. Doch nun bin ich mir ziemlich sicher. Natürlich willst du tun, was ich von dir will. Mich würde es glücklich machen, und du willst mir gefallen.

Es war mir egal, ob ich streitlustig klang:

Ach was, wirklich?

Er:

He, he! Ja, wirklich. Ich stecke Leute nur äußerst ungern in eine Schublade, denn das hilft meistens nicht. Aber aus Erfahrung weiß ich, dass es Frauen gibt, die aufsässig sind, die sich danebenbenehmen, um eine Reaktion zu provozieren, und denen das Gefühl gefällt, entgegen ihrem rebellischen Verhalten überwältigt und kontrolliert zu werden. Du hast zwar ein schnelles Mundwerk und einen Hang zum Sarkasmus, aber ich denke, dies ist bei dir nicht der Fall. Denk an das Restaurant – ich habe dich nicht gezwungen, mir deinen Slip zu geben. Ich habe dich vor eine Herausforderung gestellt, die du annehmen, aber auch ablehnen konntest. Du hast sie angenommen, um mir zu beweisen, dass du es kannst. Du wolltest gewinnen, aber dass du mir deinen Slip gegeben hast, war ganz im Gegenteil allein mein Sieg – das ist die Ironie der Sache. Du willst dazu gebracht werden, Dinge zu tun, die dir schwerfallen, weil du es genießt, diese Probleme zu überwinden. Das ist die Herausforderung daran und das Spiel für dich.

Mein Handy wog schwer in meinen Händen. Er hatte recht, auch wenn ich es nicht so ausgedrückt hätte. Dass er all das gewusst hatte, dass er mich auf diese Weise durchschaut hatte, erregte mich, erschreckte mich aber auch. Es war erotisch, bezirzend und verhieß Möglichkeiten, die ich mir kaum ausmalen konnte, aber ich hatte das Gefühl, er wäre der anspruchsvollste Mann meines Lebens

Gerechterweise muss ich sagen, dass er mich in Bezug auf meine größten Sorgen beruhigte. Auch wenn er »Strafe« sagte, bestrafte er mich nicht für irgendein Fehlverhalten, sondern weil er die Macht genoss und wusste, dass ich den Schmerz genoss. Das klingt verkorkst, aber es beruhigte mich. Schließlich ging es mir nicht darum, schmerzhaft bestraft zu werden, wenn ich zehn Minuten zu spät kam – damit würde man das Spiel missverstehen.

Er versprach auch, es mit mir locker anzugehen. Wahrscheinlich hatten wir verschiedene Vorstellungen von dem, was als locker durchging, aber es klang verlockend, und ich war mehr als froh, es ausprobieren zu können.

James reiste für vier Tage nach Genf. Am Ende hatten wir uns gegenseitig mit Fragen, geilen Gedanken, nächtlichen Mails verrückt gemacht. Nachdem wir beschlossen hatten, uns in diesem Spiel zu versuchen, stellten wir verbindliche, wenn auch weit auslegbare Regeln auf. James schrieb in der Nacht: »Wir müssen ja keinen verdammten Vertrag ausarbeiten.« Aber wir verständigten uns über Safewords, Grenzen – harte und weiche – und verabredeten uns für den ersten Abend nach seiner Rückkehr bei ihm.

Der Ton unserer Chats hatte sich beruhigenderweise nicht wesentlich verändert. Im täglichen Gespräch hatten Dominanz und Strenge nichts zu suchen. Er war und blieb an meinen Ansichten und meiner beruflichen Kompetenz interessiert. Auch wenn es selbstverständlich sein sollte und dies dann auch war, war ich erleichtert, dass sich trotz des D/S-Reigens, den wir nun irgendwie begonnen hatten, unsere Freundschaft als Ganzes, unsere Beziehung, was immer es auch war, nicht veränderte.

Der einzige Unterschied lag in einer Art Pedanterie-Spiel, das wir begannen, als ich ihn einmal wegen eines Tippfehlers in einer Mail anrief – tja, die Sprachfetischistin eben! Er wies mich dabei auf einen eigenen Rechtschreibfehler hin, der, nur fürs Protokoll, dem Schreibprogramm geschuldet und daher etwas ganz anderes war. Jedenfalls trieben wir das weiter. Immer wenn ich einen Fehler machte oder ihn auf einen Fehler hinwies, der sich später als gar keiner herausstellte, machte er fünf Striche auf einer Liste, die er später abarbeiten wollte, wenn wir wieder zusammen wären ... Und jedes Mal, wenn er einen Fehler machte und ich ihn berechtigterweise anmerkte, löschte er fünf Striche.

Unsere Mails und SMS wuchsen sich buchstäblich zu Wortkriegen aus, beide kämpften wir darum, Fehler zu vermeiden, bevor der andere sie anstreichen konnte. Es war kindisch, spaßig und die Art von scherzhaftem Wetteifer, der mir versicherte, dass ich mich gut mit James verstehen könnte. Und dass er mich, wenn ich endlich bei ihm wäre, um das zu beginnen, was wir nun eben begannen, nicht in einen Keller sperren und misshandeln würde. Meistens war er ein freundlicher, charmanter, humorvoller Mann, der den fehlerhaften Gebrauch des Apostrophs fast genauso hasste wie ich.

12. KAPITEL

Er zerrte mich auch tatsächlich nicht in den Keller, als ich ihn nach seiner Rückkehr traf. Im Gegenteil, er ließ mich kaum zur Tür herein. Ich war sehr nervös. Aufgeregt, so aufgeregt angesichts der Frage, in welche Richtung sich alles entwickeln würde, aber auch ein wenig verstört. Ich besuchte meinen Freund – war er denn mein Freund?, fragte eine innere Stimme –, den ich fast eine Woche lang nicht gesehen hatte, gleichzeitig würde ich vermutlich aber auch mit einem neuen Meister intensiven Sex haben. Ich war erregt, aber ein bisschen ängstlich. Nicht vor ihm hatte ich Angst, sondern davor, nicht aushalten zu können, was er für mich in petto hatte. Und dass ich mir dessen bewusst war, machte mich noch unsicherer. Denn er hatte diese Seite an mir erkannt, bevor ich es ihm noch erklären konnte.

Er sah gut aus, als er mir öffnete. Er trug ein weiches weißes Hemd und eine Baumwollhose, wieder war er barfuß. Lächelnd nahm er mich am Arm und zog mich herein, dann drückte er die Haustür mit einem Klicken hinter mir zu.

Ich wollte die Treppe vor ihm hinaufgehen, aber er packte mein Handgelenk, zog mich zurück und umfing mich halb mit dem Arm, als er sich zu meinem Mund herunterbeugte. Wir küssten uns. Ich seufzte in seinen Mund, genoss seinen Geschmack, den Tanz unserer Zungen, die Nähe nach dieser gefühlten langen Zeit, nach so viel Erwartung. Ich sah ihn an und versuchte herauszufinden, ob es sich nun anders anfühlte, nachdem ich wusste, dass seine Interessen sich so gut mit meinen verbanden.

Noch als ich dachte, es sei alles in Ordnung und nicht zu peinlich, beugte er sich wieder zu mir herunter. Ich streckte mich ihm entgegen und hoffte auf einen weiteren Kuss, aber er hielt mich an den Schultern ein wenig auf Abstand, damit er sich meinem Ohr nähern konnte.

Er war so höflich wie immer, und bei seiner Stimme wurde mein Puls schneller, aber als er mir ins Ohr zischte, begann mein Herz aus einem ganz anderen Grund zu rasen.

Seine Worte kitzelten mich im Ohr. »Wir beide wissen, dass du die ganze Woche lang schweinische Gedanken gehabt hast, und ich freue mich darauf, ein paar davon zu erforschen. Doch vorher möchte ich, dass du etwas für mich tust. Ich werde dir vor dem Abendessen eine Kostprobe von mir geben. Geh auf die Knie. Jetzt!«

Er wich leicht zurück, um meine Reaktion zu sehen. Totenstille. Nichts regte sich. Wir sahen einander an. Er zog die Augenbrauen hoch, als würde er mich verhöhnen und auch herausfordern. Der streitbare Teil von mir wurde angefacht und sehnte sich danach, sich mit ihm zu messen, obwohl ich es – und ihn – geil fand. Seit unser Chat diese Richtung genommen hatte, war dies unausweichlich. Ich wollte mich ihm unterwerfen, hatte davon geträumt und fragte mich, wie es wohl wäre, wenn man sich jemandem unterwirft, dem man sich emotional stärker verbunden fühlte. In meinem Herzen wusste ich, was ich empfand, wusste, was ich zu tun hatte, auch wenn mein Kopf mir sagte, dass es verrückt, riskant, albern sei. Doch während er auf mich heruntersah – so sicher, dass ich auf die Knie gehen würde –, war ein Teil von mir auch wütend. Ich hatte ja noch nicht einmal meinen Mantel ausgezogen!

Ich wollte ihm sagen, dass er sich verpissen soll, und war mir ziemlich sicher, dass mein aufmüpfiger Blick genau das sagte. Aber als ich ihm in die Augen sah, wusste ich, dass ich nur herausfinden konnte, ob er der war, den ich in ihm sehen wollte, wenn ich ihm jetzt gehorchte. Sofort. Hopp oder topp.

Ich seufzte leise und sank auf die Knie, angespannt und verärgert über sein selbstzufriedenes Grinsen im Gesicht, als er sah, wie ich zu seinen Füßen kauerte.

Er strich mir übers Haar. »Gutes Mädchen.«

Mädchen genannt zu werden macht mich widerborstiger als alles andere. Doch während ein Teil von mir sich gegen den gönnerhaften Anklang dieses Kosewortes sträubte, schwelgte ein anderer in seinem Lob und wollte ihm unbedingt zeigen, wie gut ich sein konnte. Ich ließ mir Zeit. Ich fuhr mit der Zunge an seinem ganzen Schwanz hinauf und herunter, bevor ich ihn ganz in den Mund nahm. Doch dann packte er meinen Hinterkopf und stieß in mich hinein, sodass ich nur noch um ihn herum nach Luft schnappen konnte. Wir stritten um die Kontrolle des Rhythmus. Ich wollte ihn lutschen, ihm aber machte es Lust, sich in seinem eigenen Tempo zu bewegen. Während ich japste, zog er seinen Schwanz heraus – Verschnaufpause.

Als meine Atmung wieder normal war, rieb er sich an mir und schmierte unsere vereinten Körpersäfte in mein Gesicht. Während ich dies nun schreibe, klingt es wie eine Bagatelle, aber mein erster Impuls war blanke Wut. Ich wurde zornesrot, als er den klebrigen Saft in mein Gesicht rieb. Ich ballte die Fäuste an meinen Seiten und rang um die Beherrschung der lauten Stimme, die in meinem Kopf schrie, ich solle mich wehren, mich zurückziehen. Noch nie zuvor hatte mich jemand so behandelt, und es war so entwürdigend, dass es mich alle Mühe kostete, nicht darauf zu reagieren und ihn weitermachen zu lassen. Ein kleiner Teil von mir genoss es, doch der weitaus größere Teil war überaus aufgebracht. Allerdings wollte ich diesen Teil nicht gewinnen lassen, denn ich war genauso wütend auf mich selbst, weil ich so heftig auf das Erste, was er von mir verlangte, reagierte, wie auch auf ihn, der mir so etwas Erniedrigendes antat.

Die Heftigkeit meiner Reaktion machte mich kurz baff. Ich kämpfte um meine Selbstkontrolle und schloss die Augen, um das Ganze nicht sehen zu müssen und um meine Reaktion zu kaschieren. Ich atmete tief durch und gab mir Mühe, mich trotz meines Widerwillens zu unterwerfen. Da ich die Augen geschlossen Augen hatte, überraschte mich der Schlag. Es tat nicht sehr weh, aber es war immerhin so ein Hieb, dass ich die Augen aufriss, um zu sehen, was er getan hatte – gerade rechtzeitig, um ganz aus der Nähe zu sehen, wie er mich mit seinem Schwanz schlug. Ich stöhnte vor Demütigung, als er immer weitermachte. Seine Hand in meinem Haar hielt mich fest, während er von mir Gebrauch machte; abwechselnd schlug er mich oder rieb sich an meinem Gesicht. Ich war angewidert, fühlte mich abgewertet und war zu meinem eigenen Erstaunen doch so nass! Ich rutschte leicht auf den Knien.

Er schlug noch einmal zu, bevor er mich an einem Haarbüschel packte und mir wieder seinen Schwanz in den Mund steckte. Ich machte ihn so weit wie möglich auf, damit er Platz hatte, und leckte so schnell darüber, wie er mich auch fickte. Dann kam er so plötzlich, dass ich fast würgte, als mir der erste Strahl in den Rachen lief. Ich schluckte und leckte ihn sauber, dann wich er zurück, steckte seinen Schwanz wieder in seine Boxershorts und machte seine Hose zu.

Ich kniete vor ihm und wusste nicht, was nun geschehen würde. Meine Nippel in meinem BH waren hart, und ich hatte den Geschmack seines Spermas im Mund. Er streichelte kurz meinen Kopf, dann nahm er mich am Arm und half mir beflissen auf die Beine.

»Gib mir deinen Mantel. Und jetzt gehen wir hoch, kochen etwas und entspannen uns eine Weile.«

Ich kam mir so ähnlich vor wie Alice, die in einen geilen und doch irrwitzigen Kaninchenbau gefallen war. Ich zog den Mantel aus und folgte ihm in die Küche. Ich war erst zehn Minuten bei ihm – ein beachtlicher Unterschied zum letzten Besuch.

Wir aßen, redeten, tranken jeder ein Glas Wein, nicht mehr, denn wir dachten an das, was später kommen würde, und dazu brauchten wir einen klaren Kopf. Jedenfalls einigermaßen. Ich fand den Tempowechsel schwindelerregend, konnte dem Gespräch aber folgen, obwohl ich im Geiste die Minuten zählte, bis er mich ins Schlafzimmer führte und wir spielten. Und dann kam dieser Augenblick.

Offenbar wollten auch die Katzen spielen. Sie folgten uns, aber er nahm sie einzeln hoch und streichelte sie nachsichtig, bevor er sie sanft, aber entschlossen zur Tür trug und im Flur absetzte, wobei er sie hinter den Ohren kraulte und mit ihnen flüsterte. Es war so süß anzusehen, dass es den veränderten Tonfall, mit dem er die Tür schloss und sich zu mir umdrehte, dann umso frappierender machte. Er sagte, ich solle mich ausziehen, und setzte sich, um mir dabei zuzusehen.

Jede Frau, egal wie perfekt sie ist, hat Körperstellen, mit denen sie unglücklich ist, und auch ich habe wahrlich ein paar Unvollkommenheiten. Im Allgemeinen jedoch versuche ich, mir deswegen keinen Kopf zu machen. Ich ernähre mich gesund, gehe mindestens dreimal die Woche ins Fitnessstudio und bin eigentlich ganz zuversichtlich, dass sich die meisten Männer in den Flammen der Leidenschaft um vieles kümmern, aber ganz sicher nicht um eine etwas schlaffe Bauchdecke.

Doch wenn man angehalten wird, sich nackt auszuziehen vor jemandem, den man zum einen mag und der zum anderen vollständig angekleidet ist und einem nur dabei zusieht, ist das sehr verstörend. Mit sparsamen Bewegungen und spärlicher Anmut zog ich mein Oberteil aus und meine Hosen herunter, gleichzeitig streifte ich die Socken ab, denn sie sind an sich schon nicht sexy, dann stand ich kurz da und nahm meinen Mut für den nächsten Schritt zusammen.

Ich sah, wie er mich anblickte, sah das Lächeln, das seine Mundwinkel umspielte, und beschloss, ihn nach seinen eigenen Spielregeln zu schlagen. Ich konnte das. Ich konnte Selbstvertrauen vortäuschen, auch wenn ich es nicht hatte. Schließlich musste ich das bei der Arbeit auch manchmal tun – wenn auch in angezogenem Zustand –, und keiner hat es je kapiert. Ich lächelte also dünn und hoffte, ich würde nicht so rot werden, wie ich fürchtete. Ich fasste an meinen Rücken, hakte den BH auf und zog ihn aus. Ohne innezuhalten, schlüpfte ich auch aus meinem Slip und legte die Unterwäsche auf die anderen Kleider auf seinem Bett. Ich drehte mich zu ihm um und widerstand dem dringenden Bedürfnis, die Arme vor der Brust zu verschränken.

So verharrten wir ein paar Minuten. Der Wind aus dem offenen Fenster spielte auf meiner nackten Haut, während James dasaß und mich beobachtete. Die Abendsonne schien in den Raum, und das Geräusch von Autotüren, die sich öffneten und schlossen, sowie von ein paar Kindern, die draußen Fußball spielten, machte die Szene irgendwie surreal. Aber ich stand noch immer da.

Schließlich erhob er sich.

Er ging durchs Zimmer, legte den Arm um mich und packte meinen Hintern. Ich schmiegte mich an ihn, ich brauchte das, ich brauchte ihn. Er beugte sich zu einem Kuss zu mir herunter, alles schmolz dahin außer seinen Händen auf meinem Körper und seinen Lippen auf meinem Mund. Dann löste er sich, strich eine Haarsträhne über meine Schulter und lächelte mich an.

»Mm. Bevor ich etwas anderes tue, musst du nun deine Strafe bekommen.«

Wut und Widerspenstigkeit überkamen mich. Mein Gott, was war das, wieso musste er mich zwanghaft in der Defensive halten? Musste das ständig sein? Verdammt. Misstrauisch sah ich ihn an, ich hatte nicht vergessen, dass ich dank der Launen von Schreibprogrammen und einer schlecht gelaufenen Wette, wer der nächste Trainer der englischen Nationalmannschaft sein würde, etwa hundert Striche auf unserer kleinen Wertungsliste hatte. Ich weiß nicht, wogegen er sie einlösen wollte, und das machte mich wirklich sehr nervös. Zumindest hoffte ich darauf, dass ich erst einmal schlafen dürfte.

»Müssen wir das denn jetzt tun?«, fragte ich hoffnungsfroh.

»Keineswegs. Wenn du noch warten willst, mache ich es erst, wenn du so weit bist, dass du den Hintern vollkriegen kannst.«

Ich sah ihn an, kopfschüttelnd streichelte er mein Gesicht.

»Du machst alles noch schlimmer. Willst du sehen, wohin das führt, Sophie, oder nicht? Nutze den Tag, das weißt du doch!«

Er lächelte, er scherzte wohl auch ein wenig, aber ich fühlte mich noch immer unwohl und wusste, dass es wichtig war, welche Wahl ich traf. Das Problem war: Ich wusste bereits, dass ich wieder einmal tun würde, was er wollte, und das nervte mich. Warum fuchste es mich so, mich jemandem zu unterwerfen, den ich wirklich gern hatte, attraktiv fand und mit dem ich eine Beziehung wollte? Er beobachtete mich eingehend. Ich seufzte.

»Also gut. Was muss ich tun?«

Bei seinem Lächeln wurde mir mulmig. Er sah so glücklich aus, und das machte mich glücklich. Jedenfalls bis er den Mund wieder aufmachte, nachdem er mich zu einem Teppich vor dem Kamin geführt hatte. »Beug dich vor. Du kannst mit den Händen deine Knöchel oder deine Knie umklammern – wie es dir bequem ist. Aber wenn du deine Position eingenommen hast, bleibst du auch so. Dann zählst du bis hundert und bedankst dich bei mir für jeden Schlag. Ist das klar?«

Mein langes Haar fiel mir ins Gesicht, als ich meine Hände auf die Knie legte. Der Kopf drehte sich mir, als ich mir überlegte, womit er zuschlagen wollte, wenn er ganze hundert Hiebe austeilen wollte. Zum ersten Mal hatte ich richtige Angst davor, dass mir auf diese Weise Schmerz zugefügt werden sollte. Wie in aller Welt sollte ich so vielen Schlägen standhalten?

Er gab mir einen warnenden Klaps auf den Hintern und riss mich aus meiner aufsteigenden Panik. »Sorry. Ja … ja, alles klar, ich habe verstanden.«

Ich spannte mich vor dem ersten Schlag an, aber er hatte sich vor mich gestellt, sich vorgebeugt und suchte unter dem Haarvorhang nach meinen Augen. Wir starrten einander kurz an. Seine Stimme war beruhigend, eigenartig besänftigend. »Ich werde die Gerte nehmen, Sophie. Du kannst es aushalten, ich verspreche es dir, aber wenn du aus irgendeinem Grund aufhören willst, sagst du dein Safeword. Du hast es nicht vergessen, oder?«

Ich nickte und wusste: Nun war nicht der Zeitpunkt, um darauf hinzuweisen, dass mein Unterbewusstsein es bereits hinausschrie. James lächelte, in diesem Moment war er James und ich Sophie, und alles war gut. Und dann fing es an.

Die ersten zehn Hiebe taten überhaupt nicht weh. Ich zählte sie laut und dankte James für jeden Schlag. Ich war erleichtert, dass sich meine Angst vor dem Schmerz nicht bestätigt hatte, mein Hintern kümmerte mich nicht, stattdessen dachte ich erwartungsvoll an das, was nach dieser albernen Bestrafung kommen würde.

Doch dann wurde alles anders. Der Winkel, in dem er zuschlug, veränderte sich kaum merklich, oder er hatte seinen Rhythmus gefunden. Was es auch war, es schmerzte so, dass mir die Luft wegblieb. Ich zählte weiter, blieb auch stehen – so einigermaßen –, einmal jedoch traf er mich mit einer solchen Wucht an der empfindlichen Stelle oberhalb des Schenkels, dass ich leicht wankte und mich mit den Händen abstützen musste. Es ging ganz schnell, aber damit er nicht noch weitere Schläge hinzufügte, weil ich meine Haltung verändert hatte, entschuldigte ich mich verzweifelt. Zum Glück bestrafte er mich dafür nicht.

Ein Danke für jeden Schlag. Doch als wir bei fünfzig angekommen waren, musste ich die Zähne zusammenbeißen, und meine Stimme klang alles andere als dankbar. Es schmerzte so viel mehr, als ich gedacht hatte. Die pure Sturheit hielt mich aufrecht und ließ mich weiterzählen. Sein Rhythmus war erbarmungslos, er schlug lediglich auf die linke Hinterbacke, immer auf dieselbe Stelle. Der Schmerz wurde so schlimm, dass es immer schwieriger wurde, ein Danke aus meinem trockenen Hals herauszupressen.

Bei sechzig hielt er kurz inne. Er packte ein Haarbüschel und zog meinen Kopf hoch, damit er mir in die Augen blicken konnte.

»Weinst du? Es hört sich so an.«

Meine sture, stolze Seite ohne Selbsterhaltungstrieb antwortete, bevor der Rest von mir überhaupt denken konnte: »Nein.«

Er betrachtete mich aus der Nähe, seine Augen suchten in meinen ein Anzeichen dafür, wie nah er dran war, mich zu brechen – was mir trotz des Schmerzes, den ich verarbeiten musste, ein wenig mehr Sicherheit und Ruhe schenkte. Als er in meinem Gesicht gelesen hatte, nickte er. »Willst du aufhören?«

Ich hob das Kinn und hörte meine Stimme von weither, sie klang selbstsicherer, als ich mich fühlte. »Nein, es ist okay.« Was bin ich für eine dumme Kuh!

Als er mein Haar losließ und sich wieder hinter mich stellte, konnte ich nur an die ewige Warnung meiner Mutter denken, dass meine Sturheit eines Tages mein Ruin wäre, auch wenn sie wohl kaum das hier damit gemeint hatte. James schlug weiter, und Gott sei Dank verblassten die Gedanken an meine Mutter, während ich wieder versuchte, dem Schmerz standzuhalten.

Bei achtzig konnte ich gerade noch stehen und meine Position halten – ein Sieg für meine Dickköpfigkeit. Aber bei jedem Schlag schrie ich innerlich: »Zwanzig, neunzehn, achtzehn …« Meine Beine schlotterten, ich stand Höllenqualen durch. Bei hundert durchfuhr mich eine Woge der Erleichterung. So viel zu: Es schmerzt ja gar nicht so sehr …

James erlaubte mir, mich aufzurichten, und stellte sich vor mich. Er küsste mich zärtlich auf die Stirn, während ich zitternd vor ihm stand und Schmerz und Adrenalin mich durchspülten.

»Braves Mädchen. Gut gemacht. Du warst sehr tapfer.«

Ich verkniff mir eine Grimasse bezüglich des verhassten Wortes, und er schob einen Finger zwischen meine Beine. Ich stöhnte vor Lust, drückte mich an ihn und genoss es, wie er mich mit den Fingern erkundete. Er lachte darüber, wie nass ich war, wie meine Beine zitterten, als er mich an den Rand des Orgasmus brachte – es war ein Kinderspiel. Dann wich er zurück. Ich konnte mich gerade noch beherrschen, nicht zu wimmern, ich wollte ja nichts tun, was ihn dazu veranlasste, die Gerte wieder in die Hand zu nehmen. Aber sicherlich verriet mein Blick meine Frustration, als er sich auf die Bettkante setzte, seine Hose aufmachte und mir bedeutete, dass ich mich vor ihn knien sollte.

Ich sah ihn voller Hoffnung an, wartete unbewusst auf ein zustimmendes Nicken. Dann machte ich den Mund auf und nahm ihn. Ich lutschte ihn begierig, genoss seine Hände in meinem Haar, spürte, wie er immer wieder die Fäuste ballte, während ich ihm huldigte. Ich ging ganz in dieser Aufgabe auf. Sogar der Schmerz in meiner linken Arschbacke ließ nach, während ich ihn leckte.

Doch dann zog er mich an den Haaren weg, nahm mich an den Armen, hob mich hoch und führte mich wieder zu dem Teppich. In meinem Gehirn gab es einen Kurzschluss, als er mich dorthin manövrierte, und ich konnte nur noch an die Gerte und den Schmerz denken. Worte brachte ich nicht heraus, Sätze schon gar nicht, ich hörte nur ein verzweifeltes Quäken in meiner Kehle: Verweigerung und flehentliche Bitte zugleich. Erst verstand ich gar nicht, was er sagte, weil ich so panische Angst vor weiterer Strafe hatte. Doch dann küsste er mich wieder auf die Stirn und streichelte mich so zärtlich wie vorhin seine Katzen, dass ich trotz des Dröhnens in meinem Kopf wusste, er wollte mir die Angst nehmen. Dann hörte ich, was er sagte:

»Ich will dich nicht wieder bestrafen. Ich will nur, dass du dich hier hinstellst und ich dich ficken kann.«

Ach so.

Ich ging wieder in die alte Position. Er zog ein Präservativ über und fickte mich. Er packte meine Hüften, damit er so hart wie möglich zustoßen konnte, dabei klatschte er bei jedem Stoß auf meinen brennenden Hintern. Es war herrlich! Nach der Bestrafung war ich noch immer auf Adrenalin und dachte an gar nichts. Ich reagierte nur auf ihn, ließ mich von ihm führen. Er fuhr mit der Hand an meinem Bauch hinab und rieb meine Klit, und ich kam mit seinem Schwanz in der Möse.

Als ich wieder auf die Erde zurückgekehrt war, merkte ich, dass er mich ins Bett getragen hatte und ich neben ihm auf der

Seite lag – mindestens eine Woche lang würde mein Hintern bei jeder Berührung schmerzen. Ich blickte ihn an, ein bisschen verlegen, weil ich nicht genau wusste, wie weggetreten ich gewesen war, und sah, dass er mich anlächelte. Er strich mir übers Haar und drückte mir einen weiteren Kuss auf die Stirn.

»Du warst klasse. Braves Mädchen.«

Lächelnd schloss ich kurz die Augen und freute mich an der Sanftheit seiner Lippen. Nun machte mir dieser bevormundende Tonfall nichts mehr aus. Ich fühlte mich nur noch erfüllt und stolz, weil ich ihm gefallen hatte und meinen Job gut gemacht hatte.

Aber damals wusste ich noch nicht, dass dies erst der Anfang war.

13. KAPITEL

Ich bilde mir etwas darauf ein, dass ich mich nicht mit den Klischees abgebe, die in Bezug auf Verabredungen gelten. Die meisten meiner Freunde sind auch so. Wir interessieren uns nicht für diesen »Wer ruft wen wann an«-Mist, wir sind alle vernünftige, direkte Menschen. Warum sollte man Spielchen spielen, wenn man jemanden mag?

Es kümmert mich also nicht, wann ich jemanden wiedersehe. Wenn ich es will, dann frage ich. Wenn der andere es auch will – genial. Wenn nicht, ist es blöd, und mein Selbstvertrauen kriegt einen Kratzer, aber darüber komme ich hinweg.

Nur, mit James war das nicht so.

Ich mache mich wegen geschlechtsspezifischer Rollen nicht verrückt und versuche, nicht in solche unsinnigen Kategorien zu verfallen wie: *Soll ich ihm als Nächste simsen, oder ist das zu deutlich? Wie viele Küsse soll ich ans Ende setzen? Ach, er hat ja gar keinen Kuss geschickt, zuvor aber schon – was heißt das jetzt?* Aber wenn diese Regeln schon im Normalfall schlecht sind, sind sie in Verbindung mit einer D/S-Komponente noch schlechter. *Ist es aufdringlich, ein Wiedersehen vorzuschlagen? Ist es ungehorsam? Soll ich warten, bis er etwas vorschlägt? Und wenn er nichts unternimmt, soll ich dann einfach weiter warten? Wann sollte ich aufgeben und davon ausgehen, dass er nichts von mir will? Wird meine Ungeduld mich nun aller Wahrscheinlichkeit nach in Schwierigkeiten bringen?*

Die erste Zeit mit James fiel mit einer Zeit in der Redaktion zusammen, in der ich viel Arbeit und wenig Vergnügen hatte. Einige Kollegen hatten Urlaub, und eine neue Zeitschrift sollte mit großem Tamtam auf den Markt kommen. Ich musste also so viel arbeiten, dass ich in Versuchung geriet, unter meinem Schreibtisch zu schlafen. Und dass ich mit James, nun ja, nicht so richtig bei der Sache war. Wir schrieben uns täglich Mails, und er war so interessiert wie immer, aber nach ein, zwei Wochen hatte sich unsere heiße Geschichte ein wenig abgekühlt. Ich stöhnte ständig über die Arbeit und schickte ihm Links zu Themen, die über unsere Presseagentur hereinkamen. Aber der Schweinekram? Irgendwo auf dem Weg ging er verloren, was mir zu denken gab: Verdammt, offenbar ist er nicht in der gleichen Weise an mir interessiert wie ich an ihm. Wie es für mich typisch ist, beschloss ich, dass es das Beste sei, es gar nicht anzusprechen und so zu tun, als sei alles bestens. Bis ich dann wirklich nicht mehr konnte und alles aus mir herausbrach wie ein bedrohlicher Sturzbach. Toll!

Es war an einem Donnerstagnachmittag, am Tag vor der großangelegten Markteinführung einer neuen Zeitschrift, an einem Punkt, an dem alle Probleme unlösbar erschienen. Allerdings weiß man, dass sie gelöst werden, denn das muss so sein, und man macht einfach weiter, bis einem die Augen zum Hinterkopf herausfallen und einem einfach keine griffige Schlagzeile mehr einfallen will.

Ich war im Messenger, weil ich mit unserer Chefdesignerin noch die letzten Farbabsprachen für die Überschriften in den verschiedenen Rubriken der Zeitschrift treffen wollte. Währenddessen aber chattete ich in einem anderen Fenster mit James, der sich mit irgendwelchem trockenen Finanzzeug herumschlug.

Unser Chat hatte schon kompliziert genug begonnen, aber eine Bemerkung, die ich normalerweise aus Vernunft übergangen hätte, half mir auf die Sprünge:

Er: Wir müssen sehen, was geschieht, wenn wir uns das nächste Mal treffen.

Ich: Ja. Aber wann? Wir müssen etwas ausmachen.

Ja, ja, eine kesse Lippe soll die Not kaschieren, die aus jeder Silbe trieft! O je, das muss besser werden.

Ich: Ich will mich ja nicht beklagen. Ich sage es nur. Und wenn du mich nicht mehr treffen willst – denn das letzte Mal ist ja nun eine Weile her –, ist das auch okay. Echt.

Mist. Klingt das nun so, als wolle ich nichts von ihm?

Ich: Aber ich hätte natürlich Lust, dich zu treffen.

Warum kommt mir nun Vera Lynn mit *We'll Meet Again* in den Sinn? Wie konnte ich mir nur so eine verfluchte Grube graben? Wie komme ich dort wieder heraus?

Ich: Aber wenn du nicht willst, okay. Ich würde es nur gern wissen.

Wow. Man könnte meinen, es war schwierig, bedürftig und gleichzeitig reserviert zu klingen, aber ich habe es wohl geschafft. Brillant.

Während ich noch überlegte, ob es das Beste wäre, diesen Chat zu beenden, um alles nicht noch schlimmer zu machen, indem ich mich ausloggte und technische Probleme (vielleicht auch eine Teil-Lobotomie) dafür vorschob, hörte ich das Piepsen einer Antwort. Ich war mir ziemlich sicher, dass es nicht darum ging, ob Grün oder Violett die Rubrik »Lifestyle« am besten vertrat, und konnte mich kaum überwinden, auf den Bildschirm zu blicken.

Natürlich will ich dich wiedersehen. Wie kommst du darauf, dass nicht? In Anbetracht deiner Gestresstheit, wenn ich in letzter Zeit mit dir gesprochen habe, fand ich es nur nicht sonderlich angeraten, mich vor dir aufzutürmen wie ein Super-Dom.

Aha. Plötzlich kümmerte mich selbst der größte Scheißtag in der Redaktion nicht mehr, und ich ertappte mich dabei, wie ich den Monitor so angrinste, dass meine Kollegen geradezu schockiert gewesen wären, denn es war seit zwei Wochen das erste Mal, dass mir während der Arbeit wieder ein Lächeln über die Lippen gekommen ist.

So geriet ich volle vierundzwanzig Stunden unter James' Kontrolle. Auf seinen Vorschlag hin nahm ich mir frei, an dem Tag, nachdem das große Sonderprojekt in Druck ging – termingerecht und ohne dass ich meine geistige Gesundheit eingebüßt hätte. Das war eine hervorragende Idee, denn am Morgen nach einer Veröffentlichung sitzt man sowieso nur am Schreibtisch, trinkt Kaffee und betet, das Telefon möge nicht klingeln, denn üblicherweise sagt einem dann jemand, dass dies oder jenes schiefgegangen sei, und daran kann man zu diesem Zeitpunkt sowieso nichts mehr ändern. Ein Tag allein mit James klang jedenfalls entspannend und toll und nach einer Möglichkeit, überschüssige Energie zu verbrennen, auch wenn ich nicht genau wusste, was geschehen würde. Doch dann wurde mir klar, worauf ich mich da eingelassen hatte – und das Partizip »entspannend« passt darauf wie die Faust aufs Auge.

Ich war um halb acht nach einer strapaziösen Fahrt durch den morgendlichen Berufsverkehr bei ihm, und jede Neugier, wie unser Tag nun beginnen würde, war rasch und jäh gestillt. Ich ging mit ihm in die Wohnung und bückte mich, um die Katzen zu begrüßen. Als ich mich wieder aufrichtete, nahm ich meine Tasche mit meinen Übernachtungssachen in die andere Hand. Er sah es, machte einen Schritt auf mich zu und nahm sie mir aus der Hand.

»Die wirst du nicht brauchen«, sagte er, als er mich ins Wohnzimmer führte, und warf die Tasche auf den Boden. Er ließ sich aufs Sofa fallen, ich stand verlegen vor ihm und wusste nicht, was tun, denn er fläzte sich so, dass kein Platz mehr für mich war. Als er dann sagte: »Zieh dich aus. Jetzt!«, war alles klar.

Ich sah ihn an, er sah so entspannt aus, er lächelte wie in einer Sofa-Werbung und war sich sicher, dass ich tun würde, was er verlangte. Wie immer war der Anfang das Schwierigste für mich. Ich biss die Zähne zusammen bei dem Bild, das er abgab – er lag da wie die personifizierte Arroganz, wartend, dass ich mich bewegte, wissend, das ich es tun würde –, streifte die Schuhe ab und knöpfte meine Bluse auf.

»Halt, warte kurz.«

Beim dritten Knopf hielt ich auf seinen Befehl hin inne. Ich sah ihn an und wünschte mir, er möge sich entscheiden. Sollte ich mich nun ausziehen oder nicht?

»Ja?«, fragte ich selbst für meine Ohren ein wenig zu schrill. Ich weiß, dass es aus Verlegenheit war, aber ich hatte Angst, er könne es als Widerspenstigkeit deuten, und dämpfte die Stimme. »Ja?«

Seine Augen strahlten, als er sprach, und trotz meines flauen

Gefühls im Bauch empfand ich plötzlich Zuneigung. Doch was er sagte, überwältigte mich.

»Die nächsten vierundzwanzig Stunden gehörst du mir. Mir allein. Alles, was du tust, tust du für mich. Deine Wünsche, deine Bedürfnisse, deine Würde – nichts zählt. Du tust alles, was ich verlange, so gut, wie du es nur kannst, und so, wie du weißt, dass es mir die größte Lust bereitet. Ist das klar?«

Ich musste schlucken, bevor ich antwortete, denn die unmittelbaren Auswirkungen des Ganzen schossen mir schon durch den Kopf, die Röte stieg mir in die Wangen. »Ja.«

»Also gut. Dann weißt du ja auch, dass du langsamer machen und dich so ausziehen sollst, dass es mir gefällt.«

Ich wusste nicht, ob ich auch nur einen Ton hervorbringen konnte, also nickte ich nur.

»Braves Mädchen. Also dann, einen Striptease für mich! Nicht einfach nur ausziehen – Sinnlichkeit. Zeig mir deinen Körper, zeig mir mein Eigentum.«

Mein Verstand wusste, dass er mich zu einer Reaktion trieb, aber ich mühte mich sehr, nicht zu widersprechen – vor allem der Vorstellung, ich sei sein »Eigentum«. Ich wusste, dass dies ja der Pakt war, den wir geschlossen hatten, und dass ich größtenteils wirklich scharf darauf war, mich ihm eine Weile auf diese Weise zu unterwerfen, um zu sehen, wohin uns das führte.

Mit verkrampftem Kiefer und plumpen Fingern spielte ich mit meinem teilweise schon offenen Kragen und ließ meinen BH aufblitzen, als ich mit der Hand über meinen Körper, über meine Hüften und meinen Rock strich, bevor ich dann einen weiteren Versuch startete, mich langsam auszuziehen.

Die folgenden fünf Minuten fühlten sich an wie eine Ewigkeit. Wäre ich nicht die meiste Zeit zu beschämt gewesen, um James anzusehen, und hätte stattdessen nicht an ihm vorbei an die

Wand geblickt, an der es zufällig eine Uhr gab, hätte ich schwören können, dass ich eher eine Stunde herumgemacht hatte.

Ich fühle mich wohl in meiner Haut, auch wenn ich weiß, dass mein Körper alles andere als perfekt ist und dass ich als Person auch unter den günstigsten Bedingungen nur ungern im Mittelpunkt stehe. Bei einem solchen Striptease kam ich mir jedoch lächerlich vor, ich fühlte mich zum Objekt degradiert und war beschämt. Mein Instinkt sagte mir, ich solle es schnell hinter mich bringen, aber ich wusste, dass ich mir Zeit lassen musste, dass ich ihn bestmöglich necken und betören musste.

Als ich bei meiner Unterhose angekommen war, waren mein Gesicht und mein Busen schon schamrot, und ich versteckte mich, so gut es ging, hinter meinen Haaren. Ich glaube, ich habe mich noch nie so verletzlich gefühlt, und das empfand ich als überaus unangenehm. Mir saß ein Kloß im Hals, und unerklärlicherweise war ich den Tränen nahe.

Schließlich zog ich meinen Slip aus und stand – körperlich und seelisch – splitternackt vor ihm. Nach einer langen Weile bewegte er sich auf mich zu.

»Weißt du eigentlich, dass du eine grauenhafte Körperhaltung hast?«

Sein Gesichtsausdruck war nicht zu entschlüsseln, als er sich zu mir vorbeugte und seine Hände meine Schultern geradebogen, damit meine Brüste hervorstanden. Dabei rieben meine Nippel an der rauen Wolle seines Pullovers.

»Ich weiß, dass dir deine großen Brüste peinlich sind.« Er strich mit dem Finger über meinen Busen. »Aber dafür gibt es nun mal keine Entschuldigung. Und wenn du dich zusammenkrümmst, werden sie auch nicht kleiner. Du solltest sie auch gar nicht verstecken.«

Es machte mich schüchtern, es war lächerlich. »Sorry.«

»Sch«, machte er und zwickte mich tadelnd in eine Brustwarze.

»Wie ich sehe, müssen wir auch daran arbeiten, dass du die korrekte Anrede benutzt.«

Was?

»In den kommenden vierundzwanzig Stunden wirst du mich mit *Sir* ansprechen.« Ich sah ihn scheel an. Ihn Sir zu nennen war keine unverrückbare Grenze. Wir hatten schon früher darüber gesprochen, und ich hatte ihm gesagt, dass ich es dumm fand. Sein Lächeln und seine funkelnden Augen sagten mir, dass er sich sehr gut an dieses Gespräch erinnerte. »Nur für die nächsten vierundzwanzig Stunden.«

Ich sah ihn an, ich konnte ihm nichts abschlagen. »Gut.«

Wieder kniff er in meinen Nippel, dieses Mal gröber.

»Entschuldigung – gut, Sir.«

Er lächelte, das flaue Gefühl in meinem Bauch verschwand, wurde ersetzt durch Stolz, und das war ebenso erschreckend, wie es auch angenehm war. Zu wissen, dass er zufrieden war, machte diese ganz Peinlichkeit irgendwie lohnenswert. Je früher jedoch auch er nackt sein würde, desto mehr würde es mich freuen.

Er strich mir das Haar aus dem Gesicht, während ich reglos dastand und wartete, was nun käme. Er küsste mich auf die Schulter und bewegte sich hinter meinem Rücken.

Ich hörte, wie er herumstöberte. Eine Schranktür ging auf, ich hörte ein Klirren und hätte mich gern umgedreht, wusste aber, dass ich das nicht durfte. Mit durchgedrückten Schultern stand ich da und wartete nervös.

Dann kam er wieder zu mir, er hatte nichts in der Hand, was mich in die Flucht geschlagen hätte. Er hatte gar nichts in der Hand, soweit ich sehen konnte.

»Vertraust du mir?«

»Ja.« Meine Antwort kam schnell, fest und sicher. Ich vertraute ihm wirklich.

Das Letzte, was ich sah, war sein Lächeln, dann verband er mir die Augen mit einer Binde, die er in der Hand zusammengeknüllt hatte.

»Gut.«

Ich hatte beim Sex noch nie zuvor verbundene Augen gehabt, überhaupt noch nie, soweit ich zurückdenken konnte, es sei denn für eine Runde Blinde Kuh bei dem einen oder anderen Kindergeburtstag. Ich war erstaunt, wie verletzlich ich mir vorkam.

Ich war seinem Blick zwar während meines Striptease kurz zuvor absichtlich ausgewichen, dass ich nun aber gar nichts mehr sehen konnte, machte mich nicht weniger verlegen oder schamhaft, ich fühlte mich nur noch stärker exponiert. Und natürlich bekam ich noch weniger mit, wie es weitergehen würde.

Ich wartete.

Da war wieder das Klirren, er war hinter mir, packte meine Handgelenke und band sie mit etwas Kaltem, Starrem zusammen. Auch meine Knöchel wurden gefesselt, mit einem Stoffband, in dem ich ein wenig schlurfen konnte, viel mehr aber nicht.

Ich spürte, wie er sich hinter mir aufrichtete. Als er mir ins Ohr flüsterte, fuhr ich zusammen.

»Ich denke, wir arbeiten nun an deiner Haltung, Süße. Ich weiß, dass es dir peinlich ist, dich vor mir zu zeigen, aber mehr will ich nicht von dir. Ich hole mir ein Glas Wein, setzte mich hin und bewundere dich eine Weile, während ich mir überlege, wie es weitergeht.«

Er knabberte an meinem Ohr und kicherte, als ich zitterte. »Es gibt so viele Möglichkeiten, ich habe so viele Ideen. Ich weiß gar nicht, wo ich anfangen soll. Geh auf die Knie.«

Es dauert eine Weile, mit gefesselten Knöcheln und den Händen auf dem Rücken – wodurch man noch weniger Gleichgewicht hat – auf die Knie zu gehen. Ich kam mir ziemlich ungelenk vor.

Ich verlor die Orientierung im Raum, ich wusste nicht einmal, ob er nun kurz in die Küche gegangen war, um sich Wein zu holen, aber ich spürte noch immer seinen Blick auf mir. Schließlich war ich auf den Knien, nahm meine Schultern zurück und streckte meine Brüste vor. So saß ich da und wartete.

Und wartete.

Bei jeder Bewegung, jedem Luftzug im Zimmer zuckte ich zusammen. War er es? War es eine Katze? Wenn ja, wie sollte ich sie verscheuchen?

Dann spürte ich seine Hand in meinem Haar, hörte seine Stimme im Ohr und bekam einen Schreck.

»Spreize deine Beine. Ich will dich sehen.«

Ich rutschte auf dem Teppich, öffnete meine Knie ein wenig.

»Ts, ts!« Ich spürte, wie sein Fuß meine Beine auseinanderdrückte, bis ich in einer schamlosen Position war. »Schon besser. Ich will sehen, wie sehr es dich ganz unweigerlich erregt, wenn ich dich so behandle, auch wenn ich dich noch gar nicht berührt habe. Du bist rot, aber ich weiß nicht, ob es noch aus Scham ist, auch wenn Gott allein weiß, dass du dich schämen solltest! Aber du wirst geil, deine Nippel sehen so aus, als würden sie sich nach meiner Hand oder nach meinen Zähnen sehnen. Und der Rest – du glänzt vor Nässe!«

Auf einmal war ich froh über die Augenbinde, denn trotz der Unbequemlichkeit, oder gerade deswegen, wusste ich, dass er recht hatte. Ich spürte die Feuchtigkeit, die sich zwischen meinen Beinen sammelte.

Er drückte meine Beine noch weiter auseinander, und ich fragte mich kurz, warum ich nicht wie sonst wütend wurde. Die

Fesseln, die Augenbinde – etwas hatte sich verändert, es kam mir surreal vor. Hyperreal.

»Ich habe deinen Saft am Schuh. Dreckiges Luder! Ich sollte dich zwingen, ihn abzulecken. Wer Dreck macht, muss putzen, das ist doch nur fair, oder?«

Okay, da war sie, die Wut. Ich widersprach nicht, aber mein Tonfall war widerspenstiger, als ich wollte. »Was immer Sie wollen, Sir.«

Er lachte. »Gute Antwort. Mir gefällt die Vorstellung, wie deine Zunge über meine Schuhe leckt und den Beweis deiner Geilheit entfernt. Aber jetzt möchte ich erst einmal richtig in deinen Schoß blicken.«

Selbst unter der Augenbinde schloss ich die Lider. Ich hörte ihn trinken, vermutlich Wein.

Er erzählte mir, wie er es geplant hatte, mich scharf zu machen. Die Mails, SMS, das relativ brave Abendessen, unsere erste Nacht – all das hatte zu diesem Punkt geführt. Dass ich nicht wusste, wie mir geschah, in was ich mich hineinmanövriert hatte, dass ich nun sein Eigentum sei. Ich wusste zwar, dass es Teil des Spiels war, dass ich ihm vertrauen konnte, aber mein Bauch verkrampfte sich ein bisschen. Ich konnte mich nicht bewegen, konnte nichts sehen. Ich wollte die Augenbinde jetzt nicht mehr, wollte ihm kurz ins Gesicht blicken und darin eine Rückversicherung erkennen. Je ohnmächtiger ich mich fühlte, desto panischer wurde ich, aber auch desto geiler.

Ich kniete still da, presste meine Lippen zusammen, damit sie nicht zitterten, und wartete. Ich glaubte, seine Augen auf mir zu spüren, bei jeder Bewegung im Raum schrumpfte ich ein wenig mehr, ich wartete auf eine Berührung, auf irgendetwas.

Ich hörte, wie er einen weiteren Schluck nahm, ich bekam einen trockenen Mund und schluckte.

»Hast du Durst?«, fragte er aus der Richtung, in der das Sofa stand. »Möchtest du etwas trinken?«

Ich nickte und schob dann gleich nach: »Ja, bitte.« Er reagierte nicht, dann fiel mir ein, warum. Verdammt! »Sir.«

Ich spürte, wie er sich zu mir vorbeugte. »Braves Mädchen. Ob ich wohl einen Napf mit Wasser füllen soll, damit du daraus trinkst wie ein Tier?« Da war mir klar, dass ich es auch ohne etwas zu trinken schaffte. Meine Körperhaltung muss verraten haben, wie unglücklich ich über diese Vorstellung war, denn er lachte. »Aber ich will dieses Mal nett sein.«

Er hielt mir ein Glas an die Lippen. Zögerlich öffnete ich den Mund und fragte mich misstrauisch, was wohl darin war, doch er kippte das Glas, und ich musste schlucken, damit mir die Flüssigkeit nicht übers Kinn lief.

Es war Mineralwasser mit Eis und Zitrone, es schmeckte klasse. Er kippte das Glas noch mehr, ich musste schneller schlucken. Ich war verärgert, weil er selbst durch so eine Kleinigkeit seine Macht über mich demonstrierte.

Er ging wieder zum Sofa, ich hörte ihn knuspernd kauen. Dass ich da blind kniete wie in einer Peepshow, während er sich einen Snack gönnte, machte mich rasend. Zum Glück sah er es hinter meiner Augenbinde nicht.

»Alles okay bei dir, Süße? Wolltest du etwas sagen?«

Ich verbarg meine Wut also nicht gut. Ich weiß, dass er mich aufstacheln wollte, und man könnte meinen, dass dies dazu beitragen müsste, Zen-mäßige Ruhe zu bewahren. Weit gefehlt.

»Nein danke. Alles bestens.«

Er strich mir übers Haar.

»Wenn du es sagst. Ich will nicht, dass du das Gefühl hast, du müsstest dir auf die Zunge beißen.«

Würde ich das nicht tun, würde ich eine Menge Probleme

bekommen! Also schüttelte ich nur den Kopf und presste die Lippen zusammen, um nicht herauszuplatzen.

»Hast du Hunger? Ist es das? Soll ich dich füttern?«

Nach seiner Drohung, mich Wasser aus einem Napf schlabbern zu lassen, hatte ich nicht die Absicht, auf ähnliche Weise zu essen. Diese Erniedrigung ging eindeutig zu weit. Ich wollte schon etwas sagen, da spürte ich, wie seine Finger mir etwas in den Mund schoben. Einen Käsewürfel. Ich kaute langsam, ließ es mir schmecken. Nachdem ich geschluckt hatte, kamen seine Finger wieder, dieses Mal mit einer Olive. Ölig, bittersüß. Dann spürte ich wieder seine Finger, leer dieses Mal, ich nahm sie in den Mund und leckte sie sauber. So weit zum Thema: Ich will mich nicht entwürdigen und wie ein Tier behandeln lassen! Ich kam mir vor wie eine seiner Katzen.

Er zog seine Finger weg, schob mir aber wieder etwas an die Lippen. Seinen Schwanz. Eifrig machte ich den Mund auf, um ihn aufzunehmen und zu lutschen, doch er hielt mich an den Haaren fest und fickte mich in den Mund. Ich zuckte mit den Armen – vor Panik, keine Luft mehr zu bekommen, hatte ich vergessen, dass ich meine Hände nicht bewegen konnte. Ich schnaufte, rang nach Luft, drehte den Kopf und versuchte, ein Stück zurückzuweichen. Je mehr ich mich wand, desto schlimmer wurde es, desto mehr schwoll er in meinem Mund an. Ich versuchte, ihm zu verstehen zu geben, dass es zu viel war, dass er mir eine kurze Pause zugestehen musste. Aber ich konnte ihm kein Zeichen geben, konnte nicht sprechen. Die Augenbinde war nass von meinen Tränen, ich war mir nicht sicher, dass er es sah. Oder dass es ihn kümmerte.

Als er kam, schluckte ich, doch als er seinen Schwanz herauszog, keuchte ich nach Luft und spürte, dass mir etwas am Kinn hinabrann, sein Saft oder meine Spucke. Wie elegant!

Er zog mich am Haar zum Sofa, ich krabbelte und rutschte über den Boden. Er setzte sich hin und streichelte meinen Kopf. Ich beruhigte mich ein wenig, mein Herzklopfen ließ nach, aber ich war noch immer in der Defensive.

Ich weiß nicht, wie lange wir dasaßen, aber meine Atmung normalisierte sich wieder. Seine Hand auf meinem Kopf war fast hypnotisch, es tat so gut. Bis er sagte:

»Wir müssen noch immer deine Haltung verbessern. Und deine Anrede. Oder?«

Mistkerl! Wieso denn das? Hatte ich in der letzten Stunde so oft vergessen, ihn Sir zu nennen? Und war meine Haltung denn so schlimm? Ich straffte die Schultern. Wollte ich dem nächsten Angriff zuvorkommen? Möglicherweise. Aber es konnte ja nicht schaden.

Er kniff mir in den Nippel, riss mich aus meiner Angst. »Oder?«

»Ja.«

»Ja?«

Grr.

»Ja, Sir.«

Er zog mich hoch und befreite meine Hände. Ich streckte mich, so fühlte ich mich schon wohler und hatte kurz wieder ein bisschen mehr Kontrolle – ganz kurz, denn er fesselte meine Hände gleich wieder auf meinem Bauch.

»Bück dich.«

Ich hatte schon Herzrasen, denn das war James' bevorzugte Stellung für eine Bestrafung.

Verdammt.

Seine Stimme war barsch, es wäre wohl weniger einschüchternd gewesen, wenn ich ihn hätte sehen können. So aber bekam ich richtig Angst.

»Ich sag's nicht noch mal: Bück dich!«

Zitternd beugte ich mich vor, ich dachte nicht daran, ungehorsam zu sein. War das ein Fortschritt oder Dummheit? Ich war mir nicht sicher. Er fing an, mich zu schlagen, nicht mit der Gerte, mit etwas anderem, etwas Längerem, Geschmeidigerem. Es tat so weh, dass mit jedem Schlag gleichzeitig mit dem pfeifenden Geräusch, mit dem das Ding die Luft durchschnitt und auf meinen Hintern traf, auch die Luft aus meinen Lungen gedrückt wurde.

Erst eine Hinterbacke, dann die andere. Es gab keinen Rhythmus, gab nichts zu zählen, keinen Hinweis auf die Dauer der Bestrafung. Ich wusste nicht, wie oft er zuschlug, nur, dass es wehtat, dass jeder Hieb verdammt schmerzte und die bereits geschlagenen Stellen quälend brannten, eine Schmerzschicht über der anderen, während er immer weitermachte. Dagegen war Charlottes Bestrafung federleicht gewesen. Und ich fand es unerträglich, weil ich nicht wusste, wie lange es dauerte.

Endlich hörte er auf. Er drückte meinen Hintern, dass ich die Luft zwischen den Zähnen einsog.

»Meinst du, du vergisst es jetzt nicht mehr?«

Verzweifelt stotterte ich schnell: »Ja, ja, ja … bestimmt.«

Schnell und dumm. Ich bemerkte meinen Fehler, als er sich wieder hinter mich stellte. »Entschuldigung – ja, Sir!«

Wieder schlug er zu. Schneller, als ich die Hiebe verarbeiten konnte, schneller, als ich es aushalten konnte. Jeder Schlag schnitt sich mit einem qualvollen Striemen in mein Fleisch. Ich ging davon aus, dass ich blutete. Solche Schmerzen konnte man wohl kaum verursachen, ohne dass Blut floss.

Ich wollte, dass er aufhörte, aber ich wollte ihn auch nicht enttäuschen. Ich wollte mein Safeword nicht benutzen. Ich könnte durchhalten. Nicht nur aus sturem, dickköpfigem Stolz, sondern weil dies die größte Herausforderung war, vor die er mich je gestellt hatte, und ich wollte nicht versagen. Aber es tat so weh! Ich wusste nicht, wie lange es noch ging, ich konnte einfach nicht mehr. Nach all dem Arbeitsstress und den Belastungen in den vergangenen Wochen, nach der Demütigung und der Scham beim Striptease und durch die sensorische Deprivation durch die Augenbinde – ich konnte ihn nicht ansehen und mich rückversichern – war alles zu viel.

Ich weinte, schluchzte, heulte Rotz und Wasser. Ich konnte nicht anders. Es klang selbst in meinen eigenen Ohren befremdlich, schockierend, es klang gebrochen, verzweifelt. Er schlug noch ein paar Mal zu, dann hörte ich, dass das, womit er mich geschlagen hatte, mit einem Knall auf dem Boden landete. Es war vorbei. Aber ich konnte nicht mehr. Ich weinte noch immer, als er mir die Fesseln von Händen und Füßen löste und mir die Augenbinde abnahm. Ich weinte, als er mich zum Sofa führte, sagte, ich solle mich hinlegen, und meinen Kopf auf seinen Schoß zog. Ich weinte, als er eine Decke über meinen nackten Körper breitete und darauf achtete, dabei meinen Hintern nicht zu streifen. Ich weinte, bis meine Kehle wund war, bis meine Schluchzer zu einem Schnauben und dem einen oder anderen Schluckauf verklangen. Ich weinte, bis ich nicht mehr weinen konnte. Tränen der Katharsis, der nachlassenden Spannung, von der ich nicht gewusst hatte, dass ich sie in mir hatte. Ich hatte das Gefühl, zusammengebrochen und neu zusammengesetzt worden zu sein. Es waren keine Tränen der Wut, aber ich konnte einfach nicht aufhören zu weinen. Und währenddessen streichelte er mir den Kopf und wartete.

Dann schlief ich ein.

Ich wachte in einer Lache meines Speichels auf. Auf seinem Schoß. Prima! Er musste mich, insgesamt gesehen, für eine totale Null halten. Kurz schoss mir alles, was zuvor passiert war, durch den Kopf, ich bekam Panik. Ich konnte mich nicht erinnern, wann ich mich zum letzten Mal so lächerlich gemacht hatte. Ich kam mir blöd vor, beschämt, weinerlich, krank. Ich wollte mir die Kleider überwerfen und weglaufen und James nie wieder ansehen, aber dazu hätte ich mich bewegen müssen, sprechen müssen, dazu hätte er mich ansehen müssen. Also blieb ich einfach reglos liegen im flackernden Licht des Fernsehers, den er irgendwann eingeschaltet hatte, während ich geschlafen hatte. Ich versuchte herauszufinden, wie spät es war und was zum Teufel ich nun tun sollte.

»Bist du wach?«

Seine Stimme war besorgt, er lachte nicht. Es schien ihn auch nicht zu bekümmern, dass er so eine Null zu sich nach Hause eingeladen hatte und dass diese Null beim Striptease reizlos herumgewackelt hatte und fast an seinem Schwanz erstickt wäre, bevor sie dann eine Panikattacke bekommen hatte und in einer Flut von Spucke auf seinem Schoß ohnmächtig geworden war.

Der Drang, so zu tun, als schliefe ich, war stark, aber ich könnte James wohl kaum hereinlegen, nachdem er gerade gefragt hatte, ob ich wach sei. Wahrscheinlich hatte ich im Schlaf auch noch geschnarcht! Mein Gott, ich könnte diesem Mann nie wieder in die Augen sehen.

Ruhig sagte ich: »Nein.«

Er lachte, durch die Vibration seines Körpers wackelte ich leicht auf seinem Bein.

Er strich mir durchs Haar, die Berührung tat mir wohl.

»Nein, Sir heißt es doch sicher, oder?«

Mist. Ich setzte mich auf und wollte die Dinge klarstellen,

bevor er wieder mit irgendeiner Bestrafung anfangen konnte. In meiner Eile streifte ich mit dem Fuß meinen Hintern, und es tat so weh, dass ich aufstöhnte. Ich entschuldigte mich, sagte nach jedem Wort »Sir«. Ich war derart am Ende, ich hatte solche Angst, dass mir schwindlig war und ich ihn mit flehentlichem Blick um irgendeine beruhigende Geste bat.

Er legte einen Finger auf meinen Mund und lächelte liebevoll.

»Sch, sch, ist ja gut, ist ja gut. Wir sind für heute fertig. Du hast es gut gemacht, wirklich gut.«

Er küsste mich und zog die Decke zurecht, damit sie uns beide besser bedeckte.

Ich glaube, in diesem Augenblick habe ich mich in ihn verliebt.

14. KAPITEL

Von da an lebten James und ich die erste Blütezeit einer Fast-Beziehung. Unausgesprochen waren wir uns einig, dass wir unser Verhältnis nicht definieren wollten, vielleicht weil wir unbewusst das Gefühl hatten, dass der Zauber dadurch verfliegen würde wie Morgennebel. Aber wir hatten viel Spaß. Wir sprachen jeden Tag miteinander, telefonierten, mailten und simsten alle Augenblicke, wenn alles andere nicht genug war. Wir sahen uns Filme an, gingen am Fluss spazieren, redeten in einer Taverne stundenlang bei Käse und Wein und taten eben all das, was in einem Frauenfilm gemeinhin als typisch für eine aufkeimende Beziehung dargestellt wird. Mit Ausnahme des Teils, wenn wir dann zu ihm oder zu mir gingen und fickten, lutschten, bissen und spielten, bis wir beide erschöpft waren und ich blaue Flecken hatte und jammerte.

Damit meine ich nicht, dass wir unzertrennlich waren. Ich besuchte auch Ella und Thomas, ich fuhr zum Geburtstag meines Vaters übers Wochenende zu meinen Eltern und hatte auch ein paar Wochenendschichten in der Redaktion. Ich versuchte zwar immer, mir einzureden, dass dies noch keine Paarbeziehung sei, aber ich dachte den ganzen Tag wie ein liebeskranker Teenager an James. Dies ging so weit, dass ich ihn automatisch immer gleich anrufen oder ihm simsen wollte, wenn irgendetwas Außergewöhnliches geschah oder wenn ich über meinen Arbeitstag reden wollte. Sechs Wochen lang standen wir fast ständig in

Verbindung, konnten jederzeit miteinander sprechen. Und dann musste ich auf Geschäftsreise gehen.

Kurz nach der Veröffentlichung des großen Sonderprojekts, das wundersamerweise nicht in eine Katastrophe ausgeartet war, wurde ich gebeten, in einem anderen Landesteil eine andere Abteilung der Firma zu besuchen, für die ich arbeitete, und dabei zu helfen, eine ähnliche Zeitschrift auf die Beine zu stellen. Im Journalismus hieß das: lange Arbeitstage bis spät in die Nacht, und das hieß, dass ich nicht annähernd so oft mit James sprechen könnte wie in den Wochen zuvor. Ich vermisste ihn – nicht unseren Sex, obwohl ich durch die Arbeitsbelastung besondere Sehnsucht bekam, wenn ich dann endlich im Bett lag und meine Gedanken schweifen lassen konnte. Doch ich war so beschäftigt, dass ich kaum mit ihm reden konnte, und ich hatte schon gar keine Gelegenheit, ihm wie versprochen meine ausführlichen Fantasien darüber zu mailen, was wir in der ersten Nacht tun würden, in der wir wieder zusammen wären. Nachdem ich zehn Stunden am Tag über den Laptop gebeugt am Schreibtisch gesessen hatte und dann nach ein paar unvermeidlichen Gläsern Rotwein, ein paar Abenteuergeschichten und Klatsch mit den Kollegen über Freunde von Freunden aus den inzestuösen Kreisen unserer Branche wieder in meinem Zimmer war, war ich nicht in der Stimmung, irgendetwas Geiles zu schreiben. Und in meiner letzten Nacht im Hotel dachte ich, es würde ja reichen, dass ich ihn bald wiedersah und wir uns persönlich erneut miteinander vertraut machen könnten, vor allem nachdem er dieses Thema nach ein paar Nachfragen am Telefon und in seinen SMS nicht mehr erwähnt hatte.

Kurz nachdem ich aus dem Pub zurückkam, rief er an. Frisch geduscht kuschelte ich im Bett und hatte leise die Fernsehnachrichten laufen, als sein Name auf meinem Display erschien. Ich antwortete mit einem Lächeln in der Stimme, das schnell verklang, als ich seinen Tonfall hörte. Auf meine Frage erzählte er mir von seinem Tag und den neusten Streichen der Katzen, er erkundigte sich höflich nach meinem Projekt und wurde dann so schroff, dass mir etwas unwohl wurde.

Bald wusste ich, warum.

Normalerweise war unser Schweigen am Telefon nicht peinlich, aber als mir das statische Rauschen ins Ohr drang und ich darauf wartete, dass er etwas sagte, fiel mir nichts ein, um die Leere zu füllen. Dass er angerufen hatte, hieß, dass er über etwas Bestimmtes sprechen wollte, und es war unerträglich, darauf zu warten, dass er damit herausrückte. Mir wurde fast schlecht, denn ich wusste, wie wichtig er mir in dieser kurzen Zeit geworden war, und fragte mich, wie ich mit der Trauer um den Verlust dieser undefinierten Beziehung umgehen könnte – falls es ihm darum gehen sollte. Aber wie konnte er unsere Beziehung beenden? Wir hatten uns doch noch nicht einmal richtig darauf verständigt, was sie überhaupt sein sollte, verflucht!

Dann sagte er: »Gibt es etwas, das du mir sagen willst?«

Mein Gehirn setzte kurz aus, ich bekam auf einmal Schuldgefühle. Es war lächerlich, denn ich hatte ja nichts Falsches gemacht, jedenfalls nicht dass ich wüsste, aber ich war besorgt. Was meinte er damit? Was hatte ich getan? Ich war einer der langweiligsten Menschen, die es gibt – das einzige Geheimnis in meinem Leben war meine D/S-Seite, und die kannte er. Ich bekam Herzklopfen, wusste aber immer noch nicht, was er von mir erwartete. Diese Ahnungslosigkeit machte mich vollkommen hilflos, und zwar anders als sonst, wenn mich meine Ohnmacht scharf machte.

»Ich höre.« Ich hatte gedacht, seine Stimme könnte nicht noch gereizter werden, aber das war sie.

Ich holte tief Luft und wollte etwas sagen, aber mir fiel ganz einfach nichts ein. Ich atmete aus und versuchte zumindest, ruhig zu klingen. »Was willst du hören? Ist alles okay?«

Die Sekunden vergingen. »Findest du, alles sei okay, Sophie?«

Mist. Was meinte er mit »alles«? Alles in der Welt. Alles in unserer Nicht-Beziehung-Beziehung? Alles, worüber wir vorhin geredet hatten? Ich brauchte einen Anhaltspunkt, irgendetwas, damit ich nicht so unsicher war. »Ich denke schon. Warum? Du nicht? Ist etwas passiert?«

Seine Antwort kam schnell. »Nein, Sophie, nichts ist passiert. Gerade darum geht es.«

Vermutlich hätte ich an einem normalen Tag begriffen, was er meinte, aber nun drehte sich mir der Kopf nach ein paar Gläsern Wein und in meiner wachsenden Sorge, weil er meinen Namen zwei Mal kurz hintereinander ausgesprochen hatte. Wenn ich etwas über James gelernt hatte, dann, dass dies nichts Gutes verhieß. Ich begriff also nichts, und das wurde mir schließlich zum Verhängnis.

»Was meinst du?«

»Was meine ich wohl, Sophie.« Das dritte Mal. Das war gar nicht gut. Und ich hatte noch immer keinen Schimmer.

Ich versuchte, meinen frustrierten Tonfall zu dämpfen, denn ich wusste, dass dadurch alles nur noch schlimmer wurde, aber es war riskant. Ich wog meine Worte ab, obwohl ich vor lauter Hilflosigkeit am liebsten um mich getreten hätte. »Ich weiß es nicht – deshalb frage ich.«

Er seufzte. Ich schauderte, weil ich ihn verärgerte, obwohl er mich schon so verärgert hatte, dass ich mir wünschte, ich hätte seinen Anruf gar nicht angenommen und ihm später gesagt, ich hätte schon geschlafen. »Was war diese Sache, die du diese Woche erledigen solltest, Sophie?«

Verdammt, er hatte es nicht vergessen, natürlich nicht.

»Die Mail, ja. Es tut mir leid, dass ich es nicht geschafft habe, ich hatte wahnsinnig viel zu tun, die Internetverbindung im Hotel ist schlecht, und ich war alles andere als geil drauf, ich war jeden Abend so müde …« Ich verstummte, meine Stimme klang auch für mich quengelig.

Er sprach so leise, dass ich mir das andere Ohr zuhalten musste, um ihn zu verstehen. »Ich habe dich um eine Sache gebeten, Sophie. Hast du sie erledigt?«

Mein Hals war auf einmal wie zugeschnürt, mir wurde die Brust eng, und ich wünschte mir inniglich, ich könnte ihm eine andere Antwort geben. Dies hier war kein Spiel, es war kein Spaß. Ich fühlte mich schlecht, weil ich ihn hatte hängen lassen, weil ich ihn womöglich versehentlich verletzt hatte, indem ich ihm nicht gezeigt hatte, dass ich während meiner Abwesenheit an ihn dachte, und weil ich ihm nicht gehorcht hatte, wie es sich für mich gehörte. Es war komisch. Es war ein absurdes Gefühl, aber es ging eindeutig sehr tief.

Ruhig sagte ich: »Nein, es tut mir leid.«

Nichts als Rauschen in der Leitung. Während ich lauschte, fühlte ich mich schrecklich schuldig.

»Ich habe etwas in das Seitenfach deiner Reisetasche gesteckt. Hol es.«

Ich weiß nicht, was ich erwartet hatte, als ich die Papiertüte herauszog und öffnete, aber meine Beklemmung wich, als ich vier Paar Stäbchen sah, ähnlich wie die, die man beim China-Imbiss bekommt.

»Was hast du in der Hand?«

Ich konnte meine Verwirrung nicht verhehlen. »Essstäbchen. Das reicht für eine Party.«

Er kicherte und war für einen Moment wieder mein James.

Meine Sorge ließ ein wenig nach, obwohl er genervt war. Dann kam er wieder zur Sache. »Du brauchst drei Paar und die Gummibänder.«

Gummibänder? Sie waren ganz unten in der Tüte. Hm.

»Binde je ein Gummi um jedes Ende der drei Paare. Ganz fest.« Ich tat es, ich wollte Wiedergutmachung leisten, auch wenn ich nicht wusste, was das Ganze sollte. »Und wenn du fertig bist, ziehst du dich nackt aus.«

Aha.

Er klang ganz besonnen. Da war keine Wut, auch nicht die Gereiztheit von vorher. Er war entschlossen, aber ruhig. Nun kam das Unausweichliche. Ob es ihm Lust machte oder nicht, war eine theoretische Frage, es musste einfach sein, es war eine Lektion. Ich wusste es, bevor er es sagte und mir erklärte, wie ich mich nun gleich selbst bestrafen musste.

Ich war mir wirklich nicht sicher, wie das funktionieren sollte, schließlich bin ich ein fürchterlicher Feigling, wenn es darum geht, mir selbst wehzutun. Ich zupfe mir zum Beispiel nicht die Augenbrauen, weil es zu sehr schmerzt. Aber wie schlimm würde es werden? Das war ein Vorteil, denn alles, was ich mir selbst antat, wäre beträchtlich weniger schmerzhaft als das, was James tun würde, wenn er selbst hier wäre, oder? Natürlich hatte ich ihn unterschätzt. Als er erläuterte, wie ich meine beiden Nippel zwischen diese improvisierten Klammern stecken sollte, wurde mir klar, dass es nicht so einfach werden würde, wie ich dachte. Er sagte, ich solle die erste anbringen.

Bevor die Gummis, die die Stäbchen zusammenhielten, wieder zurückschnellten, dachte ich für den Bruchteil einer Sekunde, dass es okay wäre. Falls es noch einen Beweis brauchte, was ich für ein Idiot bin, hier war er. Es schmerzte. Sehr. Ich atmete durch die Nase und versuchte, durch tiefes Einatmen den

Schmerz auszuhalten, auf ihm zu reiten, und wartete verzweifelt, dass er sich von diesem höllischen Brennen, das ich nun spürte, in ein dumpfes Pochen verwandelte, wenn mein Nippel taub wurde. Als es so weit war, keuchte ich und musste mich beherrschen, nicht zu weinen.

Als ich mir wieder zutraute zu sprechen, sagte ich: »Erledigt.«

»Ja? Interessant. Ich wusste gar nicht, dass du telepathische Fähigkeit besitzt, Sophie. Kannst du Gedanken lesen?«

»Was?« Wegen des akuten Schmerzes in meiner Brust konnte ich mich nicht richtig auf seine Worte konzentrieren.

»Hast du mich gefragt, wie herum du die Klammer anbringen sollst?«

Mist. »Nein.«

»Dummes, dummes Mädchen! Wie herum hast du sie aufgesteckt?«

Jetzt wusste ich, was gespielt wurde. Beklommenheit und Zorn überkamen mich. Der Ton meiner Antwort war rebellisch, denn ich wusste, dass es so oder so herum nicht richtig wäre. »Horizontal.«

»Ts, ts«, machte er so laut, dass ich froh war, dass wir nicht im selben Raum waren, denn ich hätte ihn unweigerlich angestarrt, und das hätte mich noch mehr in die Bredouille gebracht. »O je – hättest du doch vorher gefragt! Ich wollte es diagonal, in Richtung deiner Schulter. Dreh es um. Jetzt!«

Die innere Stimme in meinem Hinterkopf, die meine Unterwerfungsszenen laufend kommentiert, fragte mich, warum ich mich eigentlich solchen Qualen unterzog, wo James doch so weit weg war und mich gar nicht sehen konnte. Doch der Rest von mir wollte ihm gefallen, wollte alles wiedergutmachen, wollte tapfer sein, ihn stolz machen. Und genau das würde ich auch tun, sobald meine Hände nicht mehr zitterten.

Ich musste die Stäbchen kurz auseinanderziehen, um die Klammer zu drehen. Als mein Nippel frei war, durchfuhr mich ein stechender Schmerz, ich jammerte auch noch, als die Klammer wieder befestigt war.

Anerkennend flüsterte er: »Braves Mädchen. Jetzt bring die zweite an.«

»Wie herum?«, fragte ich bissig.

Zum Glück lachte er und ignorierte meinen Tonfall. »Gute Frage. Parallel zur anderen. Mach es gleich richtig, dann musst du sie nicht mehr bewegen.«

Ich nahm das zweite Paar Stäbchen, zog sie auseinander und bereitete mich auf den Schmerz vor.

Ich hatte etwa zehn Minuten nackt und reglos auf dem Bett gelegen, als er wieder sprach. Nachdem ich die zweite Klammer und dann die dritte angebracht hatte, konnte ich nur still daliegen, das Handy halten und zuhören, wie er Hunderte Meilen entfernt leise atmete. Mein Atem ging hingegen stoßweise. Ich hatte nicht wieder aufgeschrien, ich konzentrierte mich auf die Verarbeitung des Schmerzes und sah zu, wie sich die Stäbchen bei jedem Atemzug hoben und senkten.

Die zweite Klammer hatte mir mehr Angst gemacht, denn ich wusste, wie sehr es schmerzen würde. Meine Nippel waren straff, rot und von einem pulsierenden Schmerz durchzogen, der in pochenden Wellen kam. Mein Klit, die mitleiderregende Empfängerin der dritten und letzten Stäbchen-Klammer, war geschwollen, wund und wurde schmerzhaft zwischen meinen gespreizten Beinen festgehalten.

Ich tat alles, um mich so wenig wie möglich zu bewegen und nichts zu tun, was den pochenden Schmerz in meinem Körper noch verschärfen würde. Ich wollte ihn aushalten, wollte ihm standhalten, denn ich wusste auf diese verschrobene Art, die nur James und ich verstanden, dass ich es ihm schuldig war, und wollte ihn nicht noch einmal hängen lassen. Als er dann sagte: »Gut. Ich denke, es ist jetzt Zeit, mit der Bestrafung zu beginnen, oder, Sophie?«, ließ ich fast das Handy fallen.

Beginnen? Verdammt!

Er sprach bedächtig und freundlich, er war nicht wütend, nur sachlich, als er behauptete, er hätte gewusst, dass ich es nicht schaffen würde, meine Aufgabe zu erfüllen, und dass ich für jemanden, dessen Berufsleben so von Abgabeterminen abhing, viel zu unentschlossen sei, dass ich alles auf die letzte Minute verschieben oder es ganz schleifen lassen würde. Er erzählte mir, wie er in unserer letzten gemeinsamen Nacht die Stäbchen in meine Reisetasche gesteckt und gehofft habe, er müsse sie nicht benutzen. Wie er mich immer gefragt habe, wie weit ich mit meiner Aufgabe sei, wie er gehofft habe, dass ich etwas geschrieben hätte, und wie er dann immer enttäuschter gewesen sei, als klar wurde, dass ich nicht nur nichts getan hätte, sondern seine Fragen, wann ich es denn nun erledigen würde, auch noch schnoddrig abgetan hätte. Wie respektlos ich gewesen sei.

Da lag ich mit schmerzendem Körper und hörte ihm aufmerksam zu, ich hatte Gewissensbisse, weil ich ihn enttäuscht hatte, und wartete auf meine Chance, mich bei ihm zu entschuldigen. Doch dann fragte er mich, wie nass ich sei. Ich wusste nicht, was ich antworten sollte. Selbst mit diesem grauenvollen Schmerz in meiner Klit war ich nass – der Schmerz an meinen Brüsten war mit der Zeit zum Glück zu einem dumpfen Pochen abgeklungen. Aber das war nun einmal meine Strafe. Sollte ich das zugeben? Oder würde es die Sache schlimmer machen? Während mein schmerzvernebelter Kopf mit dieser schwierigen Frage rang – war es schlimmer, zu lügen oder die Wahrheit zu sagen? –, kicherte er.

»Keine Sorge, Süße, ich weiß, dass du nass bist. Du kannst nichts dagegen tun, du kannst nichts dafür, nicht wahr, Sophie?«

Ich murrte schon leise, überlegte es mir dann aber anders.

»Schiebe einen Finger in deinen Schoß. Reib deinen Saft auf deine Klit. Geht das?«

Aus Angst, eine der Brustklammern zu berühren, bewegte ich mich vorsichtig. Ich steckte einen Finger in meine Nässe und rieb meine Klit damit ein, umkreiste sie leicht auf schmerzhafte Weise in ihrem Stäbchen-Gefängnis. Trotz allem begann ich dieses wohlige Gefühl zu genießen, das mit dem Schmerz verschmolz. Doch als sich meine Atmung veränderte und mich verriet, befahl James mir aufzuhören. Ich unterdrückte ein frustriertes Wimmern, weil ich es unter diesen Umständen für das Sicherste hielt, und wie sich gleich herausstellen sollte, war das auch gut so.

»Wofür bestrafe ich dich?«

»Dafür, dass ich dir die versprochene Mail nicht geschickt habe. Es tut mir leid.«

»Es wird dir leidtun, das verspreche ich dir. Aber das ist noch nicht alles. Wofür noch?«

Hm. Wofür noch? Was hatte ich sonst noch getan? Mir fiel wirklich nichts anderes ein, aber wenn ich das laut sagte und damit unrecht hätte …

Krampfhaft überlegte ich, worauf er sich beziehen könnte, da hörte ich: »Ts, ts. Du erinnerst dich nicht mal daran?« Mein Herz klopfte. »Erstens hast du nicht getan, was ich verlangt habe – diese Kleinigkeit, verglichen mit allem anderen, was du diese Woche zu tun hattest. Zweitens habe ich dich bei drei verschiedenen Gelegenheiten gefragt, ob du dabei bist, es zu tun, und dreimal hast du Ja gesagt. Und dann hast du auch noch mit der Zunge geschnalzt …«, er konnte es offensichtlich nicht glauben, dass ich das gewagt hatte, »… weil ich dir angeblich unterstellt habe, du würdest nicht tun, was du tun musst.«

O Gott! Wieder wollte ich mich entschuldigen, aber er fiel mir ins Wort: »Du redest erst, wenn du gefragt bist! Ganz ehrlich, ich glaube dir kein Wort. Und so komme ich nun zu deiner Bestrafung.«

So kommt er nun zu … Hätte ich noch Puste gehabt, hätte ich ihn gefragt, was das alles bis dahin gewesen sei, zum Teufel! Heute weiß ich, dass es gut war, dass ich nichts gesagt habe.

»Nimm die Klammer von deiner Klit. Jetzt!«

Sein Befehl erleichterte mich. Egal, was er mir nun auferlegen würde, ich war dankbar, dass es zumindest nicht meine Klit mit Höllenqualen belegte. Meine Hände bewegten sich emsig, ich ächzte zwar laut, als ich die Klammer abzog, war aber still, als das Blut in meine arme, gefolterte Klit zurückfloss. Ich krümmte mich in wachsendem Schmerz auf dem Bett.

Die Veränderung in meiner Atmung blieb nicht unbemerkt. »Braves Mädchen.« Mit wurde warm ums Herz bei seinem Lob, selbst mitten in der Bestrafung, und das wiegte mich in falscher Sicherheit. »Steck nun deine Zunge in die Klammer.«

Die Sicherheit löste sich auf wie Morgendunst, ich konnte nicht an mich halten. »Was?«

»Du hast es gehört. Deine sarkastische Zunge hat dich in die Klemme gebracht, und nun wird sie Teil deiner Strafe sein. Streck die Zunge raus und befestigte die Klammer. So weit hinten, wie du kannst. Jetzt!«

Meine Hände zitterten. Ich war zornig, verlegen, beschämt, fühlte mich schuldig. Warum ließ ich das mit mir machen? Aber ich wusste, dass ich es tun würde, dass dies meine Buße war. Mir wurde flau vor Angst, weil ich nicht wusste, wie sehr es schmerzen würde. Aber ich war es ihm schuldig und hoffte, ich würde es schaffen. Ja, es würde bescheuert aussehen, aber mich sah ja niemand. Und James würde mich nicht hören. Alles bestens. Ich konnte es, ich konnte das tun.

Ich tat es.

Als Erstes nahm ich den Geschmack meines Saftes wahr, als sich die Klammer um meine Zunge schloss. Kurz darauf wurde dieses Gefühl von stechendem Schmerz überlagert. Ich wimmerte, ich hätte wahrlich nicht sagen können, welches Gefühl schlimmer war, aber ich konnte ja sowieso nichts sagen. Ich versuchte, die Klammer ein wenig zu verschieben, damit sie nicht so unbehaglich und wie eine Kandare für ein bockiges Pferd zwischen meinen Zähnen klemmte.

»Hast du's?«

Unsinnigerweise nickte ich, bevor ich ein bejahendes Murmeln von mir gab.

»Ich wette, du kannst dich schmecken.«

Ich wusste, dass er eine Antwort haben wollte, aber mein zweites Murmeln war leiser und schamerfüllt – sofern ein Murmeln so klingen kann.

Er lachte. »Jetzt komm schon, Sophie! Du kennst die Regeln. Antworte mir richtig!«

Ich war sauer. Ich verzog, so gut es ging, die Lippen um die Stäbchen herum, während meine Zunge in die Nachtluft hinausragte.

»Du kannst auch mit der Klammer sprechen, Sophie, und das wirst du auch, wenn du dich nicht noch mehr in Schwierigkeiten bringen willst. Ich habe die ganze Nacht Zeit.«

Ich schwieg weiter.

»Gut. Schlag dich auf den Schoß. Drei Mal. So stark, dass ich es hören kann. Wenn ich nichts höre, musst du es so lange tun, bis ich es höre.«

Ich wollte nicht ungehorsam sein, aber ich bekam immer größere Panik, weil alles, was er von mir verlangte, jeden Augenblick schlimmer wurde.

Ich ballte über dem Kopf die Faust, während ich allen Mut zusammennahm, um mir den ersten Hieb zu versetzen. Ich schlug härter zu, als ich wollte, und traf meine Klit. Versehentlich biss ich mir auf die Zunge, um ein Stöhnen zu unterdrücken. Der zweite Schlag war gut – wenn eine brutale Selbstgeißelung überhaupt als gut bezeichnet werden kann. Aber der dritte war die Hölle, denn als ich ausholte, zerrte ich dabei die Klammer von meinem linken Nippel. Ich schrie auf. Und hörte ein »Ts, ts« zum Dank für meine Qualen. Sein »Ts, ts« nervte mich langsam echt, auch wenn ich mich bemühte, ihm zu gehorchen.

»Du bist heute Abend unhöflich, Sophie, und ungehorsam. Du weißt, dass du dich bei mir für jeden Schlang bedanken solltest, den ich dir auferlege.«

Ich konnte nicht sprechen, würde nicht sprechen. Und dann sagte er etwas, was mich mit einem Grauen erfüllte, dem ich nicht mehr Herr wurde.

»Wir können die ganze Nacht so weitermachen. Du wirst dich jetzt sechs Mal schlagen. Und wenn du nicht mitzählst und dich nicht jedes Mal bedankst, werde ich die Anzahl verdoppeln und vervierfachen und immer so weiter, bis du mir gibst, was ich will. Es liegt ganz an dir. Ich habe kein Problem damit, den ganzen Abend hier zu liegen und deinem verzweifelten Schniefen zu lauschen, es ist ganz unterhaltsam. Aber wie auch immer, du wirst deine Strafe bekommen, und du wirst mit mir sprechen.«

In diesem Moment hasste ich ihn. Das war keine Unterwerfung unter eine Herausforderung, hier ging es weder um meine noch um seine Erregung. Er stieß mich nicht aus meiner Sicherheitszone oder demütigte mich aus beiderseitiger Lust, sondern er erniedrigte, er entwürdigte mich wie nie zuvor. Ich hasste ihn wirklich, aber mein Hass war mit stechender Scham und echten Schuldgefühlen gefärbt. Ich machte den Mund auf, versuchte, Worte um meine reglose Zunge herum zu formen, versuchte, den Speichel zu schlucken, der sich in meinen Mundwinkeln sammelte. Es war, als würde ich am Rande des Abgrunds stehen. Ich wusste, was er wollte, wusste, dass ich die Wahl hatte, wusste, dass ich es nicht tun wollte, dass alle meine Instinkte Nein schrien, wusste, dass ich auflegen sollte. Aber ich wollte brav sein, wollte ihm gefallen, wollte die Latte erreichen, die er für mich hoch gehängt hatte. Ich wollte ihn nicht enttäuschen, wollte mich nicht enttäuschen. Die Entscheidung lag bei mir. Und auch das hasste ich, denn es machte die Unterwerfung, die Erniedrigung noch akuter, noch qualvoller. Ich würde also die Strafe auf mich nehmen und mich auf diese Weise demütigen lassen, darüber hinaus wusste er auch noch, dass ich es tun würde, egal wie sehr ich es hasste.

Ich schlug mich. Stark genug, um aufzustöhnen. Und dann presste ich mit ganz unnatürlicher, tränenerstickter Stimme heraus: »Eins. Danke.«

So klang das natürlich nicht, es klang lächerlich, lispelnd und unverständlich bis auf die Anzahl der Silben. Oder so. Ich versuchte, den Stich der Scham und der Erniedrigung zu ignorieren, der mich durchfuhr, und schlug mich wieder. Als ich das zweite Mal sprach, klang es noch schlimmer als beim ersten Mal, warum, weiß ich nicht. Ich klang wie ein Kretin, und als ich mich selbst brabbeln hörte, fing ich an zu weinen und sprach noch undeutlicher. Ich schlug, zählte, bedankte mich weiter – ich bin jedoch nicht sicher, wie dankbar es rüberkam. Beim sechsten Schlag heulte ich und hoffte, diese unmögliche Entwürdigung wäre bald vorüber.

Bestrafungen sind etwas Eigenartiges. Bei D/S geht es viel um Schmerz – Schmerz zufügen, Schmerz aushalten. Aus irgendwelchen frei erfundenen Gründen geschlagen oder ausgepeitscht zu werden macht Spaß, es macht mich nass. Aber das hier war anders. Es tat mir so leid, dass ich ihn enttäuscht hatte, und es machte mich so traurig, dass er es sogar als so unausweichlich vorausgesehen hatte, dass er mir im Voraus Accessoires für eine Bestrafung eingepackt hatte. Da lag ich nun in einem Hotelbett weit weg von zu Hause mit schmerzenden Nippeln und wunder Zunge und musste so grauenerregende, erniedrigende Dinge tun! Ich fühlte mich beschissen und schrecklich einsam. Darum geht es bei einer Bestrafung auch, das ist mir klar, aber ich hatte nicht damit gerechnet, dass sechs Essstäbchen und zwölf Gummis so wirkungsvoll wären.

Nach einer Weile versiegten meine Tränen langsam, es gelang mir, sie wegzuwischen, ohne die Brustklammern zu berühren. Mein Schluchzen mündete in vereinzeltem Schniefen, und da sagte er: »Hast du begriffen, warum ich dich auf diese Weise bestraft habe?«

Ich schluckte um die Stäbchen herum, bevor ich ein Ja hauchte und bei dem erbärmlichen Klang die Augen schloss.

»Ich habe dich so bestraft, weil du ein dummes, kleines Mädchen bist, und dumme, kleine Mädchen werden so bestraft.« Wäre ich so schlagfertig gewesen wie sonst, hätte ich etwas entgegnet oder zumindest die Augen bei »Mädchen« verdreht. Aber ich lag nur in beschämter Stille da, meine geschwollene Zunge schmerzte schrecklich in meinem Mund, und ich versuchte, nicht zu sabbern.

»Du bist ein dummes, kleines Mädchen, oder etwa nicht?«

O nein, dachte ich, bitte nicht das! In einer Szene ein braves Mädchen genannt zu werden erfüllte mich damals zwar schon mit beunruhigender Freude, aber das … Ich schloss fest meine Lippen um die Stäbchen und um meine heraushängende Zunge.

»Schlag dich noch mal.«

Während ich mich noch entrüstete, bewegte sich schon meine Hand, um seiner Bitte nachzukommen. Ich dankte ihm.

»Sag es.«

Ich seufzte. Machte den Mund auf, schloss ihn, versuchte es wieder. Plötzlich steckten mir die Stäbchen ganz anders zwischen den Zähnen als noch kurz zuvor.

Meine Scham war hörbar, auch wenn es meine Worte wegen meiner starren Zunge nicht waren. »Ich bin ein dummes, kleines Mädchen.«

»Und dumme, kleine Mädchen schnalzen mit der Zunge, nicht wahr?«

Ich wimmerte zustimmend zu allem, was er sagte, war mit allem einverstanden, was diesem hier ein Ende setzte, denn es schmerzte so sehr und war so demütigend.

»Kannst du jetzt mit der Zunge schnalzen?«

Ich lallte Unverständliches, allein meine Verzweiflung war greifbar. »Nein, kann nicht.«

»Versuche es!«, zischte er.

Mach schon, Sophie, bald ist es vorbei, schlimmer kann es nicht kommen!, sagte ich mir. Mit tränenüberströmtem Gesicht versuchte ich es. Immer wieder und immer wieder vergebens blies ich die Luft aus meinem Mund, schnaubte erbärmlich, aber meine Lippen schürzten sich nicht, ließen sich nicht schürzen, ich wollte nur noch, dass es vorbei wäre, dass ich meinen schmerzenden Kiefer schließen könnte.

Und dann wurde es noch schlimmer.

»Steck eine Hand zwischen deine Beine. Was spürst du?«

Ich wurde rot. Ich wusste, was ich trotz allem spüren würde – ich war so nass, dass es wehtat. Das lauter werdende Patschen meiner Hand, als ich mich schlug, hatte mich auch ohne den glänzenden Beweis an meinem Finger nach und nach verraten.

»Bist du zu schüchtern, um es zu sagen? Drücke deine Finger nun auf deine herausgestreckte Zunge. Schmeck dich selbst. Und jetzt sag's mir.«

Ich führte die Hand an meinen gemarterten Mund, damit meine pulsierende Zunge den Geschmack des Verrates meines Körpers an meinem Geist aufnehmen konnte. Erstickt sagte ich ihm, was er schon wusste: »Ich bin nass.«

»Was?«

Ich hasste James, obwohl ich ihm gehorchen wollte. Ich wollte ihn mit meiner Unterwerfung schlagen. Für mich war das ein Wettkampf, und ich konnte nur gewinnen, wenn ich mich jetzt nicht drückte. War das wahnhaft? Möglich. Ich schiebe es auf die fehlende Blutzirkulation in meiner Zunge. Ich spuckte die Worte aus: »Ich bin nass.«

»Braves Mädchen.«

Mein Hass verging, ich war stolz – doch dann machte es mir auf einmal Angst, wie konditioniert ich war.

»Jetzt reib dich, bis du kommst. Wenn ich höre, wie du abgehst, darfst du die Klammern abnehmen.«

Ob es besser oder schlechter gewesen wäre, wenn ich problemlos gekommen wäre, weiß ich nicht. Aber ich glaube, durch den Schmerz in meiner Zunge und meine Schwierigkeiten beim Schlucken in Verbindung mit tiefempfundener Scham und Reue war ich abgelenkt und konnte nicht so leicht kommen. Als ich um meinen Orgasmus bettelte, war meine Stimme so schrill, so verzweifelt und undeutlich und mein Körper so gebeutelt und wund, dass ich das Gefühl hatte, James hätte mir alles genommen. Ich gehörte ganz ihm, auf Gedeih und Verderb, und ich würde nie wieder einen solchen Fehler machen.

Als ich wieder bei Sinnen war, versuchte ich vorsichtig, die Klammern abzuziehen, und verspürte erneut diesen stechenden Schmerz, als das Blut wieder in meinen Nippeln und in meiner Zunge pulsierte. Ich war erschöpft, völlig fertig und eigenartig verstört. Ich wollte mit James sprechen, aber ich wusste nicht, was ich sagen sollte. Ich schämte mich so, weil ich ihn enttäuscht hatte und auch weil ich gerade auf sein Geheiß so viele erniedrigende Dinge getan hatte – und das mit meinen eigenen Händen. Ich konnte diese Scham nicht abschütteln und ganz normal plaudern. Ich war verstockter als mit der verfluchten Klammer auf der Zunge.

Er war ganz unpassend und doch so beruhigend bemüht, er fragte, ob alles okay sei, ob ich Eiswürfel bräuchte für meine schmerzende Zunge. Und dann kamen mir wegen seiner Liebenswürdigkeit auch noch die Tränen!

Mit brüchiger Stimme versuchte ich, etwas zu sagen, mein Mund war trocken, nachdem er so lange aufgestemmt worden war. »Geht schon, danke.« Ich wusste, es würde gehen, aber ich wusste auch, dass ich diese Lektion so schnell nicht mehr vergessen und Essstäbchen von nun an mit ganz anderen Augen sehen würde.

»Braves Mädchen!«

Ich schluckte still und sagte mit einer Kläglichkeit, die ich nicht verhindern konnte: »Es tut mir so leid.«

Seine Stimme war warm und tröstend. »Ich weiß. Wenn du willst, kann ich dir eine andere Aufgabe geben, damit du es wiedergutmachen kannst.«

Noch bevor er seinen Satz beendet hatte, stimmte ich ihm zu, fragte ihn, ob er mir noch eine Chance geben würde. Er sagte, ich solle wieder zu meiner Tasche gehen und dieses Mal im Außenfach nachsehen. Tja, ich hätte eben besser darauf achten sollen, was alles in meinem Gepäck war! Ich fand einen kleinen Zugbeutel. James sagte, ich solle ihn öffnen. Ich zog einen kleinen Vibrator heraus, einen Analstöpsel und eine Tube Gleitmittel.

Als ich die Sammlung auf meiner Bettkante betrachtete, bekam ich wieder Herzklopfen, denn ich war mir nicht sicher, ob ich nach allem, was gewesen war, heute Nacht noch mehr aushalten könnte. Er sagte, ich solle mir den Stöpsel in den Hintern stecken, mir den Vibrator weit hineinschieben und einen neuen Aufsatz schreiben. Doch statt ihm meine Fantasien über unser Wiedersehen zu schildern, sollte ich ihm berichten, wie ich mich in jedem erniedrigenden Moment während meiner Bestrafung gefühlt hatte, und dabei die ganze Zeit auf einen Orgasmus aus sein. Ich dürfte jedoch erst kommen, wenn ich fertig war und ihm den Text gemailt hatte. Er sollte mindestens zweitausend Wörter umfassen – es sei denn, ich käme, bevor ich fertig war, und dann würde er mir für jeden »Unfall« weitere tausend Wörter aufbrummen. Und wenn er den Text nicht in den wenigen Stunden bekäme, die mir noch blieben, bevor ich hier zusammenpackte und zu ihm nach Hause fuhr, würde er mich wieder bestrafen, ganz persönlich und vielleicht mit einer Zungenklammer, nachdem er nun wusste, wie sehr ich es hasste. Er amüsierte sich schon über meinen Anblick, wenn ich versuchte, damit zu sprechen, während er mich mit dem Rohrstock verprügelte.

Mit trockenem Mund und voller Angst starrte ich auf den Buttplug, der dicker war als alles, was ich je im Hintern gehabt hatte. Meine Stimme zitterte. »Es ist fast ein Uhr.«

Ich stellte mir sein Lächeln vor. »Ich weiß. Ich sollte nun ins

Bett gehen, ich muss morgen früh aufstehen. Ich schlage vor, du fängst an.«

Ich schob mir die beiden Dinger rein und setzte mich mit Schmerzen am ganzen Körper an den kleinen Schreibtisch in dem unpersönlichen Hotelzimmer. Ich schrieb stundenlang, wollte mich ihm unbedingt erklären, mich entschuldigen, ihm gefallen. Die Verantwortung lastete schwer auf mir. Und als ich schließlich etwas geschrieben hatte, mit dem ich zufrieden war, bekam ich sogar noch ein paar Stunden Schlaf vor meinem letzten Tag an diesem Ort.

Auf der Heimfahrt hatte ich ziemlichen Bammel. Ich hatte von Anfang an unmissverständlich klargemacht, dass ich keine Beziehung haben wollte, in der der Alltag zwischen Mann und Frau mit D/S durchzogen war, sodass er mich durch Schmerz und Erniedrigung bestrafen konnte, wenn ich im normalen Leben etwas getan hatte, was ihn ärgerte. Ich ging nicht davon aus, dass dies letzte Nacht der Fall gewesen war, aber ich war mir unsicher, denn es reichte eindeutig weiter in diesen Bereich hinein, als ich gehofft hätte. Auf meine Mail hatte er nicht geantwortet, er hatte nicht mal gesagt, dass er sie bekommen hatte. Also machte ich mir natürlich Sorgen, dass ich eine Grenze überschritten hatte. Oder er. Und ich wusste nicht, wie wir jetzt zu unserem relativ entspannten Normalverhalten zurückkehren sollten.

Ich stieg aus dem Zug, zog meine Trolleytasche über den Bahnsteig und versuchte zu verhindern, dass mir die Handtasche von der Schulter rutschte. Ich gab dem Mann an der Schranke meine Fahrkarte und überlegte, wie ich nach Hause käme und ob ich dann James anrufen sollte. Und da stand er plötzlich mit einem Lächeln vor mir. Er nahm mich in den Arm und küsste mich ausgiebig, bis wir beide solche Lust aufeinander hatten, dass wir ein Eckchen für uns allein brauchten. Er nahm meine Hand und zog mit der anderen meinen Trolley. Plötzlich war diese bedrückende Unruhe, die mich vor meiner Rückkehr gebeutelt hatte, wie weggeblasen. Ich freute mich nur, dass er hier war und ich bei ihm. Und verspürte natürlich die übliche Lust …

15. KAPITEL

Wir hatten wirklich Lust aufeinander. Ich hatte schon in verschiedenen Beziehungen diese Phase der Verliebtheit durchlebt. Mit Thomas hatte es Spaß gemacht, verschiedene Praktiken auf der Liste abzuhaken, aber mit James war die sexuelle Spannung anders. Sie war immer da. Ich denke, teilweise lag es daran, dass ich ihn so umwerfend attraktiv fand, aber die D/S-Komponente beeinflusste auch alles andere, alles war voller Möglichkeiten. Es machte Spaß und gab mir stärker als in einer normalen sexuellen Paarbeziehung das Gefühl, ein gemeinsames Geheimnis zu haben: diese besonderen Momente, von denen keiner wusste und auf die keiner Einfluss nehmen konnte.

Jederzeit konnte die Situation kippen, und alles wurde anders. Wenn wir auf dem Sofa lagen und fernsahen, konnte es sein, dass er sich plötzlich über mich beugte und mich kitzelte. Dann boxte ich ihn in die Rippen, damit er aufhörte, und er hielt meine Hände fest. Wir sahen weiter fern, er umklammerte meine Hände und verstärkte unmerklich seinen Griff, wenn ich rutschte und mich bewegen wollte und spielerisch prüfte, ob er mich loslassen würde. Dann stand er plötzlich auf und verließ den Raum, kam mit einem Seil zurück und fesselte meine Hände fest, aber nicht unbequem, und so lagen wir dann weiter auf dem Sofa. Es war eine eigenartige Dynamik, die Grenzen zwischen Sexualität und den ruhigen Momenten einer Beziehung, in denen man einfach nur zusammen sein will, herumtrödelt und dies oder jenes tut, verschwammen. Ich fand das faszinierend. Wir lagen in geselligem Schweigen da, lasen Zeitung oder so, und auf einmal gab es ein Nicken des Einverständnisses über die weniger konventionellen Seiten unserer Beziehung. In diesen kurzen Momenten war die Atmosphäre aufgeladen vor Erwartung. Mit gefesselten Händen beugte ich mich linkisch vor, um einen Schluck Tee zu trinken, und James war hingerissen – er sah gern zu, wie ich mich um die Hindernisse herumlavierte, die er mir in den Weg legte, und immer fiel ihm etwas noch Diabolischeres ein, mit dem er mich weiter herausfordern konnte. Oder er schob seine Hand unter meine Bluse und streichelte meine Schulter, während ich in meiner behinderten Haltung dasaß. Der nur unscharf umrissene Übergang zwischen Sex und normalem Leben sorgte für eine aufregende Mischung der beiden Bereiche, aber, wie gesagt, alles konnte sich jederzeit ändern, und selbst so etwas Einfaches, wie auf dem Boden vor dem Fernseher zu liegen, während er auf dem Sofa saß, bekam plötzlich eine eigenartige Zweideutigkeit. Noch nie hatte es solchen Spaß gemacht, sich eine Quizshow anzusehen.

Im Lauf der Wochen fanden wir immer mehr in den Rhythmus unseres gemeinsamen Lebens hinein. Wir waren nicht immer zusammen, beide hatten wir anstrengende Berufe mit vielen Sitzungen und Besprechungen zu den ungewöhnlichsten Zeiten. Aber wir trafen uns mindestens für eine Nacht unter der Woche und an den Wochenenden, wenn ich nicht arbeiten musste. Alles war locker und schön. Die D/S-Dynamik kam und ging, aber das war beruhigend und gut so. Manchmal kuschelten wir nur zusammen im Bett und redeten, und er streichelte mir den Rücken, wenn ich lange im Auto sitzen musste oder verspannt war. Diese Dualität fühlte sich wirklich richtig an. Und das heißt natürlich, dass man alles noch intensiver empfindet, wenn es einem plötzlich den Boden unter den Füßen wegzieht …

Abgesehen von dem Zungenklammer-Debakel konnte ich Termine eigentlich immer gut einhalten. Als Journalist wird einem eingebläut, dass man eine Deadline nicht verpassen darf. Niemals. Ohne Wenn und Aber, ohne Vielleicht. Eine Deadline ist eine Deadline ist eine Deadline … So. Egal, unter welchem Druck man steht, egal, wie knapp es werden könnte – das Adrenalin kommt, und man sorgt dafür, dass man es schafft. Es gibt keine Staffelung. Entweder es klappt, oder es klappt nicht. Und wenn nicht, ist das Spiel vorbei, man hat den Zug verpasst, ob man nun einen Meter entfernt war oder eine ganze Meile.

Ich schaffe es immer, eine Titelgeschichte rechtzeitig zu beenden oder eine Eilmeldung auf unserer Website zu posten. Andere Termine aber scheinen selbst beim besten Willen nicht einzuhalten zu sein.

Ich weinte. In kleinen Bächen liefen mir die Tränen übers Gesicht auf meine nackten Brüste, die Tropfen konnten aber die Röte auf meinem Busen nicht lindern, die Erregung und Scham verriet. Ich sorgte mich fast schon, dass mir auch ein wenig Rotz aus der Nase lief, aber da meine Hände auf dem Rücken in Handschellen steckten, konnte ich ihn nicht einmal heimlich wegwischen, auch wenn er da war. Doch als James sich bewegte, waren mögliche Ähnlichkeiten zwischen mir und dem Horrorfilm *Blair Witch Project* meine geringste Sorge. Er griff brutal in mein Haar und zog mich hoch, damit ich ihm in die Augen sehen musste, damit ich seine Dominanz sah, die meine Unterwerfung spiegelte.

Es war erschreckend, quälend, und es half mir mitnichten, die versprengten Reste meines Gleichgewichts wiederzufinden.

Ich atmete stoßweise und mit leisen Schluchzern, die hinunterzuschlucken ich mich mühte. Ich biss mir auf die Lippe, starrte an seinem Ohr vorbei an irgendeinen Punkt und versuchte, mich zusammenzureißen, versuchte, die widerstreitenden Gefühle und Empfindungen zu verarbeiten, die mich durchfuhren. Schmerz, Angst, Erregung.

Beim Klang von James' Stimme, der so nah war, dass sein Atem über mein Gesicht wehte, zuckte ich zusammen.

»Hast du verstanden?«

Ich wollte nicken, aber er hielt mein Haar so fest, dass es wehgetan hätte, stattdessen sagte ich mit trockenen, zitternden Lippen: »Ja, Sir.«

Damals fiel es mir bereits leicht, ihn Sir zu nennen, und manchmal ertappte ich mich dabei, dass ich ihn im Stillen immer so nannte. Manchmal musste ich auch »Meister« sagen, aber das nutzte sich ab. Heute Nacht hätte ich ihn »Großwesir Smörgåsbord vom Planeten Zarg« genannt, wenn es geholfen hätte. Aber das hätte es nicht. Wir hatten eine neue Ebene der Dominanz erreicht, die eine neue Ebene der Unterwerfung erforderte. Dass sich mein Saft sammelte, bewies, dass ich es genoss, die Herausforderung anzunehmen, aber ich war mehr denn je in der Defensive. Es verstörte mich mehr als die Zungenklammer und die intensiven Nächte, die wir seit meiner Rückkehr von der Geschäftsreise zwischen schönen Dingen, Kino- und Pub-Besuchen und gemeinsamem Kochen, verbracht hatten. Es war angsterregend, provokant, befreiend.

Seine Stimme war herzlich. »Gut. Wir haben zwar nicht gezählt, aber ich denke, ich habe dir bis jetzt zwanzig Schläge gegeben. Klingt das nachvollziehbar?«

Ich stimmte eifrig zu. Ich hatte keine Ahnung, wie oft er zugeschlagen hatte, fand aber, das war eine ausreichend große

Zahl. Ich wollte nicht noch mehr ertragen müssen. Ich glaube, er hatte mich noch nie so ausgiebig bestraft, bevor …

»Ich denke, es ist fair, wenn wir bis hundert zählen.«

Ich fing wieder an zu zittern, mehr als in jedem anderen Moment bislang. Verdammt, was hatte er immer nur mit der runden Zahl hundert?

Alles hatte mit einem eher verspielten Spanking begonnen. Ich musste mich ausziehen und auf den Stuhl mit der hohen Lehne setzen, musste die Beine auf dem kalten Sitz spreizen, damit er meine Knöchel rechts und links an die Stuhlbeine binden konnte und ich offen war für seinen Blick – und für seine Hand. Er hatte ein Glitzern in den Augen, als er die Handschellen herauszog, meine Hände hinter die Rückenlehne zog und sie zusammenband. Doch als er dann in die Küche ging und mit einem Holzlöffel und zwei Wäschenklammern wiederkam, schrillten meine Alarmglocken laut. Ich konnte aber nicht viel tun, außer mich ohne jede Wirkung auf dem Stuhl zu winden.

Er spielte erst mit meinen Brüsten, streichelte sie. Seine Berührung war besänftigend und gab mir vermeintliche Sicherheit. Er kniff leicht in meine Nippel, sah zu, wie sie steif wurden und mein Körper sich in seiner Aufmerksamkeit aalte. Dann umschloss er meine Brustwarze mit den Lippen, leckte daran, saugte daran, bis ich die Augen vor Glück schloss.

Aber ich hätte es besser wissen müssen. Kaum hatte ich mich entspannt und seiner fürsorglichen Behandlung hingegeben, veränderte sich sein Verhalten. Er knabberte an meinen Nippeln, wurde immer gröber und biss zu, bis ich schrie. Mein Stöhnen vor Schmerz hielt ihn jedoch nicht auf. Beide Brüste waren nass von seinem Speichel, rot und wund von seinen Bissen und seinem brutalen Saugen, als er die Klammern anbrachte. Die Wäscheklammern waren robust und aus Holz, es schmerzte, als die

Feder zurücksprang und eine neue Schmerzwelle mich durchflutete. Ich ballte die Fäuste in den Handschellen, versuchte, mich an den Schmerz zu gewöhnen, und wurde rot, als ich sah, wie gierig James meine Brüste anstarrte, die mit meinem schweren Atem hüpften, den ich durch die Nase blies, um diese Emotionen auszuhalten.

Ich war derart mit dem stechenden, brennenden Schmerz in meinen Nippeln beschäftigt, dass er der Mittelpunkt meiner Welt war und ich den Kochlöffel vergaß, bis James damit auf eine Brust schlug. Er hatte meine Brüste zuvor schon mit der Hand geschlagen, aber das hier tat wirklich weh, vor allem nach dem Beißen und Saugen. Eine Schmerzwoge überlagerte die andere wie gegenläufige Strömungen, wie Wellen, die durch meinen Kopf rauschten. Ich war vollkommen auf dieses Geräusch und auf den Schmerz konzentriert.

Doch dann schlug er mit dem Löffel brutal auf meinen Schoß.

Ich heulte auf, ich konnte nicht anders. Die Stille nach dem Schrei, der den Raum durchbohrt hatte, war fast so laut. Alles war erstarrt, meine Augen füllten sich mit Tränen, alles war still bis auf meinen röchelnden Atem. Er fragte nicht, ob alles in Ordnung sei. Er sah mich nur eindringlich an, blickte mir in die Augen, und ich starrte sicherlich zurück, wütend nicht nur auf ihn, der mir diesen Schmerz zugefügt hatte, sondern auch auf den Teil von mir, der dies trotz allem unbedingt wollte. Nach ein paar Sekunden hatte er wohl gesehen, was er sehen musste, denn es gab einen Luftzug, als er sich bewegte.

Ich schloss die Augen, als er näher kam, ich konnte es nicht ertragen, beim zweiten Schlag zuzusehen. Das hieß natürlich, dass ich nicht bereit dafür war. Der Knall schien im Raum zu dröhnen, und der Schmerz war schlimmer als alles, was ich je erlebt hatte. Eine panische innere Stimme wimmerte: »Ich kann das nicht!«, aber bevor ich es noch verhindern konnte (oder ihn daran hindern konnte, und ich war näher daran als je zuvor), traf mich der dritte Schlag, und ich keuchte wieder unter Schmerz und Tränen. Alles in mir war auf den Mann vor mir konzentriert und darauf, die Wogen des Schmerzes zu bewältigen.

Ich weiß nicht, ob es nur mir so geht, aber normalerweise kann sich mein Körper nach ein paar Schlägen, mit welcher Gerätschaft auch immer, langsam an den Schmerz anpassen und ihn aufnehmen. Es tut noch immer weh, klar, aber in meinem Kopf ändert sich etwas, und der Schmerz bringt dann eine wohlige Lust mit sich. Doch als James immer weiter erbarmungslos mit dem Kochlöffel zuschlug, tat es nur weh, und es wurde immer schlimmer. Ich zuckte mit meinen gefesselten Füßen, wollte unbedingt meine Beine gegen diese Attacke schließen, aber es ging ja nicht. Ich konnte es nur über mich ergehen lassen, durchhalten und hoffen, dass es besser wurde, dass es nicht zu etwas wurde, mit dem ich nicht mehr zurechtkäme, dass ich nicht mein Safeword benutzen und somit ihn genauso wie mich selbst enttäuschen müsste. Doch ich war mir wirklich nicht sicher, ob ich durchhalten, ob ich es aushalten könnte, von genießen gar nicht zu reden. Doch James hatte dazu eine andere Meinung.

Da gab er mir die Deadline vor.

Er steckte mir eine Haarsträhne hinters Ohr, dann erklärte er mir, was nun geschehen sollte. Die Welt verrutschte kurz, als ich versuchte zu verstehen, was er da sagte, was er von mir erwartete.

»Weißt du, selbst wenn du weinst und jammerst und zitterst, wirst du dabei nass.«

Ich machte schon den Mund auf, um zu widersprechen, doch er drückte mir das gerundete Ende des Kochlöffels an die Lippen. Ich schmeckte mich selbst am Holz, wurde rot und schloss die Augen, um die Wahrheit über den Verrat meines Körpers zu kaschieren. Als er den Kochlöffel wieder wegnahm, presste ich meine bebenden Lippen aufeinander und schluckte den Einwand hinunter, weil ich fand, Vorsicht sei der bessere Teil der Tapferkeit und dass ich am besten einfach den Mund halten sollte.

»Ich glaube, wenn ich dich lang genug schlage, kannst du kommen.«

Ich riss die Augen auf und sah, wie er mich von oben herab anlächelte – selbstgefälliger ging es nicht mehr! Je öfter wir spielten, desto besser lernte er meine Toleranzschwellen kennen. Manchmal war das toll, zum Beispiel wenn er mich in einen unbekannten Bereich trieb – es war wie fliegen. Doch an anderen Punkten – wie diesem hier, wenn er so arrogant blickte, wenn er mich fröhlich in den Abgrund stieß – hätte ich ihm liebend gern gesagt, er solle sich selbst ficken. Doch wie immer sehnte sich die leise Stimme in meinem Inneren bereits nach der nächsten Sitzung, also schwieg ich. Zumindest eine Weile.

»Ich setze dir jetzt eine Frist: die Anzahl der Schläge, bei der du kommen musst. Wenn nicht, werde ich dir Dinge auferlegen, die dir das hier wie einen Sonntagsspaziergang vorkommen lassen. Und ob du kommst oder nicht, ist mir egal. Denn ich komme auf jeden Fall – entweder indem du mich lutschst, oder indem ich dich hart durchficke.« Er schob mir die Hand zwischen die Beine, ich sträubte mich in meinen engen Fesseln. »Und dann werde ich dich auf eine Weise bestrafen, die du dir nicht mal im Traum vorstellen kannst. Du wirst betteln, und dabei wirst du gar nicht wissen, ob du bettelst, dass ich aufhöre oder dass ich weitermache. Ich werde mit dir machen, was ich will und so lange ich will, bis du nur noch wegkriechen und dich erholen willst. Und da wir beide erst wieder nach diesem Wochenende zur Arbeit müssen, kann das sehr lange dauern. Hast du verstanden?«

Angst überkam mich, Erregung und auch der Adrenalinschub, den ich immer habe, wenn ich etwas abarbeiten muss. Ja, ich bin das Klischee einer Journalistin. Schon jetzt wollte ich unbedingt kommen, und ich sah das sportlich genug, um es zu versuchen und es durchzustehen, egal wie. Ich schaffte es. Der Schmerz konnte nicht zu lange anhalten. Meine Stimme war leise, aber wohl ziemlich fest, als ich sagte: »Ja, Sir.«

»Gut. Da wir bis jetzt nicht gezählt haben, gehen wir davon aus, dass ich dir zwanzig Schläge gegeben habe. Klingt das vernünftig? Ich denke, es ist fair, wenn wir bis hundert weiterzählen.«

Der Rhythmus half mir. Selbst bei diesem Schmerz, und es waren wirklich bislang nie gekannte Qualen, fing der tückische Takt der Schläge an, mich warm zu durchfließen. Ich musste sie zählen und ihm dafür danken. Sein Tempo war so zügig, dass ich mein Danke hinauskrächzte, so schnell es ging, so schnell ich den Schmerz verarbeiten konnte. Bei Schlag 63 veränderte sich meine Empfindung. Er schlug mich so brutal wie zuvor, aber das Geräusch des auftreffenden Kochlöffels klang nass. Das war eindeutig der Klang meiner Erregung. Und bei jedem Schlag steigerte sie sich, bis ich vor Scham die Augen schloss. Die Schmerzenstränen strömten noch immer unter meinen geschlossenen Lidern hervor, dennoch bewies der feuchte Fleck, in dem ich mich wand und der nun meinen Hintern und den oberen Teil meiner Schenkel überzog, dass dies bei mir auf einer amöbenhaften Ebene funktionierte, wenngleich mein Kopf mir etwas anderes sagte.

Bei Schlag 69 machte ich die Augen auf und sah, wie er gerade den Arm nach dem Hieb zurückzog, unter dem ich noch ächzte. Durch diese Bewegung zog sich ein feuchter Faden von meinem Schoß zu dem Löffel, und der sichtbare Beweis dafür, wie mich dieser Schmerz aufgeilte, schockierte mich kurz und ließ mein Gehirn erstarren. Als er wieder zuschlug, konnte ich mich nicht mehr an die Zahl erinnern. Hatten wir 69, und das war nun 70? Oder war es 69. Mist. Ich riet: »69.« Missmutig schüttelte er den Kopf und sagte, wir müssten wieder auf sechzig zurückgehen, um meinen Fehler wiedergutzumachen. Ich musste mir auf die Lippe beißen, damit ich nicht bei dem Gedanken an die neun Extraschläge aufheulte.

Bei 85 hatte er schon so weit ausgeholt, dass der Schlag mit größter Kraft auf meine Klit traf. Es war die intensivste Behandlung, die ich je bekommen hatte, und mein Körper baute schon einen Orgasmus auf, dessen Kraft ich fürchtete. Als wir uns den hundert unaufhaltsam näherten, keuchte ich, meine noch immer geklammerten Nippel wackelten bei jedem Atemzug, meine Schenkel zitterten, als ich kurz vor dem Höhepunkt stand.

Beim hundertsten Schlag kam ich. Ich hätte entsetzt sein müssen über die Tatsche, dass ich mich in ein lächerliches Stereotyp einer erfolgreich konditionierten, perversen Schlampe verwandelt hatte, aber nachdem ich all das ertragen hatte und nachdem jedes Gramm Gefühl aus meinem Körper gequetscht worden war, scherte mich das keinen Deut. Ich wollte so sehr kommen, dass es mich völlig aufzehrte. Dies war alles, was ich schmecken, alles, was ich riechen konnte, und ich hatte das Gefühl, ich brauchte es mehr als die Luft zum Atmen.

Mein Orgasmus war derart gewaltig und schmerzhaft, und ich rüttelte so stark an meinen Fesseln, dass ich nachher Striemen an Handgelenken und Knöcheln hatte, die ich ein paar Tage lang unter langen Ärmeln und Hosen verstecken musste. Die Klagelaute aus meinem Rachen klangen fremd. Als ich kam und sich meine Scheide um den Löffel herum zusammenzog, musste James die Rückenlehne des Stuhles festhalten, damit er und ich nicht durch meine heftigen Zuckungen umkippten.

Als ich wieder zu mir kam, war es, als würde ich aus einer Trance erwachen, noch immer zuckte ich unter den Nachwirkungen dieser Intensität. James machte seine Hose auf und kam zu mir. Brutal stieß er in mich hinein, drückte mit all seinem Gewicht in meinen noch immer pulsierenden, geschwollenen, wunden, schmerzenden Schoß. Automatisch schrie ich auf. Er fickte mich und erinnerte mich damit grausam an den Takt des Kochlöffels nur wenige Minuten zuvor. Es war so qualvoll und erdrückend, dass ich bockte und alles versuchte, um ihn abzuschütteln, aber wegen der Handschellen und den Fußfesseln vermochte ich kaum etwas gegen ihn auszurichten.

Er stieß tiefer in mich hinein, dann hielt er einen Moment inne. Er packte mein Haar, küsste mich tief und biss mir dann so brutal auf die Unterlippe, dass ich sicher war, ich würde Blut schmecken. Seine Finger drehten an den Wäscheklammern an meinen Brustwarzen, öffnete und schloss sie wieder und wieder, bis ich das Gefühl hatte, mein ganzer Körper stehe in Flammen. Ich heulte, Tränen strömten mir übers Gesicht, und als er weiterfickte, sagte er leise: »Du bist bei Schlag 109 gekommen, denn wir mussten zurückgehen, als du dich verzählt hattest. Du hast die Deadline nicht eingehalten.«

Durch den Nebel des Schmerzes und dieser intensiven Lust begriff ich, was das bedeutete. Ich zitterte, denn ich wusste, dass ich in den nächsten Minuten, Stunden, Tagen, eben so lange er wollte, weiter getrieben werden würde als je zuvor.

Kein Hätte, Wäre, Wenn. Eine Frist darf man niemals verstreichen lassen!

Die folgenden Tage waren die schwierigsten meines Lebens. Er gebrauchte mich. Er missbrauchte mich. Er demütigte mich. Er brachte mich zum Weinen. Er verursachte mir Schmerzen. Er trieb mich immer weiter. Er brach mich nicht, aber manchmal hatte ich den Eindruck, dass er es versuchte. Er fickte mich, wann er wollte, wie er wollte, und wenn ich so erschöpft war, dass ich keine Kraft mehr hatte, irgendetwas anderes zu tun, als einfach dazuliegen – ein Fickloch für seine Lust –, schlug er mich ins Gesicht und zog mich an den Haaren, um meinen matten Körper zu bewegen. Wenn er mit mir fertig war, war ich überall gezeichnet, ich sah aus wie ein abstraktes Gemälde, das unsere gemeinsame Zeit dokumentierte: Bisswunden an den Brüsten, zornesrote, gefolterte Nippel, blaue Flecken an den Oberarmen, sein Sperma, das in meinem Haar und auf meinen Brüsten trocknete, wochenlang rote Striemen kreuz und quer auf meinem Hintern, dass ich mich wand und feucht wurde, wenn ich daran dachte, was geschehen war. Am Ende hatten meine Tränen mein sorgfältig aufgetragenes Make-up weggewaschen, mein Haar war vollständig zerzaust. Ich war am Ende. Er hatte meine Verteidigungslinien durchbrochen.

Es war befreiend, reinigend und dennoch mitunter erschreckend. Er trieb mich an den Rand all dessen, was für mich noch annehmbar war. Im Lauf der Stunden und Tage stand nur er im Mittelpunkt, ich wollte ihm gefallen, wollte ihn befriedigen, wollte nichts tun, was ihm Grund gab, mich zu bestrafen. Er war meine Welt. Zum ersten Mal begriff ich die Natur der Unterwerfung, die einen völlig verbraucht, denn auch meine innere Stimme, die meine Scham hinausschrie und fragte, warum ich das tat, war zum allerersten Mal verstummt. Ich fühlte mich James mehr verbunden als jedem anderen Menschen, er verstand mich voll und ganz, auch wenn ich mich selbst nicht mehr verstand. Wenn ich heulte und ihn bat, mit dem Schlagen aufzuhören, wenn ich ihn anflehte und sagte, ich könne nicht mehr, machte er trotzdem weiter, und ich hasste ihn. Er umklammerte mein Kinn, drehte mein Gesicht zu sich, ich starrte ihn hasserfüllt an, und er fragte, ob ich mich an mein Safeword erinnere. Mit zusammengebissenen Zähnen sagte ich Ja, und während ich gegen diesen sturen Stolz und dieses Wettbewerbsdenken ankämpfte, das mich zum Schweigen brachte, musste ich ihn bitten, wieder anzufangen, bevor er es auch tatsächlich tat. Er schlug mich so lange mit dem Rohrstock, bis ich vor Schmerz keine Luft mehr bekam, bis ich sicher war, dass ich blutete, und wenn er dann spürte, dass ich nicht mehr konnte, schob er gelassen seinen Finger in meinen Schlitz. Ich kam bei seiner so zärtlichen Berührung. Danach war ich gesättigt und auch verwirrt: Wie konnten Stockschläge zu einem so heftigen Orgasmus führen? Er lächelte mich an, beugte sich zu mir, küsste mich sanft und sagte, ich müsse betraft werden, weil ich ohne Erlaubnis gekommen sei …

Als er fertig war, band er mich wie ein Tier ans Fußende des Bettes, Hände auf dem Rücken gefesselt, und ließ mich in einen erschöpften Schlaf fallen. Da lag ich unelegant zusammengerollt, während ich im Schlaf versuchte, irgendeine Körperstelle zu finden, auf die ich mich legen konnte, ohne dass es schmerzte.

Es mag merkwürdig klingen, dass eine solche Grausamkeit und Demütigung so etwas bewirken konnte, aber am Ende unseres Wochenendes wusste ich, dass ich diesen verrückten, klugen, zärtlichen Mann liebte, der sich darüber aufregte, wenn Menschen Tiere quälten, dem es aber Freude machte, mir so schreckliche Dinge anzutun. Er hatte die Teile von mir erspürt, die ich nicht einmal hätte benennen können, und hatte sie dazu gebracht, faszinierende, läuternde Dinge zu tun und auszuhalten. Diese Intensität raubte mir den Atem. Offenbar hatte mich noch nie jemand so gut erkannt wie James, niemand verstand mein Wesen, meine Persönlichkeit besser als er.

16. KAPITEL

Was geschieht nach der intensivsten sexuellen Erfahrung eines ganzen Lebens, nach all dem, was einen noch Tage danach Schmerzen empfinden lässt und sich psychisch und physisch weiter auswirkt?

Man könnte meinen, die Antwort müsse »nichts« lauten.

Als wir uns verabschiedeten, war James still, aber nicht stiller als sonst, wenn das Wochenende vorüber war, wir uns trennten und die Arbeit wieder begann. Zumindest dachte ich das damals, als ich mich streckte, um ihn zu küssen, und mich an seiner liebevollen Umarmung freute, bevor wir getrennter Wege gingen.

Zu Hause angekommen, simste ich ihm wie immer. Ich bekam keine Antwort, dachte mir aber, dass es schon spät war und er eingeschlafen sei, damit er in der Frühe wieder fit wäre. Doch auch am nächsten Morgen hörte ich nichts, ich hörte den ganzen Tag nichts von ihm. Seltsam. Wir waren seit Monaten immer mehrmals am Tag in Kontakt gewesen, und bei seinem Schweigen machte ich mir automatisch Sorgen, dass etwas passiert sei. Ich simste ihm noch einmal, fragte, ob alles in Ordnung sei. Nichts. Dann schickte ich ihm ein Mail an seine Privat- und an seine Büroadresse mit einem Link zu einer Nachrichtenmeldung, die ihn interessieren könnte. Ich wollte ihm nicht das Gefühl geben, dass ich klammerte, aber ich wollte eine Antwort.

Nichts.

Drei Tage lang stand ich total neben mir. Meine SMS und

eine eher gezwungen beiläufige Nachricht auf seiner Mailbox blieben unbeantwortet. Ich ging meiner Arbeit nach, lebte meinen Alltag, ging auf den Geburtstagsumtrunk eines Freundes, doch währenddessen hatte ich immer nur James im Kopf. Ging es ihm gut? Warum meldete er sich nicht? Am Morgen des vierten Tages hielt ich es nicht mehr aus. Ich rief in seinem Büro an. Ich nannte meinen Namen nicht, und es war mir egal, ob ich klang wie eine verrückte Stalkerin. Die Sekretärin war sehr hilfsbereit, ja, er sei hier, sie habe ihn gesehen, er sitze am Schreibtisch, telefoniere aber auf einer anderen Leitung. Sollte sie ihm etwas von mir ausrichten oder mir seine Mailadresse geben?

Ich sagte ihr, dass ich seine Adresse hätte, und beendete höflich das Gespräch.

Ich war sauer, ich war stinksauer. Ich war ganz von der Rolle. Das sah ihm gar nicht ähnlich, und ich wusste wirklich nicht, wie ich damit umgehen sollte. Ich wusste, es wäre eine komplette Zeitverschwendung, ihn zu erreichen zu versuchen, wenn er bei der Arbeit war, also überlegte ich den ganzen Tag über, was ich gegen meine Unruhe tun sollte, ohne wie eine wütende Xanthippe daherzukommen. Ich musste ja auch die D/S-Dynamik in Betracht ziehen. Nach dieser intensiven gemeinsamen Zeit wollte ich nicht despektierlich erscheinen, aber ich wollte die Sache auch keinesfalls auf sich beruhen lassen, als sei ich eine welke Blume. Was aber tun?

Gegen Feierabend hatte ich noch immer keine Ahnung.

Ich beschloss, ihm beiläufig und ohne quengelnden Unterton zu simsen.

Hey, du bist ja so still nach unserem Wochenende. Hoffe, alles ist okay, ich rufe dich heute Abend an.

Keine Antwort. Tief in meinem Inneren erwartete ich auch keine, hatte aber noch immer keinen blassen Schimmer, was eigentlich los war.

In der Klischee-Vorstellung hockt eine sitzengelassene Frau in ihrem schwarzen Loch, mit einem großen Becher Eis und schmalzigen Schlagern aus den Siebziger- und Achtzigerjahren. Wenn das funktioniert, gut. Aber für mich heißt es nach dem Song von Billy Ocean *When the Going Gets Tough, the Tough Get Going* sinngemäß: Wenn es hart auf hart kommt, hole ich die Teigschüssel!

Ich rief James an jenem Abend zwei Mal an, beide Male schaltete sich die Mailbox ein. Dann machte ich meinen Computer an und fand dank der Wohltaten sozialer Netzwerke heraus, dass er in verschiedenen Blogs online war und offensichtlich fröhlich chattete, eben nur nicht mit mir. Als ich einen Beitrag aufgespürt hatte, den er auf einer obskuren Musik-Site gepostet hatte, weil er Hilfe mit seinen Lautsprechern brauchte, war mir klar, dass es Zeit war, mich auszuloggen und etwas anderes zu tun. Ich saß mit schmerzendem Herzen und pochendem Kopf da und fragte mich, was in aller Welt los war – er kümmerte sich also um die Elektrik in seinem Wohnzimmer?!

Ich bin eigentlich keine großartige Köchin. Wenn man allein lebt, kostet alles außer Fertiggerichten zu viel Arbeit und zu viel Zeit, und wenn ich koche, vergeht mir immer schon bei der Zubereitung der Appetit. Aber Backen – Backen liebe ich. Kuchen, Kekse und der ganze Süßkram sind ja gut, wenn es einem schlecht geht, aber ich mag auch die Stringenz dieses Prozesses. Wenn man die Zutaten korrekt abwiegt, wenn man Butter und Zucker aufschlägt, bis sie die richtige Konsistenz haben, und wenn dann der Kuchen die richtige Zeit im Ofen ist, kann man etwas Herrliches erschaffen – und man kann den Leuten um einen herum die Früchte seiner Arbeit schenken, als stille Entschuldigung dafür, dass man ständig herumläuft wie ein geprügelter Hund oder ein Gesicht macht wie sieben Tage Regenwetter.

Um ein Uhr nachts beschloss ich also, Ingwerkekse zu backen. Ich weiß nicht, warum mich ausgerechnet das ansprach, aber ich war überzeugt, dass es die richtige Wahl war. Ich hatte fast schon eine Flasche Wein getrunken, konnte also nicht mehr Auto fahren. Ich zog meinen Mantel an und ging zu einer Tankstelle mit einem kleinen Supermarkt, der rund um die Uhr geöffnet hatte.

Da ich normalerweise mitten in der Nacht nicht tanke und auch sonst nichts einkaufe, wusste ich nicht, dass die Türen verschlossen sind und man durch ein vergittertes Fensterchen bedient wird – wie im Gefängnis. Geld und Ware werden durch einen kleinen Schlitz unter dem Fenster geschoben. Das machte meinen nächtlichen Backanfall komplizierter als nötig.

Zunächst erklärte mir der Verkäufer unbeugsam, dass er mir außer Benzin, Zigaretten oder Kondomen gar nichts verkaufen würde. Nachdem ich fünf Minuten auf ihn eingeredet hatte, meinte er grummelnd, ja, Mehl hätten sie wohl. Nachdem ich ihn geknackt und das Mehl bekommen hatte, musste ich nicht mehr lange betteln, um ihm auch eine Tüte Zucker abzuringen, doch als ich ihn bat, mir Butterpackungen zu zeigen, sodass ich mir ungesalzene Butter aussuchen konnte, sprühte der Hass aus seinen Augen. Er machte kurzen Prozess, als ich dann auch noch nach Ingwer fragte – dass er den hätte, war natürlich höchst unwahrscheinlich, zugegeben, aber mein gebrochenes Herz und meine Trunkenheit hatten meinem Optimismus keinen Abbruch getan. Und statt Chocolate Chips verkaufte er mir einen Früchteriegel und Nussschokolade, die ich raspeln konnte. Als ich dann das Geld für meinen überteuerten Einkauf durch den Schlitz schob und er mir erst eine Plastiktüte und dann jeden Gegenstand einzeln reichte, floss ich derart über vor Dankbarkeit für seine Liebenswürdigkeit, dass mir Tränen in die Augen stiegen. Während ich nach Hause wankte, dachte ich, auch ihm wären die Tränen gekommen, allerdings aus Erleichterung darüber, dass diese Irre mit ihren Backzutaten endlich weg war und er seine Ruhe hatte mit nächtlichen Benzinkäufern und Bekifften mit Fressattacken.

Am nächsten Morgen wachte ich auf dem Boden im Wohnzimmer auf, ich war eingeschlafen, während ich gewartet hatte, bis die zweite Schüssel Teig im Kühlschrank kalt geworden war.

Es ist schon schlimm genug, mit einem Kater aufzuwachen, nachdem man den Laufpass bekommen hat – wenn es denn so war; ich war mir allerdings nicht ganz sicher, da der Mann, mit dem ich eine Beziehung hatte, nun ja, fast, in Gefühlsdingen ein richtiges Arschloch war. Noch schlimmer aber ist es, in einem Glutofen aufzuwachen, denn der Backofen war die ganze Nacht über an und die Küche in chaotischem Zustand. Mehl auf dem Boden, Butter an den Schränken von meinem überschwänglichen Einfetten der Bleche. Jede Schüssel, jeder Kochlöffel, den ich besaß, schien benutzt und achtlos weggelegt worden zu sein. Es sah aus wie nach einem Einbruch, einem Einbruch von Konditoren. In Verbindung mit einem Rotweinkater, mit Schlafmangel und Teig im Haar, wie ich feststellte. Als ich meinen mitleiderregenden Körper unter die Dusche schleppte, fühlte ich mich grauenvoll.

Ich ging zur Arbeit, war aber nicht bei der Sache. Die Kekse halfen allerdings, die hämischen Kommentare meiner Kollegen über meine geistigen Absenzen in Grenzen zu halten. Ich versuchte, nicht an James zu denken. Aber daran zu denken, *nicht* an James zu denken, zählte wohl nicht so richtig.

In den folgenden Wochen erging es meinen Kollegen, Freunden und meiner Familie durch meinen Liebeskummer gut. Ich backte endlose Keksvarianten und ging erst zu Biskuittorte über, als unser Redaktionsassistent die Sorge äußerte, die viele Butter könne sich negativ auf seinen Cholesterinspiegel auswirken. Ich machte Möhrenkuchen, Teegebäck, Cookies, und während ich die Eier verquirlte, den Teig knetete und wartete, bis alles fertig war, ging ich jeden einzelnen Punkt meiner Beziehung mit James durch, alles Perverse und nicht so Perverse. Es brachte mich zum Weinen, und es machte mich nass, vor allen Dingen aber machte es mich wütend. Ich konnte nicht entscheiden, ob alles, was zwischen uns gewesen war, auf der Lüge gründete, dass er an mir genauso interessiert war wie ich an ihm, ob es ihm mit mir einfach langweilig geworden war oder ob ich ihn mit irgendetwas in die Flucht geschlagen hatte oder oder oder ... Wie ich es auch drehte und wendete, er hatte etwas weggeworfen, das, zumindest aus meiner Sicht, etwas ganz Besonderes war. Er hatte mich weggeworfen. Es klingt pathetisch, aber so fühlte ich mich auch – ich hatte alles verloren, und mir war zum Heulen zu Mute. James hatte sich noch immer nicht gemeldet, und aus dickköpfigem Stolz, gepaart mit Scham, hörte auch ich auf, zu simsen und zu mailen. Ich wusste, dass er am Leben war und dass es ihm gut ging, und darüber hinaus wusste ich vor allem, dass er nicht mit mir reden wollte. Und so wollte auch ich nicht mit ihm reden. Lieber würde ich mich selbst ficken, als ihm zu zeigen, wie sehr er mich verletzte.

Ich war gerade dabei, Käse für ein Blech mit Drei-Käse-Scones zu reiben, als Thomas anrief und fragte, wie es mir gehe.

Ich sagte, gut, denn es ödete mich an, jemandem die lächerliche Tiefe meiner Gefühle erklären zu wollen. Mir fiel vor Schreck das Messer aus der Hand – ich schnitt Stücke von einem Laib Wensleydale –, als er sagte: »Red doch keinen Blödsinn! Dir geht es überhaupt nicht gut.«

Ich wusste kurz nicht, was ich sagen sollte, so viel Wut und Enttäuschung lagen in seiner Stimme. Ich wollte schon wieder meine Standardantwort geben und sagen, dass alles bestens sei, dann aber ließ ich es sein, denn wir beide wussten, dass es gelogen war.

»Du hast genug Trübsal geblasen. Mehr als genug. Es tut mir leid, dass es dir so schlecht geht und er so ein verdammter Arsch ist – aber jetzt ist Schluss mit dem Geheul und Schluss mit dieser Scheißbackerei. Charlotte und ich kommen übers Wochenende zu dir. Wir bringen DVDs und Wein mit und gehen essen – und zwar definitiv nichts Selbstgebackenes. Keine Widerrede! Ich bringe das Paddel mit, und wenn du weiter den Kopf hängen lässt, werde ich es auch benutzen.«

Zum ersten Mal seit Wochen lächelte ich wieder ganz spontan. Wir wussten beide, dass er nicht vorhatte, etwas Derartiges zu tun. Unsere sexuelle Beziehung hatte sich verändert, aber es brachte mich immer noch zum Lachen, es beruhigte mich, dass es da draußen ein Netz von Menschen gab, auf die ich mich verlassen konnte, auch wenn keiner außer Thomas und Charlotte eine Ahnung hatte, warum ich trauerte.

»Verdammt, dann sollte ich mich wohl besser am Riemen reißen!«

Ich konnte sie nicht abwimmeln. Ich rief gleich darauf noch einmal bei Thomas an und sagte, es gehe mir gut und er müsse sich keine Sorgen machen, stieß aber auf taube Ohren. Mit sich verhandeln ließ er lediglich über die DVDs. Wir entschieden uns für Katastrophenfilme und Politthriller – nichts, was mich in mein Weinglas heulen lassen würde wie irgendeine verkorkste Bridget Jones.

Am Ende war es wundervoll. Ich merkte plötzlich, dass ich die Trauer satthatte. Ein Leben in Trübsal wird mit der Zeit anstrengend, deprimierend und verflucht stumpfsinnig, und als die Naturgewalten in Gestalt von Thomas und Charlotte mit Weinflaschen, DVDs und teuren Pralinen in der Hand in meine Wohnung einbrachen, war ich plötzlich bereit, alles von mir abzuschütteln oder es zumindest zu versuchen. Dabei halfen Wein, Knabberzeug und die haarsträubendste Actionshow, die ich je gesehen hatte und die mit Wein noch lustiger war. Die beiden kamen am Freitagabend, wir schalteten früh den Fernseher ein, denn Thomas war und blieb zwar mein bester Freund, aber er war ein Mann, und als er sah, dass jede Erwähnung von James meine Lippen zum Beben brachte, begnügte er sich mit Small Talk über den Film und vermied jede Tränenflut. Nach ein paar DVDs und mehreren Flaschen Wein überließ ich den beiden mein Bett und schlief auf dem Sofa. Am nächsten Morgen wollten wir gleich weiter fernsehen, ich hatte ihnen aber erst ein üppiges Frühstück versprochen.

Am Samstag um halb neun klingelte es, und ich musste ein missmutiges Brummen hinunterschlucken. Ich erwartete eine Lieferung von *Amazon* und wusste, dass ich öffnen müsste, aber es war noch so früh, und ich sah aus, als hätte man mich rückwärts durch eine Hecke gezogen. Außerdem hatte die Klingel wohl gerade verhindert, dass Thomas und Charlotte ausschlafen konnten.

Doch vor der Tür stand nicht der Postbote. Es war der Mann, den ich am allerwenigsten je wieder auf meiner Schwelle erwartet hatte. Ich muss überrascht ausgesehen haben, aber Wut …

Wut war die vorherrschende Emotion. Er hatte den Anstand, verlegen zu blicken, wich aber einen Schritt zurück, als hätte er auch ein bisschen Angst. James war ja nicht dumm.

»Hallo. Entschuldige, dass ich so früh klingle.«

Ich hätte ihm am liebsten eine runtergehauen, aber ich verschränkte die Arme über meinem T-Shirt und starrte ihn nur an. Als Journalistin bin ich mir der Macht des Schweigens bewusst. Ich sagte nichts, sah ihn mir nur ganz genau an. Er wirkte müde, war aber noch immer so sexy, dass mich ein Stich durchfuhr, aber der war nicht so heftig, dass ich ihm nicht gegen das Schienbein treten wollte. Ich wusste nicht, ob dies gut oder schlecht war.

Nach einer Weile hielt er es nicht mehr aus. »Du hast mich wohl nicht erwartet.«

Na toll! Darauf hatte ich wochenlang gewartet? Ich wollte ihn schlagen – nicht sexuell, spielerisch, sondern als einen Akt körperlicher Gewalt, der ihn aufjaulen ließ. Ich gab mir alle Mühe, gleichgültig zu klingen und lässig die Schultern zu zucken.

»Ich habe Bücher als Geburtstagsgeschenk für meine Schwester bestellt und dachte, es sei die Post.«

»Hat deine Schwester heute Geburtstag?«

»Nein, noch nicht.«

»Oh, dann …« Lange Pause. »Ich bringe nicht die Post.«

Meine Kiefer waren so verkrampft, dass es schmerzte. »Davon gehe ich aus.«

Er schwieg. Es war quälend, aber ich hatte nicht die Absicht, lockere Konversation zu betreiben. Wollte er jetzt reden? Na, dann sollte er verdammt noch mal damit anfangen. Aber das tat er nicht oder konnte es nicht. Er sah mir in die Augen und suchte nach Antworten, so wie er mich immer angesehen hatte, wenn er wissen wollte, ob ich noch mehr Strafe aushalten konnte. Es zerriss mir das Herz.

Der Moment verflog, als Thomas die Schlafzimmertür aufmachte und in Boxershorts in den Flur kam, während er sich ein T-Shirt überzog. »Alles okay, Sophie?«

Für einen Moment blieb die Welt stehen. Dann sagte James mit scharfer, böser Stimme, die ich nie zuvor von ihm gehört hatte: »Oh, Entschuldigung, ich wusste nicht, dass du Besuch hast.«

Zorn überkam mich, das Gefühl, ungerecht behandelt zu werden – erstens, weil er gleich das Schlimmste dachte, zweitens, weil er meinte, er hätte nach allem das Recht, beleidigt zu sein. Er war so charmant, so pervers, so geil und so gemein gewesen, und als ich mich dann in ihn verliebt hatte, hatte er mich ohne eine Erklärung sitzenlassen, hatte aus mir eine Bäckerin mit gebrochenem Herzen gemacht, und jetzt besaß er die Frechheit, empört zu sein, weil er dachte, ich wäre schon zum Nächsten gewandert! Wusste er denn wirklich nicht, wie sehr ich ihn mochte? Ich konnte den Mund nicht mehr halten.

»Was soll das?« Er zuckte zusammen über die Wut in meiner Stimme. »Jetzt im Ernst. Was soll das, James? Wenn im letzten Monat eines klar geworden ist, dann, dass du nicht daran interessiert bist weiterzumachen – was auch immer zwischen uns war. Von mir aus. Man kann Zuneigung nicht vortäuschen, aber ich hatte dich emotional für reif genug gehalten, dass du es mir zumindest sagst, wenn du mich nicht mehr sehen willst.« Er wurde rot, machte den Mund auf, und kurz dachte ich, er wollte etwas sagen und ich würde endlich eine Erklärung bekommen. Doch er schielte hinter mich in den Flur auf Thomas, der offenbar näher kam. Dass er da war, machte mich sicherer, auch wenn ich nicht wusste, ob er mir zur Seite stehen würde, wenn nötig, oder nur lauschen wollte. James schloss wieder den Mund und schluckte, er schüttelte leicht den Kopf, und ich dachte, dass er jetzt etwas sagen würde. Aber nein. Ich war so wütend!

»Weißt du was? Es ist mir egal, ganz ehrlich. Du bist nicht der, für den ich dich gehalten habe. Ich hatte gehofft, du wärst der Richtige, der Mann, der zu mir passt …«, ich spürte, dass Thomas hinter mir zurückwich und Deckung vor dem Gefühlsausbruch suchte, »… der mich ergänzt, auch wenn das todlangweilig klingt. Aber der bist du nicht. Und jetzt ist es mir egal. Ich hatte mich in jemanden verliebt, den es offenbar gar nicht gibt. Das war mein Fehler, ich war naiv und habe das, was du gesagt hast, für bare Münze genommen. Das wird mir eine Lehre sein. Aber wage es nicht, die Schuld mir zu geben. Wage es bloß nicht!«

Kurz war alles still. Ich verliere sonst nie die Beherrschung, ich weiß nicht, wann das zum letzten Mal passiert war. Ich konnte Thomas' offenen Mund aus den Augenwinkeln sehen, James' Augen waren weit aufgerissen.

Er machte einen Schritt auf mich zu und legte mir traurig die Hand auf den Arm. »Sophie …«

Ich fuhr zurück, als hätte ich mich verbrannt. Ich stieß ihn mit einer Kraft weg, die mich selbst erschreckte, und hätte ihn fast umgehauen. »Fass mich nicht an! Wir sind fertig miteinander.«

Und dann schlug ich ihm die Tür vor der Nase zu.

Ich drehte mich um – Thomas starrte mich entsetzt an. So emotional hatte er mich noch nie erlebt, und er war sich eindeutig unsicher, wie er nun reagieren sollte. Ich spürte, wie meine Lippen zitterten, und sah, wie Thomas kurz Panik bekam, bevor er sich gegen meine Tränen wappnete, zu mir kam und mich in den Arm nahm. Ich weinte eine Weile, dann nahm ich mich zusammen, wischte meine Tränen weg und rieb verlegen über die feuchte Schulter seines T-Shirts. Thomas kochte eine Kanne Tee für uns alle. Die arme Charlotte war aufgewacht, als ich die Tür zugeschlagen und dabei gebrüllt hatte wie in einen

Seifenoper. Thomas erzählte ihr in aller Ausführlichkeit, was geschehen war, wie toll ich gewesen sei und was James für eine bescheuerte Frisur habe. Ich war mir nicht sicher, ob er im einen wie im anderen Fall recht hatte, aber es vertrieb mir die Zeit, bis meine Lider wieder einigermaßen abgeschwollen waren, bis wir sicher sein konnten, dass James aufgegeben hatte und gegangen war und wir uns zum Frühstück aus dem Haus wagen konnten. Ich war keine Sekunde davon ausgegangen, dass James noch vor der Tür stehen würde, aber mir wurde ein bisschen mulmig bei dem Gedanken, und ich wünschte mir, er hätte es trotzdem getan.

Ich aß Pfannkuchen zum Frühstück, das musste an diesem Tag sein.

17. KAPITEL

Ich gerate nur selten richtig in Wut. Ich kann zetern wie jede andere Frau, aber normalerweise bin ich ziemlich umgänglich. Mein Streit mit James war so untypisch, dass Thomas und Charlotte einigermaßen fassungslos waren.

Sie blieben wie geplant bis zum Sonntag, aber das Ganze war durch James irgendwie entzweigerissen worden. Ich war von der Rolle, nachdem ich ihn so lange nicht mehr gesehen hatte. Ich war wütend, richtig wütend über seine Reaktion, als Thomas aus dem Schlafzimmer gekommen war. Ich weiß, dass dies missverständlich aussah, aber wenn es eine moralische Überlegenheit gab, dann nicht aufseiten von Mister Superintensiv mit Lord-Lucky-Lucan-Anwandlungen, auf Nimmerwiedersehen zu verschwinden. Denn (ich will nicht immer wieder darauf herumreiten, aber in dieser Situation war dies einfach der springende Punkt) wir hatten wochenlang keinen Kontakt mehr gehabt. Was kümmerte es ihn, was ich nun tat und mit wem? Hatte er erwartet, dass ich weinend zu Hause saß? Ich hatte geweint, ja, aber darum ging es nicht, ich würde auf keinen Fall zulassen, dass so etwas noch einmal vorkam.

Heute bereue ich es ein bisschen, dass ich die Tür zugeschlagen habe. Damals war es ein sehr befriedigendes Gefühl, und er hatte es ganz sicher auch verdient. Doch als ich dann nichts mehr von draußen hörte, wusste ich, dass er nicht wieder klingeln würde und ich nie erfahren würde, warum er überhaupt gekommen war. Drama-Galama ist schön und gut, aber die Neugier brannte in mir fast so heiß wie die Ungerechtigkeit. Ich wollte noch immer – nein, ich musste wissen, warum er so plötzlich verschwunden war, und darüber hinaus interessierte es mich auch, warum er dann genauso plötzlich seine Meinung geändert hatte und wiedergekommen war. Natürlich ging meine wilde Fantasie mit mir durch wie während seines Schweigens, aber – verdammt seien Unsicherheit und Zynismus – mir war nicht klar, ob er zurückgekommen war, weil er mich vermisste und auf einmal gemerkt hatte, dass er ohne mich nicht leben konnte. Nach seinem Gesichtsausdruck zu urteilen, als ich die Tür geöffnet hatte, hätte man allerdings meinen können, er wäre nur gekommen, weil er seine zweitliebste Jeans bei mir vergessen hatte oder so etwas. In seiner Miene hatte keinerlei Dringlichkeit gelegen, nur leichte Gequältheit – bis Thomas aufgetaucht war.

Ich war ganz durcheinander. Seit wann fand ich es gut, wenn ein Mann eifersüchtig wurde? (Scheinbar war ich früher nicht geltungssüchtig.) Seit wann war dies das deutlichste Zeichen, dass es ihm etwas ausmachte? Was war das für ein ausgemachter Blödsinn? So ein emotional aufgeladenes Drama war das Letzte, was ich in einer Beziehung wollte. Also, warum machte ich mir überhaupt Gedanken über ihn – und das nach allem, was er getan hatte?

Mir dröhnte der Kopf, auch während wir eine DVD nach der anderen anschauten. Ich sprach nicht viel. Der Rest des Wochenendes mit Tom und Charlotte war so harmlos, dass ich wieder herunterkam. Nach dem Frühstück holten wir noch mehr Filme und tranken kannenweise Tee, dann aßen wir in einem tollen indischen Restaurant bei mir um die Ecke zu Abend. Ich meinte, ich würde mich heiter und unbeschwert geben, aber ich sah, wie die beiden immer wieder besorgte Blicke austauschten, also war ich vielleicht doch nicht so fröhlich. Aber alles in allem ging es mir ganz ordentlich. Dass ich mir diese Last von der Seele geschrien hatte, war eigenartig befreiend und half, einen Schlussstrich unter das Ganze zu ziehen. Und ich hatte nicht einmal mehr Lust, ein Blech Plätzchen zu backen – das war sicherlich ein Fortschritt.

Gute Freunde können natürlich hinter die Fassade blicken. Als ich meine Decke für die zweite Nacht auf dem Sofa holte, nahm Charlotte mich an der Schulter.

»Du musst nicht auf dem Sofa schlafen, wenn du nicht willst.«

Ich sah sie perplex an. Was wir zusammen getan hatten, schien sich in einem anderen Leben abgespielt zu haben, einem Leben, das ich nicht bereue, das ich aber auch nicht wieder beginnen wollte. Was sagte sie da? Ich räusperte mich und überlegte, wie ich taktvoll Nein sagen könnte, aber sie schien den Grund meiner Verlegenheit zu begreifen und schüttelte den Kopf.

»Nein, so habe ich das nicht gemeint. Ich dachte nur, wir könnten zu dritt im Bett schlafen, damit du heute Nacht hier nicht allein sein musst.«

Ich sah mein durchgesessenes Sofa an und dachte, wie schlecht ich geschlafen hatte, auch vor dem frühmorgendlichen Klingeln. »Gut.«

Thomas grummelte hinter mir. »Das ist ja alles ganz nett – aber du hast nicht das größte Bett der Welt, und ich wette, ich werde den unbequemsten Platz haben.«

Charlotte gab ihm einen Klaps auf den Arm. »Halt den Mund und sei nett! Es ist schließlich ihr Bett. Aber du kannst auf dem Sofa schlafen, wenn dir das lieber ist.«

Ich musste lachen bei Thomas' rascher Antwort, und zum ersten Mal seit dem Morgen klang es nicht gezwungen: »Nein, Schatz, du hast vollkommen recht.«

Am nächsten Morgen wachte ich überraschend ausgeruht auf. Charlotte lag neben mir, beide steckten wir in unseren Schlafanzügen unter der Decke. Thomas war an die Wand abgedrängt worden und klammerte sich an ein briefmarkengroßes Stück Decke. Ich musste grinsen und verspürte große Zuneigung zu meinen außergewöhnlichen Freunden.

Am Nachmittag fuhren sie, und ich musste dummerweise ein bisschen weinen, als sie weg waren. Wenn man nur alle paar Jahre aus der Fassung gerät, hat man danach eine Art Kater, und nachdem ich wieder allein in der Wohnung war, konnte ich ihn nicht loswerden. Ich lag vor dem Fernseher und hoffte, dass Tee und irgendwelche Wiederholungen von blödsinnigen Sendungen die Melancholie aus meinem Organismus hinausschwemmen würden, hoffte, dass ich nach so vielen Wochen der Beklemmung vor lauter Langeweile darüber hinwegkäme, wenn sonst schon nichts half. Zumindest dachte ich das, bis ich am Morgen aufwachte und mein Handy checkte.

Hey, ich weiß, dass du Besuch hattest, aber können wir uns treffen. Nur um zu reden. xx

Ich las die SMS wieder und wieder. Zwei Küsse. Das hieß doch etwas, oder? Aber was? Und wollte ich es überhaupt wissen? War es das Risiko wert? Was hatte ihn davon abgehalten, diese Nummer ein paar Wochen früher abzuziehen? Und was zum Teufel meinte er mit »Besuch«? Glaubte er, Thomas und ich schliefen miteinander? Und warum schien es ihm nichts auszumachen? Dachte er, ich sei jetzt nicht mehr zu haben? War er erleichtert? Hatte er Angst vor zu großer Nähe? Würde er es mir überhaupt sagen, wenn es so war? Kümmerte mich das wirklich noch? Verblüffenderweise konnte ich mir nur die letzte Frage beantworten und – welche Ironie! – wünschte mir, die Antwort wäre Nein.

Es gab zwei Strategien, die Thomas und Charlotte klar zusammengefasst hatten. Tom fand es das Beste, wenn ich mich nicht mehr mit James traf und ihm sagte, er solle »sich verpissen und verrecken«, wie er es so hübsch formuliert hatte, wenn ich die Sache also beendete und meiner Wege ging. Nach Charlottes Meinung sollte ich weitermachen, freundlich sein, aber nicht mit ihm flirten, ich sollte ein höllisch scharfes Kleid anziehen, damit er sah, was er verloren hatte, und es bereute. Nach ein paar Tagen des Zauderns – und nachdem ich immer erst nach einer halben Stunde auf seine SMS geantwortet hatte – entschied ich mich für die zweite Vorgehensweise. Ja, vielleicht ist das mal wieder ein Beweis für meinen Masochismus.

Und so machte ich mich in einem tiefer als sonst ausgeschnittenen Kleid auf den Weg in die Innenstadt. Und warum? Ich bin mir auch heute noch nicht ganz sicher. Ich wollte wohl ganz einfach wissen, was geschehen war, und wollte es verstehen. Ich brauchte eine Art Abschluss, falls es so etwas außerhalb kitschiger amerikanischer Talkshows überhaupt gab.

Er bemühte sich um mich, als wir uns trafen. Wir bestellten Kaffee, machten höflichen Small Talk über den besten Kaffee, den Geburtstag meiner Schwester, den Hochzeitstag seiner Eltern, sprachen über alles, nur nicht über den Elefanten im Raum. Während die Minuten verstrichen, hätte ich am liebsten aufgelacht: Hier saßen wir, als wäre überhaupt nichts geschehen! Es war absurd. Meine eigenen Gefühle und mein eigenes Verhalten verwirrten und ermüdeten mich mehr als er. Was tat ich denn noch hier?

Doch offenbar war ich nicht die Einzige, die sich nicht erklären konnte, was in ihrem Kopf vorging. Irgendwann wechselte

James das Thema, es ging nun nicht mehr um irgendwelche Familiengeschichten. Er spielte geschäftig mit seinem Kaffeelöffel, als er in ganz normalem Tonfall sagte, als rede er übers Wetter: »Ich weiß nicht, ob dir aufgefallen ist, dass ich mich ziemlich jäh zurückgezogen habe.«

Mir stand der Mund offen angesichts dieser Untertreibung, und dann musste ich ganz einfach lachen. Es klang verbittert, er zuckte leicht zusammen, aber er redete weiter. War es Tapferkeit oder Wahnsinn? Ich wusste es nicht.

»Ich habe mich beschissen verhalten, ich weiß. Aber ich hätte dir nicht erklären können, warum, ich wusste selbst nicht, was los war. Ich weiß, wie blöd das klingt. Aber irgendetwas hatte sich verändert – was, wurde mir erst an diesem Wochenende klar.«

Und dann erzählte er es mir. Er sagte, wie toll ich gewesen sei und dass ich für ihn auf geistiger Ebene einer der intelligentesten und interessantesten Menschen sei, die er in vielen Jahren getroffen hatte. Dass ich ihn zum Lachen brächte, dass er es ehrlich genossen hätte, mit mir zusammen zu sein. Er sagte all diese charmanten Dinge, die ich in meinem Kopf abspeicherte, damit ich sie an schlimmeren Tagen, wenn ich mich wie ein Stück Dreck fühlte, wieder aufrufen könnte. Doch als ich mich innerlich schon auf das große Aber vorbereitete, das erklärt hätte, warum er trotz all dieser Superlative weggerannt war, als seien die Höllenhunde hinter ihm her, sagte er etwas, das mich verwirrt aufblicken ließ, denn ich dachte, ich hätte mich verhört.

»Je mehr ich dich mag, je mehr Zeit wir zusammen verbringen, desto schwerer fällt es mir, dich zu dominieren, dich zu verletzen, Sophie. Am Anfang wurde ich steif, wenn wir gespielt haben und ich die Angst in deinen Augen gesehen, dein Jammern gehört habe. Aber jetzt macht es mich fertig. Und das tut mir leid.«

Es tat ihm leid? Ich war außer mir. Es klang nicht so, als würde es ihm leidtun, aber dafür würde ich gleich sorgen.

»Du bist ein Idiot. Weißt du das?« Er blickte erstaunt auf. Ich weiß nicht, wie viele Leute ihn je so genannt hatten. Vielleicht war das ein Teil seines Problems. »Wie konntest du so blöd sein, ausgerechnet du mit deinem Einfühlungsvermögen, der du meine Reaktionen voraussehen kannst wie kein anderer Mann, der sich damit brüstet zu wissen, was mich scharf macht? Wie konntest du denn nicht wissen, dass mich das, was du mit deiner Gedankenlosigkeit, deiner Feigheit, deinem Schweigen angerichtet hast, mehr verletzt hat als alles, was du mir je mit deinen Händen oder mit sonst etwas körperlich antun könntest?«

Er schüttelte den Kopf. »Ich weiß, ich weiß …« Und verstummte.

Was sagt man in einer solchen Situation? Nach meinem ersten Wortschwall sagte ich sehr wenig. Denn wenn ich mich hingesetzt und eine Liste der möglichen Gründe für seinen Rückzug erstellt hätte, wäre dieser Grund bestimmt nicht unter den ersten hundert gewesen. Ich kam mir vor wie in einem schlechten Film. Später sollte ich widerwillig anerkennen, dass er mit etwas angekommen war, das selbst mir mit meiner überbordenden Fantasie niemals in den Sinn gekommen wäre, aber nun war ich still. Perplex. Und während er weiterredete und sich wieder und wieder entschuldigte und so verlegen war, als müsste er zugeben, dass er unter frühzeitigem Samenerguss litt, ließen meine Wut und meine Trauer nach, und er tat mir nur noch leid. Er sah wirklich so aus, als müsse man ihn in den Arm nehmen und ihm sagen, dass alles gut wird.

Wir schwiegen eine Weile. Dann kam mein Gehirn wieder

in Gang, und ich fragte ihn, warum dies zuvor kein Problem gewesen sei.

Er fuhr sich durchs Haar und sagte, er habe noch nie jemanden so gewalttätig dominiert wie mich. Er habe mich mehr respektiert als jede andere, mit der er früher gespielt hatte, denn ich sei fähiger, sei ihm ebenbürtig. Theoretisch mache es ihn noch immer an, mich zu dominieren, deshalb spielte er auch so gern per Mail, aber im persönlichen Kontakt fiel es ihm immer schwerer, meinen finsteren Blick oder meine tränenerfüllten Augen zu sehen. Wieder entschuldigte er sich – immer wieder, so lange, bis ich ihn einfach umarmte und wir schweigend weitertranken. Ich war noch immer wütend, nicht zuletzt, weil er einfach nicht zu verstehen schien, dass sein Verhalten in den vergangenen Wochen mich mehr verletzt hatte als eine Gerte, ein Kochlöffel oder sonst etwas, das er mir auferlegen könnte, und dass sich durch eben sein Verhalten zwischen uns alles derart verändert hatte, dass ich nicht sicher war, ob man es wieder reparieren konnte. Aber zumindest wusste ich jetzt, was Sache war. Ich konnte es langsam begreifen.

Er starrte eine Weile in seine Tasse, während ich meine Gedanken ordnete. Ich wusste nicht, ob meine Worte noch eine Rolle spielten, aber nun hatte ich das Gefühl, dass das letzte Puzzleteilchen an seinem Platz war und dass James vielleicht hören sollte, was ich zu sagen hätte, auch wenn es mir schwerfiel. Plötzlich war ich diejenige, die Nerven zeigte und zögerte. Es war verrückt, dass wir uns diese grundlegenden Dinge nie persönlich gesagt, sondern nur – ich? Wir? – gefühlt hatten. Ich war noch nie so verletzlich gewesen, auch nicht, wenn ich hilflos geweint hatte und an meine Grenzen gebracht worden war. Schließlich machte ich den Mund auf, meine Stimme war leise und dummerweise schüchtern.

»Ich mag es, wenn du mir wehtust, ich sehne mich danach. Ich weiß nicht, ob du das merkst, wenn ich dich böse anstarre, wenn mir die Tränen kommen, wenn ich rot werde, wenn ich meine Angst nicht verhehlen kann beim Gedanken, welche teuflische Szene du als Nächstes spielen wirst. Mich macht es scharf, wenn ich völlig in die Ecke getrieben, erniedrigt, verletzt, entwürdigt werde. Wenn ich deine Hände an meinen Handgelenken, um meinen Hals oder in meinem Haar spüre. Wenn du mich überwältigst, mich dominierst, geht mein Atem schneller, es macht mich nass. Manchmal liege ich nachts im Bett und denke daran.«

Er nahm einen großen Schluck Kaffee. Das war weitaus schlimmer, als um einen Orgasmus zu betteln, und irgendwie hatte ich das Gefühl, dass es eines der wichtigsten Gespräche meines Lebens war, egal wie es ausging. Ich sprach weiter und lauerte über meine Tasse hinweg auf seine Reaktion.

»Ja, du tust mir weh. Aber du hast dazu meine Erlaubnis. Ich bitte dich ja manchmal buchstäblich darum. In diesem Rahmen ist es nicht schlimm, wenn du mir wehtust. Dass du du bist – der nette, kluge, höfliche, charmante James –, gibt mir Vertrauen und Sicherheit, wenn du es tust. Ich habe nie einer anderen Person so viel Macht über mich verliehen und würde es auch nie tun, nicht einmal Thomas. Das tue ich nur bei dir – wegen deiner zärtlichen Seite. Wenn du die ganze Zeit so grob und gnadenlos wärst wie in den Momenten, wenn du mich fast erstickst, würde ich nicht mit dir spielen wollen. Versteh mich nicht falsch; aber wenn du mich streng anblickst, wenn du mich zum Weinen bringst, ist das so scharf, dass mir der Atem stockt, wenn ich nur daran denke. Aber ich mag eben das Paradoxe. Ich mag beide Seiten von dir. Ich mag es, dass ich dir vertrauen kann, wenn du mich schlägst, dass es dir Lust macht, so viel Macht über mich zu haben, dass ich heulen muss, und du dennoch hinterher so liebevoll und fürsorglich bist, dass du mich umarmst, dass du dich erkundigst, ob es mir körperlich und seelisch gut geht, mir ein Glas Wein oder Wasser holst. Das ist gut. Deine beiden Seiten schließen sich nicht aus, sie ergänzen sich perfekt und beweisen beide, dass du dir der Bedürfnisse anderer Menschen bewusst bist und darauf Rücksicht nimmst. Jemanden zu verletzen, der verletzt werden will, ist nicht schlimm, es ist im Grunde eine läuternde Liebenswürdigkeit.«

Er saß reglos da. Ich legte ihm die Hand auf den Arm, wollte, dass er mich verstand, denn ich fürchtete, meine Worte wären nicht genug – was alles in allem ein verdammter Witz war.

»Wie gesagt, ich hoffe, du weißt das alles schon. Und keine Sorge – ich sage das nicht, weil ich mir eine Beziehung mit dir erschleichen will.« Ich merkte plötzlich, wie spröde ich klang, und versuchte, es richtigzustellen: »Damit will ich nicht sagen, dass ich nicht daran interessiert wäre, es zu versuchen. Ich treffe ja nicht jeden Tag einen wie dich. Es macht mir viel Spaß und Freude, mit dir zusammen zu sein, im Bett und außerhalb. Aber ich weiß nicht, ob du jetzt zu einer Beziehung bereit bist, selbst wenn du es mit mir versuchen wolltest, aber auch darauf spiele ich nicht an. Ich finde einfach, du solltest das wissen, selbst wenn weiter nichts mehr zwischen uns sein sollte, außer ein paar geilen Mails und einem Bier ab und an.«

Ich stellte meine Tasse ab. »Ja, du bist ein Sadist. Und vielleicht solltest du dir darüber klar werden, ob du das auch im direkten Kontakt gern bist. Ich für meinen Teil bin glücklich damit, dass du sowohl der Mann bist, den sich meine Mutter als Schwiegersohn wünscht, als auch der, vor dem sie mich warnen würde – zwei in einem, ein faszinierender Doppelpack. Und ich bin glücklich, ich zu sein, gequält werden zu müssen, sich danach zu sehnen, die Herausforderung zu lieben, an meine Grenzen geprügelt zu werden und manchmal auch zurückzuschlagen.«

Wir saßen eine Weile schweigend da. Als klar war, dass er den Mund nicht mehr aufbekommen würde, beschloss ich, mich ins Verkehrsgetümmel zu stürzen und nach Hause zu fahren. Ich nahm meine Handtasche vom Boden und meinen Mantel von der Stuhllehne. »Wenn du weißt, ob du froh bist, der zu sein, der du bist, so wie ich froh bin, die zu sein, die ich bin, dann ruf mich an.«

Ich ging. Denn auf einmal ergab alles einen Sinn, selbst innerhalb der wirren, chaotischen Gefühle dieser unklaren Sache zwischen James und mir. Wenn er mein Seelenbruder war, wenn er der war, bei dem ich bleiben sollte, mein Meister, mein Partner, dann würde es sich durch dieses Gespräch erweisen. Und wenn nicht – gut, dann war ich zumindest ehrlich zu ihm und wusste nun, wonach ich suchte.

Und ich wusste auch, dass sich das Warten lohnen würde.

Nachwort

Es war eine dieser Wochen.

Eine dieser Wochen, in denen ich nicht abschalten konnte, in denen die Prüfungen und Belastungen des Alltags so groß waren, dass Sex das Letzte war, woran ich dachte. Und es war eine wahre Meisterleistung, dass ich diese Woche durchgestanden habe, ohne dass mir der Kopf platzte. Ich musste mit langen, ausgefüllten und stressigen Arbeitstagen und Abenden jonglieren, an denen ich dieses Buch termingerecht fertigstellen wollte. Ich dachte mehr über mein Wesen nach denn je, meine unterwürfige und andere Seiten, und versuchte, in Worte zu fassen, dass beide attraktiv und wahrhaftig sind, wenngleich mich die Selbsterkenntnis, die ich daraus ziehe, sprachlos macht. Ironischerweise hatte ich mir während dieser Zeit immer nur einen Orgasmus verschafft, um in den gesegneten Schlaf zu fallen.

Als ich nun ins Zimmer kam und ihn an meinem Computer sitzen sah, wo er ein Kapitel las, das ich ein paar Tage zuvor abgelegt hatte, sah ich darin kein Vorspiel zu nachmittäglichem Sex.

Doch jede Bottom weiß, dass die Entscheidung oft nicht bei ihr liegt.

Manchmal ist es schwieriger, manchmal einfacher, sich in unterwürfige Stimmung zu bringen. Nachdem ich den Kopf seit mindestens einer Woche voll habe mit allem Möglichen, bin ich Lichtjahre von meiner gehorsamen, unterwürfigen Seite entfernt, und wenn ich ehrlich bin, habe ich selbst unter den besten Bedingungen ein Problem mit dem Gehorsam. Wenn er nur nicht so verflucht sexy wäre! Insofern ist der nächste Schritt einfach nur logisch.

»Du bist ja fast fertig mit deinem Buch.«

Ich nicke. »Ich muss nur noch hier und da ein paar Stellen überarbeiten. Aber das geht schnell.«

Er lächelt. »Interessante Lektüre.«

Ich werde rot. »Danke. Sicherlich ist es ein bisschen komisch für dich, die Kapitel zu lesen, in denen es um andere Männer als um dich geht.«

Er grinst und wackelt mit den Augenbrauen, dann bekommt er Mitleid wegen meiner leicht sorgenvoll gerunzelten Stirn. Er winkt mich zu sich, ich lehne mich an, und er küsst mich zärtlich auf die Stirn, dann härter auf den Mund. »Überhaupt nicht. Ich würde sagen, es ist Teil der Recherche. Aber was dich angeht, muss ich das Handbuch wirklich nicht lesen.«

Ich musste lachen über seine Eingebildetheit. Er bringt mich zum Lachen. Ich bin glücklicher als je zuvor. Doch als ich ihn dann ansehe, verändert sich sein Blick. Lust flackert auf und eine leise Drohung. Seine Stimme bekommt diesen Klang, bei dem ich ganz aufgeregt werde. »Geh auf die Knie.«

Ich bewege mich nicht gleich. Ich hatte eine harte Woche, und ich bin nicht in der richtigen Stimmung, auch wenn das alles Spaß macht. Die Ironie der Ironie der Ironie … aber es ist einfach so. Andererseits, wenn ich vor ihm knie und er auf dem Stuhl sitzt, habe ich einen großartigen Blick. Was soll's?, denke ich und gehe auf die Knie.

Aber ich bin eben immer noch eine Null, wenn es darum geht, etwas zu verbergen. Und wenn man nur halb bei der Sache ist, lädt man die Probleme richtiggehend ein.

»Du hast die Augen verdreht.«

»Nein, habe ich nicht.« Mist! Warum widerspreche ich überhaupt? Auch das war ein Fehler. Sei einfach still, scheiß drauf!

»Doch, hast du. Und gerade jetzt klang es so, als wolltest du widersprechen.«

Ich schwöre, dass es mir tatsächlich auf der Zunge lag, zu sagen, dass ich nicht widersprechen wollte! Ich kann mich gerade noch beherrschen. Und ich bin sicher, er weiß das, auch wenn er eher belustigt als genervt aussieht. Doch dann kommt er wieder zur Sache.

»Zieh dich aus bis auf den Slip und geh wieder auf die Knie.«

Ich bewege mich sparsam. Das ist kein Striptease. Ich weiß, dass ich schon genügend Probleme habe, also gehorche ich schnell und halte den Blick gesenkt, als ich mich auf den Boden knie, sodass kein echtes oder eingebildetes Augenrollen Öl ins Feuer gießen kann.

Sein Schoß ist nur wenige Zentimeter von meinem Gesicht entfernt. Ich presse die Fäuste an meine Seiten, damit ich mich nicht bewege, ihn nicht berühre.

»Kneif dir in die Nippel. Fester. Zeig mir deine Brüste. Los jetzt!«

Ich ziehe und drücke meine Nippel, hebe meine Brüste hoch. Nackt vor ihm zu sein, zur Schau gestellt zu sein, wenn er vollständig angezogen ist und so aussieht, als würde er gleich ausgehen, ist eine dieser kleinen Erniedrigungen, in denen er schwelgt, und manchmal, so wie jetzt, kann ich schlecht damit umgehen. Ich schließe vor Scham die Augen, spüre, wie ich rot werde, auch als meine Unterhose sich an meinem Schoß schon feucht anfühlt.

Er schlägt meine Hände weg, packt meine Brüste und zwirbelt sie. Ich reiße vor Schreck die Augen auf und japse vor

Schmerz, als er meine Brüste nach oben drückt, ich richte mich auf den Knien ein wenig auf, um die Spannung zu lindern.

»Das ist ja erbärmlich, wie du dich anfasst! So meinte ich das!« Brutal dreht er meine Brustwarzen, um seinen Worten Nachdruck zu verleihen. Ich atme tief ein und versuche, die Schmerzwelle zu überstehen. »Mach es jetzt richtig! Und halte die Augen gesenkt.«

Ich weiß nicht, ob das jeder Unterwürfigen so geht, aber ich kann Schmerz aushalten, den mir ein anderer zufügt, ich würde sogar so weit gehen zu sagen, dass ich ihn ziemlich gut ertragen kann, wenn ich in diesem Zustand bin. Aber mir selbst Schmerz zuzufügen? Dem ist schwieriger standzuhalten. Ich kann nicht mal selbst meine Beine enthaaren, weil ich aus Angst vor dem Schmerz die Wachsstreifen nicht abziehen kann. Jedenfalls ist er jetzt mächtig genervt, also drehe ich meine bereits roten, wunden Nippel gröber und blicke zu Boden.

Ich weiß nicht, wie lange wir so bleiben. Im Zimmer ist es still bis auf das Geräusch seiner Hand, während er sich außerhalb meines Gesichtsfeldes reibt. Ich würde ihn so gern sehen, aber ich starre entschlossen auf ein Astloch in dem Parkett zwischen seinen Füßen.

»Das ist ein toller Anblick. Ich weiß gar nicht, wohin ich kommen soll – wäre doch schade, wenn ich in dein Haar spritzen würde, wo du es doch gerade erst gewaschen hast. Vielleicht auf deine Brüste. Was meinst du?«

Ich schiele ihn an, um zu sehen, ob ich antworten darf, doch bei seinem Blick starre ich wieder auf seine Zehen, bevor er mich noch anfahren und mir befehlen kann, dass ich die Augen niederschlagen solle. Mit zaudernder Stimme will ich ihm sagen, dass ich will, dass er in meinem Mund kommt. Ich liebe das. Doch ich bin so aus dem Gleichgewicht, dass ich nicht weiß, wie ich es ihm am besten sagen soll, und schließlich klingt es wie eine Frage – was ihn wenigstens amüsiert.

Da knie ich vor ihm, glotze auf seine Füße, und dann komme ich in eine andere Stimmung. Die Last der Arbeitswoche lässt nach, und alles, was ich jetzt weiß, ist, wie sehr mich dieser wundervolle Kerl frustriert und wie verzweifelt ich ihm gefallen will, sodass auch er mir einen Gefallen tun wird – ich weiß, dass das nicht der Punkt ist, aber ich bin eben maßlos –, dass er mich berührt, dass ich ihn berühren darf. Ich will es so sehr, dass in diesem Augenblick alles andere verblasst.

»Steh auf.«

Ich war so lange auf den Knien, dass es einen kurzen Moment dauert, bis ich wieder sicher auf den Beinen bin. Er dreht mich an der Schulter in die Richtung, wo er mich haben will, seine Finger schieben sich in meinen Schoß und drücken den Baumwollstoff in mich hinein, dabei kichert er, weil ich so nass bin. Ich mühe mich, stillzustehen und geradeaus zu blicken, während er mich befingert. Dann streicht er auf einmal über meine Wirbelsäule, ich schaudere, bevor er meinen Slip herunterzieht. Vielen Dank auch! Ich steige aus meiner Unterhose, die sich um meine Füße ringelt, und da packt er mich an den Haaren, die ich zu einem Pferdeschwanz gebunden habe. Er zieht so grob daran, dass ich ziemlich unelegant zu Boden gehe. Ich rapple mich auf, aber er drückt mich an seinen Hüftknochen und hält mich fest.

»Immer tust du etwas, was ich dir nicht gesagt habe. Ich will nicht, dass du eine Initiative ergreifst. Ich will, dass du jetzt gar nichts machst, es sei denn das, was ich dir befehle und wann ich es dir befehle. Wenn ich dir eine Frage stelle, dann hast du prompt und höflich darauf zu antworten. Du bist ein helles Mädchen, und das ist ganz simpel. Hast du verstanden?«

Bei seinem bevormundenden Ton starre ich ihn an. Mein Mund ist trocken. »Ja, sorry.«

Das Schweigen dehnt sich. Er hält mich an den Haaren fest und drückt mich an sich, während er über mir thront wie ein heldenhafter Eroberer.

»Gut gemacht. Was, glaubst du, passiert jetzt?«

Ich weiß es. O Gott, ich weiß. Aber ich will meine Antwort vage halten, um ihn nicht auch noch auf die Idee zu bringen, falls er etwas anderes im Sinn hatte. Trägt er heute seinen Gürtel? Erinnert er sich, wo ich mein Spielzeug aufbewahre?

Er zieht mich an den Haaren. »Ich höre.«

»Du wirst mich jetzt bestrafen.«

»Ganz genau.«

Wieder werde ich bewegt, werde über die Armlehne des Sofas gelegt. Er drückt mit dem Fuß meine Beine auf, damit er meinen Schoß sehen kann, und wendet sich dann meinem Hintern zu. Er streicht mit den Fingern über die empfindliche Rundung, ich erbebe ein wenig, während ich auf den ersten Schlag warte.

Den Rohrstock oder den Gürtel zu bekommen hat mich schon früher zum Weinen gebracht. Aber wenn er mir imponieren will, kann selbst die Hand schmerzhaft sein. Als der Knall des ersten Schlages ertönt und ich zwischen zusammengepressten Zähnen die Luft einziehe, um den Schmerz auszuhalten, wird mir klar, dass dies kein spielerisches Spanking wird, sondern eine echte Qual.

Während nämlich die Hiebe auf mich herabregnen und ich mich abmühe, in derselben Haltung zu bleiben, wird außer dem Schmerz alles in meinem Kopf ausgeblendet. Ich denke nicht mehr an meine Scheißwoche, zähle keine Zeilen und überlege nicht, wo ich einen Absatz einbaue. Ich mache mir keine Sorgen darüber, wie ich mit dem nackten Arsch in der Luft aussehe. Ich denke nicht einmal daran, wie geil ich bin, obwohl ich wirklich richtig geil bin. Ich ertrage nur den Schmerz und halte dem Angriff stand, denn ich weiß, dass das ausreicht, damit ich ihm gefalle. Und mehr will ich jetzt nicht. Mein Kopf ist ganz frei, eine Last ist von mir genommen, und dazu hat es lediglich eine gehörige Tracht Prügel auf meine Hinterbacke gebraucht.

Er hält kurz inne und fragt, wie oft er mich schon getroffen hat. Ich kann nur raten und versuchen, nicht zu zittern, als er mit dem Finger über meinen brennenden Hintern streicht. Er befiehlt mir, die Schläge auf die zweite Backe laut zu zählen und mich für jeden Hieb bei ihm zu bedanken. Ich bin unbesorgt, denn nun kann ich nicht mehr mit den Augen rollen, denn ich bin zu sehr damit beschäftigt, aufrecht auf meinen weichen Beinen zu bleiben und die Position zu halten.

Als er fertig ist, weicht er zurück und stößt mir von hinten ohne langes Rumgemache seine Finger in den Schoß. Während dieser würdelosen Attacke wimmere und bocke ich unter ihm wie ein Tier, denn bei jedem Stoß mit der Hand sorgt er auch dafür, dass er mit dem Daumen an den Ansatz meines bestraften Hinterns prallt. Er gleitet mühelos in mich hinein und wieder heraus, bringt mich zum Orgasmus, stößt immer gröber zu, während er meine Klit so brutal reibt, dass diese intensive Lust fast schmerzhaft ist. Nachdem ich während der Bestrafung brav die Position gehalten habe, kann ich diese Lust nicht mehr aushalten und komme heftig auf seine Hand. Ich sinke auf den Boden, kauere da und schnappe nach Luft. So etwas wie einen schlechten Orgasmus gibt es durch die Natur der Sache nicht, aber dieser hier ist die perfekte Erholung von einer harten Woche. Als wäre ich gebrochen und wieder zusammengebaut worden.

Als ich meine Umgebung wieder ein bisschen besser wahrnehme, richte ich mich aus meiner Rückenlage auf und sehe ihn über mir stehen. Als er dann endlich zu mir kommt, schiebe ich den Kopf vor und nehme seinen Schwanz in den Mund. Doch meine Kopfhaut schmerzt so, dass mir die Tränen kommen, als er mich zurückzieht.

»Nicht, bevor ich sage, dass du darfst.«

Wieder mache ich den Mund auf, dieses Mal, um mich zu entschuldigen, doch er packt mich schon am Hinterkopf und stößt sein Glied zwischen meine Lippen, sodass ich kurz Mühe habe, ihn aufzunehmen, ohne zu würgen. Ich bearbeite ihn, lecke, sauge eifrig daran, genieße das Gefühl, wenn er in meinem Mund hart wird, und lausche auf seinen schneller werdenden Atem. Dann besteht meine Welt nur aus ihm und seiner Befriedigung. Nichts anderes ist mehr von Bedeutung, und dass dies alles so einfach ist, ist bestechend. Als er kommt, lächle ich in mich hinein. Ein surrealer Augenblick beschaulichen Friedens.

Unterwürfigkeit ist nur eine Facette meiner Persönlichkeit, aber sie ist der Schlüssel dazu, und sie ist genauso wichtig wie meine Zuneigung für meine Freunde und meine Familie, meine Liebe zu meinen Beruf, wie meine starrköpfige Seite, ja sogar wie mein Appetit auf *Marmite*.

Auf einmal ist diese Mistwoche, alles, was vor zwanzig Minuten noch so dringend und wichtig erschien, in weite Ferne gerückt. Jetzt, in diesem Moment, mit meinem wunden Arsch und seinem Geschmack im Mund, ist er der Mittelpunkt meiner Welt.

Und das liebe ich mehr als alles andere!